国家出版基金项目
NATIONAL PUBLICATION FOUNDATION

沈德潛全集

11

（清）沈德潛 編著
賀嚴 整理

鳳凰出版社

本册目録

宋金三家詩選

明詩别裁集

卷三

卷六

卷八……四八六

卷九

卷十 …… 五六五

卷十二

宋金三家詩選

序

吾師沈歸愚先生，所選《古詩源》、《唐詩別裁》、《明詩別裁》諸集，久已膾炙海内，士人奉爲圭臬。而獨宋、金、元詩久未之及，非必如嘉、隆以後言詩家尊唐黜宋，概以宋以後詩爲不足存而棄之也，誠以宋以後詩門户不一，求其精神面目可嗣唐正軌者，不二三家，即得二三家矣，篇什浩博，擇焉不精，無以存之，不如聽其詩之自存，是則存之綦重，而選之難也。今年春，先生始選蘇東坡、陸放翁、元遺山三家詩，補前此所未及。同協助者，爲吾友陳君野航。茫如烟海，各一搜尋。三家爲宋以後大家，以選之者存之，盡詩之正軌矣。放翁、遺山二家，先生首爲論定，例言、評語都備。獨東坡詩，於病中選閱，祇有定本，不及評，而先生已下世。今野航梓版行世，悉存其舊，不纂入一語，以滋後世惑也。竊嘗取《三家詩》讀之，東坡於韓吏部後獨開生面，其才之大，如金、銀、銅、錫合爲一冶；其筆之超曠，如天馬行空，不可覊靮，洵巨手也。放翁南渡後推第一，胸懷磊落，光氣凌暴。其志節所見，直可上追少陵，不得以詩人盡也。遺山值金之衰，悲憤沉鬱，浩氣獨存。《黍離》、《麥秀》之感，往往流溢。其身未嘗仕元，實爲金詩。首選三家者，各有面目，各具精神，非擇之至精，無以存其真。此先生遲之數十年，久而論定，庶不與唐岐趨，而存宋以後之詩也。視東萊《文鑒》、伯修《文類》所録，以及李子田《藝圃集》所選，曹能始《十二代詩選》所載，其純駁爲何如也！獨是《三家詩》定矣。往者，野航刻《唐八家詩》，先生序之，今先生《三家詩》成，所以繼《古詩》、《唐詩》之選者，先生竟不及序，而泰乃操筆志之。師生存殁之感，不自知其涕泗横流，所爲與野航執卷而長太息也夫！

乾隆己丑歲十一月望前三日元和門人顧宗泰謹序

序

余鈔《唐八家詩》成，戊子夏，携之吴門，請正於歸愚師。因論宋、金人詩，師曰：『蘇子瞻天才奔放，鑄古鎔今。陸放翁志在復讐，沈雄悲憤。元遺山遭時變故，登臨憑弔，聲與泪俱之。三家者，皆不可不熟習者也。第全集卷帙浩繁，艱於披閲。選本雖多，惜未盡善。能彙而鈔之，亦大快事。』善即以三家詩輯爲請，師許之。今年春，師先定放翁、遺山二家，繼輯東坡集，未及評，而師游道山。嗚呼，師殆絶筆於此矣！善不敢自秘，謹依原本，繕寫付梓，以公海内。若夫採擇之精，評論之確，有識者自應奉爲準則，非余荒陋所能贅一辭也。

乾隆己丑十一月上浣武進門人陳明善謹序

三家詩選例言

東坡、放翁、遺山，爲宋、金大家，其源皆出於少陵。選本頗多，率皆專集。今合而梓之，知波瀾之莫二云。

歸愚師論詩不拘一格，大要以『别裁僞體』爲主。兹選卷帙不多，而三家詩之卓然有關係者，亦採録殆盡矣。去華存實，讀者知所宗尚焉。

師先輯放翁、遺山二家，故例言、評點具悉。東坡詩未及評，今仍之。

陳明善識

蘇東坡詩選

上卷

長洲沈德潛歸愚輯

武進門生陳明善校

古今體詩共一百八十五首

辛丑十一月十九日，既與子由別於鄭州西門之外，馬上賦詩一篇寄之

不飲胡爲醉兀兀，此心已逐歸鞍發。歸人猶自念庭闈，今我何以慰寂寞。登高回首坡隴隔，惟見烏帽出復没。〔一〕苦寒念爾衣裘薄，獨騎瘦馬踏殘月。路人行歌居人樂，僮僕怪我苦悽惻。亦知人生要有别，但恐歲月去飄忽。寒燈相對記疇昔，夜雨何時聽蕭瑟。君知此意不可忘，慎勿苦愛高官職。自注：嘗有『夜雨對牀』之言，故云爾。

和子由澠池懷舊

人生到處知何似，應似飛鴻踏雪泥。泥上偶然留指爪，鴻飛那復計東西。老僧已死成新塔，壞壁無由見舊題。往日崎嶇還記否，路長人困蹇驢嘶。自注：往歲，馬死於二陵，騎驢至澠池。

〔一〕『登高回首坡隴隔，惟見烏帽出復没』，《全宋詩》作『登高回首坡壠隔，但見烏帽出復没』。

和子由論書

吾雖不善書，曉書莫如我。苟能通其意，常謂不學可。貌妍容有矉，顰同。璧美何妨橢。端莊雜流麗，剛健含婀娜。好之每自譏，不謂子亦頗。書成輒棄去，繆被旁人裹。體勢本闊落，結束入細麽。子詩亦見推，語重未敢荷。邇來又學射，力薄愁官笴。自注：官箭十二把，吾能十一把箭耳。多好竟無成，不精安用夥。何當盡屏去，萬事付懶惰。吾聞古書法，守駿莫如跛。世俗筆苦驕，衆中强嵬騀。鍾張忽已遠，此語與時左。

太白山下早行至横渠鎮，書崇壽院壁

馬上續殘夢，不知朝日昇。亂山横翠幛，落月澹孤燈。奔走煩郵吏，安閑愧老僧。再游應眷眷，聊亦記吾曾。

石鼓歌

冬十二月歲辛丑，我初從政見魯叟。舊聞石鼓今見之，文字鬱律蛟蛇走。細觀初以指畫肚，欲讀嗟如箝在口。韓公好古生已遲，我今況又百年後。强尋偏傍推點畫，時得一二遺八九。我車既攻馬亦同，其魚維鱮貫之柳。自注：其詞云『我車既攻，我馬亦同』，又云『其魚維何，維鱮維鯉。何以貫之，維楊與柳』，惟此六句可讀，餘多不可通。古器縱横猶識鼎，衆星錯落僅名斗。糢糊半已似瘢胝，詰曲猶能辨跟肘。娟娟缺月隱雲霧，濯濯嘉禾秀莨莠。漂流百戰偶然存，獨立千載誰與友。上追軒頡相唯諾，下揖一作挹冰斯同鷇鷇。憶昔周宣歌鴻鴈，當時籀史變蝌蚪。厭亂人方思聖賢，中興天爲生耆耇。東征徐虜闞虓虎，北伏一作伐犬戎隨指嗾。象胥雜沓貢狼鹿，方召聯翩賜圭卣。遂因鼓鼙思將帥，豈爲考擊煩矇瞍。何人作頌比松高，萬古斯文齊岣嶁。勤勞至大不矜伐，文武未遠猶忠厚。欲尋年歲無甲乙，豈有名字記誰某。自從周衰更七國，竟使秦人有九有。掃除詩書誦法律，投棄俎豆陳鞭杻。當年何人佐祖龍，上蔡公子牽黄狗。登山刻石頌功烈，後者無繼前無偶。皆云皇帝巡四國，烹滅彊暴救黔首。六經既已委灰塵，此鼓亦當遭擊掊。傳聞九鼎淪泗上，欲使萬夫沈水取。暴君縱欲窮人力，神物義不汙秦垢。是時石鼓何處避，無乃天工令鬼守。興亡百變物自閑，富貴一朝名不朽。細思物理坐歎息，人生安得如汝壽。

王維吴道子畫

何處訪吴畫，普門與開元。開元有東塔，摩詰留手痕。吾觀畫品中，莫如二子尊。道子實雄放，浩如海波翻。當其下手風雨快，筆所未到氣已吞。亭亭雙林間，彩暈扶桑暾。中有至人談寂滅，悟者悲涕迷者手自捫。蠻君鬼伯千萬萬，相排競進頭如黿。摩詰本詩老，佩芷襲芳蓀。今觀此壁畫，亦若其詩清且敦。祇園弟子盡鶴骨，心如死灰不復温。門前兩叢竹，雪節貫霜根。交柯亂葉動無數，一一皆可尋其源。吴生雖妙絶，猶以畫工論。摩詰得之於象外，有如仙翮謝籠樊。吾觀二子皆神俊，又於維也斂衽無間言。

真興寺閣

山川與城郭，漠漠同一形。市人與鴉鵲，浩浩同一聲。此閣幾何高，何人之所營。側身送落日，引手攀飛星。當年王中令，斫木南山赬。寫真留閣下，鐵面眼有稜。身强一作長八九尺，與閣兩峥嶸。古人雖暴恣，作事今世驚。登者尚呀喘，作者何以勝。曷不觀此閣，其人勇且英。

秦穆公墓

橐泉在城東，墓在城中無百步。乃知昔未有此城，秦人以泉識公墓。昔公生不誅孟明，豈有死之日，而忍用其良。乃知三子殉公意，亦如齊之二子從田横。古人感一飯，尚能殺其身。今人不復見此等，乃以所見疑古人。古人不可望，今人益可傷。

樓觀

鳥噪猿呼晝閉門，寂寥誰識古皇尊。青牛久已辭轅軛，白鶴時來一作来時訪子孫。山近朔風吹積雪，天寒落日淡孤村。道人應怪游人衆，汲盡階前井水渾。

王頤赴建州，錢監求詩及草書

我昔識子自武功，寒廳夜語尊酒同。酒闌燭盡語不盡，倦僕立寐僵屏風。丁寧勸學不死訣，自言親受方瞳翁。嗟予聞道不早悟，醉夢顛倒隨盲聾。邇來憂患苦摧剥，意思蕭索如霜蓬。羡君顔色愈少壯，外慕漸少由中充。河車挽水灌腦黑，丹砂伏火入頰紅。大梁相逢又東去，但道何日辭樊籠。未能便乞勾漏集作岣嶁，誤。令，官曹似是錫與銅。留詩河上慰離别，草書未暇緣忽忽。

七月二十四日，以久不雨，出禱磻溪，是日，宿虢縣，二十五日晚，自虢縣渡渭，宿於僧舍曾閣，閣故曾氏所建也，夜久不寐，見壁有前縣令趙薦留名，有懷其人

龕燈明滅欲三更，欹枕無人夢自驚。深谷留風終夜響，亂山銜月半牀明。故人漸遠無消息，古寺空來看姓名。欲向磻溪問姜叟，僕夫屢報斗杓傾。

石蒼舒醉墨堂

人生識字憂患始，姓名麄記可以休。何用草書誇神速，開卷惝怳令人愁。我嘗好之每自笑，君有此病何能瘳。自言其中有至樂，適意無異逍遥游。近者作堂名醉墨，如飲美酒銷百憂。乃知柳子語不妄，病嗜土炭如珍羞。君於此蓺亦云至，堆墻敗筆如山邱。興來一揮百紙盡，駿馬倏忽踏九州。我書意造本無法，點畫信手煩推求。胡爲議論獨見假，隻字片紙皆藏收。不減鍾張君自足，下方羅趙我亦優。不須臨池更苦學，完取絹素充衾裯。

送安惇秀才失解西歸

舊書不厭百回讀，熟讀深思子自知。他年名宦恐不免，今日棲遲那可追。我昔家居斷還往，著書不復窺園葵。朅來東游慕人爵，棄去舊學從兒嬉。狂謀謬算百不遂，惟有霜鬢來如期。故山松柏皆手種，行且拱矣歸何時。萬事早知皆有命，十年浪走寧非癡。與君未可較得失，臨別惟有長嗟咨。

送劉攽倅海陵

君不見，阮嗣宗，臧否不挂口。莫誇舌在牙齒牢，是中惟可飲醇酒。讀書不用多，作詩不須工。海邊無事日日醉，夢魂不到蓬萊宮。秋風昨夜入庭樹，蒓絲未老君先去。君先去，幾時回。劉郎應白髮，桃花開不開。

送劉道原歸覲南康

晏嬰不滿六尺長，高節萬仞陵首陽。青衫白髮不自歎，富貴在天那得忙。十年閉户樂幽獨，百金購書收散亡。竭來東觀弄丹墨，聊借舊史誅姦强。孔融不肯下曹操，汲黯本自輕張湯。雖無尺箠與寸刃，口吻排擊含風霜。自言静中閲世俗，有似不飲觀酒狂。衣巾狼藉又屢舞，傍人大笑供千場，交朋翩翩去略盡，惟我與子猶徬徨。世人共棄君獨厚，豈敢自愛恐子傷。朝來告别驚何速，歸意已逐征鴻翔。匡廬先生古君子，挂冠兩紀鬢未蒼。定將文度置膝上，喜動鄰里烹猪羊。君歸爲我道名姓一作姓字，幅巾他日容登堂。

潁州初别子由

征帆挂西風，别淚滴清潁。留連知無益，惜此須臾景。我生三度别，此别尤酸冷。念子似先君，木訥剛且静。寡辭真吉人，介石乃機警。至今天下士，去莫如子猛。嗟我久病狂，意行無坎井。有如醉且墜，幸未傷輒醒。從今得閑暇，默坐消日永。作詩解子憂，持用日三省。

歐陽少師令賦所蓄石屏

何人遺公石屏風，上有水墨希微蹤。不畫長林與巨植，獨畫峨眉山西雪嶺上，萬歲不長之孤松。崖崩澗絶可望不可到，孤烟落日相溟濛。含風偃蹇得真態，刻畫始信天有工。我恐畢宏韋偃死葬虢山下，骨可朽爛心難窮。神機巧思無所發，化爲烟霏淪石中。古來畫師非俗士，摹寫物象略與詩人同。顛公作詩慰不遇，無使二子含憤泣幽宫。

出潁口初見淮山，是日至壽州

我行日夜向江海，楓葉蘆花秋興長。長一作平淮忽迷天遠近，青山久與船低昂。壽州已見白石塔，短棹未轉黄茆岡。波平風軟望不到，故人久立烟蒼茫。

泗洲僧伽塔

我昔南行舟繫汴，送〔一〕風三日沙吹面。舟人共勸禱靈塔，香火未收旗脚轉。回頭頃刻失長橋，郤到龜山未朝飯。至人無心何厚薄，我自懷私欣所便。耕田欲雨刈欲晴，去得順風來者怨。若使人人禱輒遂，造物應須日千變。我今身世兩悠悠，去無所逐來無戀。得行固願留不惡，每到有求神亦倦。退之舊云三百尺，澄觀所營今已换。不嫌俗士汙丹梯，一看雲山遶淮甸。

〔一〕送，應作『逆』。

黿山

我生飄蕩去何求，再過黿山歲五周。身行萬里半天下，僧卧一庵初白頭。地隔中原勞北望，潮連滄海欲東游。元嘉舊事無人記，故壘推頽今在不。自注：宋文帝遣將拒魏太武，築城此山。

按：元嘉，文帝紀年也。

游金山寺

我家江水初發源，宦游直送江入海。聞道潮頭一丈高，天寒尚有沙痕在。中泠南畔石盤陀，古來出没隨濤波。試登絶頂望鄉國，江南江北青山多。羇愁畏晚尋歸楫，山僧苦留看落日。微風萬頃韡文細，斷霞半空魚尾赤。是時江月初生魄，二更月落天深黑。江心似有炬火明，飛焰照山棲鳥驚。悵然歸卧心莫識，非鬼非人竟何物。自注：是夜所見如此。江山如此不歸山，江神見怪驚我頑。我謝江神豈得已，有田不歸如江水。

自金山放船至焦山

金山樓觀何耽耽，撞鐘擊鼓聞淮南。焦山何有有修竹，採薪汲水僧兩三。雲霾浪打人迹絶，時有沙户祈春蠶。自注：吴人謂水中可田者爲沙。我來金山更留宿，而此不到心懷慚。同游盡返決獨往，賦命窮薄輕江潭。清晨無風浪自涌，中流歌嘯倚半酣。老僧下山驚客至，迎笑喜作巴人談。自注：焦山長老，中江人也。自言久客忘鄉井，只有彌勒爲同龕。困眠得就紙帳暖，飽食未厭山蔬甘。山林饑卧古亦有，無田不退寧非貪。展禽雖未三見黜，叔夜自知七不堪。行當投劾謝簪組，爲我佳處留茆庵。

臘日游孤山訪惠勤惠思二僧

天欲雪，雲滿湖，樓臺明滅山有無。水清出石一作石出魚可數，林深無人鳥相呼。臘日不歸對妻孥，名尋道人實自娱。道人之居在何許，寶雲山前路盤紆。孤山孤絶誰肯廬，道人有道山不孤。紙牕竹屋深自暖，擁褐坐睡依圓蒲。天寒路遠愁僕夫，整駕催歸及未晡。出山迴望雲木合，但見野鶻盤浮圖。兹游淡薄歡有餘，到家怳如夢遽蘧。作詩火急追亡逋，清景一失後難摹。

是日宿水陸寺寄北山清順僧

草没河堤雨暗村，寺藏修竹不知門。拾薪煑藥憐僧病，掃地焚香净客魂。農事未休侵小雪，佛燈初上報黄昏。年來漸識幽居味，思與高人對榻論。

戲子由

宛邱先生長如邱，宛邱學舍小如舟。常時低頭誦經史，忽然欠伸屋打頭。斜風吹帷雨注面，先生不愧傍人羞。任從飽死笑方朔，肯爲雨立求秦優。眼前勃磎何足道，處置六鑿須天游。讀書萬卷不讀律，致君堯舜知無術。勸農冠蓋鬧如雲，送老齏鹽甘似蜜。門前萬事不挂眼，頭雖長低氣不屈。餘杭别駕無功勞，畫堂五丈容旂旄。重樓跨空雨聲遠，屋多人少風騷騷。平生所慙今不耻，坐對疲氓更鞭箠。道逢陽虎呼與言，心知其非口諾唯。居高志下真何益，氣節消縮今無幾。文章小伎安足程，先生别駕舊齊名。如今衰老俱無用，付與時人分重輕。

吉祥寺賞牡丹

人老簪花不自羞，花應羞上老人頭。醉歸扶路人應笑，十里珠簾半上鈎。

游徑山

衆峰來自天目山，勢若駿馬奔平川。中塗勒破千里足，金鞭玉鐙相回旋。人言山住水亦住，下有萬古蛟龍淵。道人天眼識王氣，結茆宴坐荒山巔。精誠貫山石爲裂，天女下試顔如蓮。寒窻暖足來朴朔，夜鉢呪水降蜿蜒。雪眉老人朝扣門，願爲弟子長參禪。爾來廢興三百載，奔走吴會輸金錢。飛樓涌殿壓山破，朝鐘暮鼓驚龍眠。晴空偶見浮海蜃，落日下數投村〔一〕鳶。有生共處覆載内，擾擾膏火同烹煎。近來愈覺世議隘，每到寬處差安便。嗟余老矣百事廢，郤尋舊學心茫然。問龍乞水歸洗眼，欲看細字銷殘年。自注：龍井水洗病眼有效。

〔一〕 村，應爲『林』。

孫莘老求墨妙亭詩

蘭亭繭紙入昭陵，世間遺跡猶龍騰。顔公變法出新意，細筋入骨如秋鷹。徐家父子亦秀絶，字外出力中藏稜。嶧山傳刻典刑在，千載筆法留陽冰。杜陵評書貴瘦硬，此論未公吾不憑。短長肥瘦各有態，玉環飛燕誰敢憎。吴興太守真好古，購買斷缺揮縑繒。龜趺入坐螭隱壁，空齋晝静聞登登。奇蹤散出走吴越，勝事傳説誇友朋。書來乞詩要自寫，爲把栗尾書溪藤。後來視今猶視昔，過眼百世如風燈。他年劉郎憶賀監，還道同時須服膺。

梵天寺見僧守詮小詩清遠〔一〕可愛次韻

但聞烟外鐘，不見烟中寺。幽人行未已，草露濕芒屨。惟應山頭月，夜夜照來去。附守詮詩：落日寒蟬鳴，獨歸林下寺。柴扉夜未掩，片月隨行屨。惟聞犬吠聲，又入青蘿去。

〔一〕遠，《全宋詩》作『婉』。

鴉種麥行

霜林老鴉閑無用，畦東拾麥畦西種。畦西種得青猗猗，畦東已作牛尾稀。明年麥熟芒攢槊，農夫未食鴉先啄。徐行俛仰若自矜，鼓翅跳踉上牛角。憶昔舜耕歷山鳥爲耘，如今老鴉種麥更辛勤。農夫羅拜鴉飛起，勸農使者來行水。

六和寺冲師閘山溪爲水軒

欲放清溪自在流，忍教冰雪落沙洲。出山定被江潮涴，能爲山僧更少留。

游道場山何山

道場山頂何山麓，上徹雲峰下幽谷。我從山水窟中來，尚愛此山看不足。陂湖行盡白漫漫，青山忽作龍蛇盤。山高無風松自響，誤認石齒號驚湍。山僧不放山泉出，屋底清池照瑶席。階前合抱香入雲，月裏仙人親手植。出山回望翠雲鬟，碧瓦朱欄縹緲間。白水田頭問行路，小溪深處是何山。高人讀書夜達旦，至今山鶴鳴夜半。我今廢學不歸山，山中對酒空三歎。

山村

竹籬茅屋趁溪斜，春入山村處處花。無象太平還有象，孤烟起處是人家。
老翁七十自腰鎌，慙愧春山筍蕨甜。豈是聞韶解忘味，爾來三月食無鹽。

王復秀才所居雙檜二首之一

凜然相對敢相欺，直幹臨空未要奇。根到九泉無曲處，世間惟有蟄龍知。

法惠寺横翠閣

朝見吴山横，暮見吴山縱。吴山故多態，轉側爲君容。幽人起朱閣，空洞更無物。惟有千步岡，東西作簾額。春來故國歸無期，人言秋悲春更悲。已泛平湖思濯錦，更看横翠憶峨眉。雕欄能得幾時好，不獨凴欄人易老。百年興廢更堪哀，懸知草莽化池臺。游人尋我舊游處，但覓吴山横處來。

立秋日禱雨宿靈隱寺同周徐二令

百重堆案掣身閑，一葉秋聲對榻眠。牀下雪霜侵户月，枕中琴築落堦泉。崎嶇世味嘗應遍，寂寞山棲老漸便。惟有問農心尚在，起占雲漢更茫然。

病中游祖塔院

紫李黄瓜村路香，烏紗白葛道衣涼。閉門野寺松陰轉，欹枕風軒客夢長。因病得閑殊不惡，安心是藥更無方。道人不惜堦前水，借與匏樽自在嘗。

宿九仙山自注：九仙謂左元放、許邁、王、謝之流。

風流王謝古仙真，一去空山五百春。玉室金堂餘漢士，桃花流水先秦人。困眠一榻香凝帳，夢遶千巖冷逼身。夜半老僧呼客起，雲峰缺處涌冰輪。

唐道人言，天目山上俯視雷雨，每大雷電，但聞雲中如嬰兒聲，殊不聞雷震也

已外浮名更外身，區區雷電若爲神。山頭只作嬰兒看，無限人間失箸人。

有美堂暴雨

游人脚底一聲雷，滿坐頑雲撥不開。天外黑風吹海立，浙東飛雨過江來。十分瀲灩金樽凸，千杖敲鏗羯鼓催。唤起謫仙泉灑面，倒傾鮫室瀉瓊瑰。

九日尋臻闍黎，遂泛小舟至勤師院

湖上青山翠作堆，葱葱鬱鬱氣佳哉。笙歌叢裏抽身出，雲水光中洗眼來。白足赤髭迎我笑，拒霜黄菊爲誰開。明年桑苧煎茶處，憶著衰翁首重回。自注：皎然有《九日與陸羽煎茶》詩。羽自號桑苧翁，余來年九日，去此久矣。

賀陳述古弟章生子

鬱蔥佳氣夜充閭，始見徐卿第二雛。甚欲去爲湯餅客。惟愁錯寫弄麞書。參軍新婦賢相敵，阿大中郎喜有餘。我亦從來識英物，試教啼看定何如。

次韻述古過周長官夜飲

二更鐃鼓動諸鄰，百首新詩間八珍。已遣亂蛙成兩部，更邀明月作三人。雲烟湖寺家家境，燈火沙河夜夜春。曷不勸公勤秉燭，老來光景似奔輪。

除夜野宿常州城外二首

行歌野哭雨堪悲，遠火低星漸向微。病眼不眠非守歲，鄉音無伴苦思歸。重衾脚冷知霜重，新沐頭輕感髮稀。多謝殘燈不嫌客，孤舟一夜許相依。

南來三見歲云徂，直恐終身走道塗。老去怕看新歷日，退歸擬學舊桃符。烟花已作青春意，霜雪偏尋病客鬢。但把窮愁博長健，不辭最後飲屠酥。

惠山謁錢道人，烹小龍團，登絶頂，望太湖

踏遍江南南岸山，逢山未免更留連。獨攜天上小團月，來試人間第二泉。石路縈回九龍脊，水光翻動五湖天。孫登無語空歸去，半嶺松聲萬壑傳。

大風留金山兩日

塔上一鈴獨自語，明日顛風當斷渡。朝來白浪打蒼崖，倒射軒牕作飛雨。龍驤萬斛不敢過，漁艇一葉從掀舞。細思城市有底忙，郤笑蛟龍爲誰怒。無事久留童僕怪，此風聊得妻孥許。灊山道人獨何事，半夜不眠聽粥鼓。

張翰

浮世功勞食與眠，季鷹真得水中仙。不須更説知機早，直爲鱸魚也自賢。

過永樂文長老已卒

初驚鶴瘦不可識，旋覺雲歸無處尋。三過門間老病死，一彈指頃去來今。存亡慣見渾無淚，鄉井難忘尚有心。欲向錢塘訪圓澤，葛洪川畔待秋深。

平山堂次王居卿祠部韻

高會日陪山簡醉，狂言屢發次公醒。酒如人面天然白，山向吾曹分外青。江上飛雲來北固，檻前修竹憶南屏。六朝興廢餘邱壠，空使姦雄笑寧馨。

雪後書北臺壁二首

黄昏猶作雨纖纖，夜静無風勢轉嚴。但覺衾裯如潑水，不知庭院已堆鹽。五更曉色來書幌，半夜寒聲落畫簷。試掃北臺看馬耳，未隨埋没有雙尖。

城頭初日始翻鴉，陌上晴泥已没車。凍合玉樓寒起粟，光摇銀海眩生花。遺蝗入地應千尺，宿麥連雲有幾家。老病自嗟詩力退，空吟冰柱憶劉叉。

祭常山回小獵

青蓋前頭點皂旗，黄茅岡下出長圍。弄風驕馬跑空立，趁兔蒼鷹掠地飛。回望白雲生翠巘，歸來紅葉滿征衣。聖明若用西涼簿，白羽猶能效一揮。

寄題刁景純藏春塢

白首歸來種萬松，待看千尺舞霜風。年抛造物陶甄外，春在先生杖屨中。楊柳長齊低户暗，櫻桃爛熟滴堦紅。何時卻與徐元直，共訪襄陽龐德公。

聞喬太博换左藏知欽州以詩招飲

今年果起故將軍，幽夢清詩信有神。馬革裹屍真細事，虎頭食肉更何人。陣雲冷壓黄茅瘴，羽扇斜揮白葛巾。痛飲從今有幾日，西軒月色夜來新。

董儲郎中嘗知眉州，與先人游，過安邱，訪其故居，見其子希甫留詩屋壁

白髮郎潛舊使君，至今人道最能文。隻雞敢忘橋公語，下馬來尋董相墳。冬月負薪雖一作那得免，鄰人吹笛不堪聞。死生契闊君休問，灑泪西南向白雲。

和章七出守湖州

方丈仙人出渺茫，高情猶愛水雲鄉。功名誰使連三捷，身世何緣得兩忘。早歲歸休心共在，他年相見話偏長。只應未報君恩重，清夢時時到玉堂。

除夜大雪，留濰州，元日早晴，遂行，中途雪復作

除夜雪相留，元日晴相送。東風吹宿酒，瘦馬兀殘夢。葱曨曉光開，旋轉餘花弄。下馬成野酌，佳哉誰與共。須臾晚雲合，亂灑無缺空。鵝毛垂馬鬉，自怪騎白鳳。三年東方旱，逃户連歉棟。老農釋耒歎，淚入饑腸痛。春雪雖云晚，春麥猶可種。敢怨行役勞，助爾歌飯甕。

宿州次韻劉涇

我欲歸休瑟漸希，舞雩何日著春衣。多情白髮三千丈，無用蒼皮四十圍。晚覺文章真小伎，早知富貴有危機。爲君垂涕君知否，千古華亭鶴自飛。自注：涇之兄汴，亦有文，死矣。

司馬君實獨樂園

青山在屋上，流水在屋下。中有五畝園，花竹秀而野。花香襲杖屨，竹色侵盞斝。樽酒樂餘春，棋局消長夏。洛陽古多士，風俗猶爾雅。先生卧不出，冠蓋傾洛社。雖云與衆樂，中有獨樂者。才全德不形，所貴知我寡。先生獨何事，四海望陶冶。兒童誦君實，走卒知司馬。持此欲安歸，造物不我捨。名聲逐吾輩，此病天所赭。撫掌笑先生，年來效暗啞。

東欄梨花

梨花淡白柳深青，柳絮飛時花滿城。惆悵東欄一株雪，人生看得幾清明。

章質夫寄惠崔徽真

玉釵半脱雲垂耳，亭亭芙蓉在秋水。當時薄命一酸辛，千古華堂奉君子。水邊何處無麗人，近前試看丞相嗔。不如丹青不解語，世間言語原非真。知君被惱更愁絶，卷贈老夫驚老拙。爲君援筆賦梅花，未害廣平心似鐵。

韓幹馬十五匹

二馬並驅攢八蹄，二馬宛頸騣尾齊。一馬任前雙舉後，一馬却避長鳴嘶。老髯奚官騎且顧，前身作馬通馬語。後有八匹飲且行，微流赴吻若有聲。前者既濟出林鶴，後者欲涉鶴俛啄。最後一匹馬中龍，不嘶不動尾摇風。韓生畫馬真是馬，蘇子作詩如見畫。世無伯樂亦無韓，此詩此畫誰當看。

贈寫御容妙善師

憶昔射策干先皇，珠簾翠幄分兩厢。紫衣中使下傳詔，跪奉冉冉聞天香。仰觀眩晃目生暈，但見曉色開扶桑。迎陽晚出步就坐，絳紗玉斧光照廊。野人不識日月角，彷彿尚記重瞳光。三年歸來真一夢，橋山松檜凄風霜。天容玉色誰敢畫，老師古寺畫閉一作閑房。夢中神授心有得，覺來信手筆已忘。幅巾常服儼不動，孤臣入門涕自滂。元老侑坐鬚眉古，虎臣立侍一作侍立冠劍長。平生慣寫龍鳳質，肯顧草間猿與麞。都人踏破鐵門限，黄金白璧空堆牀。爾來摹寫亦到我，謂是先帝白髮郎。不須覽鏡坐自了，明年乞身歸故鄉。

答吕梁仲屯田

亂山合沓圍彭門，官居獨在懸水村。自注：懸水村，吕梁地名。居民蕭條雜麋鹿，小市冷落無雞豚。黄河西來初不覺，但訝清泗流奔渾。夜聞沙岸鳴甕盎，曉看雪浪浮鵰鶡。吕梁自古喉吻地，萬頃一抹何由吞。坐觀入市卷閭井，吏民走盡餘王尊。計窮路斷欲安適，吟詩破屋愁鳶蹲。歲寒霜重水歸壑，但見屋瓦留沙痕。入城相對如夢寐，我亦僅免爲魚黿。旋呼歌舞雜詼笑，不惜飲釂空缾盆。念君官舍冰雪冷，新詩美酒聊相温。人生如寄何不樂，任使絳蠟燒黄昏。宣房未築淮泗滿，故道堙滅瘡痍存。明年勞苦應更甚，我當畚鍤先黥髡。付君萬指伐頑石，千鎚雷動蒼山根。高城如鐵洪口快，談笑卻掃看崩奔。農夫掉臂免狼顧，秋穀布野如雲屯。還須更置軟脚酒，爲君擊鼓行金樽。

河復并序

熙寧十年秋，河決澶淵，注鉅野，入淮泗，自澶魏以北，皆絶流而濟。楚大被其害，彭門城下，水二丈八尺，七十餘日不退，吏民疲於守禦。十月十三日，澶州大風終日，既止，而河流一枝已復故道。聞之，喜甚，庶幾可塞乎！乃作《河復》詩，歌之道路，以致民願而迎神休，蓋守土者之志也。

君不見，西漢元光元封間，河決瓠子二十年。鉅野東傾淮泗滿，楚人恣食黄河鱣。萬里沙回封禪罷，初遣越巫沈白馬。河公未許人力窮，薪芻萬計隨流下。吾君仁聖如帝堯，百神受職河神驕。帝遣風師下約束，北流夜起澶州橋。東風吹凍收微淥，神功不用淇園竹。楚人種麥滿河淤，仰看浮槎棲古木。

續麗人行并引

李仲謀家有周昉畫背面欠伸内人，極精，戲作此詩。

深宫無人春日長，沈香亭北百花香。美人睡起薄梳洗，燕舞鶯啼空斷腸。畫工欲畫無窮意，背立東風初破睡。若教回首却嫣然，陽城下蔡俱風靡。杜陵饑客眼長寒，蹇驢破帽隨金鞍。隔花臨水時一見，只許腰肢背後看。心醉歸來茅屋底，方信人間有西子。君不見，孟光舉案與眉齊，何曾背面傷春啼。

九日黄樓作

去年重陽不可説，南城夜半千漚發。水穿城下作雷鳴，泥滿城頭飛雨滑。黄花白酒無人問，日暮歸來洗韡韈。豈知還復有今年，把琖對花容一呷。莫嫌酒薄紅粉陋，終勝泥中千柄鍤。黄樓新成壁未乾，清河已落霜初殺。朝來白露如細雨，南山不見千尋刹。樓前便作海茫茫，樓下空聞櫓鵶軋。薄寒中人老可畏，熱酒澆腸氣先壓。烟消日出見漁村，遠水鱗鱗山齾齾。詩人猛士雜龍虎，自注：坐客三十餘人，多知名之士。楚舞吳歌亂鵝鴨。一杯相屬君勿辭，此景何殊泛清霅。

僕曩於長安陳漢卿家，見吳道子畫佛，碎爛可惜，其後十餘年，復見之於鮮于子駿家，則已裝背完好，子駿以見遺，作詩謝之

貴人金多身復閑，争買書畫不計錢。已將鐵石充逸少，自注：法帖大王書中有般鐵石字，鐵

石，梁武帝時人。更補朱繇爲道玄。自注：世所收吴道子畫，多朱繇筆也。烟薰屋漏裝玉軸，鹿皮蒼璧知誰賢。吴生畫佛本神授一作駿，夢中化作飛空仙。覺來落筆不經意，神妙獨到秋毫顛。昔我長安見此畫，歎息至寶空潸然。素絲斷續不忍看，已作蝴蝶飛聯翩。君能收拾爲補綴，體質散落嗟神全。誌公髣髴見刀尺，修羅天女猶雄妍。如觀老杜飛鳥句，脱字欲補知無緣。問君乞得良有意，欲將俗眼爲洗湔。貴人一見定羞怍，錦囊千紙何足捐。不須更用博麻縷，付與一炬隨飛烟。

人日獵城南，會者十人，以『身輕一鳥過，槍急萬人呼』爲韻，得鳥字

兒童笑使君，憂慍長悄悄。誰拈白接䍦，令跨金騕褭。東風吹濕雪，手冷怯清曉。忽發兩鳴髇，虛交切，相趁飛𧊍小。放弓一長嘯，目送孤鴻矯。吟詩忘鞭轡，不語頭自掉。歸來仍脱粟，鹽豉煮芹蓼。何似雷將軍，兩眼霜鶻皎。黑頭已爲將，百戰意未了。馬上倒銀瓶，得兔不暇燎。少年負奇志，蹭蹬百憂繞。回首英雄人，老死已不少。青春還一夢，餘年真過鳥。莫上呼鷹臺，平生笑劉表。

將官雷勝得過字代作

胡騎入雲中一作回中，急烽連夜過。短刀穿齒陣，濺血貂裘涴。一來輦轂下，愁悶惟欲卧。今朝從公獵，稍覺天宇大。一雙鐵絲箭，未發手先唾。射殺雪毛狐，腰間餘箇箇。

臺頭寺步月得人字

風吹河漢掃微雲，步屧中庭月趁人。浥浥爐香初泛夜，離離花影欲摇春。遥知金闕同清景，想見氊車碾暗塵。回首舊游真是夢，一簪華髮岸綸巾。

百步洪并引

王定國訪余於彭城，一日，棹小舟，與顔長道攜盼、英、卿三子，游泗水，北上聖女山，南下百步洪，吹笛飲酒，乘月而歸。余時以事不得往，夜著羽衣，佇立黄樓上，相視而笑，以爲李太白死，世間無此樂三百餘年矣。定國既去，逾月，復與參寥師放舟洪下。追懷曩游，已爲陳迹，喟然而嘆。故作二詩，一以遺參寥，一以寄定國，且示顔長道、舒堯文，邀同賦云。

長洪斗落生跳波，輕舟南下如投梭。水師絶叫鳧鴈起，亂石一線争磋磨。有如兔走鷹隼落，駿馬下注千丈坡。斷絃離柱箭脱手，飛電過隙珠翻荷。四山眩轉風掠耳，但見流沫生千渦。嶮中得樂雖一快，何異水伯夸秋河。我生乘化日夜逝，坐覺一念逾新羅。紛紛争奪醉夢裏，豈信荆棘埋銅駝。覺來俯仰失千刼，回視此水殊委蛇。君看岸邊蒼石上，古來篙眼如蜂窠。但應此心無所住，造物雖駛如吾何。回船上馬各一作别歸去，多言譊譊師所呵。

佳人未肯回秋波，幼輿欲語防飛梭。輕舟弄水買一笑。醉中盪槳肩相磨摩同。不學長安閭里俠，貂裘夜走臙脂坡。獨將詩句擬鮑謝，涉江共採秋江荷。不知詩中道何語，但覺兩頰生微渦。我時羽服黄樓上，坐見織女初斜河。歸來笛聲滿山谷，明月正照金叵羅。奈何捨我入塵土，擾擾毛群欺卧駝。不念空齋老病叟，退食誰與同委蛇。時來洪上看遺迹，忍見屐齒青苔窠。詩成不覺雙淚下，悲吟相對惟羊何。欲遣佳人寄錦字，夜寒手冷無人呵。

月夜與客飲杏花下

杏花飛簾散石刻作報餘春，明月入户尋幽人。褰衣步月踏花影，炯如流水涵青蘋。花間置酒清香發，争挽長條落香雪。山城薄酒不堪飲，勸君且吸杯中月。洞簫聲斷月明中，惟憂月落酒杯空。明朝卷地春風惡，但見緑葉栖殘紅。

陳季長所蓄朱陳嫁娶圖

何年顧陸丹青手，畫作朱陳嫁娶圖。聞道一村惟兩姓，不將門户買崔盧。
我是朱陳舊使君，勸耕曾入杏花村。而今風物那堪畫，縣吏催錢夜打門。

次韻答孫侔

十年身不到朝廷，欲伴騷人賦落英。但得低頭拜東野，不辭中路伺淵明。艤舟苕霅人安在，卜築江淮計已成。千里論交一言足，與君蓋亦不須傾。

予以事繫御史臺獄，獄吏稍見侵，自度不能堪，死獄中，不得一别子由，故作二詩，授獄卒梁成，以遺子由

聖主如天萬物春，小臣愚暗自亡身。百年未滿先償債，十口無歸更累人。是處青山可埋骨，他年夜雨獨傷神。與君世世爲兄弟，又結來生未了因。

柏臺霜氣夜淒淒，風動琅璫月向低。夢遶雲山心似鹿，魂飛湯火命如雞。眼中犀角真吾子，

身後牛衣愧老妻。百歲神游定何處，桐鄉知葬浙江西。自注：獄中聞杭、湖間民爲余作解厄道場者累月。〔一〕

初到黄州

自笑平生爲口忙，老來事業轉荒唐。長江遶郭知魚美，好竹連山覺筍香。逐客不妨員外置，詩人例作水曹郎。只慚無補絲毫事，尚費官家壓酒囊。自注：檢校官例折支，多得退酒袋。

定惠院寓居月夜偶出

幽人無事不出門，偶逐東風轉良夜。參差玉宇飛木末，繚繞香烟來月下。江雲有態清自媚，竹露無聲浩如瀉。已驚弱柳萬絲垂，尚有殘梅一枝亞。清詩獨吟還自和，白酒已盡誰能借。不辭青春忽忽過，但恐懽意年年謝。自知醉耳愛松風，會揀霜林結茅舍。浮浮大甑長炊玉，溜溜小槽如壓蔗。飲中真味老更濃，醉裏狂言醒可怕。閉門一作但當謝客對妻子，倒冠落佩從嘲罵。

〔一〕《全宋詩》此句後有『故有此句』。

寓居定惠院之東，雜花滿山，有海棠一株，土人不知貴也

江城地瘴蕃草木，只有名花苦幽獨。嫣然一笑竹籬間，桃李漫山總粗俗。也知造物有深意，故遣佳人在空谷。自然富貴出天姿，不待金盤薦華屋。朱唇得酒暈生臉，翠袖卷紗紅映肉。林深霧暗曉光遲，日暖風輕春睡足。雨中有淚亦悽愴，月下無人更清淑。先生食飽無一事，散步逍遥自捫腹。不問人家與僧舍，拄杖敲門看修竹。忽逢絶艷照衰朽，歎息無言揩病目。陋邦何處得此花，無乃好事移西蜀。寸根千里不易到，銜子飛來定鴻鵠。天涯流落俱可念，爲飲一樽歌此曲。明朝酒醒還獨來，雪落紛紛那忍觸。

正月廿日，往岐亭，郡人潘、古、郭三人，送余於女王城東禪莊院

十日春寒不出門，不知江柳已摇村。稍聞決決流冰谷，盡放青青没燒痕。數畝荒園留我住，半瓶濁酒待君温。去年今日關山路，細雨梅花正斷魂。

三朵花 并引

房州通判許安世以書遺余，言吾州有異人，常戴三朵花，莫知其姓名，郡人因以三朵花名之。能作詩，皆神仙意。又能自寫真，人有得之者。許欲以一本見惠，乃爲作此詩。

學道無成鬢已華，不勞千劫漫烝砂。歸來且看一宿覺，未暇遠尋三朵花。兩手欲遮瓶裏雀，四條深怕井中蛇。畫圖要識先生面，試問房陵好事家。

寒食雨二首

自我來黄州，已過三寒食。年年欲惜春，春去不容惜。今年又苦雨，兩月秋蕭瑟。卧聞海棠花，泥汙燕脂雪。暗中偷負去，夜半真有力。何殊病少年，病起頭已白。

春江欲入户，雨勢來不已。小屋如漁舟，濛濛水雲裏。空庖煮寒菜，破竈燒溼葦。那知是寒食，但感烏銜紙。君門深九重，墳墓在萬里。也擬哭途窮，死灰吹不起。

岐亭道上見梅花戲贈季常

蕙死蘭枯菊亦摧，返魂香入嶺頭梅。數枝殘緑風吹盡，一點芳心雀啅開。野店初嘗竹葉酒，江雲欲落豆稭灰。行當更向釵頭見，病起烏雲正作堆。

次韻和王鞏

平生我亦輕餘子，晚歲人誰念此翁。巧語屢曾遭薏苡，廋詞聊復託芎藭。子還可責同元亮，妻卻差賢勝敬通。若問我貧天所賦，不因遷謫始囊空。

江上值雪，效歐陽體，限不以鹽玉鶴鷺絮蝶飛舞之類爲比，仍不使皓白潔素等字

縮頸夜眠如凍龜，雪來唯有客先知。江邊曉起浩無際，樹杪風多寒更吹。青山有似少年子，一夕變盡滄浪髭。方知陽氣在流水，沙上盈尺江無澌。隨風顛倒紛不擇，下滿坑谷高陵危。江空野闊落不見，入户但覺輕絲絲。沾裳細看若一作巧刻鏤，豈有一一天工爲。霍然一麾遍九野，

吁此權柄誰執持。世間苦樂知有幾，今我幸免沾膚肌。山夫只見壓樵擔，豈知帶酒飄歌兒。天王臨軒喜有麥，宰相獻壽嘉及時。凍吟書生筆欲折，夜織貧女寒無幃。高人著履踏冷冽，飄拂巾帽真仙姿。野僧斫路出門去，寒液滿鼻清淋灕。灑袍入袖溼靴底，亦有執版趨堦墀。舟中行客何所愛，願得獵騎當風披。草中咻咻有寒兔，孤隼下擊千夫馳。敲冰煮鹿最可樂，我雖不飲强倒巵。楚人自古好弋獵，誰能往者我欲隨。紛紜旋轉從滿面，馬上操筆爲賦之。

魚蠻子

江淮水爲田，舟楫爲室居。魚鰕以爲糧，不耕自有餘。異哉魚蠻子，本非左衽徒。連排入江住，竹瓦三尺廬。於焉長子孫，戚施且侏儒。擘水取魴鯉，易如拾諸途。破釜不著鹽，雪鱗芼青蔬。一飽便甘寢，何異獺與狙。人間行路難，踏地出賦租。不如魚蠻子，駕浪浮空虛。空虛未可知，會當算舟車。蠻子叩頭泣，勿語桑大夫。

六年正月二十日復出東門仍用前韻

亂山環合水侵門，身在淮南盡處村。五畝漸成終老計，九重新掃舊巢痕。豈惟見慣沙鷗熟，已覺來多釣石温。長與東風約今日，暗香先返玉梅魂。

南堂

掃地燒香〔一〕閉閣眠，簟紋如一作似水帳如烟。客來夢覺知何處，挂起西牕浪接天。

和秦太虚梅花

西湖處士骨應槁，只有此詩君壓倒。東坡先生心已灰，爲愛君詩被花惱。多情立馬待黄昏，殘雪消遲月出蚤。江頭千樹春欲闇，竹外一枝斜更好。孤山山下醉眠處，點綴裙腰紛不掃。萬里春隨逐客來，十年花送佳人老。去年花開我已病，今年對花還草草。不知風雨卷春歸，收拾餘香還畀昊。

〔一〕燒香，《全宋詩》作『焚香』。

蘇東坡詩選

下卷

題西林壁

橫看成嶺側成峰，遠近高低各不同一作無一同。不識廬山真面目，只緣身在此山中。

廬山二勝并引

余游廬山南北，得十五六奇勝，殆不可勝紀，而懶不作詩，獨擇其尤佳者作二首。

開先漱玉亭

高巖下赤日，深谷來悲風。擘開青玉峽，飛出兩白龍。亂沫散霜雪，古潭摇清空。餘流滑無聲，快瀉雙石谼。我來不忍去，月出飛橋東。蕩蕩白銀闕，沈沈水精宫。願隨琴高生，脚踏赤鯶公。手持白芙渠，跳下清泠中。

栖賢三峽橋

吾聞太山石，積日穿綫溜。況此百雷霆，萬世與石鬬。深行九地底，嶮出三峽右。長輪不盡谿，欲滿無底竇。跳波翻潛魚，震響落飛狖。清寒入山骨，草木盡堅瘦。空濛烟靄間，澒洞金石奏。彎彎飛橋出，瀲瀲半月彀。玉淵神龍近，雨雹亂晴晝。垂絣得清甘，可嚥不可漱。

郭祥正家醉，畫竹石壁上，郭作詩爲謝，且遺二古銅劍

空腸得酒芒角出，肝肺槎牙生竹石。森然欲作不可回，吐向君家雪色壁。平生好詩仍好畫，書墻涴壁長遭駡。不瞋不駡喜有餘，世間誰復如君者。一雙銅劍秋水光，兩首新詩爭劍鋩。劍在牀頭詩在手，不知誰作蛟龍吼。

龍尾硯歌并引

余舊作《鳳咮石硯銘》，其略云：蘇子一見名鳳咮，坐令龍尾羞牛後。已而求硯於歙，歙人云：子自有鳳咮，何以此爲？蓋不能平也。奉議郎方君彦德，有龍尾大硯，奇甚，謂余若

能作詩少解前語者，當奉餉，乃作此詩。

黄琮白琥天不惜，顧恐貪夫死懷璧。君看龍尾豈石材，玉德金聲寓於石。與天作石來幾時，與人作硯初不詞辭同。詩成鮑謝石何與，筆落鍾王硯不知。錦茵玉匣俱塵垢，擣練支牀亦何有。況瞋蘇子鳳咮銘，戲語相嘲作牛後。碧天照水風吹雲，明牕大几清無塵。我生天地一閑物，蘇子亦是支離人。粗言細語都不擇，春蚓秋蛇隨意畫。願從蘇子老東坡，仁者不用生分別。

次荆公韻

斫竹穿花破緑苔，小詩端爲覓榿栽。細看造物初無物，春到江南花自開。

同王勝之游蔣山

到郡席不暖，居民空惘然。好山無十里，遺恨恐他年。欲欵南朝寺，同登北郭船。朱門收畫戟，紺宇出青蓮。自注：荆公以宅爲寺。夾路蒼髯古，迎人翠麓偏。龍腰蟠故國，鳥爪寄曾巔。竹杪飛華屋，松根流細泉。峰多巧障日，江遠欲浮天。略彴横秋水，浮屠插暮烟。歸來踏人影，雲細月娟娟。

徐大正閑軒

冰蠶不知寒，火鼠不知暑。知閑見閑地，已覺非閑侶。君看東坡翁，懶散誰比數。形骸墮醉夢，生事委塵土。蚤眠不見燈，晚食或欺午。卧看氈取盜，坐視麥漂雨。語希舌頰强，行少腰脚僂。五年黄州城，不蹋黄州鼓。人言我閑客，置此閑處所。問閑作何味，如眼不自覩。頗訝徐孝廉，得閑能幾許。介子願奉使，翁歸備文武。應緣不耐閑，名字挂庭宇。我詩爲閑作，更得不閑語。吾如汗血駒，轉盻略燕楚。莫嫌鑾輅重，終勝鹽車苦。

次韻王定國南遷回見寄

土暈銅花蝕秋水，要須悍石相礱砥。十年冰蘗戰膏粱，萬里烟波濯紈綺。歸來詩思轉清激，百丈空潭數魴鯉。逝將桂浦擷蘭蓀，不記槐堂收劍履。卻思庾嶺今何在，更説彭城真夢耳。自注：來詩述彭城舊游。君知先竭是甘井，我願得全如苦李。妄心不復九回腸，至道終當三洗髓。廣陵陽羨何足較，自注：余買田陽羨，來詩以爲不如廣陵。只有無何真我里。樂全老子今禪伯，自注：謂張安道也，定國其壻。掣電機鋒不容擬。心通豈復問云何，印可聊須答如是。相逢爲我話留滯，桃花春漲孤舟起。

寄吴德仁兼簡陳季常

東坡先生無一錢，十年家火燒凡鉛。黄金可成河可塞，只有霜鬢一作鬢無由玄。龍邱居士亦可憐，談空説有夜不眠。忽聞河東師子吼，拄杖落手心茫然。誰似濮陽公子賢，飲酒食肉自得仙。平生寓物不留物，在家學得忘家禪。門前罷亞十頃田，清溪遶屋花連天。溪堂醉卧呼不醒，落花如雪春風顛。我游蘭谿訪清泉，已辨布襪青行纏。稽山不是無賀老，我自興盡回酒船。恨君不識顔平原，恨我不識元魯山。銅駝陌上會相見，握手一笑三千年。

海市并引

予聞登州海市舊矣，父老云常出於春夏，今歲晚，不復見矣。予到官五日而去，以不見爲恨，禱於海神廣德王之廟，明日見焉，乃作此詩。

東方雲海空復空，群仙出没空明中。蕩摇浮世生萬象，豈有貝闕藏珠宫。心知所見皆幻影，敢以耳目煩神工。歲寒水冷天地閉，爲我起蟄鞭魚龍。重樓翠阜出霜曉，異事驚倒百歲翁。人間所得容力取，世外無物誰爲雄。率然有請不我拒，信我人厄非天窮。潮陽太守南遷歸，喜見石廩堆祝融。自言正直動山鬼，豈知造物哀龍鍾。信眉一笑豈易得，神之報汝亦已豐。斜陽萬里孤鳥没，但見碧海磨青銅。新詩綺語亦安用，相與變滅隨東風。

過萊州雪後望三山

東海如碧環，西北卷登萊。雲光與天色，直到三山回。我行適冬仲，薄雪收浮埃。黄昏風絮定，半夜扶桑開。參差太華頂，出没雲濤堆。安期與羨門，乘龍安在哉。茂陵秋風客，勸爾麾一杯。帝鄉不可期，楚些招歸來。

惠崇春江晚景

竹外桃花三兩枝，春江水暖鴨先知。蔞蒿滿地蘆牙短，正是河豚欲上時。

虢國夫人夜游圖

佳人自鞚玉花驄，翩如驚燕踏飛龍。金鞭争道寶釵落，何人先入明光宫。宫中羯鼓催花柳，玉奴絃索花奴手。坐中八姨真貴人，走馬來看不動塵。明眸皓齒誰復見，只有丹青餘淚痕。人間俯仰成今古，吴公臺下雷塘路。當時亦笑張麗華，不知門外韓擒虎。

次韻朱光庭初夏

朝罷人人識鄭崇，直聲如在履聲中。臥聞踈響梧桐雨，獨詠微凉殿閣風。諫苑君方續承業，醉鄉我欲訪無功。陶然一枕誰呼覺，牛蟻初除病後聰。

書李世南所畫秋景二首 録一首

野水參差落漲痕，踈林欹倒出霜根。扁舟一棹歸何處，家在江南黄葉村。

書鄢陵王主簿所畫折枝

論畫以形似，見與兒童鄰。賦詩必此詩，定非知詩人。詩畫本一律，天工與清新。邊鸞雀寫生，趙昌花傳神。如何此兩幅，踈澹含精勻。誰言一點紅，解寄無邊春。

故李誠之待制六丈挽詞

青青一寸松，中有棵棟姿。天驥墮地走，萬里端可期。世無阿房宫，下建五丈旗。又無穆天子，西征燕瑶池。才大古難用，老死亦其宜。丈夫恐不免，豈患莫己知。公如松與驥，少小稱偉奇。俯仰自廊廟，笑談無羌夷。清朝竟不用，白首仍優時。願斬横行將，請烹乾没兒。言雖不見省，坐折姦雄窺。嗟我去公久，江湖生白髭。歸來耆舊盡，零落存者誰。比公嵇中散，龍性不可羈。疑公李北海，慷慨多雄詞。凄凉《五君詠》，沉痛《八哀詩》。邪正久乃明，人今屬公思。九原不可作，千古有餘悲。

九月十五日，邇英講《論語》，終篇，賜執政講讀史官燕於東宫，又遣中使就賜御書詩各一首，臣軾得《紫薇花》絶句，其詞云：『絲綸閣下文章静，鐘鼓樓中刻漏長。獨坐黄昏誰是伴，紫薇花對紫微郎。』翌日，各以表謝，又進詩一篇，臣軾詩云

繡裳畫衮雲垂地，不作成王剪桐戲。日高黄繖下西清，風動槐龍舞交翠。自注：邇英閣前有雙槐，樛然屬地，如龍形。壁中蠹簡今千年，漆書科斗光射天。諸儒不復憂吻燥，東宫賜酒如流泉。酒酣復拜千金賜，一紙鸞鸞回鳳字。蒼顔白髮便生光，袖有驪珠三十四。自注：臣所賜書，并題日及臣姓名，凡三十四字。歸來車馬已喧闐，争看銀鉤墨色鮮。人間一日傳萬口，喜見雲章第一篇。自注：上前此未嘗以御書賜群臣。玉堂晝掩文書静，鈴索不摇鐘漏永。莫言弄筆數行書，須信時平由主聖。犬羊散盡沙漠空，捷烽夜到甘泉宫。似聞指揮築上郡，已覺談笑無西戎。自注：時熙河新獲鬼章，是日，涇原復奏夏賊數十萬人遁去。文思天子師文母，終閉玉關辭馬武。小臣願對紫薇花，試草尺書招贊普。

慶源宣義王丈以累舉得官，爲洪雅主簿，雅州户掾。遇吏民如家人，人安樂之。既謝事，居眉之青神瑞草橋，放懷自得。有書來求紅帶，既以遺之，且作詩爲戲，請黄魯直、秦少游各爲賦一首，爲老人光華

青衫半作霜葉枯，遇民如兒吏如奴。吏民莫作官長看，我是識字耕田夫。妻啼兒號刺史怒，時有野人來挽須。拂衣自注下下考，芋魁飯豆吾豈無。歸來瑞草橋邊路，獨游還佩平生壺。慈姥巖前自喚渡，青衣江畔人争扶。今年蠶市數州集，中有遺民懷袴襦。邑中之黔相指似，白髯紅帶老不癯。我欲西歸卜鄰舍，隔牆拊掌容歌呼。不學山王乘駟馬，回頭空指黄公壚。

送千乘千能兩姪還鄉

治生不求富，讀書不求官。譬如飲不醉，陶然有餘歡。君看龐德公，白首終泥蟠。豈無子孫念，顧獨遺以安。鹿門上冢回，牀下拜龍鸞。躬耕竟不起，耆舊節獨完。念汝少多難，冰雪落綺紈。五子如一人，奉養真色難。烹雞獨饋母，自饗苜蓿槃。口腹雖累人，寧我食無肝。西來四千里，敝袍不言寒。秀眉似我兄，亦復心閑寬。忽然捨我去，歲晚留餘酸。我豈軒冕人，青雲竟先闌。汝歸莳松菊，環以青琅玕。榿陰三年成，可以挂吾冠。清江入城郭，小圃生微瀾。相從結茅舍，曝背談金鑾。

余與李鷹方叔相知久矣，領貢舉事，而李不得第，愧甚，作詩送之

與君相從非一日，筆勢翩翩疑可識。平生謾説古戰場，過眼終迷日五色。我慙不出君大笑，行止皆天子何責。青袍白紵五千人，知子無怨亦無德。買羊沽酒謝玉川，爲我醉倒春風前。歸家但草凌雲賦，我相夫子非臞仙。

書王定國所藏烟江疊嶂圖 自注：王晉卿畫。

江上愁心千疊山，浮空積翠如雲烟。山耶雲耶遠莫知，烟空雲散山依然。但見兩崖蒼蒼暗絶谷，中有百道飛來泉。縈林絡石隱復見，下赴谷口爲奔川。川平山開林麓斷，小橋野店依山前。行人稍度喬木外，漁舟一葉江吞天。使君何從得此本，點綴毫末分清妍。不知人間何處有此境，徑欲往買二頃田。君不見，武昌樊口幽絶處，東坡先生留五年。春風搖江天漠漠，暮雲卷雨山娟娟。丹楓翻鴉伴水宿，長松落雪驚醉眠。桃花流水在人世，武陵豈必皆神仙。江山清空我塵土，雖有去路尋無緣。還君此畫三歎息，山中故人應有招我歸來篇。

興龍節侍宴前一日，微雪，與子由同訪王定國，小飲清虛堂。定國出數詩，皆佳，而五言尤奇。子由又言：昔與孫巨源同王定國〔一〕，感念存没，悲歎久之。夜歸，稍醒，各賦一篇，明日朝中以示定國也

天風淅淅飛玉沙，詔恩歸沐休早衙。遥知清虛堂裏雪，正似薝蔔林中花。出門自笑無所詣，

〔一〕 同王定國，《全宋詩》作『同過定國』。

呼酒持勸惟君家。踏冰凌兢戰疲馬，扣門剥啄驚寒鴉。羡君五字入詩律，欲與六出争天葩。頭風已倩檄手愈，背癢卻得仙爪爬。銀缾瀉油浮螘酒，紫盌鋪粟盤龍茶。幅巾起作鸜鵒舞，疊鼓誰摻漁陽撾。九衢燈火雜夢寐，十年聚散空咨嗟。明朝握手殿門外，共看銀闕暾晨霞。

送李公恕赴闕

君才有如切玉刀，見之凛凛寒生毛。願隨壯士斬蛟蜃，不願腰間纏錦絛。用違其才志不展，坐與胥吏同疲勞。忽然眉上有黄氣，吾君漸欲收英髦。立談左右俱動色，一語徑破千言牢。我頃分符在東武，脱略萬事惟嬉遨。盡壞屏障通内外，仍呼騎曹爲馬曹。君爲使者見不問，反更對飲持雙螯。酒酣箕坐語驚衆，雜以嘲諷窮《詩》《騷》。世上小兒多忌諱，獨能容我真賢豪。爲我買田臨汶水，逝將歸去誅蓬蒿。安能終老塵土下，俯仰隨人如桔槔。

送子由使契丹

雲海相望寄此身，那因遠適更沾巾。不辭驛騎凌風雪，要使天驕識鳳麟。沙漠回看清禁月，湖山應夢武林春。單于若問君家世，莫道中朝第一人。

次韻答劉景文左藏

我老詩壇仆鼓旗，借君佳句發良時。但空賀監杯中物，莫示孫郎帳下兒。夜燭催詩金燼落，秋芳壓帽露華滋。故應好語如爬癢，有味難名只自知。

答仲屯田次韻

秋來不見渼陂岑，千里詩盟忽重尋。大木百圍生遠籟，朱絃三歎有遺音。清風卷地收殘暑，素月流天掃積陰。欲遣何人賡絶唱，滿堦桐葉候蟲吟。

西湖秋涸，東池魚窘甚，因會客，呼網師遷之西池，爲一笑之樂。夜歸，被酒，不能寐，戲作放魚一首

東池浮萍半黏塊，裂碧跳青出魚背。西池秋水尚涵空，舞闊摇深吹荇帶。吾僚有意爲遷居，老守縱饞那忍膾。縱横争看銀刀出，瀺灂初驚玉花碎。但愁數罟損鱗鬣，未信長堤隔濤瀨。濊

濊發發須臾間，圉圉洋洋尋丈外。安知中無蛟龍種，尚恐或有風雲會。明年春水漲西湖，好去相忘渺淮海。

元祐六年六月，自杭州召還汶公館，我於東堂閱舊詩卷，次諸公韻三首録一首

尺一東來喚我歸，衰年已迫故山期。文章曹植今堪笑，卻卷波瀾入小詩。

泛潁

我性喜臨水，得潁意甚奇。到官十日來，九日河之湄。吏民笑相語，使君老而癡。使君實不癡，流水有令姿。遶郡十餘里，不駛亦不遲。上流直而清，下流曲而漪。畫船俯明鏡，笑問汝爲誰。忽然生鱗甲，亂我須與眉。散爲百東坡，頃刻復在兹。此豈水薄相，與我相娱嬉。聲色與臭味，顛倒眩小兒。等是兒戲物，水中少磷緇。趙陳兩歐陽，同參天人師。觀妙各有得，其賦泛潁詩。

聚星堂雪 有引

元祐六年十一月一日，禱雨張龍公，得小雪，與客會飲聚星堂。忽憶歐陽文忠公作守時，雪中約客賦詩，禁體物語，於艱難中特出奇麗，爾來四十餘年，莫有繼者。僕以老門生繼公後，雖不足追配先生，而賓客之美，殆不減當時。公之二子又適在郡，故輒舉前令，各賦一篇。

牕前暗響鳴枯葉，龍公試手行初雪。映空先集疑有無，作態斜飛正愁絶。衆賓起舞風竹亂，老守先醉霜松折。恨無翠袖點横斜，衹有微燈照明滅。歸來尚喜更鼓暗，晨起不待鈴索掣。未嫌長夜作衣稜，卻怕初陽生眼纈。欲浮大白追餘賞，幸有回飈驚落屑。模糊檜頂獨多時，歷亂瓦溝裁一瞥。汝南先賢有故事，醉翁詩話誰續説。當時號令君聽取，白戰不許持寸鐵。

喜劉景文至

天明小兒更平聲傳呼，髯劉已到城南隅。尺書真是髯手迹，起坐熨眼知有無。今人不作古人事，今世有此古丈夫。我聞其來喜欲舞，病自能起不用扶。江淮旱久塵土惡，朝來清雨濯鬢鬚。相看握手兩無事，千里一笑無乃迂。平生所樂在吴會，老死欲葬杭與蘇。過江西來二百日，冷落山水愁吴姝。新堤舊井各無恙，參寥六一豈念吾。别後新詩巧摹寫，袖中知有錢塘湖。

送運判朱朝奉入蜀

藹藹青城雲，娟娟蛾眉月。隨我西北來，照我光不滅。我在塵土中，白雲呼我歸。我游江湖上，明月濕我衣。岷峨天一方，雲月在我側。謂是山中人，相望了不隔。夢尋西南路，默數長短亭。似聞嘉陵江，跳波吹錦一作枕屏。送君無一物，清江飲君馬。路穿慈竹林，父老拜馬下。不用驚走藏，使者我友生。聽訟如家人，細説爲汝評。倘逢山中友，問我歸何日。爲話腰脚輕，猶堪踏泉石。

在潁州，與德麟同治西湖，未成，改揚州。三月十六日，湖成，德麟有詩見懷，次其韻

太山秋毫兩無窮，鉅細本出相形中。大千起滅一塵裹，未覺杭潁誰雌雄。自注：來詩云『與杭争雄』。我在錢塘拓湖淥，大堤士女争昌丰。六橋横絶天漢上，北山始與南屏通。忽驚二十五萬丈，老葑席卷蒼雲空。朅來潁尾弄秋色，一水縈帶昭靈宫。坐思吴越不可到，借君月斧修朣朧。二十四橋亦何有，换此十頃玻瓈風。雷塘水乾禾黍滿，寶釵耕出餘鸞龍。明年詩客來弔古，

伴我霜夜號秋蟲。

聞林夫當徙靈隱寺寓居，戲作靈隱前一首

靈隱前，天竺後，兩澗春淙一靈鷲。不知水從何處來，跳波赴壑如奔雷。無情有意兩莫測，肯向冷泉亭下相縈回。我在錢塘六百日，山中暫來不暖席。今君欲作靈隱居，葛衣草屨隨僧蔬。能與冷泉作主一百日，不用二十四考書中書。

在彭城日，與定國爲九日黄樓之會。今復以是日相遇於宋，凡十五年，憂樂出處，有不可勝言者。而定國學道有得，百念灰冷，而顔益壯。顧予衰病，心形俱瘁，感之，作詩

菊盞萸囊自古傳，長房寧復是臞仙。應從漢武横汾日，數到劉公戲馬年。對玉山人今老矣，見恒河性故依然。王郎九日詩千首，今賦黄樓第二篇。

次韻趙景晛春思且懷吴越山水

歲華來無窮，老眼久矣静。春風如繫馬，未動意先騁。西湖忽破碎，鳥落魚動鏡。縈城理枯瀆，放閘起膠艇。願君營此樂，官事何時竟。自注：清河西湖三閘，督君成之。思吴信偶然，出處付前定。飄然不繫舟，乘此無盡興。醉翁行樂處，草木皆可敬。明朝游北渚，急掃黄葉徑。白酒真到齊，紅裙已放鄭。

次韻穆父尚書侍祠郊邱，瞻望天光，退而相慶，引滿醉吟

千章杞梓蔭雲天，樗散誰收老鄭虔。喜氣到君浮白裏，豐年及我挂冠前。令嚴鐘鼓三更月，野宿貔貅萬竈烟。太息何人知帝力，歸來金帛看頳肩。

郊祀慶成詩

帝出乘昌運，天心予太平。文章三代繼，制作七年成。大祀乾坤合，剛辰日月明。泰壇朝掃地，魄寶夜垂精。仰御圓蒼蓋，環觀海嶽城。北流吞朔易，西極落欃槍。升燎靈光答，回鑾瑞霧

迎。需雲徧枯槁，解雨達句萌。可須非天德，因箴亦下情。民言知有畇，帝謂本無聲。富國由崇儉，斬年在好生。無心斯格物，克己自銷兵。化國安新政，孤臣反舊耕。還將清廟什，留與野人賡。

上元侍飲樓上三首呈同列

澹月疏星遶建章，仙風吹下御爐香。侍臣鵠立通明觀，一朵紅雲捧玉皇。

薄雪初銷野未耕，賣薪買酒看升平。吾君勤儉倡優拙，自是豐年有笑聲。

老病行穿萬馬群，九衢人散月紛紛。歸來一盞殘燈在，猶有傳柑遺細君。自注：侍飲樓上，則貴戚爭以黄柑遺近臣，謂之傳柑，聽攜以歸，蓋故事也。

書晁說之《考牧圖》後

我昔在田間，但知羊與牛。川平牛背穩，如駕百斛舟。舟行無人岸自移，我臥讀書牛不知。前有百尾羊，聽我鞭聲如鼓鼙。我鞭不妄發，視其後者而鞭之。澤中草木長，草長病牛羊。尋山跨坑谷，騰趠筋骨强。烟蓑雨笠長林下，老去而今空見畫。世間馬耳射東風，悔不長作多牛翁。

書丹元子所示李太白真

天人幾何同一漚，謫仙非謫乃其游，麾斥八極隘九州。化爲兩鳥鳴相酬。一鳴一止三千秋，開元有道爲少留，縻之不可矧肯求。西望太白橫峨岷，眼高四海空無人。大兒汾陽中令君，小兒天台坐忘身。平生不識高將軍，手污吾足乃敢瞋，作詩一笑君應聞。

壺中九華詩

湖口人李正臣蓄異石，九峰玲瓏，宛轉若窗櫺然。予欲以百金買之，與仇池石爲偶，方南遷，未暇也。名之曰壺中九華，且以詩記之。

清溪電轉失雲峰，夢裏猶驚翠掃空。五嶺莫愁千嶂外，九華今在一壺中。天池水落層層見，玉女牕明處處通。念我仇池太孤絶，百金歸買碧玲瓏。

八月七日初入贛過惶恐灘

七千里處二毛人，十八灘頭一葉身。山憶喜懽勞遠夢，自注：蜀道有錯喜歡鋪，在大散關上。地名惶恐泣孤臣。長風送客添帆腹，積雨浮一作扶舟減石鱗。便合與官充水手，此生何止略知津。

廣州蒲㵎寺自注：地産菖蒲，十二節。相傳安期生之故居，始皇訪之於此。

不用山僧導我前，自尋雲外出山泉。千章古木臨無地，百尺飛濤瀉漏天。昔日菖蒲方士宅，後來薝蔔祖師禪。而今只有花含笑，笑道秦皇欲學仙。自注：山中多含笑花。

浴日亭自注：在南海廟前。

劍氣峥嶸夜插天，瑞光明滅到黄灣。坐看暘谷浮金暈，遥想錢塘涌雪山。已覺滄凉蘇病骨，更煩沆瀣洗衰顔。忽驚烏動行人起，飛上千峰紫翠間。

游羅浮山一首示兒子過

人間有此白玉京，羅浮見日雞一鳴。自注：劉夢得有詩，記羅浮夜半見日事。山不甚高，而夜見日，此可異也。南樓未必齊日觀，鬱儀自欲朝朱明。自注：山有二石樓，今延祥寺在南樓下，朱明洞在冲虚觀後，云是蓬萊第七洞天。東坡之師抱朴老，真契久已交前生。玉堂金馬久流落，寸田尺宅今誰耕。道華亦嘗啖一棗，自注：唐永樂道士侯道華竊食鄧天師藥，仙去。永樂有無核棗，人不可得，道華獨得之。予在岐下，亦嘗得食一枚。契虚正欲仇三彭。自注：唐僧契虚遇人導游稚川仙府，真人問曰：『汝絶三彭之仇乎？』契虚不能答。鐵橋石柱連空横，自注：山有鐵橋石柱，人罕至者。杖藜欲趁飛猱輕。雲谿夜逢瘖虎伏，自注：山有啞虎巡山。斗壇晝出銅龍吟。自注：冲虚觀後有朱真人朝斗壇，近於壇上，獲銅龍六、銅魚一。小兒少年有奇志，中宵起坐存黄庭。近者戲作凌雲賦，筆勢彷彿《離騷經》。負書從我盍歸去，群仙正草新宫録。汝應奴隸蔡少霞，我亦季孟山玄卿。自注：唐有夢書《新宫銘》者，云紫陽真人山玄卿撰。其略曰：良常西麓，原澤東泄。新宫宏宏，崇軒巘巘。又有蔡少霞者，夢人遣書碑，略曰：昔乘魚車，今履瑞雲。躅空仰塗，綺輅輪囷。其末題云：五雲書閣吏蔡少霞書。還須略報老同叔，贏糧萬里尋初平。自注：子由一字同叔。

十月二日初到惠州

彷佛曾游豈夢中，欣然雞犬識新豐。吏民驚怪坐何事，父老相攜迎此翁。蘇武豈知還漠北，管寧自欲老遼東。嶺南萬户皆春色，自注：嶺南萬户酒。會有幽人客寓公。

十一月二十六日松風亭下梅花盛開

春風嶺上淮南村，昔年梅花曾斷魂。自注：予昔赴黄州，春風嶺上見梅花，有兩絶句。明年正月，往岐亭，道上賦詩云：『去年今日關山路，細雨梅花正斷魂。』豈知流落復相見，蠻風蜒雨愁黄昏。長條半落荔枝浦，卧樹獨秀桄榔園。豈惟幽光留夜色，直恐冷艶排冬温。松風亭下荆棘裏，兩株玉蘂明朝暾。海南仙雲嬌墮砌，月下縞衣來扣門。酒醒夢覺起繞樹，妙意有在終無言。先生獨飲勿歎息，幸有落月窺清尊。

再用前韻

羅浮山下梅花村，玉雪爲骨冰爲魂。紛紛初疑月挂樹，耿耿獨與參横昏。先生索居江海上，悄如病鶴栖荒園。天香國艶肯相顧，知我酒熟詩清温。蓬萊宫中花鳥使，緑衣倒挂扶桑暾。自注：嶺南珍禽有倒挂子，緑衣紅喙，如鸚鵡而小，自海東來，非塵埃中物也。抱叢窺我方醉卧，故遣啄木先敲門。麻姑過君急掃灑，鳥能歌舞花能言。酒醒人散山寂寂，惟有落蘂粘空樽。

新釀桂酒

搗香篩辣入瓶盆，盎盎春溪帶雨渾。收拾小山藏社甕，招呼明月到芳樽。酒材已遣門生致，菜把仍叨地主恩。爛煮葵羹斟桂醑，風流可惜在蠻村。

贈王子直秀才

萬里雲山一破裘，杖端閑挂百錢游。五車書已留兒讀，二頃田應爲鶴謀。水底笙歌蛙兩部，山中奴婢橘千頭。幅巾我欲相隨去，海上何人識故侯。

連雨漲紅

越井岡頭雲出山，牂牁江上水如天。牀牀避漏幽人屋，浦浦移家蜒子船。龍卷魚鰕并雨落，人隨雞犬上牆眠。只應樓下平堦水，長記先生過嶺年。

四月十一日初食荔支

南村諸楊北村盧，自注：謂楊梅、盧橘也。白華青葉冬不枯。垂黄綴紫烟雨裏，特與荔支爲先驅。海山仙人絳羅襦，紅紗中單白玉膚。不須更待妃子笑，風骨自是傾城姝。不知天公有意無，遣此尤物生海隅。雲山得伴松檜老，霜雪自困楂梨粗。先生洗盞酌桂醑，冰盤薦此赬虯珠。似聞江鰩斫玉柱，更洗河豚烹腹腴。自注：予嘗謂荔支厚味高格兩絶，果中無比，惟江鰩柱、河豚魚近之耳。我生涉世本爲口，一官久已輕蓴鱸。人間何者非夢幻，南來萬里真良圖。

同正輔表兄游白水山

偉哉造物真豪縱，攫土摶沙爲此弄。劈開翠峽走雲雷，截破奔流作潭洞。因隨化人履巨迹，得與仙兄躡飛鞚。曳杖不知巖谷深，穿雲但覺衣裘重。坐看驚鳥救一作投霜葉，知有老蛟蟠石甕。金沙玉礫粲可數，古鏡寶奩寒不動。念兄獨立與世疎，絶境難到惟我共。永辭角上兩蠻觸，一洗胸中九雲夢。浮來山高回望失，武陵路絶無人送。筠籃擷翠爪甲香，素綆分碧銀缾凍。歸路霏霏湯谷暗，野堂活活神泉涌。解衣浴此無垢人，身輕可試雲間鳳。

荔支歎

十里一置飛塵灰，五里一候兵火催。顛坑仆谷相枕籍，知是荔支龍眼來。飛車跨山鶻横海，風枝露葉如新採。宫中美人一破顏，驚塵濺血流千載。永元荔支來交州，天寶歲貢取之涪。至今欲食林甫肉，無人舉觴酹伯游。自注：漢永元中，交州進荔支龍眼，十里一置，五里一候，奔騰死亡，罹猛獸毒蟲之害者無數。唐羌，字伯游，爲林武長，上書言狀，和帝罷之。唐天寶中，蓋取涪州荔支，自子午谷路進入。我願天公憐赤子，莫生尤物爲瘡痏。雨順風調百穀登，民不饑寒爲上瑞。集本無此二句。君不見，武夷溪邊粟粒芽，前丁後蔡相籠加。自注：大小龍茶，始於丁晋公，成於蔡君謨。歐陽永叔聞君謨進小龍團，驚歎曰：『君謨，士人也，何至作此事！』争新買寵各出意，今年鬭品充官茶。自注：今年閩中監司乞進鬭茶，許之。吾君所乏豈此物，致養口體何陋邪。洛陽相君忠孝家，可憐亦進姚黄花。自注：洛下貢花，自錢惟演始。

糴米

糴米買束薪，百物資之市。不緣耕樵得，飽食殊少味。再拜請邦君，願受一廛地。知非笑昨夢，食力免内愧。春秧幾時花，夏稗忽已穟。悵焉撫耒耜，誰復識此意。

倦夜

倦枕厭長夜，小牕終未明。孤村一犬吠，殘月幾人行。衰鬢久已白，旅懷空自清。荒園有絡緯，虛織竟何成。

庚辰歲人日作，時聞黄河已復北流，老臣舊數論此，今斯言乃驗

老去仍棲隔海村，夢中時見作詩孫。天涯已慣逢人日，歸路猶欣過鬼門。三策已應思賈讓，孤忠終未赦虞翻。典衣剩買河源米，屈指新篘作上元。

追餞正輔表兄至博羅賦詩爲别

孤臣南游墮黄菅，君亦何事來牧蠻。艤舟蜒户龍岡窟，置酒柳葉桄榔間。高談已笑衰語陋，傑句尤覺清詩孱。博羅小縣僧舍古，我不忍去君忘還。君應回望秦與楚，夢涉漢水愁秦關。我亦坐念高安客，神游黄蘗參洞山。何時曠蕩洗瑕謫，與君歸駕相追攀。梨花寒食隔江路，兩山遥

對雙烟鬟。歸耕不用一錢物，惟要兩脚飛孱顔。玉牀丹鏃記分我，助我金鼎光斕斑。

章質夫送酒六壺，書至，而酒不達，戲作小詩問之

白衣送酒舞一作侮淵明，急掃風軒洗破觥。豈意青州六從事，化爲烏有一先生。空煩左手持新蟹，漫繞東籬嗅落英。南海使君今北海，定分百榼餉春耕。

食荔支

羅浮山下四時春，盧橘楊梅次第新。日啖荔支三百顆，不辭長作嶺南人。

白鶴峰新居欲成，夜過西鄰翟秀才

林行婆家初閉户，翟夫子舍尚留關。連娟缺月黄昏後，縹緲新居紫翠間。繫悶豈無羅帶水，割愁還有劍鋩山。自注：韓退之云：『水作青羅帶，山如碧玉篸。』柳子厚云：『海上尖峰若劍鋩，秋來處處割愁腸。』皆嶺南詩也。中原北望無歸日，鄰火村春自往還。

吾謫海南，子由雷州，被命即行，了不相知，至梧，迺聞尚在藤也，旦夕當追及，作此詩示之

九疑聯緜屬衡湘，蒼梧獨在天一方。孤城吹角烟樹裏，落日未落江蒼茫。幽人拊枕坐歎息，我行忽至舜所藏。江邊父老能説子，白須紅頰如君長。莫嫌瓊雷隔雲海，聖恩尚許遥相望。平生學道真實意，豈與窮達俱存亡。天其以我爲箕子，要使此意留要荒。他年誰作輿地志，海南萬古真吾鄉。

惠州近城數小山類蜀道，春，與進士許毅野步會意處，飲之，且醉，作詩以記，適參寥專使欲歸，使持以示西湖之上諸友，庶使知予未嘗一日忘湖山也

夕陽飛絮亂平蕪，萬里春前一酒壺。鐵化雙魚沉遠素，劍分二嶺隔中區。花曾識面香仍好，鳥不知名聲自呼。夢想平生消未盡，滿林烟月到西湖。

安期生并引

安期生，世知其爲仙者也。然太史公曰：蒯通善齊人安期生，生嘗以策干項羽，羽不能用。羽欲封此兩人，兩人終不肯受，亡去。見《漢·蒯通傳》。予每讀此，未嘗不廢書而歎。嗟乎，仙者，非斯人而誰爲之？故意戰國之士，如魯連、虞卿，皆得道者歟？

安期本策士，平日交蒯通。嘗干重瞳子，不見隆準公。應如魯仲連，抵掌吐長虹。難堪踞牀洗，寧挹扛鼎雄。事既兩大繆，漂然籥遺風。廼知經世士，出世或乘龍。豈比山澤臞，忍饑啖柏松。縱使偶不死，正堪爲僕僮。茂陵秋風客，望祀猶蟻螽。海上如瓜棗，可聞不可逢。

觀棋有引

予素不解棋，嘗獨游廬山白鶴觀，觀中人皆闔户晝寢，獨聞棋聲於古松流水之間。意欣然喜之，自爾欲學，然終不解也。兒子過廼粗能者，儋守張中日從之戲，予亦隅坐，竟日不以爲厭也。

五老峰前，白鶴遺趾。長松蔭庭，風日清美。我時獨游，不逢一士。誰與棋者，户外屨二。不聞人聲，時聞落子。紋枰坐對，誰究此味。空鉤意釣，豈在魴鯉。小兒近道，剥啄信指。勝固欣然，敗亦可喜。優哉游哉，聊復爾耳。

十二月十七日夜坐達曉寄子由

燈燼不挑垂暗蕊，爐灰重撥尚餘薰。清風欲發鴉翻樹，缺月初升犬吠雲。閉眼此心新活計，隨身孤影舊知聞。雷州别乘應危坐，跨海幽光與子分。

縱筆三首

白頭蕭散滿霜風，小閣藤床寄病容。報道先生春睡美，道人輕打五更鐘。

父老争看烏角巾，應緣曾現宰官身。溪邊古路三叉口，獨立斜陽數過人。

北船不到米如珠，醉飽蕭條半月無。明日東家當祭竈，隻雞斗酒定膰吾。

儋耳

霹靂收威莫雨開，獨憑欄檻倚崔嵬。垂天雌霓音纛雲端下，快意雄風海上來。野老已歌豐歲語，除書欲放逐臣回。殘年飽飯東坡老，一壑能專萬事灰。

汲江煎茶

活水還須活火烹，自注：唐人云：茶須緩火炙，活火煎。自臨釣石取深清。大瓢貯月歸春甕，小杓分江入夜缾。茶雨已飜煎處脚，松風忽作瀉時聲。枯腸未易禁三椀，坐聽荒城長短更。

澄邁驛通潮閣二首

倦客愁聞歸路遥，眼明飛閣俯長橋。貪看白鷺横秋浦，不覺青林没晚潮。

餘生欲老海南村，帝遣巫陽招我魂。杳杳天低鶻没處，青山一髮是中原。

六月二十日夜渡海

參横斗轉欲三更，苦雨終風也解晴。雲散月明誰點綴，天容海色本澄清。空餘魯叟乘桴意，粗識軒轅奏樂聲。九死南荒吾不恨，兹游奇絶冠平生。

贈嶺上老人

鶴骨霜髯心已灰，青松合抱手親栽。問翁大庾嶺頭住，曾見南遷幾箇回。

贈詩僧道通

雄豪而妙苦而腴，秖有琴聰與蜜殊。自注：錢塘僧思聰總角善琴，後捨琴而學詩，復棄詩而學道，其詩似皎然而加雄放。安州僧仲殊詩敏捷立成，而工妙絶人。殊辟穀，常啖蜜。語帶烟霞從古少，自注：李太白云他人之文如山無烟霞，春無草木。氣含蔬筍到公無。自注：謂無酸餡氣也。香林乍喜聞薝蔔，古井惟愁斷轆轤。爲報韓公莫輕許，從今島可是詩奴。

次韻郭功甫

蚤知臭腐即神奇，海北天南總是歸。九萬里風安税駕，雲鵬今悔不卑飛。

擷菜并序

吾借王參軍地種菜，不及半畝，而吾與過子終年飽菜。夜半飲醉，無以解酒，輒擷菜煮之。味含土膏，氣飽風露，雖粱肉不能及也。人生須底物而更貪耶？乃作四句。

秋來霜露滿東園，蘆菔生兒芥有孫。我與何曾同一飽，不知何苦食雞豚。

十年在惠州録之以付過

寺官官小未朝參，紅日半牕春睡酣。爲報鄰雞莫驚覺，更容殘夢到江南。

行瓊儋間，肩輿坐睡，夢中得句云『千山動鱗甲，萬谷酣笙鐘』。覺而遇清風急雨，戲作此數句

四州環一島，百洞蟠其中。我行西北隅，如渡月半弓。登高望中原，但見積水空。此生當安歸，四顧真途窮。眇觀大瀛海，坐詠談天翁。茫茫太倉中，一作區區魏中梁。一米誰雌雄。幽懷

忽破散，永嘯來天風。千山動鱗甲，萬谷酣笙鐘。安知非群仙，鈞天宴未終。喜我歸有期，舉酒屬青童。急雨豈無意，催詩走群龍。夢雲忽變色，笑電亦改容。應怪東坡老，顔衰語徒工。久矣此妙聲，不聞蓬萊宫。

第五橋

白露凄風洗瘴烟，夢回相對兩凄然。雀羅廷尉非當日，鳩丈先生愈少年。世事飽諳思縮手，主恩未報恥歸田。誰憐第五橋東水，獨照台州老鄭虔。

和穆父新凉

家居妻兒號，出仕猿鶴怨。未能逐什一，安敢搏九萬。常恐樗櫟身，坐纏冠蓋蔓。受恩如負債，粗報乃焚券。但知眠牛衣，寧免刺虎圈。清風來既雨，新稻香可飯。紫螯應已肥，白酒誰能勸。君今崔蔡手，政比張趙健。三公行可致，一語自先獻。幸推江湖心，適我魚鳥願。

江上看山

船上看山如走馬，倏忽過去數百群。前山槎牙忽變態，後嶺雜還如驚奔。仰看微逕斜繚繞，上有行人高縹緲。舟中舉手欲與言，孤帆南去如飛鳥。

無題

六秩行當啓，區中緣更疎。不貪爲我寶，安步當君車。故國多喬木，先人有弊廬。誓將閑散好，不著一行書。

聞洮西捷報

漢家將軍一丈佛，詔賜天池八尺龍。露布朝馳玉關塞，捷書夜到甘泉宮。似聞指揮築上郡，已覺談笑無西戎。牧臣不見天顏喜，但驚草木放一作皆春容。

陸放翁詩選 上卷

長洲沈德潛歸愚輯評
武進門生陳明善校
古今體詩共二百零八首

放翁詩選例言

放翁詩，前有楊儀部君謙選，後有楊太史芝田選。儀部多取其嘆老嗟卑之作，太史則兼及光芒燭天者矣。然不免短長並見。茲嚴擇其大有關係者，故所收少於兩家。

放翁出筆太易，氣亦稍粗，是其所短。然胸懷磊磊明明，欲復國大讐，有觸即動，老死不忘，時無第二人也。上追少陵志節略同，勿第以詩人目之。

朱子《通鑑綱目》始以季漢爲正統，此千古卓識。放翁與之同時，詩中獨尊昭烈，於孔明云不忍坐視覬異姓，讀《出師》二表，謂平生本志識，與朱子並卓。

詩人説理易入於腐，篇中時有理趣，而不染巾箱之氣，故爲獨絶。

放翁先得名句，次續前後，每每神氣不能融浹，茲秪另存其名句，以供咀吟。

六十年間萬首詩，後二十五年又得五千餘首，今所鈔秪二百餘篇。茫茫烟海，逐一搜尋，相協助者，陳生服旃功也。

本傳中謂游晚年爲韓侂胄撰《南園閲古泉記》，見譏清議。披閲記中，步步以其先世魏公爲準則，侂胄能從其言，可無玉津園之禍矣。作傳者未詳其文，漫加貶斥，故一論之。

歸愚氏識

送曾學士赴行在學士名開。

二月侍燕觴，紅杏寒未拆。四月送入都，杏子已可摘。流年不貸人，俯仰遂成昔。事賢要及時，感此我心惻。欲書加餐字，寄之西飛翮。念公爲民起，我得怨乖隔。摇摇跋前旌，去去望車軛。亭郭鬱將暮，落日澹陂澤。敢忘國士風，涕泣效臧獲。敬輸千一慮，或取二三策。公歸對延英，清問方側席。民瘼公所知，願言寫肝膈。向來酷吏横，至今有遺螫。織羅士破膽，白著民碎魄。詔書已屢下，宿蠹或未革。期公作醫和，湯劑窮絡脈。士生恨不用，得位忍辭責。并乞謝諸賢，努力光竹帛。

曾開力斥和議之非，因而去官，亦志士也。放翁送行，願其安民去蠹，異於泛泛應酬。秖望其得君顯榮者，送行詩以此種爲圭臬。

新夏感事

百花過盡緑陰成，漠漠爐香睡晚晴。病起兼旬疎把酒，山深四月始聞鶯。近傳下詔通言路，已卜餘年見太平。聖主不忘初政美，小儒唯有涕縱横。

和陳魯山詩

至人貴其身，不使事物擾。捐身易富貴，明珠彈飛鳥。我願稱善人，題作墓上表。從來尺鷃樂，不羨飛鴻矯。

輕身心、重勢位者，當三復此言。

夏夜泛舟書所見

山房猶復畏炎蒸，長掩柴門愧老僧。兩槳去摇東浦月，一龕回望上方鐙。驚飛宿鳥時呼侶，騰起長魚有脱罾。夜半歸來步松影，真成赤脚踏層冰。

七月十四夜觀月

不復微雲滓太清，浩然風露欲三更。開簾一寄平生快，萬頃空江著月明。

游山西村

山重水複疑無路，柳暗花明又一村。

予向游歙之潛口，實見此景，畫家不能到也。

晚泊慈姥磯下

山斷峭崖立，江空翠靄生。漫多來往客，不盡古今情。月碎知流急，風高覺篷清。兒曹笑老子，不睡待潮平。

題十八學士圖

隋日昏曀東南傾，雷塘風吹草木腥。平時但忌黑色兒，不知乃有虯鬚生。晉陽龍飛雲滃滃，關洛萬里即日平。東征歸來脱金甲，天策開府延豪英。琴書閑暇永清晝，簪履光彩明華星。高參伊吕列佐命，下者才氣猶峥嶸。但餘一恨到千載，高陽繆公來竄名。老奸得志國幾喪，李氏誅徙連孤嬰。向令亟念履霜戒，危亂安得存勾萌。衆賢一佞禍尚爾，掩卷涕淚臨風橫。

衆賢一佞，禍及家國，況賢佞雜用耶？用人者當慎之於始也。

古築城曲四首

築城聲酸嘶，漢月傍城低。白骨若不掩，高與長城齊。

長城高際天，三十萬人守。一日詔書來，扶蘇先授首。

百丈築城身，千步掘城濠。咸陽三月火，始悔此徒勞。

嶧山訪秦碑，斷裂無完筆。唯有築城詞，哀怨如當日。

京華春日

小樓一夜聽春雨，深巷明朝賣杏花。

風神無限，放翁以此詩得名，而前後夾雜，故獨存此二句。

夜宿陽山磯，將曉，大雨，北風甚勁，俄頃，行三百餘里，遂抵雁翅浦

五更顛風吹急雨，倒海翻江洗殘暑。白浪如山潑入船，家人驚怖篙師舞。此行十日苦滯留，我亦蘆叢厭鳴艣。書生快意輕性命，十丈蒲帆百夫舉。星馳電騖三百里，坡隴聯翩雜平楚。船頭風浪聲愈厲，助以長篴撾鼉鼓。豈惟澎湃震山岳，直恐澒洞連后土。起看草木盡南靡，水鳥號鳴集洲渚。稽首龍公謝風伯，區區未禱煩神許。應知老去負壯心，戲遣窮途出豪語。

獨學

秋風棄扇知安命，小炷留鐙悟養生。

安命、養生二語外可以類推。

黄州

局促常悲類楚囚，遷流還歎學齊優。江聲不盡英雄恨，天意無私草木秋。萬里羈愁添白髮，一帆寒日過黄州。君看赤壁終陳跡，生子何須似仲謀。

仲謀降曹，與劉表子同爲豚犬。

延福寺早行

化蝶方酣枕，聞雞又著鞭。亂山徐吐日，積水遠生烟。流泊真衰矣，登臨獨悯然。桃花應笑客，無酒到愁邊。自注：酒偶盡，市酤不可飲。

哀郢

天地何心窮壯士，江湖從古著羈臣。

江夏與章冠之遇別後寄贈

騎鶴仙人不可呼，一尊猶得與君俱。未應湖海無豪士，長恨乾坤有腐儒。壯歲光陰隨手過，晚塗衰病要人扶。凄凉江夏秋風裏，況見新豐舊酒徒。

巴東令廨白雲亭

寇公壯歲落巴蠻，得意孤亭飄渺間。常倚曲闌貪看水，不安四壁怕遮山。遺民雖盡猶能說，老令初來亦愛閑。正使官清貧至骨，未妨留客聽潺潺。

太息自注：宿青山鋪作。

太息重太息，吾行無終極。冰霜迫殘歲，鳥獸號落日。秋砧滿孤村，枯葉擁破驛。白頭鄉萬里，墮此虎豹宅。道邊新食人，膏血染草棘。平生鐵石心，忘家思報國。即今冒九死，家國兩無益。中原久喪亂，志士淚横臆。切勿輕書生，上馬能殺賊。

平生志氣，具見於此。

風雨中望峽口諸山奇甚戲作短歌

白鹽赤甲天下雄，拔地突兀摩蒼穹。凛然猛士撫長劍，空有豪健無雍容。不令氣象少渟滀，常恨天地無全功。今朝忽悟始歎息，妙處元在烟雨中。太陰殺氣横慘澹，元化變態含空濛。正如奇材遇事見，平日乃與常人同。安得朱樓高百尺，看此疾雨吹横風。

莘野躬耕，隆中高卧，篇中二語傳出。

追懷曾文清公呈趙教授趙近嘗示詩

憶在茶山聽説詩，親從夜半得玄機。常憂老死無人付，不料窮荒見此奇。律令合時方帖妥，工夫深處却平夷。人間可恨知多少，不及同君叩老師。

放翁自道詩品。

苦筍

藜藿盤中忽眼明，駢頭脱襁白玉嬰。極知耿介種性别，苦節乃與生俱生。我見魏徵殊媚嫵，約束兒童勿多取。人才自古要養成，放使干霄戰風雨。

放翁自道人品。

過廣安弔張才叔諫議

春風匹馬過孤城，欲弔先賢涕已傾。許國肺肝如激烈，照人眉宇尚峥嶸。中原成敗寧非數，後世忠邪自有評。歎息知人真未易，流芳遺臭盡書生。

籌筆驛

自注：武侯祠堂。

運籌陳跡故依然，想見旌旗駐道邊。一等人間管城子，不堪譙叟作降牋。

劍門道中遇微雨

衣上征塵雜酒痕，遠游無處不消魂。此身合是詩人未，細雨騎驢入劍門。

馬上

殘年流轉似萍根，馬上傷春易斷魂。烘煖花無經日蕊，漲深水過去年痕。迷行每問樵夫路，投宿時敲竹寺門。不信太平元有象，牛羊點點散烟村。

游錦屏山謁少陵祠堂

城中飛閣連危亭，處處軒窗臨錦屏。涉江親到錦屏上，却望城郭如丹青。虛堂奉祠子杜子，眉宇高寒照江水。古來磨滅知幾人，此老至今元不死。山川寂寞客子迷，草木搖落壯士悲。文章垂世原一事，忠義凜凜令人思。夜歸沙頭雨如注，北風吹船橫半渡。亦知此老憤未平，萬竅争號泄悲怒。

龍湫歌

環湫巨木老不花，𪗋崙千尺龍所家。爪痕入木欲數寸，觀者心掉不敢譁。去年大旱綿千里，禾不立苗麥垂死。林神社鬼無奈何，老龍欠伸徐一起。隆隆之雷浩浩風，倒卷江水傾虚空。鱗間出火作飛電，金蛇夜掣層雲中。明朝父老來賽雨，大巫吹簫小巫舞。祠門人散月娟娟，龍歸抱珠湫底眠。

赴成都，泛舟自三泉至益昌，謀以明年下三峽

詩酒清狂二十年，又摩病眼看西川。心如老驥常千里，身似春蠶已再眠。暮雪烏奴停醉帽，秋風白帝放歸船。飄零自是關天命，錯被人呼作地僊。

劍門城北回望劍關諸峰，青入雲漢，感蜀亡事，慨然有賦

自昔英雄有屈信，危機變化亦逡巡。陰平窮寇非難禦，如此江山坐付人。

蜀以千人守陰平，鄧艾何自而入？姜維但防劍閣，可惜也！

登墖

冷官無一事，日日得閑游。壯哉千尺墖，攝衣上上頭。眼力老未減，足疾新有瘳。幸兹濟勝具，俯仰隘九州。雪山西北横，大江東南流。畫棟雲氣涌，鐵鐸風聲遒。旅懷忽惻愴，涕下不能收。十年辭象魏，萬里懷松楸。仰視去天咫，絶叫當聞不。帝閽守虎豹，此念終悠悠。

後半家國興衰之感，權臣阻抑之憾，鬱鬱律律，悲風欲起，與少陵《登慈恩寺墖》『俯視但一氣，焉能辨皇州』下同一激烈淋灕。

登城

我登少城門，四顧天地接。大風正北起，號怒撼危堞。九衢百萬家，樓觀争岌嶪。病軀一登臨，放目意頗愜。永懷河洛間，煌煌祖宗業。上天祐仁聖，萬邦盡臣妾。横流始靖康，趙魏血可蹀。小人寧遠略，爲國恃剽劫。自量勢難久，外强中已懾。籍民備勝廣，陛戟畏荆聶。神龍困沙漠，九宇失寧怗。誰能報國讐，萬夫擁戈甲。奇兵四面出，快若埽霜葉。植旗朝受降，馳驛夜奏捷。豺狼一朝空，狐兔何足獵。遺民世忠義，泣血受污脅。繫箭射我書，往檄五陵俠。

從蔡京父子、童貫始禍言之，見南渡後猶可復讐，而孱主賊臣坐失事機也。末四語是作者謀略。

三月十七日夜醉中作

前年膾鯨東海上，白浪如山寄豪壯。去年射虎南山秋，夜歸急雪滿貂裘。今年摧頹最堪笑，華髮蒼顏羞自照。誰知得酒尚能狂，脱帽向人時大叫。逆胡未滅心未平，孤劍牀頭鏗有聲。破驛夢回鐙欲死，打窗風雨正三更。

晚登望雲

一出修門又十年，輩流多已珥金蟬。衰如蠹葉秋先覺，愁似鰥魚夜不眠。輦路疎槐迎駕處，苑城殘日泛湖天。君恩未報身空老，徙倚危樓一泫然。

醉中感懷

早歲君王記姓名，只今憔悴客邊城。青衫猶是鵷行舊，白髮新從劍外生。古戍旌旗秋慘淡，高城刁斗夜分明。壯心未許全消盡，醉聽檀槽出塞聲。

玻瓈江

玻瓈江水千尺深，不如江上離人心。君行未過青衣縣，妾心先到峨嵋陰。金尊笑醻不知曉，月落烟渚天横參。車輪無角那得住，馬蹄不方何處尋。空憑尺素寄幽恨，縱有緑綺誰知音。愁來只欲掩屏睡，無奈夢斷聞疎碪。自注：古樂府：『安得雙車輪，一夜生四角。』唐人詩云：『長安塵土中，馬蹄圓重重。郎馬蹄不方，何處認郎蹤。』

九月十六日夜，夢駐軍河外，遣使招降諸城，覺而有作

殺氣昏昏横塞上，東並黄河開玉帳。晝飛羽檄下列城，夜脱貂裘撫降將。將軍櫪上汗血馬，猛士腰間虎文韔。階前白刃明如霜，門外長戟森相向。朔風卷地吹急雪，轉眄玉花深一丈。誰

言鐵衣冷徹骨，感義懷恩如挾纊。腥臊窟穴一洗空，太行北岳元無恙。更呼斗酒作長歌，要取天山健兒唱。

復國大讐，垂觸成詩，此後不必屢次揭出。

金錯刀行

黄金錯刀白玉裝，夜穿窗扉出光芒。丈夫五十功未立，提刀獨立顧八荒。京華結交盡奇士，意氣相期共生死。千年史策恥無名，一片丹心報天子。爾來從軍天漢濱，南山曉雪玉嶙峋。嗚呼，楚雖三户能亡秦，豈有堂堂中國空無人！

醉後草書歌詩戲作

朱樓矯首隘八荒，緑酒一舉累百觴。洗我堆阜峥嶸之胸次，寫爲淋漓放縱之詞章。墨翻初若鬼神怒，字瘦忽作蛟螭僵。寶刀出匣揮雪刃，大舸破浪馳風檣。紙窮擲筆霹靂響，婦女驚走兒童藏。往時草檄喻西域，颯颯聲動中書堂。自注：余嘗草丞相魯公以下與夏國主書於政事堂。一收朝跡忽十載，西掠三巴窮夜郎。山川荒絶風俗異，賴有酒美猶能狂。醉中自脱頭上幘，緑髮未許侵微霜。人生得喪良細事，孰謂老大多悲傷。

湖上筍盛出戲作長句

纖纖穿苔璹瑁簪，按行日夜待成林。養渠百尺干霄氣，見我平生及物心。剩插藩籬憂玉折，豫期風雨聽龍吟。明年又徙囊衣去，誰與平安報好音。

秋聲

人言悲秋難爲情，我喜枕上聞秋聲。快鷹下韝爪觜健，壯士撫劍精神生。我亦奮迅起衰病，唾手便有擒胡興。弦開雁落詩亦成，筆力未饒弓力勁。五原草枯苜蓿空，青海蕭蕭風卷蓬。草罷捷書重上馬，却從鑾駕下遼東。

度笮 江原縣

翩翩翻翻笮受風，行人疾走緣虛空。回觀目眩浪花上，小跌身裹蛟涎中。汗沾兩握色如菜，數乘此險私自怪。九折元非叱馭行，千金空犯垂堂戒。此身老大足悲傷，歲歲天涯憶故鄉。安得畫船明月夜，滿川歌吹入盤閶。自注：盤、閶，姑蘇二門名。

寓驛舍自注：予三至成都，皆館於是。

閑坊古驛掩朱扉，又憩空堂綻客衣。九萬里中鯤自化，一千年外鶴仍歸。繞庭數竹饒新筍，解帶量松長舊圍。惟有壁間詩句在，暗塵殘墨兩依依。

長歌行

人生不作安期生，醉入東海騎長鯨。猶當出作李西平，手梟逆賊清舊京。金印煌煌未入手，白髮種種來無情。成都古寺卧秋晚，落日偏傍僧窗明。豈其馬上破賊手，哦詩長作寒螿鳴。興來買盡市橋酒，大車磊落堆長缾。哀絲豪竹助劇飲，如鉅野受黄河傾。平時一滴不入口，意氣頓使千人驚。國讎未報壯士老，匣中寶劍夜有聲。何當凱還宴將士，三更雪壓飛狐城。

中有奇警語，如跳躍而出。

郫縣道中思故里

衰髮不勝簪，馳驅豈復堪。客魂迷劍外，歸思滿天南。江落灘聲壯，雲停雪意酣。空懷小叢碧，細酌破吴柑。

宿江原縣東十里張氏亭子，未明而起

寸廩驅人卒歲勞，一官坐失布衣高。劍南十月霜猶薄，江上五更雞亂號。孤枕擁衾尋短夢，青鐙照影著征袍。客愁相續無時斷，那得并州快翦刀。

客中夜寒戲作長謡

孤翁癡鈍如寒蠅，霜夕不眠愁嚴凝。寢衣觸體起芒粟，鼻息噓潤成冰凌。鼕鼕默數嚴譙鼓，耿耿獨看幽窗鐙。支牀龜老笑夜永，號月雞冷同晨興。白狐紫貂了不煖，何況蜀錦并吴綾。静思忽得安樂法，人生所欠絮與繒。十年一衲尚可過，不信請視匡山僧。

夜聞浣花江聲甚壯

浣花之東當筰橋，奔流齧橋橋爲摇。分洪初疑兩蛟舞，觸石散作千珠跳。壯聲每挾雷雨横，巨勢潛借鼉鼉驕。夢回聞之坐太息，鐵衣何日東征遼。銜枚度磧砂颯颯，盤朔斷隴風蕭蕭。不然投檄徑歸去，短篷卧聽錢唐潮。

謁諸葛丞相廟

漢中四百天所命，老賊方持太阿柄。區區梁益豈足支，不忍安坐觀異姓。遺民亦知王室在，閏位那干天統正。公雖已殁有神靈，猶假賊手誅鍾鄧。前年我過沔陽祠，再拜奠俎哀淚迸。潔齋請作送迎詩，精忠大義神其聽。

武侯出山，固爲昭烈三聘，然亦爲炎漢之後。若孫、曹二家，雖三聘，亦未必出也。『不忍觀異姓』句，道著武侯心事。

樓上醉歌

我游四方不得意，陽狂施藥成都市。大瓢滿貯隨所求，聊爲疲民起憔悴。瓢空夜静上高樓，買酒卷簾邀月醉。醉中拂劍光射月，往往悲歌獨流涕。剗却君山湘水平，斫却桂樹月更明。大夫有志苦難成，修名未立華髮生。

成都大閲

千步毬場爽氣新，西山遥見碧嶙峋。令傳雪嶺蓬婆外，聲震秦川渭水濱。旗脚倚風時弄影，馬蹄經雨不霑塵。屬櫜縛袴毋多恨，久矣儒冠誤此身。

題明皇幸蜀圖

天寶政事何披猖，使典相國胡奴王。弄權楊李不足怪，阿瞞手已裂紀綱。八姨富貴已昏擾，况又詔書褒五郎。自注：天寶末下詔，雪張易之兄弟。盧龍賊騎已洶洶，丹鳳神語猶琅琅。人知大勢危纍卵，天稔奇禍如崩牆。臺省諸公獨耐事，歌咏功德卑虞唐。一朝殺氣横天末，匹馬西奔幾不脱。向來諂子知幾人，賊前稱臣草間活。劍南萬里望秦天，行殿春寒聞杜鵑。老臣九齡不可作，魚蠹蛛絲金鑑篇。

『臺省諸公』二句，爲張説言泰山封禪，本張説聳諛文，亦出説之手也。『賊前稱臣』，如陳希烈、張垍、張均諸人。

春殘

石鏡山前送落暉，春殘回首倍依依。時平壯士無功老，鄉遠征人有夢歸。苜蓿苗侵官道合，蕪菁花入麥畦稀。倦游自笑摧頽甚，誰記飛鷹醉打圍。

病起書懷

病骨支離紗帽寬，孤臣萬里客江干。位卑未敢忘憂國，事定猶須待闔棺。天地神靈扶廟社，京華父老望和鑾。出師一表通今古，夜半挑鐙更細看。

月下醉題

閉門種菜英雄老，彈鋏思魚富貴遲。

咏史

我見魏徵偏嫵媚，人言盧杞是奸邪。

妙在天然成語。

芳華樓夜宴

射虎將軍老不侯，尚能豪縱醉江樓。笙歌雜沓娛清夜，風露高寒接素秋。少日壯心輕玉塞，暮年幽夢墮滄洲。人間清絶沅湘路，常笑靈均作許愁。

萬里橋江上習射

坡隴如濤東北傾，胡牀看射及春晴。風和漸減雕弓力，野迥遥聞羽箭聲。天上欃槍端可落，草間狐兔不須驚。丈夫未死誰能料，一笴他年下百城。

偶過浣花感舊游戲作

憶昔初爲錦城客，醉騎駿馬桃花色。玉人携手上江樓，一笑鈎簾賞微雪。寶釵换酒忽徑去，三日樓中香未滅。市人不識呼酒仙，異事驚傳一城説。至今西壁餘小草，過眼年光如電掣。正月錦江春水生，花枝缺處小舟横。閑倚胡牀吹玉笛，東風十里斷腸聲。

樓上醉書

丈夫不虚生世間，本意滅虜收河山。豈知蹭蹬不稱意，八年梁益凋朱顔。三更撫枕忽大叫，夢中奪得松亭關。中原機會嗟屢失，明日茵席留餘潸。益州官樓酒如海，我來解旗論日買。酒酣博塞爲歡娱，信手梟盧喝成采。牛背爛爛電目光，狂殺自謂元非狂。故都九廟臣敢忘，祖宗神靈在帝旁。

句中紙上，捫之如有觚棱。

城東馬上作

割鮮藉草醉春醪，仰看鳴髇百尺高。杜老何妨希稷卨，孔明本自陋袁曹。邊頭插羽無傳檄，篋裏盤鵰有舊袍。寄語長安衆年少，妓圍不似獵圍豪。

張園海棠

洛陽春信久不通，姚魏開落胡塵中。揚州千葉昔曾見，已歎造化無餘功。西來始見海棠盛，成都第一推燕宫。池臺掃除凡木盡，天地眩轉花光紅。慶雲墮空不飛去，時有絳雪縈微風。蜂蝶成團出無路，我亦狂走迷西東。此園低樹猶三丈，錦繡却在青天上。不須更著刀尺裁，乞與齊奴開步障。

宿上清宫

永夜寥寥憩上清，下聽萬壑度松聲。星辰頓覺去人近，風雨何曾敗月明。自注：是夕，山下風雨，絶頂月明達曉。早歲文辭妨至道，中年憂患博虚名。一庵儻許西峰住，常就巢仙問養生。自注：上官道人巢居山中。

浣溪女

江頭女兒雙髻丫，常隨阿母供桑麻。當户夜織聲咿啞，地爐豆藍煎土茶。長成嫁與東西家，柴門相對不上車。青裙竹笥何所嗟，插髻爆爆牽牛花。城中妖姝臉如霞，争嫁官人慕高華。青驪一出天之涯，年年傷春抱琵琶。

獵罷夜飲示獨狐生

白袍如雪寳刀横，醉上銀鞍身更輕。帖草角鷹掀兔窟，迎風羽箭作鴟鳴。關河可使成南北，豪傑誰堪笑死生。欲疏萬言投魏闕，鐙前攬筆涕先傾。

秋晚登城北門

幅巾藜杖北城頭，卷地西風滿眼愁。一點烽傳散關信，兩行雁帶杜陵秋。山河興廢供搔首，身世安危入倚樓。横槊賦詩非復昔，夢魂猶繞古梁州。

江樓醉中作

淋漓百榼宴江樓，秉燭揮豪氣尚遒。天上但聞星主酒，人間寧有地埋憂。生希李廣名飛將，死慕劉伶贈醉侯。戲語佳人頻一笑，錦江已是六年留。自注：退之詩云：『越女一笑三年留。』

大雪歌

長安城中三日雪，潼關道上行人絶。黄河鐵牛僵不動，承露金盤凍將折。虯鬚豪客狐白裘，夜來醉眠寶釵樓。五更未醒已上馬，衝雪却作南山游。千年老虎獵人失，一箭横穿雪皆赤。拏空争死作雷吼，震動山林裂崖石。曳歸擁路千人觀，髑髏作枕皮蒙鞍。人間壯士有如此，胡不來歸漢天子。

故蜀別苑，在成都西南十五六里，梅至多，有兩大樹，夭矯若龍，相傳謂之梅龍。予初至蜀，嘗爲作詩，自此歲常訪之，今復賦一首，丁酉十一月也

昔年曾賦西郊梅，茫茫去日如飛埃。即今衰病百事嬾，陳跡未忘猶一來。蜀王故苑犁已偏，散落尚有千雪堆。珠樓玉殿一夢破，烟蕪牧笛遺民哀。兩龍卧穩不飛去，鱗甲脱落生莓苔。精神最遇雪月見，氣力苦戰冰霜開。羈臣放士耿獨立，淑姬静女知誰媒。摧傷雖多意愈厲，直與天地争春回。蒼然老氣壓桃杏，笑我白髮心尚孩。微風故爲作嫵媚，一片吹入黄金罍。

芳華樓賞梅

素娥竊藥不奔月，化作江梅寄幽絶。天工丹粉不復施，雪洗風吹見真色。出籬藏塢香細細，臨水隔烟情脈脈。一春花信二十四，縱有此香無此格。放翁年來百事情，唯見梅花愁欲破。金

壺列置春滿屋，寶髻斜簪光照坐。百榼淋灕玉斝飛，萬人辟易銀鞍過。不惟豪横壓清臞，聊爲詩人洗寒餓。

『金壺列置』以下，借豪横以壓清臞，其實正尊梅之品格，人勿誤看。

余年十六，始識葉晦叔於西湖上，後二十七年，晦叔之弟聲叔，來爲臨卭守，相遇於成都，晦叔没久矣。訪其遺文，略無在者，乃賦此詩

故人零落久山邱，誰記京華第一流。曹霸揮豪空萬馬，庖丁投刃解千牛。相逢夢境何勞記，追想清言未免愁。雷電取將遺稿盡，他年虚有茂陵求。

游諸葛武侯書臺

沔陽道中草離離，卧龍往矣空遺祠。當時典午稱猾賊，氣喪不敢當王師。定軍山前寒食路，至今人祠丞相墓。松風想像梁父吟，尚憶幡然盒三顧。出師一表千載無，遠比管樂蓋有餘。世上俗儒寧辨此，高堂當日讀何書。

眉州披風榭拜東坡先生遺像

蜿蜒回顧山有情，平鋪十里江無聲。孕奇蓄秀當此地，鬱然千載詩書城。高臺老仙誰所寫，仰視眉宇寒峥嶸。百年醉魂吹不醒，飄飄風袖笻枝横。爾來逢迎厭俗子，龍章鳳姿我眼明。北扉南海均夢耳，謫墮本自白玉京。惜哉畫史未造極，不作散髮騎長鯨。故鄉歸來要有日，安得春江變酒從公傾。

舟中對月

百壺載酒游凌雲，醉中揮袖别故人。依依向我不忍别，誰似峨嵋半輪月。月窺船窗挂淒冷，欲到渝州酒初醒。江空裊裊約絲風，人静翩翩葛巾影。哦詩不睡月滿船，清寒入骨我欲仙。人間更漏不到處，時有沙禽背船去。

新灘舟中作

江路桃花浪已生，新灘穩過失峥嶸。九年行半九州地，三峽歸無三日程。繫纜便增笻杖興，倚窗時聽棹歌聲。衰遲未覺詩情減，又擘吴牋賦楚城。

泊公安縣

秦關蜀道何遼哉，公安渡頭今始回。無窮江水與天接，不斷海風吹月來。船窗簾卷螢火鬧，沙渚露下蘋花開。少年許國忽衰老，心折柁樓長一作聞笛哀。

自雲門之陶山，肩輿者失道，行亂山中，有茅舍小塘，極幽邃，求見主人，不可，意其隱者也

陂池幽處有茅堂，井臼蕭條草樹荒。小鴨怯波時聚散，病蔬傷蠹半青黄。童兒銜雨收魚網，婢子聞鐘上佛香。我亦暮年思屏跡，數椽何計得連牆。

出塞曲

千騎爲一隊，萬騎爲一軍。朝踐狼山雪，莫宿榆關雲。將軍羽箭不虚發，直到祁連無雁群。

鼜鼜春雷收陣鼓，蜿蜿驚蛇射生弩。落蕃遺民立道邊，白髮如霜淚如雨。褫魄胡兒作窮鼠，競裹胡頭作胡語。陣前乞降馬前舞，檄書夜入黄龍府。

此爲宋民之陷於金者言，見其不忘故主。如此知岳侯於朱仙鎮時，群情歸往，可直抵黄龍府也。金牌之召，罪真上通於天。

夏夜大醉，醒後有感

少時酒隱東海濱，結交盡是英豪人。龍泉三尺動牛斗，陰符一編役鬼神。客游山南夜望氣，頗謂王師當入秦。欲傾天上河漢水，净洗關内腥臊塵。那知一旦事大繆，騎驢劍閣霜毛新。却將覆氊草檄手，小詩點綴西州春。素心雖願老巖壑，大義未敢忘君臣。雞鳴酒解不成寐，起坐肝膽空輪囷。

應出爲通判建康後作，然此心仍耿耿也。

思故山

千金不須買畫圖，聽我長歌歌鏡湖。湖山奇麗説不盡，且復爲子陳吾廬。柳姑廟前魚作市，道士莊畔菱爲租。一彎畫橋出林薄，兩岸紅蓼連菰蒲。陂南陂北鴉陣黑，舍西舍東楓葉赤。正當九月十月時，放翁艇子無時出。船頭一束書，船後一壺酒。新釣紫鱖魚，旋洗白蓮藕。從渠貴人食萬錢，放翁癡腹常便便。暮歸稚子迎我笑，遥指一抹西村烟。

無时出，謂時時可出。

客談荆渚武昌慨然有作

去歲出蜀初東游，峨舸大艑下荆州。便風轉頭五百里，吟嘯已在黄鶴樓。戲拈鐵笛吹出塞，水涌月落魚龍愁。明朝喧傳古仙過，碧玉帶束黄絁裘。豈知一官自桎梏，簿書期會無時休。豐城寶劍已化久，我自吐氣冲斗牛。洞庭四萬八千頃，蟹舍正對蘆花洲。速脱衣冠挂神武，散髮爛醉垂虹秋。

書感

溪路人家尚闔扉，强扶衰憊著征衣。百年朝露古所歎，一棹秋風吾欲歸。楚客長號沾白璧，漢宫太息遺明妃。鑠金銷骨從來事，老矣何心踐駭機。

感憤

今皇神武是周宣，誰賦南征北伐篇。四海一家天歷數，兩河百郡宋山川。諸公尚守和親策，志士虛捐少壯年。京洛雪消春又動，永昌陵上草芊芊。

陳龍川上書恢復，諸臣欲置之死，詩或作於此時。

泛舟武夷九曲溪，至六曲，或云灘急難上，遂回

一葉凌風入峽來，山童指點幾崔嵬。急流勇退平生意，正要船從半道回。

建安遺興

建安酒薄客愁濃，除却哦詩事事慵。不許今年頭不白，城樓殘角寺樓鐘。

夜歸偶懷故人獨孤景略

買醉村場半夜歸，西山落月照柴扉。劉琨死後無奇士，獨聽荒雞淚滿衣。

登擬峴臺

層臺飄渺壓城闉，倚杖來觀浩蕩春。放盡尊前千里目，洗空衣上十年塵。縈回水抱中和氣，平遠山如蘊藉人。更喜機心無復在，沙邊鷗鷺亦相親。

和平之音，放翁詩中，無格不有。

醉眠

達士如鴟夷，無客亦自醉。癡人如撲滿，多藏作身祟。放翁亦何長，偶自遠聲利。胸中白如練，不著一豪僞。醉來酣午枕，晴日雷起鼻。寄謝敲門人，予方有公事。

人如撲滿者，胸中著不得一豪之誠，對看自見，茫茫九宇，何撲滿之多耶！

書懷

早佩黄庭兩卷經，不應靈府雜羶腥。憑君爲買金鴉觜，歸去秋山斸茯苓。

秋夜

湖海秋初到，房櫳夜轉幽。露濃驚鶴夢，月冷伴蛩愁。生計依微禄，年光墮遠游。嚴灘已在眼，早晚放孤舟。

夜酌

遥夜澆愁賴麴生，鐙前忽見卧長瓶。比紅有句狂猶在，染白無方老已成。園徑露螢粘溼草，墻簷風鐸亂疎更。悲秋要是騷人事，未必忘情勝有情。

北窗

白首微官只自囚，青鐙明滅北窗幽。五更風雨夢千里，半世江湖身百憂。壯志已孤金鎖甲，倦游空攬黑貂裘。灞亭夜獵猶堪樂，敢恨將軍老不侯。

醉歌

往時一醉論斗石，坐人飲水不能敵。横戈擊劍未足豪，落筆縱横風雨疾。雪中會獵南山下，清曉嶙峋玉千尺。道邊狐兔何曾問，馳過西村尋虎跡。貂裘半脱馬如龍，舉鞭指揮氣吐虹。不須分兵守近塞，傳檄可使腥羶空。小胡連誅六十載，狺狺猘子勢已窮。聖朝好生貸孥戮，還爾舊穴遼天東。

草書歌

傾家釀酒三千石，閑愁萬斛酒不敵。今朝醉眼爛巖電，提筆四顧天地窄。忽然揮掃不自知，風雲入懷天借力。神龍野戰昏霧腥，奇鬼摧山太陰黑。此時驅盡胸中愁，槌牀大叫狂墮幘。吴牋蜀素不快人，付與高堂三丈壁。

『風雲入懷』一語，論書家覼縷言之，此妙在簡。

丈亭遇老人，長眉及肩。欲就之語，忽已張帆吹笛而去

颯颯長眉緑覆肩，欲推壽數意茫然。若非楚國庚寅歲，定是堯時甲子年。銅笛一聲驚宿鷺，蒲帆數幅破晴烟。遥知乘興江湖去，黄鶴樓頭伴醉仙。

暮歸舟中

湖水緑可愛，弄檮衝夕扉。林昏漁火現，山轉寺鐘微。老歎世情惡，窮知心事違。回頭語孤鶴，伴我莫先飛。

幽居書事

正欲清言聞客至，偶思小飲報花開。

雨後散步後園

淡日輕雲未快晴，涓涓溝水去無聲。爲憐一徑新苔緑，别就牆陰取路行。

寄題朱元晦武夷精舍

先生結屋緑巖邊，讀《易》懸知屢絶編。不用採芝驚世俗，恐人謗道是神仙。
蟬蜕岩間果是無，世人妄想可憐渠。有方爲子换凡骨，來讀晦庵新著書。
山如嵩少三十六，水似邛郲九折塗。我老正須閑處著，白雲一半肯分無。

苦寒

誰知冰雪凝嚴侯，自是乾坤愛育心。
貞下起元之理。

莊器之作招隱閣，項平父諸人賦詩，予亦繼作

諸公共賦反招隱，細字斜行肯見傳。語到淮南小山作，人如江左永和年。一窗蘿月禁春瘦，萬壑松風撼晝眠。我亦尚嫌林谷淺，因君更擬斸雲烟。

題少陵畫圖像

長安落葉紛可掃，九陌北風吹馬倒。杜公四十不成名，袖裹空餘三賦草。車聲馬聲喧客枕，三百青銅市樓飲。杯殘汁冷正悲辛，仗内鬬雞催賜錦。

秋夜出門觀月

六十衰翁適得閑，一秋無事掩柴關。雁來慘淡沙場外，月出蒼茫雲海間。飲酒已衰猶愛客，著書初畢可藏山。此生終羨漁家樂，小艇常衝夕靄還。

病中作

老鶴遼天興未窮，此生光景自匆匆。家爲逆旅相逢處，身在嚴裝欲發中。澀眼尚於書有味，孤愁殊覺酒無功。揮戈草檄今誰記，歲晚江邊白髮翁。

秋夜

老病龍鍾不入城，濁醪麤飯餞餘生。未霜村舍秋先冷，無月江邊夜自明。出塞雖慙平賊手，下帷聊喜讀書聲。山童睡熟青鐙暗，自撥殘爐倷藥鐺。

曝書偶見舊稿有感

日滿晴軒理蠹魚，壯游回首一欷歔。凄凉王粲從軍作，零落相如諫獵書。歌吹恍思登北固，弓刀誰記渡南沮。虎頭本欠功名相，歸老林間計未疎。

從軍、諫獵，生平得意事，故抽出言之。

病起

志士淒涼閑處老，名花零落雨中看。

此反興體。

夜步

市人莫笑雪蒙頭，北陌南阡信脚游。風遞鐘聲雲外寺，水摇鐙影酒家樓。鶴歸遼海逾千歲，楓落吴江又一秋。却掩船扉耿無寐，半窗落月照清愁。

書憤

早歲那知世事艱，中原北望氣如山。樓船夜雪瓜洲渡，鐵馬秋風大散關。塞上長城空自許，鏡中衰鬢已先斑。出師一表真名世，千載誰堪伯仲間。

陸放翁詩選

下卷

小舟過御園

聖主憂民罷露臺，春風别院晝常開。盡除曼衍魚龍戲，不禁芻蕘雉兔來。水鳥避人横翠靄，宫花經雨委蒼苔。殘年自喜身强健，又作清都夢一回。

坐客有談狄魚眼眶之美者感歎而作

黄雀頭顱羞五鼎，狄魚眼眶參雋永。兩螯何皐蟹喪軀，一臠可憐牛斷領。霜刀斫膾幾許痛，公子方誇醉魂醒。物生怖死與我均，碪几流丹只俄頃。哀哉堂堂七尺身，正坐舌端成業境。豪華只可誇僕妾，報應那知類形影。世間擾擾何時了，一念超然差若穎。不妨瓦鉢飽晚菘，更汲山泉試春茗。

蘇子瞻代張方平《諫用兵書》中一段云：『譬猶屠殺牛羊，刳臠魚鼈，食者甚美，死者甚苦。』云云，讀之真覺驚心怵目。今閱『物生怖死與我均』等語，煩簡不同，真摯則一，世上老饕，亦應動不忍之心矣。

秋夜聞雨

香斷燈昏小幌深，不堪病裏值秋霖。驚回萬里關河夢，滴碎孤臣犬馬心。清似釣船聞急瀨，悲於静院聽繁砧。玉峰老去情懷惡，穩受千莖雪鬢侵。

夜坐觀小兒作擬毛詩欣然有賦

北風城頭鼓紞紞，徂歲峥嶸正多感。老夫假寐角巾低，穉子高吟兩髦髧。衰遲笑我藏袖手，狂率憐渠滿軀膽。旋炊粉饐裹青箬，新煤餳枝綴紅糁。未言問事漸瀾翻，且賞揮毫能果敢。嗟予疇昔如汝年，萬卷縱横恣窺覽。即今見汝尚懽欣，此癖真同嗜昌歜。夜闌吾困兒亦歸，獨與貍奴分坐毯。

用險韻成詩，韻脚字字穩貼，宋人每以此擅長。

兩京

兩京烟柳厭風塵，又見淳熙十四春。薄命邅回猶許國，孤忠懇欵欲忘身。蘇君落魄黄金盡，褚令悲傷白髮新。曾向延和隨仗入，至今殿檻夢嶙峋。

結意憶己之入諫，幾同於朱雲也。

讀宛陵先生詩

導河積石源流正，維嶽崧高氣象尊。

嚴州大閱

鐵騎森森帕首紅，角聲旗影夕陽中。雖慙江左繁雄郡，且看人間矍鑠翁。清渭十年真昨夢，玉關萬里又秋風。憑鞍撩動功名意，未恨猿驚蕙帳空。

余年二十時，嘗作《菊枕》詩，頗傳於人，今秋偶復採菊、縫枕囊，悽然有感

少日曾題《菊枕》詩，蠹編殘稿冒蛛絲。人間萬事消磨盡，只有清香似舊時。

題剡溪圖

暮境侵尋兩鬢絲，湖邊自葺小茆茨。從今步步俱回棹，不獨山陰興盡時。

與建子振孫登千峰榭觀烏龍雪

二穉慧堪憐，猶賒志學年。能拋竹驂裹，來看玉蜿蜒。百念寬身後，餘生慰眼前。善和書幸在，它日要人傳。

到嚴十五晦朔，郡釀不佳，求於都下，既不時至，欲借書讀之，而寓公多秘不肯出，無以度日，殊惘惘也

桐君故隱兩經秋，小院孤燈夜夜愁。名酒過於求趙璧，異書渾似借荆州。溪山勝處真難到，風月佳時事不休。安得連車載郫釀，金鞭重作浣花游。

題城南堂自注：故人陳亦顔少游四方，晚乃卜居臨安城南，因以城南名其堂，屬余賦詩。

借問城南老居士，新年樂事復何如。春寒催喚客嘗酒，夜静卧聽兒讀書。

妾命薄自注：太白作此篇言長門宫事，予反之。

妾命薄，早入天家侍帷幄。君王勤儉省宴游，寶柱朱弦塵漠漠。日長别殿承恩稀，旰昃猶聞親萬機。宫中雖無珠玉賜，塞上不見烟塵飛。不須悲傷妾命薄，命薄却令天下樂。

用意獨高，置身百尺樓上。

鯉魚行

鯉魚才三尺，淺水不覆脊。雖懷江湖樂，已歎刀几赤。長鯨之長幾千丈，雪蹴山傾萬重浪。人間溝瀆莫更顧，夜半縱游不厭滄海寬，一躍已在青天上。身世局促古所哀，噞喁貪餌胡爲哉。變化乘風雷。

夜夢與數客觀畫，有八幅龍湫圖，特奇，客請予作詩其上，書數十字，而覺不復能記，明旦，乃追補之，亦髣髴夢中意也

高堂閱畫娱主賓，巨幅小卷縱横陳。其間一圖最傑作，命意落筆驚倒人。奇峰峭立插地軸，飛瀑崩瀉垂天紳。壽藤老木幻荒怪，深潭危棧愁鬼神。忽然白晝起雷電，始覺異物蟠淪。陰雲四興誅老魃，甘澍連夕蘇疲民。豈惟陂澤苗盡立，已活億萬介與鱗。文章與畫共一法，腕力要可回千鈞。錙銖柔媚便懸隔，用意雖盡終艱辛。乃知世間有絶藝，天造草昧參經綸。吾言未竟且復止，剩發幽奥天公嗔。

用意全在後半。

初夏郊行

小硯孤吟恐作愁，長堤曳杖且閑游。破雲山踴千螺翠，經雨波涵一鏡秋。粔籹青紅村步市，闌干高下寺家樓。去年此日君知否，十丈京塵没馬頭。

秋興

無食苦日長，無衣念秋近。雖云老農圃，未害樂堯舜。士生要宏毅，病在墮驕吝。得喪纔幾何，哀哉以身狥。平生最耐事，霜雪亦滿鬢。憂患一洗空，吾道其少進。

夜讀范至能《攬轡録》，言中原父老見使者多揮涕，感其事作絶句

公卿有黨排宗澤，帷幄無人用岳飛。遺老不應知此恨，亦逢漢節解沾衣。

去宗、岳二人，宋室爲小朝廷矣。千古恨事，自應愷切言之。

世上

世上悠悠東逝波，金丹將奈鬢絲何。牆頭楊柳如秋早，窗外芭蕉受雨多。伏櫪自應如老驥，還鄉元欲借明駝。吾棋一局千年事，從使旁觀爛斧柯。

鄰曲有未飯被追入郭者憫然有作

春得香杭摘緑葵，縣符急急不容炊。君王日御金華殿，誰誦周家《七月》詩。

冬晚山房

月明滿地看梅影，露下隔溪聞鶴聲。

寓歎

心已忘斯世，天猶活此翁。嫩湯茶乳白，軟火地爐紅。課婢耘蔬甲，呼兒下釣筒。生涯君勿笑，聊足慰塗窮。

寓懷

蒼壁與黄琮，初非俗所貴。粲然薦繅藉，可對越天地。我豈賣餅兒，自衒三家市。持槃叫道邊，雖售無乃媿。文章等俳優，王公以儒戲。書成藏名山，此是千載事。

即美玉待賈意。立身作文，同是一理。《文心雕龍》必持獻於隱侯，毋乃卑甚。

山園

買得新園近釣磯，旋營茆棟設柴扉。山經宿雨修容出，花倚和風作態飛。世事只成驚老眼，酒徒頻約典春衣。狂吟爛醉君無笑，十丈愁城要解圍。

村居初夏

暮境難禁日月催，臘醅初見折泥開。壓車麥穗黄雲卷，食葉蠶聲白雨來。薄飯蕨薇端可飽，短衫紵葛亦新裁。宦途自古多憂畏，白首爲農信樂哉。

登鵝鼻山，至絶頂，訪秦刻石，且北望大海，山路危甚，人迹所罕至也

街頭旋買雙芒屩，作意登山殊不惡。蒼崖無罅竹鞭逸，崩石欲墜松根絡。憑高開豁快送目，歷險崎嶇危著脚。川雲忽起兩蛟舞，瀑水高吹萬珠落。大巖空腔誰所刳，絶壁峭立端疑削。坡平或可坐百人，峽束僅容飛一鶴。蛇溪岌岌頭自眩，鬼谷慘慘神先愕。秦皇馬迹散莓苔，如鑴非鑴鑿非鑿。殘碑不禁野火燎，造物似報焚書虐。人民城郭俱已非，烟海浮天獨如昨。

晚飯罷小立門外有作

此心何敢慕輕肥，尚媿無功飽蕨薇。浦面鳥銜殘靄去，柳陰人荷一鋤歸。病嗟短髮紛紛白，老覺初心種種非。百步空庭著明月，黄昏手自掩荆扉。

老將

百戰西歸變姓名，悲歌擊筑醉湖城。貂裘換得金鵶觜，種藥南山待太平。

遣興

飯香貧始覺，睡味老偏知。

夜觀嚴光祠碑有感

我昔過釣臺，峭石插江淥。登堂拜嚴子，挹水薦秋菊。君看此眉宇，何地著榮辱。雒陽逢故人，醉脚加其腹。書生常事爾，乃復駭世俗。正令爲少留，要非昔文叔。平生陋范曄，瑣瑣何足録。安得太史公，妙語寫高躅。

非必貶范史，總寫嚴先生之高耳。

卜居

歷盡人間行路難，老來要覓數年閑。供家米少因添鶴，買宅錢多爲見山。池面紋生風細細，花根土潤雨斑斑。借書乞火依鄰里，剩釀村醪約往還。

小園

窄窄柴門短短籬，山家隨分有園池。客因問字來攜酒，僧趁分題就賦詩。晨露每看花蕾坼，夕陽頻見樹陰移。自注：此二事非閑寂不知也。拂衣司諫猶忙在，此趣淵明却少知。

村東

村西行藥到村東，沙路溪流曲折通。莫問梅花開早晚，杖藜到處即春風。

稽山農 自注：余作《避世行》，以爲不可常也，復作此篇。

華胥氏之國，可以卜吾居。無爲氏之民，可以爲吾友。眼如巖電不看人，腹似鴟夷惟貯酒。周公禮樂寂不傳，司馬兵法亡亦久。賴有神農之學存至今，扶犂近可師野叟。粗繒大布以禦冬，黄粱黑黍身自春。園畦剪韭勝肉美，社瓮撥醅如粥醲。安得天下常年豐，老死不見傳邊烽。利名畫斷莫挂口，子孫世作稽山農。

寓歎

裹馬革心空許國，不龜手藥却成功。

春社

社肉如林社酒濃，鄉鄰羅拜祝年豐。太平氣象吾能説，盡在鼕鼕社鼓中。

戒殺

物生天地間，同此一太虚。林林各自植，但坐形骸殊。日夜相殘殺，曾不置斯須。皮毛被裘褐，膏血資甘腴。雞鶩羊彘輩，尚食稗與芻。飛潛何預汝，禍乃及禽魚。豺虎之害人，亦爲飢所驅。汝顧不自省，何暇議彼歟。又於人類中，各私六尺軀。方其忿怒時，流血視若無。我欲反其源，默觀受氣初。挺刃之所加，慘若在我膚。朝飯一鬴豆，暮飯一盂蔬。捫腹茆簷下，陶然歡有餘。

民吾同胞，物吾與也，念及此，自不忍殺。

憶昔

憶昔西征日，飛騰尚少年。軍書插鳥羽，戍壘候狼烟。渭水秋風夜，岐山曉雪天。金鞿馳叱撥，繡袂舞嬋娟。但恨功名晚，寧知老病纏。虎頭空有相，麟閣竟無緣。壯士埋巴峽，孤身卧海壖。安西九千里，孫武十三篇。裘歎蘇秦弊，鞭憂祖逖先。何時聞詔下，遣將入幽燕。

排律作者甚少，偶録此篇，翁之生平具見。

書憤

山河自古有乖分，京洛腥羶實未聞。劇盗曾從宗父命，遺民猶望岳家軍。上天悔禍終平虜，公道何人肯散群。白首自知疎報國，尚憑精氣祝爐薰。

宗留守一言之誠，招降群盗數萬。杜充任留守，降者仍散爲盗，且歸劉豫矣。國家用人，得失如此。

感懷

殘年迫衰謝，嬰疾歸鄉枌。諸賢渡江初，總角幸有聞。才非楚倚相，亦能讀典墳。夫豈或使之，後死與斯文。世儒鑿户牖，道術將瓜分。孤陋守一説，百氏殆可焚。後來豈無人，鼻堊誰揮斤。巍巍貞觀治，房魏出河汾。

東村散步有懷張漢州

扶杖村東路，秋來始此回。寒鴉盤陣起，野菊卧枝開。憂國丹心折，懷人雪鬢催。房湖八千里，那得尺書來。

初寒病中有感

楚水楓林霜露新，白頭一叟正吟呻。牛衣未起王章疾，馬磨何傷許靖貧。治道本來存簡册，神州誰與靜烟塵。新亭對泣猶稀見，況覓夷吾一輩人。

放歌行

君不見，汾陽富貴近古無，二十四考書中書。又不見，慈明起自布衣中，九十五日至三公。人生窮達各有命，拂衣徑去猶差勝。介推焚死終不悔，梁鴻寄食吾何病。安用隨牒東復西，獻諛耐辱希階梯。初無公論判涇渭，徒使新貴矜雲泥。稽山一老貧無食，衣破履穿面黧黑。誰知快意舉世無，南山之南北山北。

拄杖歌

道人四壁空無有，一炷清香閑袖手。床邊獨有拄杖存，疾病相扶真我友。禪房按膝秋聽雨，野店敲門暮賖酒。畏途九折歷欲盡，世上誰如君耐久。老矣更踏千山雲，何可一日無此君。歸來燈前夜欲半，露柱説法君應聞。

詠史

夜雨燈前感慨深，爲邦一士重千金。風雲未展康時略，天地能知許國心。劍忽拄頤都將相，帽曾𡑞耳隱山林。英雄自古常如此，請聽隆中《梁甫吟》。

歲暮感懷，以餘年諒無幾，休日愴已迫爲韻 存二首

士生始志學，固爲聖人徒。人人可稷卨，世世皆唐虞。仰事與俯育，治道無絶殊。孔孟之所傳，世俗顧謂迂。申韓尚刻薄，老莊競虛無。爾車非不良，盍行九軌途。

在昔祖宗時，風俗極粹美。人材兼南北，議論忘彼此。誰令各植黨，更仆而迭起。中更夷狄禍，此風猶未已。臣不難負君，生者固賣死。儻築太平基，請自厚俗始。

謝韓實之直閣送燈

玉作華星綴降繩，樓臺交映暮天澄。東都父老今誰在，腸斷當時諫浙燈。

蘇端明有《諫買浙燈狀》。

初夏

紛紛紅紫已成塵，布穀聲中夏令新。夾路桑麻行不盡，始知身是太平人。

感昔

馬慵立仗寧辭斥，蘭偶當門敢怨鋤。

讀杜詩

城南杜五少不羈，意輕造物呼作兒。一門酣法到孫子，熟視嚴武名挺之。看渠胸次隘宇宙，惜哉千萬不一施。空回英槩入筆墨，生民清廟非唐詩。向令天開太宗業，馬周遇合非公誰。後世但作詩人看，使我撫几空嗟咨。

悲歌行

士如天馬龍爲友，雲夢胸中吞八九。秦皇殿上奪白璧，項羽帳中撞玉斗。張綱本不問狐狸，董龍何足方雞狗。風埃蹭蹬不自振，寶劍牀頭作雷吼。憶遇高皇識隆準，豈意孤臣空白首。即今埋骨丈五墳，骨會作塵心不朽。胡不爲長星萬丈掃幽州，胡不如昔人圖復九世讎。封侯廊廟丈夫事，齪齪生死真吾羞。

自警

人生非金石，壽夭不自知。一日復一日，亦或至耄期。方其未死間，早夜勿自欺。嗟彼陷溺者，太山起毫釐。努力戒惰偷，堯舜可庶幾。一寸學古心，自視猶可爲。雞鳴推枕起，爲善亦孳孳。天定終勝人，吾世或未衰。素業果有傳，三復吾此詩。

憶昔

憶昔輕裝萬里行，水郵山驛不論程。屢經漢帝燒餘棧，曾宿唐家雪外城。壯志可憐成昨夢，殘年惟有事春耕。西窗忽聽空階雨，獨對青燈意未平。

六月二十四日夜分，夢范至能、李知幾、尤延之同集江亭，諸公請予賦詩記江湖之樂，詩成而覺，忘數字而已

露箬霜筠織短篷，飄然來往淡烟中。偶經菱市尋谿友，却揀蘋汀下釣筒。白菡萏香初過雨，紅蜻蜓弱不禁風。吳中近事君知否，團扇家家畫放翁。

七十二歲吟

七十人言自古稀，我今過二未全衰。讀書似走名場日，許國如騎戰馬時。秋晚雁來空自感，夜闌酒盡不勝悲。渭濱星霣逾千載，一表何人繼出師。

老年壯志，有觸即萌。

雨夜讀書

一燈如螢雨潺潺，老夫讀書蓬户間。但與古人對生面，那恨鏡裹凋朱顔。功名本來我輩事，人自蹭蹬天何慳。君看病驥瘦露骨，不思仗下思天山。

作夢

作夢今逾七十年，平生懷抱尚依然。結茆杜曲桑麻地，覓句灞橋風雪天。驃騎向來求作佛，淮南末路望登仙。世間妄想何窮盡，輸與山翁一醉眠。

睡起至園中

春風忽已遍天涯，老子猶能領物華。淺碧細傾家釀酒，小紅初試手栽花。野人易與輸肝肺，俗語誰能挂齒牙。更欲世間同省事，勾回蟻陣放蜂衙。

七十三吟

七十三年事事新，涵濡幸作六朝民。髮無可白方爲老，酒不能賒始覺貧。末路已悲身是客，此心猶與物爲春。柴門勿謂常岑寂，時有鄉鄰請藥人。

雪夜感舊

江月亭前樺燭香，龍門閣上馱聲長。亂山古驛經三折，小市孤城宿兩當。晚歲猶思事鞍馬，當時那信老耕桑。緑沉金鎖俱塵委，雪灑寒燈淚數行。

澤居

平日酷憎蠅附驥，暮年肯作鶴乘車。

三山杜門作歌

中歲遠游踰劍閣，青衫誤入征西幙。南沮水邊秋射虎，大散關頭夜聞角。畫策雖工不見用，悲吒那復從軍樂。嗚呼人生難料老更窮，麥野桑村白髮翁。

梅花

一花兩花春信回，南枝北枝風日催。爛漫却愁零落近，丁寧且莫十分開。

獨居感懷

一生已是膠黏日，投老安能夏造冰。

沈園

夢斷香消四十年，沈園柳老不吹綿。此身行作稽山土，猶弔遺蹤一泫然。

放翁妻不諧於姑，姑出而嫁之。年既老，復遇於沈園，因成此詩。

小築

放翁小築寄江郊，屋破隨時旋補茅。暮看白烟横水際，曉聽清露滴林梢。生來不啜猩猩酒，老去那營燕燕巢。目斷鹿門三太息，龐公千載可論交。

村舍雜書

舍南種胡麻，三日幸不雨。晨起親按行，已見青覆土。窮人如意少，喜色滿眉宇。兒童勿惰偷，造物不負汝。

余讀元次山與瀼溪鄰里詩，意甚愛之，擬作一首，亦以示幽居鄰里

北起成孤峰，東蟠作幽谷。中有十餘家，蘆藩映茆屋。土肥桑柘茂，雨飽麻豆熟。比鄰通有

無，井税先期足。烟中語相畣，月下歌相續。兒童不識字，未必非汝福。

喜雨歌

不雨珠，不雨玉，六月得雨真雨粟。十年水旱食半菽，民伐桑柘賣黄犢。去年小稔已食足，今年當得厭粱肉。斯民醉飽定復哭，幾年不見今年熟。

偏從麥熟得食後哭，哭前幾年之荒也。此加一倍法。

遣興

幾看人間歲月新，釣船猶繫鏡湖濱。曾穿高帝朝元仗，却作山陰版籍民。留病三分嫌太健，忍飢半日未全貧。早知書繡能爲祟，翁子終身合負薪。

有道之言，白樂天云『雉翳龜焦緣有用，不聞金彈中沙鷗』，同一高見。

省事

省事漸捐書，甘貧學蓺蔬。心安閑夢少，病去俗醫疎。兀爾游方外，超然到物初。此身猶是幻，況復愛吾廬。

翁有『庸醫司性命，俗子議文章』句，不如此句有味。

擬古

坐卧北窗下，百事廢不治。脱粟與大布，衣食裁自支。温飽豈不欲，違道予心悲。地下見先人，所冀尚有辭。

冬日讀白集，愛其『貧堅志士節，病長高人情』之句，作古風

成童入鄉校，所願爲善士。富貴本邂逅，不遇亦已矣。生輕名義重，固守當以死。堂堂七尺軀，勿使污青史。

北望感懷

滎河温洛帝王州，七十年來禾黍秋。大事竟爲朋黨誤，遺民空歎幾時遒。乾坤恨入新豐酒，霜露寒侵季子裘。食粟本同天下責，孤臣散獨廢深憂。

書意

憂國雖忘嫠婦緯，愛君敢進野人芹。

題傳神

櫪驥雖存千里志，雲鵬已息九天風。

庚申元日口號

仁和館外列鵷行，憶送龍舟幸建康。舍北老人同甲子，相逢揮淚説高皇。

不言治忽，無限故君之思，與元微之『白頭宫女在，閒坐説玄宗』意各别。

龜堂晚興

小魚出水圓紋見，輕燕穿簾折勢成。

齋中雜興

士生學六經，是爲聖人徒。處當師顔原，出當致唐虞。斯文陣堂堂，臨敵獨援枹。異端滿天下，一掃可使無。乃知立事功，先要定規模。彼雖力移山，安能奪匹夫。

掩卷有感

少年雖讀書，每恨性疎嬾。中年頗自勵，已歎歲月短。學不到聖賢，此意終未滿。甑空不憂飢，衣垢不思浣。區區管晏事，端可付一莞。羸然八十翁，風雪卧空館。

先少師宣和初有《贈晁公以道》詩云：『奴愛才如蕭穎士，婢知詩似鄭康成。』晁公大愛賞。今逸全篇，偶讀晁公文集，泣而足之

仕不逢時勇退耕，閉門自號景迂生。遠聞佳士輒心許，老見異書猶眼明。奴愛才如蕭穎士，婢知詩似鄭康成。早孤遇事偏多感，欲續殘章涕已傾。

春來食不繼戲作

瘦如飯顆吟詩面，飢似柴桑乞食身。

朝飢示子聿

水雲深處小茅茨，雷動空腸慣忍飢。外物不移方是學，俗人猶愛未爲詩。生逢昭代雖虛過，死見先親幸有辭。八十到頭終强項，欲將衣鉢付吾兒。

客去追記坐間所言

征西幙罷幾經春，歎息兒音尚帶秦。每爲後生談舊事，始知老子是陳人。建隆乾德開王業，温洛榮河厭俗塵。倘得此生重少壯，臨危敢愛不貲身。

冬夜讀書有感

落葉殘蕪又一冬，老人光景易匆匆。不論病墮耕桑業，但恨貧分學問功。馬昔騰驤離冀北，鶴今憔悴返遼東。六經未與秦灰冷，尚付餘年斷簡中。

書興

家居禹廟蘭亭路，詩在林逋魏野間。

讀史

功名多向窮中立，禍患常從巧處生。

爲機變人痛下針砭。

文章

文章本天成，妙手偶得之。粹然無疵瑕，豈復須人爲。君看古彝器，巧拙兩無施。漢最近先秦，固已殊淳灕。胡部何爲者，豪竹雜哀絲。后夔不復作，千載誰與期。

自詠

滿梳晨起髮凋零，亭午柴門未徹扃。萬事忘來尚憂國，百家屛盡獨窮經。楠枯倒壑雖無用，龜老搘牀故有靈。夢裏騎驢華山去，破雲巉絶數峰青。自注：十二月十二夜夢實有此，故識之。

遣興

名姓已隨身共隱，文辭終與道相妨。

六日雲重有雪意獨酌

遍游數澤一漁舠，盡歷風霜只緼袍。天爲念貧偏與健，人因見嬾誤稱高。地連海澨濤聲近，雲冒山椒雪意豪。偶得名罇當痛飲，凉州那得直葡萄。

過東鄰歸小憩

暖日生花氣，豐年入碓聲。

游西村贈隱者

水清沙浄見游魚，槐柳陰陰五月初。人似登仙惟火食，俗如太古欠巢居。熟聞高卧常扃户，剩欲頻來共荷鉏。從此夢游端有地，淵明不獨愛吾廬。

幽居

愛月先移燭，留香每閉門。

對酒作

羨門安期何在哉，河流上泝崑崙開。白雲不與隱居老，孤鶴自下遼天來。春江風物正閑美，緑浦潮平柁初起。草吹長篴發巴陵，曉挂高帆渡湘水。世間萬變更故新，會當太息摩銅人。脱裘取酒籍芳草，與子共醉壺中春。

東軒花時將過感懷

社雨晴時燕子飛，園林何許覓芳菲。江山良是人誰在，天地無私春又歸。殘史有期成汗簡，修門即日挂朝衣。人生念念皆堪悔，敢效淵明歎昨非。

村居

青藜杖出氛埃外，白版扉開水竹邊。造物與閑仍與健，鄉人知老不知年。齋居每袖持螯手，妄想寧流見麴涎。昨夜小庭風露冷，菊花消息已先傳。

雜言

南犬固應多吠雪，夏蟲郈得解知冰。

雜感

孔欲居九夷，老亦適流沙。忠信之所覃，豈間夷與華。况我州閭間，相視等一家。老稚各自力，勉蹈思無邪。

家居自戒三首

世人無奈愁，沃以盃中酒。未能平磊塊，已復生堆阜。治水不治源，九載亦何有。不如讀《周易》，一卷常在手。

飢寒陷侵暴，其實可憐傷。一事百自反，忿心冷如霜。恕物學者心，省事慮亦長。吾過固多矣，責彼何暇詳。

嚴霜雞報晨，月落犬警盜。遺粒與棄糠，每媿不足報。椎奴事樵汲，跣婢勤爨竈。有過姑教之，箠楚置勿道。

感貧

經歲無兼味，窮冬止破裘。翁將貧博健，兒以學忘憂。士固安天命，吾寧爲食謀。八荒如可望，時亦上高樓。

老甚自咏

身入兒童鬥草社，心如太古結繩時。

衰疾

衰疾猶能飯一簞，蓴絲菰首亦加餐。舊叨刻印俄銷印，老媿彈冠亟挂冠。自怪嵇康如許嬾，人憐范叔不勝寒。得錢剩買青芒屩，採藥名山興未闌。

前題

更事愈懷憂國切，苦心始覺著書難。

屏迹

屏迹亂山中，觀身槁木同。桑麻安舊業，薪水付村童。不散嬰兒樸，常存太古風。一錢無用處，郇復計囊空。

書事

北征談笑取關河，盟府何人策戰多。掃盡烟塵歸銕馬，剪空荊棘出銅駝。史臣歷紀平戎策，壯士遥傳入塞歌。自笑書生無寸效，十年枉是枕琱戈。

明日復理夢中意作

前一首未録。

白盡髭鬚兩頰紅，頹然自以放名翁。客從謝事歸時散，詩到無人愛處工。高挂蒲帆上黄鶴，獨吹銅笛過垂虹。閑人浪迹由來事，那計猿驚蕙帳空。

又明日復作長句自規

大學淵源不易窮，古人立志在童蒙。醉猶温克方成德，夢亦齋莊始見功。痛哭孰能悲陷溺，力行猶足變雕蟲。太空雲翳終當散，吾道常如日正中。

説理每近於腐，此析理入微，而温純如玉，吾願終身誦之。

書感

老荷寬恩許退耕，絲毫無報亦何情。民貧樂歲尚艱食，道喪異言方肆行。黨禍本從名輩出，弊端常向盛時生。古人骨冷青松下，誰起英魂與細評。

漢之甘陵、南北明之東林，名輩出也；漢明帝時，身毒之教入中國，盛時生也。餘可類推。

前題

人誰敢侮修身士，天不能窮力穡家。

漁家

釣收鷺下虚舟立，橋斷僧尋別徑歸。

遣興

坐中酒量人人別，花底春風處處同。

道室

答遇風山第六爻，翛然盡謝俗間交。謀生舊買雲三頃，託宿新分鶴半巢。露下丹芽生藥壠，月明金粉落松梢。眉間喜動君知否，借得丹經手自抄。

七月十九日大風雨雷電

雷車動地電火明，急雨遂作盆盎傾。强弩夾射馬陵道，屋瓦大震昆陽城。豈獨魚蝦空際落，真成蓋屐舍中行。明朝雨止尋幽夢，尚聽飛濤濺瀑聲。

書喜

欹斜古屋枕江干，恩賜殘骸許挂冠。杵臼有聲聊足食，羊牛識路自歸闌。不求客恕陶潛醉，肯受人憐范叔寒。兒輩漸還家暖熱，預知燈火話團欒。自注：子龍初自江西歸，子虡亦今冬當罷官矣。

寓歎

春炊不繼兒啼飯，烹餁無方客絜羹。

感遇

人之所甚患，飢渴與寒暑。粗免則已矣，過計安用許。自奉非其分，三彭將嫉汝。寓形天壤間，大抵皆逆旅。但能飽菜根，何地不可處。堂堂七尺軀，切勿效兒女。

憶昔

憶昔梁州夜枕戈，東歸如此壯心何。蹉跎已失邯鄲步，悲壯空傳勑勒歌。今日扁舟釣烟水，當時重鎧渡冰河。自憐一覺寒窗夢，尚想浯溪石可磨。

自勉

學詩當學陶，學書當學顔。正復不能到，趨向已可觀。養氣要使完，處身要使端。勿謂在屋漏，人見汝肺肝。節義實大閑，忠孝後代看。汝雖老將死，更勉未死間。

志喜

雪鬢蕭蕭九十翁，短檠猶喜策新功。斲輪自得不傳處，治水本行無事中。山市兒童隨小蹇，江村烟雨宿孤篷。更知衰疾從今減，萬里塵清蜀棧通。

恩封渭南伯唐詩人趙嘏爲渭南尉，當時謂之趙渭南，後來將以予爲陸渭南乎？戲作長句

老向人間久倦游，君恩乞與渭川秋。虛名定作陳驚坐，好句真慙趙倚樓。棧豆十年需病馬，烟波萬里著浮鷗。就封他日輕裘去，應過三峰處處留。

對酒作

飲酒豪如卷白波，遣愁難似塞黄河。多聞只解爲身累，後死空令見事多。未試神仙餐玉法，且賡壯士入關歌。此心不道無人識，雪鬢蕭蕭奈老何。

予亦同此感。

故里

摧傷自喜消前業，疢恙天教學養生。

示子遹

我初學詩日，但欲工藻繪。中年始少悟，漸若窺宏大。怪奇亦間出，如石漱湍瀨。數仞李杜牆，常恨欠領會。元白纔倚門，温李真自鄶。正令筆扛鼎，亦未造三昧。詩爲六藝一，豈用資狡獪。汝果欲學詩，工夫在詩外。

晚興

客散茶甘留舌本，睡餘書味在胸中。

示兒

死去元知萬事空，但悲不見九州同。王師北定中原日，家祭無忘告乃翁。

少陵一飯不忘君，放翁至死不忘復讐，忠君愛國，唐宋重此二人。

遺山詩選

長洲沈德潛歸愚輯評
武進門生陳明善校
古今體詩共一百三十四首

遺山詩選例言

遺山值金主守緒時，蒙古宋師交攻之，君臣穀觫，生死不能自主。七言近體詩愁慘之音，皆淚痕血點凝結而成。讀其詩，應哀其志。

古今體詩皆以氣爲主，故盛氣所流，胸中成語有時時涌出者。至七言近體中，連用二語，如『細水浮花歸別澗，斷雲含雨入孤村』之類。詩雖可觀，不可爲訓，因删薙之。今所輯中，亦間有存片語者，通體完善，不能没也。

王新城尚書詠遺山詩，有『落日青山望蔡州』句，緣稿本中多黍離行邁之感，後之詩人徘徊嘉賞之。

金亡後，遺山不久賈身。元世祖未嘗欲其仕，遺山未嘗入元廷也。選元詩者，强作元人，以冠一代之籍，欲尊其詩，轉没其節矣。

原本中已分古體、近體，今一因之，别於蘇、陸二家。

歸愚氏識

箕山

幽林轉陰崖，鳥道人跡絶。許君棲隱地，唯有太古雪。人間黄屋貴，物外秖自潔。尚厭一瓢喧，重負寧所屑。降衷均義稟，汨利忘智决。得隴又望蜀，有齊安用薛。干戈幾蠻觸，宇宙日流血。魯連蹈東海，夷齊採薇蕨。至今陽城山，衡華皆邱垤。古人不可作，百念肝肺熱。浩歌北風前，悠悠送孤月。

遺山以此詩得名，高其人，因高其山，非誠高於衡、華也。

緱山置酒

自注：同内翰馮丈叔獻、雷兄希顔賦詩，分韻得賓字。

靈宫肅清曉，細柏含古春。人言王子喬，鶴馭此上賓。白雲山蒼蒼，平田木欣欣。登高覽元化，浩蕩融心神。西望洛陽城，大路通平津。行人細如蟻，擾擾争紅塵。蓬萊風濤深，鬢毛日夜新。殷勤一杯酒，愧爾雲間人。

光武臺

東南地上游，荆楚兵四衝。游子十月來，登高送長鴻。當年赤帝孫，提劍起蒿蓬。一顧滍水斷，再顧新都空。雷霆萬萬古，青天看飛龍。巋然此遺臺，落日荒烟重。誰見經綸初，指揮走群雄。白水日夜東，石麒幾秋風。空餘光武歎，無復雲臺功。

濦水

自注：聞郾城張伯玉訃音作。

濦水復濦水，東望雁行没。殷勤一杯酒，遥酹濦亭月。永懷紫髯郎，冠佩見突兀。巖巖石停峙，鬱鬱松秀發。裴回功名會，脱落豪俠窟。中州有士論，指與雷李屈。掛弓須扶桑，洗劍必溟渤。皇天靳美器，一世惜英物。神交付冥漠，生氣凜毛髮。古來天下馬，萬里入超忽。良樂不並世，燕市空驄骨。狂歌叫秋雲，北風撼林樾。

雜著四首

集陶。

稟氣寡所諧，衣食固無端。所業在農桑，甘以辭華軒。田家豈不苦，幾功聊可觀。帶月荷鋤歸，裴回邱隴間。曖曖遠人村，紛紛飛鳥還。養真衡茅下，庶無異患干。遥謝荷篠翁，躬耕非所歎。

守拙歸田園，淹留自無成。長吟掩柴門，遂與塵事冥。素月出東嶺，夜景湛虚明。揮杯勸孤影，杯盡壺自傾。遥遥望白雲，千載有深情。

榮叟老帶索，原生納決屨。邈哉此前修，久而道彌著。人生少至百，每每多憂慮。量力守故轍，餘榮何足顧。棲遲固多娱，幾人得其趣。

世短意恒多，時駛不可追。感彼柏下人，泫然霑我衣。運生會歸盡，彼此更共之。理也可奈何，一觴聊可揮。

贈答劉御史雲卿

舊聞劉君公，學經發源深。驊騮萬里氣，聖塗已駸駸。大梁語三日，副我夙所欽。濂溪無北流，此道日西沉。百年牛山木，不復秀穹林。南風雖寥寥，聞弦猶賞音。獨憐夸毘子，一我無古今。共學君所貪，適道我豈任。相酬無别物，徒有好賢心。

五字寫盡粗豪人。

别李周卿

城居日蛙黽，局促復局促。去作山中客，放浪誰檢束。溪光淡於冰，山骨浄如玉。懷我同心人，團茅仕深竹。垂綸鮮可食，種秫酒亦足。石壇三萬丈，醉眼天一粟。安得萬里風，相從兩黄鵠。

飲酒

西郊一畝宅，閉門秋草深。牀頭有新釀，意愜成孤斟。舉杯謝明月，蓬蓽肯相臨。願將萬古色，照我萬古心。

去古日已遠，百僞無一真。獨餘醉鄉地，中有羲皇淳。聖教難爲功，乃見酒力神。誰能釀滄海，盡醉區中民。

客從崧少來，貽我招隱詩。爲言學仙好，人間竟何爲。一笑顧客言，神仙非所期。山中如有酒，吾與爾同歸。

與陶公《飲酒》各有懷抱。

龍潭

層冰積浩蕩，陵谷互吞吐。窈窕轉幽壑，突兀開浄宇。回頭山水縣，亦復墮塵土。孤雲鐵梁北，宇宙一仰俯。風景初不殊，川塗忽修阻。寒潭海眼浄，黕黑自太古。蟄龍何年卧，萬國待霖雨。誰能裂蒼崖，雷風看掀舉。

種松

百錢買松羔，植之我東牆。汲井涴塵土，插籬護牛羊。一日三摩挲，愛比添丁郎。昨宵入我夢，忽然變昂藏。昂藏上雲雨，慘澹含風霜。起來月中看，細鬣錯鍼芒。惘然一太息，何年起明堂。鄰叟向我言，種木本易長。不見河畔柳，顧盼百尺强。君自作遠計，今日何所望。

種松，喻修德裕後；種柳，喻立時顯榮也。勿誤認柳勝於松。

曉發石門渡湍水道中《水經》：湍，音專。

踈星淡秋明，陰霞絢朝映。積雨成坐愁，晨光動幽興。石門歸馭引，湍浦漁刀並。曠蕩萬景新，歸藏四山静。平湖風漪緑，遠岸秋沙浄。洋洋游儵逝，汎汎輕鷗泳。隱顯乖夙心，感寓見真性。倦游時自悼，違己將安竟。憂端從中來，茫茫發孤詠。

放言

韓非死孤憤，虞卿著窮愁。長沙一湘纍，郊島兩詩囚。人生定能幾，肺肝日相讐。井蛙何足論，禪蝨良足羞。正有一朝樂，不償百年憂。古來帝王師，或從赤松游。大笑人間世，起滅真浮漚。曾是萬户封，不博一掉頭。有來且當避，未至吾何求。悠悠復悠悠，大川日東流。紅顔不暇惜，素髪忽已稠。我欲升嵩高，揮杯勸浮邱。因之兩黄鵠，浩蕩觀齊州。

學東坡移居

誰謂我屋寬，寢處無復餘。誰謂我屋小，十口得安居。南榮坐諸郎，課誦所依於。西除著僮僕，休休得自如。老我於其間，兀兀窮朝晡。起立足欠伸，偃卧可展舒。窗明火焙煖，似欲忘囚拘。屋前有隙地，客舍不可無。花闌及菜圃，次第當耘鋤。東野載家具，家具少於車。我貧不全貧，尚有百本書。

與張仲傑郎中論文

文章出苦心，誰以苦心爲。正有苦心人，舉世幾人知。工文與工詩，大似國手碁。國手雖漫應，一着存一機。不從着着看，平聲。何異管中窺。文須字字作，亦要字字讀。咀嚼有餘味，百過良未足。功夫到方圓，言語通眷屬。只許曠與夔，聞言知雅曲。今人誦文字，十行誇一目。閼顫失香臭，瞀視紛紅緑。毫釐不相照，覿面楚與蜀。莫訝荆山前，時聞刖人哭。

九日讀書山用陶詩『露凄暄風息，氣清天曠明』爲韻賦十詩録三

行帳適南下，居人踽庭户。城中望青山，一水不易渡。今朝川潦静，偶得展衰步。蕩如脱囚拘，廣莫開四顧。半生無根著，筋力疲世故。大似丁令威，歸來歎墟墓。鄉閭喪亂久，觸目異平素。枌榆雖尚存，歲晏多霜露。

宇宙有此山，閱世過鳥疾。何人不此游，名姓寧復識。兹辰世所重，前代多盛集。柴桑有故事，二謝留俊筆。并數孟與桓，此外誰記憶。人生百年内，踏地皆陳跡。獨惟我輩人，興懷念今昔。山林與泉壤，自古長歎息。

今日復何日，霜氣倏已凄。登高有佳招，山中古招提。翩翩劉公子，玉田重相攜。乾坤動詩

興，澗壑忘攀躋。霍侯家甚貧，劣有酒與雞。城居厭鼙鼓，移家此幽棲。世網不易逃，所向皆塵泥。何以濯我纓，林間有清溪。

臨汾李氏任運堂并序

彦仁從軍久，厭於事物之累，念欲脱去之而不可得也，故嘗鬱鬱不自聊，求余發藥之。余名其居曰任運堂，且爲賦詩。

官職有何好，凜凜蹈危機。車塵及馬足，捧手仍低眉。棄去何足道，無從脱縶維。不如聽其然，歲晚倘可期。此心未馴初，養虎時飽飢。一爲金石止，坐閲萬物馳。汨泥揚其波，哺糟歠其醨。漁父我所學，靈均竟奚爲。上堂壽慈親，兄弟如塤篪。菽水致足樂，况有甘與肥。人生天地間，長路有險夷。遇險即欲避，安得皆通達。君家北山翁，百世留清規。樂天而知命，行矣君何疑。自注：北山翁，彦仁之伯祖，泰和間，以高道提點天長胥，華公贈詩有『百世清規』之語，故及之。

繼愚軒和黨承旨雪詩二首

今古幾詩人，擾擾劇毛粟。吾愛陶與韋，泠然叩冰玉。大雅久不作，聞韶信忘肉。求音叩寂寞，一歎動鄰屋。水風清鶴夢，月露洗蟬腹。白頭兩遺編，吟唱心自足。誰爲起九原，寒泉薦芳菊。

愚軒具詩眼，論文貴天然。頗怪今時人，雕鐫窮歲年。君看陶集中，飲酒與歸田。此翁豈作詩，真寫胸中天。天然對雕飾，真贋殊相懸。乃知時世妝，粉緑徒争妍。枯淡足自樂，勿爲虚名牽。

賞咏雪詩，非和雪詩也，『水風清鶴夢』一聯俊絶超絶。

曲阜紀行

荒城卧魯甸，寒日澹平蕪。千年素王宫，突兀此城隅。我昔入小學，首讀仲尼居。百讀百不曉，但有唾成珠。少長授魯《論》，稍與義理俱。攝齊念升堂，壞壁想藏書。翩翩七十子，佩服見舒徐。慨然望闕里，日思膏吾車。五原東北晋，因循迫桑榆。今日復何日，南冠與庭趨。隱隱金石聲，恍如夢清都。偉哉神明觀，欣幸當何如。

白塯表佛屋，萬瓦青粼粼。何年勝果寺，西與姬公鄰。塯廟恣汝爲，豈合魯城闉。魯人惑異教，吾道宜湮淪。許行學神農，耒耜手自親。當時子孟子，直以爲非民。况彼桑門家，糞壤待其身。一朝斷生化，萬國隨荆榛。孟氏非所期，昌黎持正論。探源贊神化，舊染爲一新。坐令鍾魚地，再睹籩豆陳。吾謀未及用，勿謂秦無人。

佛子廬豈宜鄰並聖域？惑世誣民，須以正論闢之。

畫馬爲邢將軍賦

大宛城下戰骨滿，駑駘入漢龍種藏。將軍此紙何處得，便覺房駟無光芒。人中馬中兩勁敵，天門雁門皆戰場。并州父老應相望，早晚旌旗上太行。

范寬秦川圖 自注：張伯玉殁後，同麻徵君知幾賦。

亂山如馬争欲前，細路起伏蛇蜿蜒。秦川之圖范寬筆，來從米家書畫船。變化開闔天機全，濃澹覆露清而妍。雲興霞蔚幾千里，著我如在峨嵋巔。西山盤盤天與連，九點盡得齊州烟。浮雲未清白日晚，矯首四顧心茫然。全秦天地一大物，雷雨澒洞龍頭軒。因山分勢合水力，眼底廓廓無齊燕。我知寬也不辦此，渠寧有筆如修椽。紫髯落落西溪君，長劍倚天冠切雲。望之見之不可親，元龍未除湖海氣。李白豈是蓬蒿人，愛君恨不識君早。乃今得子胸中秦，作詩一笑君應聞。

詩意謂范寬未能辦此，應即是張髯自作，此未必然，范寬本宋大家，張伯玉烏足當也？然詩自絶佳。末一語用東坡句。

赤壁圖

馬蹄一蹴荆門空，鼓聲怒與江流東。曹瞞老去不解事，悮認孫郎作阿琮。孫郎矯矯人中龍，顧盻叱咤生雲風。疾雷破山出大火，旗幟北卷天爲紅。至今圖畫見赤壁，髣髴燒虜留餘蹤。令人長憶眉山公，載酒夜俯馮夷宫。事殊興極憂思集，天澹雲閑今古同。得意江山在眼中，凡今誰是出群雄。可憐當日周公瑾，憔悴黄州一秃翁。

赤壁一火，皆周郎之功，孫權偶從其説，不得云人中龍也，後降曹丕可見。

雪後招鄰舍王贊子襄飲

去年春旱百日强，小麥半熟雨作霜。青山無情不留客，單衣北風官路長。遺山山人伎倆拙，食貧口衆留他鄉。五車載書不堪煮，兩都覓官自取忙。無端學術與時背，如瞽失相徒倀倀。今年得田昆水陽，積年勞苦似欲償。鄰牆有竹山更好，下田宜秫稻亦良。已開長溝掩烏芋，稍學老圃分紅薑。宋公能詩雅好客，勸我移家來水旁。一閑入手豈易得，夢中我馬猶玄黄。君不見，并州少年作軒昂，雞鳴起舞望八荒，夜如何其夜未央。賣刀買犢未厭早，腰金騎鶴非所望。河南冬米已三白，土膏墳起如蜂房。嵩山東頭玉旆出，父老知是豐年祥。南溪酒熟梅花香，高聲爲喚牆東王。便當過我取一醉，聽歌長安金鳳凰。自注：鄰舍宋可，隱君子也。并州少年，謂李汾長源。長安金鳳凰者，齊梁間田舍兒所歌。

鄧州城樓

鄧州城下湍音專水流，鄧州城隅多古邱。隆中布衣不復見，浮雲西北空悠悠。長鯨駕空海波立，老鶴叫月蒼烟愁。自古江山感游子，今人誰解賦登樓。

宛邱歎

秦陽陂頭人跡絶，荻花茫茫白於雪。當年萬家河朔來，畫出牛頭入租帖。蒼髯長官急賦税，下考大笑陽城拙。至今三老背腫青，死爲逋懸出膏血。君不見，劉君宰葉海内稱，飢摩寒拊哀孤惸。碑前千人萬人泣，父老夢見如平生。冰霜紈袴渠有策，如我碌碌當何成。荒田滿眼人得耕，詔書已復三年征。早晚林間見雞犬，一犂春雨麥青青。自注：髯李令南陽，配流民以牛頭租，迫而逃者萬餘家。劉雲卿御史宰葉，除逃户税三萬斛，百姓爲之立碑頌德。賢不肖，用心相遠如此！李之後十年，予爲此縣，人爲逋懸所困。辛卯七月，農司檄予按秦陽陂田，感而賦詩。李與劉皆家宛邱，故以《宛邱歎》命篇。

今之州縣官皆願爲李南陽，不願爲劉雲卿矣。存此一詩，或可動長民者之天良。

游黄華山

黄華水簾天下絶，我初聞之雪溪翁。丹霞翠壁高歡宫，銀河下濯青芙蓉。昨朝一游亦偶爾，便覺摹寫難爲功。是時氣節已三月，山水赤立無春容。湍聲洶洶轉絶壑，雪氣凜凜隨陰風。懸流十丈忽當眼，芥蔕一洗平生胸。雷公怒擊散飛雹，日脚倒射垂長虹。驪珠百斛供一瀉，海藏翻倒愁龍公。輕明圓轉不相礙，變見融結誰爲雄。歸來心魄爲動蕩，曉夢月落春山空。手中仙人九節杖，每恨勝景不得窮。攜壺重來岩下宿，道人已約山櫻紅。

荆棘中杏花

牆東荒溪抱村斜，荆棘狼籍盤根芽。何年丹杏此留種，小紅濈濈争春華。野人慣見漫不省，獨有詩客來咨嗟。天真不到鉛粉筆，富艷自是宮闈花。曲池芳徑非宿昔，蒼苔濁酒同天涯。京師惜花如惜玉，曉檐賣徹東西家。杏花看紅不看白，十日忙殺游春車。誰家園亭有此樹，鄭重已著重幃遮。阿嬌新寵貯金屋，明妃遠嫁愁清笳。落花縈簾拂牀席，亦有飄泊沾泥沙。天公無心物自物，得意未用相陵誇。黄昏人歸花不語，惟有落月啼棲雅。

蕭仲植長史齋修武作。

張顛飲豪傾四座，脱帽狂呼誰敢和。南宗北宗知幾人，醉眼紛紛飛鳥過。是公技進不名技，元氣淋漓隨咳唾。偶然提筆本無意，自有龍騫并虎卧。當時誰有《戰國策》，自注：《長史帖》云：『借《戰國策》可付之。』凡七字。門外雷車忽驚墮。天星無數不知名，色正芒寒纔七箇。蕭郎家世陵谷後，争信空囊蓄奇貨。蕭齋故事今復舉，未怕秋風吹屋破。護持有物世共喜，不獨一時爲子賀。藏舟夜壑未厭深，隄備有人來倚柁。

過晋陽故城書事

惠遠祠前晋溪水，翠葉銀花清見底。水上西山如卧屏，鬱鬱蒼蒼三百里。中原北門形勢雄，想見城闕雲烟中。望川亭上閲今古，但有麥浪摇春風。君不見，繫舟山頭龍角秃，白墖一摧城傾覆。薛王出降民不降，屋瓦亂飛如箭鏃。汾流決入大夏門，府治移著唐明村。只從巨屏失光彩，河洛幾度風烟昏。東闕蒼龍西玉虎，金雀觚棱上雲雨。不論民居與官府，仙佛所廬餘百所。鬼役天財千萬古，争教一炬成焦土。至今父老哭向天，死恨河南往來苦。南人鬼巫好禨祥，萬夫畚插開連岡。官街十字改丁字，釘去聲破并州渠亦亡。幾時却到承平了，重看官家築晋陽。

雲峽并序

君璋啓事西凉，占對稱首〔一〕。其還也，行臺公以宣和寶石爲貺，奇秀温潤，信天壤間之尤物。君璋因之曰雲峽，邀詞客賦詩，余亦同作。

石盆清泠貯秋水，水面蒼烟飛不起。一堆寒碧几研間，寶氣峥嶸插箕尾。中山雪浪空影象，長安鸜鵒猶紈綺。枉著奇章甲乙中，稿項鑱看把耕耒。不知天壤此尤物，鬼刻神鑱通有幾。薰蒸似欲出泉脈，瑩滑定應凝石髓。剥裂雯華漬月秋，辛苦詩仙費摹擬。車箱箭筈連西東，仇池百穴窗玲瓏。飛墮不嫌靈鷲小，奇探已覺太湖空。故都喬木今如此，夢想熙春百花裏。膏血綱船

〔一〕首，應作『旨』。

枯九州，亡國愁顔爲誰洗。主人天質粹以温，天然與山作知聞。退食從容北窗卧，今古起滅真浮雲。自注：仙人王子可賦『石淙有石裂，雯華漬月秋』之句。

過井陘

北山亭亭如驛堠，南山耽耽虎翘首。土門東頭望井陘，漢家風雲自奔走。市人豈識英雄材，金鼓一朝天上來。此山行人萬萬古，幾不磨滅隨蒿萊。白鹿祠前一杯水，蒼顔聊爲洗塵埃。

天涯山

九州上游推大鹵，獨恨山形頗椎魯。天涯一峰今日看，快似昂頭出環堵。何年氣母此融結，鬼鑿神鑱未奇古。八窗玲瓏透朝日，洞穴慘澹藏雷雨。苔花錦石粲可喜，乞與雲烟相媚嫵。半空擲下金芙蕖，想得飛來自玄圃。傳聞絶頂更靈異，云是清都群玉府。五雲飛步吾未能，風袂泠泠已輕舉。東州死愛華不注，向在陋邦何足數。敬亭不著謝宣城，斷岸何緣此天姥。酒船何時朝復暮，倒卷滹沱瀚塵土。唤起山靈槌石鼓，漢女湘妃出歌舞。酒狂他日笑遺山，飯顆不妨嘲杜甫。

南冠行

南冠纍纍渡河關，畢逋頭白乃得還。荒城雨多秋氣重，頹垣敗屋深茅菅。漫漫長夜浩歌起，清涕曉枕留餘漬。曹侯少年出紈綺，高門大屋垂楊裏。諸房三十侍中郎，獨守殘編北窗底。王孫上客生光輝，竹花不實鵷雛飢。絲桐切切解人語，海雲喚得青鸞飛。梁園三月花如霧，臨錦芳華朝復暮。阿京風調阿欽才，暈碧裁紅須小杜。長安張敞號眉嫵，吴中周郎知曲誤。香生春動一詩成，瑞露靈芝滿窗户。魚龍吹浪三山没，萬里西風入華髮。無人重典鷫鸘裘，展轉空床卧秋月。寶鏡埋寒灰，鬱鬱萬古不可開。龍劍出地底，青天白日驅雲雷。層冰千里不可留，離魂楚些招歸來。生不願朝入省暮入臺，願與竹林嵇阮同舉杯。郎食猩猩脣，妾食鯉魚尾，不如孟光案頭一盃水。黄河之水天上流，何物可責人間愁。撑霆裂月不稱意，更與倒翻鸚鵡洲。安得酒船三萬斛，與君轟醉太湖秋。

淋灕潑墨，光怪陸離，才可以斗石計耶？

去歲君遠游送仲梁出山

去歲君遠游，今年客他州。青天萬古一明月，只與行人生暮愁。問君游何許，情多地遐偏處處。金鞭斷折騏驥死，萬里長鴻思一舉。憶初識子梁王臺，清風入座無纖埃。華岳峰尖見秋隼，金眸玉爪非凡材。西園日晴花滿烟，五雲樓閣三山巔。玉樹瑶林照春色，青錢白璧買芳年。三年一夢南陽道，汴水迢迢入秋草。拏雲心事人不知，千首新詩怨枯槁。破屋仰見星，疎衾風露清。匣中有長劍，爲君鳴不平。泥塗久辱思一濯，去去舉足皆清泠。鄧州大帥材望雄，愛客不減奇章公。車中宴酣笳鼓競，銀燭吐焰如長虹。幕中多士君又往，談笑已覺南夷空。東州春回十月後，梅花分香入春酒。平生得意欽與京，青眼高歌望君久。浙江南下青沄沄，石門細路蒼烟屯。五松平頭白日静，千山萬山如亂雲。菊源不逐時事改，芝嶺自與商顔鄰。他日相思一回首，漁舟時問武陵人。自注：欽，謂欽叔；京，即京父也。樂天書以微之爲微。

遺山詩時用他人句，興到，幾不自知也。『華岳峰巔』二句，全是少陵。

寄趙宜之 自注：趙時在盧氏。

大城滿豺虎，小城空雀鼠。可憐河朔州，人掘草根官煮弩。北人南來向何處，共説莘川今樂土。莘川三月春事忙，布穀勸耕鳩唤雨。舊聞抱犢山，摩雲出蒼棱。長林絶壑人跡所不到，可以避世如武陵。煮橡當果穀，煎术甘飴餳。此物足以度荒歲，況有麇鹿可食魚可罾。自我來嵩前，旱乾歲相仍。耕田食不足，又復違親朋。三年西去心，籠禽念飛騰。一瓶一鉢百無累，恨我不如雲水僧。崧山幾來層，不畏登不得，但畏不得登。洛陽一昔秋風起，羡煞吴中張季鷹。

起從河朔之苦，説入華川之樂，結意仍動歸心茫茫無際。

紀子正杏園燕集

紀翁種杏城西垠，千株萬株紅艷新。今年寒食好天色，曉氣鬱鬱含芳津。天公自愛此花好，朝薰暮染煩花神。融霞暈雪一傾倒，非烟非霧非卿雲。未開何所似，乳兒粉妝深絳脣。能啼能笑癡復默，畫出百子元非真。半開何所似，里中處女東家鄰。陽和入骨春思動，欲語不語時輕顰。就中爛漫尤更好，五家合隊虢與秦。曲江江頭看車馬，十里羅綺争紅塵。陽平一邑多詩人，主人買酒邀衆賓。花時有成約，恨少楊子張吾軍。落花著衣紅繽紛，四座慘淡傷精魂。花開花落十日耳，對花不飲花應嗔。愛花常苦得花晚，争教行樂無閑身。芳苞一破不更合，且看錦樹烘殘春。

送李參軍北上

五日過居庸，十日渡桑乾。受降城北幾千里，出塞入塞沙漫漫。古來丈夫淚，不灑别離間。

今朝送君行，清涕留餘漬。生女莫作王明君，一去紫臺空佩環。生男莫作班定遠，萬里馳書望玉關。我知驥子墮地無齊燕，我知鴻鵠意氣青雲端〔一〕。草間斥鷃亦自樂，扶摇直上何勞摶。一衣敝緼袍，一飯苜蓿盤。歲時壽翁媪，團圞有餘歡。就令一朝便得八州督，争似緑衣起舞春斕斑。去年雒陽人，今年指天山。地遠馬韉破，霜重貂裘寒。朔風浩浩來，客子慘在顔。扼胡嶺上一回首，未必君心如石頑。君不見，桓山烏乳哺，不得須臾閑。衆雛一朝散，孤雌回顧聲悲酸。寒雁來時八九月，白頭阿母望君還。

歷言北行之苦，望其早還，古道交之立言如此！

泛舟大明湖 自注：待杜子不至。

長白山前繡江水，展放荷花三十里。看山水底山更佳，一堆蒼烟收不起。山從陽邱西來青一灣，天公擲下半玉環。大明湖上一杯酒，昨日繡江眉睫間。晚涼一櫂東城渡，水暗荷深若無路。江妃不惜水芝香，狼籍秋風與秋露。蘭襟鬱鬱散芳澤，羅襪盈盈見微步。晚晴一賦畫不成，枉著風標誇白鷺。我時驂鸞追散仙，但見金枝翠蕤相後先。眼花耳熱不稱意，高唱吴歌叩兩舷。

〔一〕『我』字下原脱一『知』字。

喚取樊川搖醉筆，風流聊與付他年。

寫水底山難於寫水底天，此爲入神。

涌金亭示同游諸君

太行元氣老不死，上與左界分山河。有如巨鼇昂頭西入海，突兀已過餘坡陁。我從汾晋來，山之面目腹背皆經過。濟源盤谷非不秀，烟景獨覺蘇門多。涌金亭下百泉水，海眼萬古留山阿。觱沸濼水源，漪淪晋溪波。雲雷涵鬼物，窟宅深蛟鼉。水妃簸弄明月陂，地藏發洩天不訶。平湖油油碧於酒，雲錦十里翻風荷。我來適與風雨會，世界三日漫兜羅。山行不得山，北望空長哦。今朝一掃衆峰出，千鬟萬髻高峩峩。空青斷石壁，微茫散烟蘿。山陽十月未搖落，翠蕤雲旓相蕩摩。雲烟故爲出濃淡，魚鳥似欲留婆娑。石間仙人跡，石爛跡不磨。仙人去不返，六龍忽蹉跎。江山如此不一醉，拊掌笑殺孫公和。長安城頭烏尾訛，并州少年夜枕戈。舉杯爲問謝安石，蒼生今亦如卿何？元子樂矣君其歌！

全學太白。

題劉紫微《堯民野醉圖》

蒼苔濁酒同歌呼，白鬚紅頰醉相扶。堯時混芚未嘗散，不論朝野皆歡虞。望雲雲非雲，就日日非日。先秦迂儒强解事，極口譽堯初未識。堯民與酒同一天，此外更誰爲帝力。仙老曾經甲子年，戲將陳跡畫中傳。山川淳朴忽當眼，迴望康衢一慨然。不見只今汾水上，田翁鞭背出租錢。自注：堯甲子年，仙人張果事。

醉中送陳季淵

寒日不數日，天氣殊未佳。翩翩金門客，行行指龍沙。朝發忻城暮隴頭，隴頭地寒無草芽。拂雲堆邊春更晚，雪花茫茫楊白花。紇干山高凍殺雀，榆葉離離小叢薄。愛君只欲苦死留，不道南飛何所樂。書生弓馬能幾何，乃今寶校金盤陁。孔璋文筆妙天下，《勅勒》不數陰山歌。向年賦奇雨，擁海驅雲筆頭注。快如懷素書布障，狂笑劉乂寫冰柱。李汾王鬱俱灰塵，天意乃在溵陽陳。胸藏萬古睨一世，眼高四海空無人。殘民假息仍瘡痏，誰作東山謝安起。恨我不比長桑君，一月觴君上池水。眼中之人不易忘，誰作冰炭置我腸。衰顔明鏡兩寂寞，別意春江誰短長。但願年年見顔色，與君連日醉壺觴。

天門引

秦王深居不得近，從破衡成欲誰信。空談游客困咸陽，憔悴黄金百斤盡。海中仙人黄鵠舉，大笑人間争腐鼠。丈夫何意作蘇秦，六印才堪壓兒女。古來多爲虚名老，不見阿房浄如掃。千年虎豹守天門，一日牛羊卧秋草。

蛟龍引

古劍咸陽墓中得，抉開青雲見白日。蛟龍地底氣如虹，土花千年不敢蝕。洪鑪烈焰初騰精，横海已覺無長鯨。世上元無倚天手，匣中誰解不平鳴。割城恨不逢相如，佐酒恨不逢朱虚。尚方未入朱雲請，盟盤合與毛生俱。誰念田文坐中客，只將彈鋏嘆無魚。

芳華怨

娃兒十八嬌可憐，亭亭嫋嫋春風前。天上仙人玉爲骨，人間畫工畫不出。小小油壁車，軋軋出東華。金縷盤雙帶，雲裾踏雁沙。一片朝雲不成雨，被風吹去落誰家。一落人家不復返，請看日上散朝霞。

結楊柳怨

長樂坡前一杯酒，鄭重行人結楊柳。可憐楊柳千萬枝，枝枝盡入行人手。輕烟細雨緑傞傞，惱亂春風態度多。路人愛起風流樹，無奈朝攀暮折何。朝攀暮折何時了，不道行人暗中老。素衣今日洛陽塵，白髮明朝塞城草。柳色年年歲歲青，關人何事管離情。春風誰向丁寧道，折斷柔條莫再生。

塞上曲

平沙細草散羊牛，一簇征人在戍樓。忽見隴頭新雁過，一時回首望南州。

此樂府體，故不入絶句中。

望歸吟

塞雲一抹平如截，塞草離離卧榆葉。長城窟深戰骨寒，萬古牛羊飲冤血。少年錦帶佩吴鈎，獨騎匹馬覓封侯。去時只道從軍樂，不道關山空白頭。北風吹沙雜飛雪，弓弦有聲凍欲折。寒衣昨夜洛陽來，腸斷空閨擣秋月。年年歲歲望還家，此日歸期轉未涯。誰與南州問消息，幾時重拜李輕車。

聞希顔得英府記室

近得髯參信，知從兔苑游。文星映朱邸，勝槩減黄樓。進退存中道，功名接上流。徒懷貢公喜，塵土隔瀛洲。

送曹吉甫兼及通甫

意氣羨君豪，憐君屈騎曹。安能事筆研，且復混弓刀。風雪貂裘暗，關山馬骨高。南飛見鴻雁，應爲惜哀勞。

十二月六日二首

倀鬼跳梁久，群雄結搆牢。天機不可料，世綱若爲逃。白骨丁男盡，黄金甲第高。閶門隔九虎，休續楚人騷。

欲高甲第，必須黄金，未有不從丁男白骨來者。

海内兵猶滿，天涯歲又新。龍移失魚鼈，日食鬭麒麟。草棘荒山雪，烟花故國春。聊城今夜月，愁絶未歸人。

短日

短日碪聲急，重雲雁影深。風霜侵晚節，天地入歸心。零落溝中斷，酸嘶爨下音。五年朝與夕，清血幾霑襟。

錬句、錬字，胎源於杜。

送楊次公兼簡秦彦容李天成

海國山如染，雲堆草易荒。時危頻虎穴，路絶更羊腸。弔影雙蓬鬢，攜家一藥囊。殷勤秦與李，無惜借餘光。

聚仙臺夜飲

永夜留歡席，高懷遠市塵。月凉衣有露，風細酒生鱗。鄉社情親舊，仙臺姓字新。殷勤詩卷在，長記坐中人。

寄欽用

憔悴京華苜蓿盤，南山歸興夜漫漫。長門有賦人誰買，坐榻無氊客亦寒。蟲臂偶然煩造物，
蠹頭何者却爲官。故人東望應相笑，世路羊腸乃爾難。

秋懷

凉葉蕭蕭散雨聲，虛堂淅淅掩霜清。黄花自與西風約，白髮先從遠客生。吟似候蟲秋更苦，夢和寒鵲夜頻驚。何時石嶺關頭路，一望家山眼暫明。

寄辛老子

草堂西望渺烟霞，夢寐西南一徑斜。爲羡鸞凰安枳棘，悔將猿鶴入京華。百錢卜肆成都市，萬古詩壇子美家。後日從翁問奇字，可能逋客待侯巴。

劉光甫内鄉新居

豸冠平日凛秋霜，老去聲名只閉藏。父老漸來同保社，兒童久已愛文章。蔬隨隙地皆成圃，竹放新梢欲過牆。爲向長安舊游道，世間元有北窗凉。

岐陽

百二關河草不横，十年戎馬暗秦京。岐陽西望無來信，隴水東流聞哭聲。野蔓有情縈戰骨，殘陽何意照空城。從誰細向蒼蒼問，争遣蚩尤作五兵。

懷秋林别業

茅屋蕭蕭浙水濱，豈知身屬洛陽塵。一家風雪何年盡，二頃田園入夢頻。高樹有巢鳩笑拙，空牆無穴鼠嫌貧。西南遥望腸堪斷，自古虚名只悮人。

楚漢戰處

虎擲龍拏不兩存，當年曾此賭乾坤。一時豪傑多行陣，萬古山河自壁門。原野猶應厭膏血，風雲長遣動心魂。成名竪子知誰謂，擬喚狂生與細論。

壬辰十二月車駕東狩後即事

慘澹龍蛇日鬬争，干戈直欲盡生靈。高原水出山河改，戰地風來草木腥。精衛有冤填瀚海，包胥無淚哭秦庭。并州豪傑今何在，莫擬分軍下井陘。

院判白華主戰，金主不從，棄汴，蒙古進兵圍之。

癸巳四月二十九日出京

塞外初捐宴賜金，當時南牧已駸駸。只知灞上真兒戲，誰謂神州遂陸沉。華鶴歸來應有語，銅槃人去亦何心。興亡誰識天公意，留著青城閲古今。自注：國初取宋〔一〕，於青城受降。

崔立以梁王從恪監國而幽之，以城降蒙古。

〔一〕『國』下原脱『初』字。

秋夕

小簟凉多睡思清，一窗風雨送秋聲。頻年但覺貂裘敝，萬古何曾馬角生。寄食且依嚴尹幕，附書誰往鄧州城。澆愁欲問東家酒，恨殺寒雞不肯鳴。

眼中

眼中時事益紛然，擁被寒窗夜不眠。骨肉他鄉各異縣，衣冠今日是何年。枯槐聚蟻無多地，秋水鳴蛙自一天。何處青山隔塵土，一庵吾欲送華顛。

秋夜

九死餘生氣息存，蕭條門巷似荒村。春雷漫説驚坯户，皎日何曾入覆盆。濟水有情添別淚，吴雲無夢寄歸魂。百年世事兼身事，尊酒何人與細論。

送杜招撫歸西山自注：杜亂後爲黄冠師。

少日先聲懾虎貔，只今騎馬欲雞棲。邯鄲枕上人初覺，秋水篇中物已齊。父老樵漁知有社，將軍桃李自成蹊。因君唤起思鄉意，君在西山我更西。

鎮州與文舉百一飲

翁仲遺墟草棘秋，蒼龍雙闕記神州。只知終老歸唐土，忽漫相看是楚囚。日月盡隨天北轉，古今誰見海西流。眼中二老風流在，一醉從教萬事休。

衛州感事

神龍失水困蜉蝣，一舸倉皇入宋州。紫氣已沉牛斗夜，白雲空望帝鄉秋。劫前寶地三千界，夢裏瓊枝十二樓。欲就長河問遺事，悠悠東注不還流。

金主以寬仁亡國，從死者忽斜虎以下至五百人，視徽、欽亡國時遠勝。

羊腸坂

浩蕩雲山直北看，淩兢羸馬不勝鞍。老來行路先愁遠，貧裏辭家更覺難。衣上風沙歎憔悴，夢中鐙火憶團圞。憑誰爲報東州信，今在羊腸百八盤。

太原

夢裏鄉關春復秋，眼明今得見并州。古來全晋非無策，亂後清汾空自流。南渡衣冠幾人在，西山薇蕨此生休。十年弄筆文章府，争信中朝有楚囚。

十二月十六日還冠氏十八日夜雪

少日鶱飛掣臂鷹，只今癡鈍似秋蠅。躭書業力貧猶在，涉世筋骸老不勝。千里關河高骨馬，四更風雪短檠鐙。一瓶一鉢平生了，慚愧南窗打睡僧。

寄楊飛卿

客夢悠悠信轉蓬，藜牀殷殷動晨鐘。西風白髮三千丈，故國青山一萬重。沙水有情留故雁，乾坤多事泣秋蟲。三間老屋知何處，慚愧雲間陸士龍。

四哀詩 録一

李欽叔

赤縣神州坐陸沉，金湯非粟禍侵尋。當官避事平生耻，視死如歸社稷心。文采是人知子重，交朋無我與君深。悲來不待山陽篴，一憶同衾淚滿襟。

六語『無我』，猶云無如我也。

送樊順之

弓刀十驛岳蓮州，渭水秦山得意秋。王粲從軍正年少，庾郎入幕更風流。寒鄉況味真雞肋，清鏡功名屬虎頭。寄謝溪風亭上月，老夫乘興欲西游。

寄答飛卿

一首新詩一紙書，喜於滄海得遺珠。古來獻玉猶難售，此日聞韶本不圖。白雪任教春事晚，青天終放月輪孤。并州命駕纔千里，嵇呂風流未可無。

灥亭同麻知幾賦

零落棲遲復此游，一尊聊得散羈愁。天圍平野莽無際，水繞孤城閑不流。自注：元是『深』字，知幾謂予改作『閑』字。柳意漸回淮浦暖，雁聲仍帶塞門秋。登高望遠令人起，欲買烟波無釣舟。

示懷祖

憔悴經年卧澗阿，囊中無物只詩多。自驚白鬢先潘岳，人笑藍衫似采和。狗盜雞鳴皆有用，鶴長鳬短果如何。乘閑便作歸田賦，付與牛童叩角歌。

和仁卿演太白詩意

蕭蕭窗竹動秋聲，紫極深居稱野情。静坐且留觀衆妙，還丹無用説長生。風流五鳳樓前客，寂寞千秋身後名。解道田家酒應熟，詩中只合愛淵明。

出都

漢宫曾動伯鸞歌，事去英雄不奈何。但見觚棱上金爵，豈知荆棘卧銅駝。神仙不到秋風客，富貴空悲春夢婆。行過盧溝重回首，鳳城平日五雲多。

此哀宗亡後出都也。秋風客、春夢婆，極工穩而不見其佻。

過三鄉望女几村追懷溪南詩老辛敬之

雲際虚瞻處士星，案頭多負讀書螢。筆端有口傳三篋，石上無禾養百齡。從昔葛陂終變滅，秖今韓岳謾英靈。因君重爲前朝惜，枉破青衫買一經。自注：女几山，土人謂之韓岳。

寄劉繼先

清霜茅屋耿無眠，坐憶分攜一慨然。楚客登臨動歸興，謝公哀樂感中年。凄凉古驛人烟外，迤邐荒山雪意邊。千樹春風水楊柳，待君同繫晋溪船。

龍興寺閣

全趙堂堂入望寬，九層飛觀儘高寒。空聞赤幟疑軍壘，真見金人泣露盤。桑海幾經塵劫壞，江山獨恨酒腸乾。詩家總道登臨好，試就遺臺老樹看。

蜀昭烈廟

合散扶傷老益堅，荒祠重過爲凄然。君臣灑落知無恨，庸蜀崎嶇亦可憐。一縣山陽堯故事，三年章武魏長編。錦宮羽葆今何處，半夜樓桑叫杜鵑。

三語照烈，四語後主。

喬千户挽詩

高塚驚看石表新，空將事業望麒麟。燕遼部曲千夫長，楚漢風雲百戰身。赤羽有神留絶藝，素旗無誄記連姻。陰功未報天心在，累將重侯又幾人。自注：潘安仁《楊使君誄》有『表之素旗』之句，喬與予皆毛氏之壻。

曹受之平水之行

關塞相望首重搔，相逢衰颯歎顛毛。驪珠可忍輕彈雀，犗餌何緣得釣鼇。此日邱園昌晚節，向來山丘總秋毫。西風先有龍門約，共舉一杯持兩螯。

五六逆挽，即李義山『此日六軍同駐馬，當時七夕笑牽牛』同法。

送李同年得之歸洛西

無奈流光冉冉何，逢君聊得慰蹉跎。飛黄老去空奇骨，拙燕歸來只舊窠。舉世盡從愁裏過，一尊獨愛醉時歌。洛中定有人相問，休道今年白髮多。

存殁

自注：辛老，敬之；劉兄，景玄。

行間楊趙提衡早，老去辛劉入夢頻。案上酒杯聊自慰，袖中詩卷欲誰親。兩都秋色皆喬木，一代名家不數人。汲冢遺編要完補，可能虚負百年身。

論詩

三十首録十一

曹劉坐嘯虎生風，四海無人角兩雄。可惜并州劉越石，不教横槊建安中。

鄴下風流在晉多，壯懷猶見缺壺歌。風雲若恨張華少，温李新聲奈爾何。

鍾記室評張華詩謂：『兒女情長，風雲氣短。』故云。

一語天然萬古新，豪華落盡見真淳。南窗白日羲皇上，未害淵明是晉人。

心畫心聲總失真，文章那復見爲人。高情千古《閑居賦》，争信安仁拜路塵。

讀《閑居賦》，似乎高人，其實黨賈后、殺太子，不止於拜路塵也。

慷慨歌謡絶不傳，穹廬一曲本天然。中州萬古英雄氣，也到陰山敕勒川。

獨標北齊《敕勒歌》，特識。

沈宋横池翰墨場，風流初不廢齊梁。論功若準平吴例，合著黄金鑄子昂。

自是正法眼藏。

望帝春心託杜鵑，佳人錦瑟怨華年。詩家總愛西崑好，獨恨無人作鄭箋。

萬古文章有坦塗，縱横誰似玉川盧。真書不入今人眼，兒輩從教鬼畫符。

斥盧仝，極允。

切響浮聲發巧深，研摩雖苦果何心。浪翁水樂無宫徵，自是雲山韶護音。自注：水樂，次山事。

又其《欸乃曲》云：『停橈静聽曲中意，好是雲山韶護音。』

奇外無奇更出奇，一波纔動萬波隨。只知詩到蘇黄盡，滄海横流却是誰。

撼樹蚍蜉自覺狂，書生技癢愛論量。老來留得詩千首，却被何人較短長。

出京

巫峽歸雲底處尋，高城渺渺暮烟沉。春風不翦垂楊斷，繫盡行人北望心。

送窮

日吉時良利動遷，可能顔巷卜終焉。主人不倦星奴倦，辛苦年年縛草船。

戚夫人

鴻鵠冥冥四海飛，戚夫人舞淚霑衣。無端恨殺商山老，剛出山來管是非。

雜著

半紙虛名百戰身，轉頭高塚卧麒麟。山間曾見漁樵説，辛苦凌烟閣上人。

爲忽斜虎、張天綱諸人也。

俳體雪香亭雜咏

洛陽城闕變灰烟，暮號朝虞只眼前。爲向杏梁雙燕道，營巢何處過明年。

落日青山一片愁，大河東注不還流。若爲長得熙春在，時上高層望宋州。

醇和旁近洞房環，碧瓦參差竹木閑。批奏内人輪上直，去年名姓在窗間。醇和，殿名。

金縷歌詞金曲卮，百年人事鬢成絲。重來未必春風在，更爲梨花住少時。

語淺情深，猶存唐人遺韻。

暖日晴雲錦樹新，風吹雨打旋成塵。宫園深閉無人到，自在流鶯哭暮春。

暮雲樓閣古今情，地老天荒恨未平。白髮纍臣幾人在，就中愁殺庾蘭成。

亡國後過故宫作，心灰腸斷，讀者亦爲凄然。

出都

春闈斜月曉聞鶯，信馬都門半醉醒。官柳青青莫回首，短長亭是斷腸亭。

戲贈白髮

鏡中昨日又明朝，破屋春深雪未消。摘下數莖聊自笑，貴人頭上可曾饒。

過邯鄲

死去生來不一身，定知誰妄復誰真。邯鄲今日題詩客，猶是黃粱夢裏人。

歸經朝歌感寓

黃屋何曾土作階，禍基休指九層臺。書生不見千年後，枉爲君王泣玉杯。

吳子賢樗庵

人道樗形百醜全，我知造物向君偏。世間正有明堂柱，偃蹇風霜得幾年。

感興

好句端和緑綺琴，静中窺見古人心。春陽不比皇荂曲，未要千人作賞音。

不須衆人賞識，猶放翁所云『詩到無人愛處工』也。

喬夫人墨竹

萬葉千梢下筆難，一枝新緑儘高寒。不知霧閣雲窗晚，幾就扶疎月影看。

自題《中州集》後

平世何曾有稗官，亂來史筆亦燒殘。百年遺稿天留在，抱向空山掩淚看。

金源詩雖未高，然自不可磨滅。遺山存之，可補史缺。

採菊圖

夢寐烟霞卜四鄰，争教晚節傍風塵。詩成應被南山笑，誰是東籬採菊人。

前高山雜詩

蚊聚蛙喧杳不聞，已甘麋鹿與同群。胸中所得知多少，半是青松半白雲。
天池一雨洗氛埃，全晉堂堂四望開。不上朝元峰北頂，真成不到此山來。

耀卿西山歸隱

自注：馬卿爲耀卿張君寫真，未幾，被召北上。

静裏簞瓢不厭空，北窗元自有清風。傅巖只道無人識，已落君王物色中。

真味齋

粗飯寒虀老此身，高人那計甑生塵。味無味處君知否，道著琴書已失真。

論詩

暈碧裁紅點綴勻，一回拈出一回新。鴛鴦繡了從教看，莫把金鍼度與人。

即不能使人巧意，非莫把金鍼，實難把也。

舊與趙景温

浮雲流水易西東，回首梁園似夢中。一别十年今又别，酒尊能得幾回同。

山村風雨扇頭

總爲詩翁發興新，直教畫筆亦通神。莫嫌風雨無多景，截斷黄塵亦可人。

工部趙侍郎下世日作

鶴骨翛然卧石牀，情知合眼即仙鄉。安時處順吾儒事，枉却南華説坐忘。

明詩別裁集

明詩别裁集序

宋詩近腐，元詩近纖，明詩其復古也。而二百七十餘年中，又有升降盛衰之别。嘗取有明一代詩論之。

洪武之初，劉伯温之高格，並以高季迪、袁景文諸人，各逞才情，連鑣並軫。然猶存元紀之餘風，未極隆時之正軌。永樂以還，體崇臺閣，骫骳不振。弘正之間，獻吉、仲默，力追雅音；庭實、昌穀，左右驂靳，古風未墜。餘如楊用修之才華、薛君采之雅正、高子業之冲淡，俱稱斐然。于鱗、元美，益以茂秦，接踵曩哲。雖其間規格有餘，未能變化，識者咎其尠自得之趣焉，然取其菁英，彬彬乎大雅之章也。

自是而後，正聲漸遠，繁響競作。公安袁氏，竟陵鍾氏、譚氏，比之自鄶無譏。蓋詩教衰，而國祚亦爲之移矣！此升降盛衰之大略也。

編明詩者，陳黄門卧子《皇明詩選》，正德以前殊能持擇，嘉靖以下形體徒存。尚書錢牧齋《列朝詩選》，於青邱、茶陵外，若北地、信陽、濟南、婁東，概爲指斥。且藏其所長，録其所短，以資排擊。而於二百七十餘年中，獨推程孟陽一人。而孟陽之詩，纖詞浮語，秖堪争勝於陳仲醇諸家。此猶舍丹砂而珍溲勃，貴筝琶而賤清琴，不必大匠國工始知其誣妄也。國朝朱太史竹垞《明詩綜》，所收三千四百餘家。泯門户之見，存是非之公。比之牧齋，用心判别。然備一代之掌故，匪示六義之指歸。良楛正閏，雜出錯陳。學者將問道以親風雅，其何道之由？

余與周子欽萊，夙有同心。慨焉決擇，合群公選本暨前賢名稿，别而裁之。於洪永之詩，删其輕靡。於弘正嘉隆之詩，汰其形似。萬曆天啓以下，遂寥寥焉。而勝國遺老，廣爲搜羅，比宋逸民《谷音》之選。得詩十二卷，凡一千一十餘篇。皆深造渾厚，和平淵雅，合於言志永言之旨。而雷同沿襲、浮艷淫靡，凡無當於美刺者，屏焉。有明之詩，誠見其陵宋躒元，而上追前古也。至楊廉夫、倪元鎮諸公，歸諸元人。錢牧齋、吴梅村諸公，歸諸國朝人。編詩之中，微具國史之義。其他前後七子，或存或删。理學諸子、古文名家，與夫黨錮殉國諸賢，有及有不及。因詩存人，不因人存詩也。寡聞單見，挂漏良多。尚期博雅君子，窾啓未逮。

乾隆三年秋七月望日，長洲沈德潛題於靈巖山居

選明詩者衆矣！矜才藻者類鮮風裁，尚規格者徒存體貌，二者交失。夫風裁不具，洪永所以未極於盛。體貌徒存，嘉隆所以漸即於衰也。決擇之際，詎不重哉？歸愚沈子，夙有明詩之選，予嘗與之參酌訂定。上自廊廟，下迄山林，旁及方外異域，遇有可采，悉爲收入。不求備乎人，亦未嘗偏遺乎人，凡以輔翼詩教云爾。抑予觀陳卧子《明詩選》，其所采取，時有删潤，故所收較完

美。是編所録，務從善本，其有名言可采而疵纇並見者略焉。以是書之選，欲上續唐人，不敢不從其嚴也。書既成，釐爲十二卷，其作者里居出處亦略附焉。至於明詩盛衰升降之際，歸愚子之論詳矣，故不復贅。

乾隆戊午仲秋，長洲周準題

歸愚沈先生選《明詩别裁集》成，共一十二卷。起國初諸臣，青田、青邱，兩雄並峙，開風尚也。永樂以還，體尚臺閣，所收從略，防膚浮也。成弘之代，茶陵振興，紹先啓後，標引導也。北地、信陽，羲娥經緯，邊徐輔協，左右驂靳，紀極盛也。升庵挺生，雲興春麗；叔嗣别操，冰襟雪抱，杰特立也。弇州雄闊，濟南矜貴，茂秦斗拔，除蕪就潔，表繩武也。隆萬以後，或奏鼀聲，或漂鬼國，嚴删薙也。雲間卓立，漸臻壺奥，識復古也。板蕩變操，各寫幽噫；茹芝采菊，初心靡悔，存餘響也。始端宗旨，繼審規格，終流神韻。三長具備，迺登卷帙。視從前明詩之選，備一朝掌故者殊厥旨焉。先生向有《古詩源》《唐詩别裁》問世。兹編風旨，除纖去濫，簡嚴和厚，可續唐音。而宋金元詩，尚俟采葺云。

乾隆己未秋七月望日，古吴蔣重光題於賦琴樓

明詩別裁集卷一

長洲 沈德潛確士
周 準欽萊 同輯

劉基

基，字伯温，青田人。元進士，洪武中，以佐命功封誠意伯。後爲胡惟庸毒死。正德中，追謚文成。

元季詩都尚辭華，文成獨標高格。時欲追逐杜、韓，故超然獨勝，允爲一代之冠。

樂府高於古詩，古詩高於近體，五言近體又高於七言。

走馬引

天冥冥，雲濛濛，當天白日中貫虹。壯士拔劍出門去，手提讐頭擲草中。擲草中，血漉漉，追兵夜至深谷伏。精誠感天天心哀，太一乃遣天馬從天來，揮霍雷電揚風埃。壯士呼，天馬馳。横行白晝，吏不敢窺。戴天之恥自古有必報，天地亦與相扶持。夫差徒能不忘而報越，棲於會稽又縱之。始知壯士獨無愧，魯莊何以爲人爲。錢受之云，明宗被弒於晃忽。又庚申帝即位七年，乃以尚書之言，撤文宗主於太廟，而詔書但以私圖傳子爲言，昧於《春秋》復讐之大義矣。此詩蓋深譏之。

梁甫吟

誰謂秋月明，蔽之往往由纖翳。誰謂江水清，淆之往往隨沙泥。人情旦暮有翻覆，平地倏忽成山谿。君不見，桓公相仲父，竪刁終亂齊。秦穆信逢孫，遂違百里奚。赤符天子明見萬里外，乃以薏苡爲文犀。停婚仆碑何震怒，青天白日生虹蜺。明良際會有如此，而況童角不辨粟與稊。外間皇父中艷妻，馬角突兀連牝鷄。以聰爲聾狂作聖，顛倒衣裳行蒺藜。屈原懷沙子胥棄，魑魅叫嘯風凄凄。梁甫吟，悲以悽。岐山竹實日稀少，鳳凰憔悴將安棲。拉雜成文，極煩冤瞶亂之致，此《離騷》遺音也。

懊憹歌

白鵶養雛時，夜夜啼達曙。如何羽翼成，各自東西去。其法本之『打起黃鶯兒』篇。

薤露歌

人生無百歲，百歲復如何。古來英雄士，各已歸山阿。悲咽。

玉階怨

長門燈下淚，滴作玉階苔。年年傍春雨，一上苑牆來。婉而曲。

長門怨

白露下玉除，風清月如練。坐看池上螢，飛入昭陽殿。宗子相云：不作怨語，怨已自深。

感懷

驅車出門去，四顧不見人。回風卷落葉，颯颯帶沙塵。平原曠千里，莽莽盡荆榛。繁華能幾何，憔悴及兹辰。所以芳桂枝，不争桃李春。雲林耿幽獨，霜雪空相親。

槁葉寒摵摵，羅帳秋風生。悽悽候蟲鳴，嚦嚦賓鴻驚。美人抱瑶瑟，仰視河漢明。絲桐豈殊音，古調非今聲。沉思空幽寂，歲月已徂征。

結髮事遠游，逍遥觀四方。天地一何闊，山川杳茫茫。衆鳥各自飛，喬木空蒼凉。登高見萬里，懷古使心傷。竚立望浮雲，安得凌風翔。

旅興

寒燈耿幽幕，蟲鳴清夜闌。起行望青天，明月在雲端。美人隔千里，山河杳漫漫。玄雲翳崇岡，白露凋芳蘭。願以緑綺琴，寫作行路難。憂來無和聲，絃絶空長歎。

倦鳥冀安巢，風林無静柯。路長羽翼短，日暮當如何。登高望四方，但見山與河。寧知天上雨，去爲滄海波。忼慷對長風，坐感玄髮皤。弱水不可航，層城岌嵯峨。凄凉華表鶴，太息成悲歌。

晚同方舟上人登師子巖作

落日下前峰，輕烟生遠林。雲霞媚餘姿，松柏淡清陰。振策縱幽步，披襟陟層岑。槿花籬上明，莎雞草間吟。凉風自西來，飀飀吹我襟。榮華能幾時，摇落方自今。逝川無停波，急絃有哀音。顧瞻望四方，悵焉愁思深。

夏夜台州城中作

江上火雲蒸熱風，欲雨不雨天蒙蒙。良田半作龜兆坼，秔稻日夕成蒿蓬。去年海賊殺元帥，黎民星散劫火紅。耕牛剥皮作戰具，鉏犂化盡刀劍鋒。農夫有田不得種，白日慘澹衡茅空。將軍虎毛深玉帳，野哭不入轅門中。健兒鬬死鳥自食，何人幕下矜奇功。今年大軍蕩淮甸，分命上宰麾元戎。舞干再見有苗格，山川鬼神當效忠。何爲旱魃還肆虐，坐令毒沴傷和沖。傳聞逆黨尚攻剽，所過邱隴皆成童。閫司恐畏破和議，斥堠悉罷雲邊烽。殺降共説有大禁，無人更敢彎弧弓。山中悲啼海中笑，蜃氣繞日生長虹。古時東海辟孝婦，草木枯瘁連三冬。六月降霜良有以，天公未必長瘖聾。只今幅員廣無外，東至日出西太蒙。一民一物吾肺腑，仁者自是哀瘝痌。養梟殈鳳天所厭，誰能抗疏回宸聰。夜長木末挂河漢，海嶠月魄升天東。仰視皇天轉北斗，嗚呼愁歎何時終。

太公釣渭圖

璇室群酣夜，璜溪獨釣時。浮雲看富貴，流水淡須眉。偶應非熊兆，尊爲帝者師。軒裳如固有，千載起人思。通首格高，隱然有王佐氣象。

古戍

古戍連山火，新城殷地笳。九州猶虎豹，四海未桑麻。天迥雲垂草，江空雪覆沙。野梅燒不盡，時見兩三花。

望孤山作

返照千山赤，寒烟一島青。羈心霜下草，生態水中萍。黄屋迷襄野，蒼梧隔洞庭。空將垂老淚，灑恨到滄溟。

會稽

會稽南鎮夏王封，蔽日騰空紫翠重。陰壑烟霞輝草木，古祠風雨出蛟龍。玄夷此日歸何處，玉簡他年豈再逢。安得普天休戰伐，不令竹箭困輸供。

和李子庚

風落餘花春事非，愁心烟雨共霏霏。溪雲不爲從龍起，山石何須學燕飛。籬下舊存彭澤菊，林間新長首陽薇。夜闌忽漫聞啼鳥，腸斷天邊信使稀。

追和音上人

絶頂浮雲鎖石關，曲途危磴阻躋攀。他年甲楯孤臣泣，此日齋鐘老衲閑。夜永星河低半樹，天清猿鶴響空山。干戈未定歸無處，擬結茅廬積翠間。

感興

天弧不解射封狼，戰骨從横滿路旁。古戍有狐鳴夜月，高岡無鳳集朝陽。琱戈畫戟空文物，廢井頽垣自雪霜。漫説漢庭思李牧，未聞郎署遣馮唐。

汪廣洋

廣洋，字朝宗，高郵人。洪武中，封忠勤伯，拜右丞相。尋貶廣東，詔數其罪，自縊死。

忠勤樓諸老夜直，余時守省，作詩寄之

西掖延秋爽，高樓倚太清。玉繩當坐轉，銀漢近人明。上相思經濟，諸公任老成。不知前席夜，曾語及蒼生。

送許時用歸越

舊擢庚寅第，新題甲子篇。老來諸事廢，歸去此身全。烟樹藏溪館，霜禾被石田。鑑湖求一曲，吾計尚茫然。當時有歸去而身未全者，宋潛溪是也。

登南海驛樓

海氣空濛日夜浮，山城纔雨便成秋。馮唐頭白偏多感，倚遍天南百尺樓。

宋　濂

濂，字景濂，浦江人。元末，除翰林編修。明初，徵聘，授皇太子經，修《元史》，仕至翰林學士承旨。正德中，追謚文憲。

送許時用還剡

尊酒都門外，孤帆水驛飛。青雲諸老盡，白髮幾人歸。風雨魚羹飯，烟霞鶴氅衣。因君動高興，予亦夢柴扉。

陶凱

凱，字中立，天台人。洪武初，召修《元史》，陞禮部尚書。出爲湖廣參政，旋致仕。

長平戈頭歌

長安野人鑿地得古戈，上有疑字歲久俱滅磨。惜不能如豐城古劍射牛斗，吁嗟戈乎奈爾何。但見青銅凝寒暮烟紫，月黑山深夜飛雨。恨血千年猶未銷，荒郊夜夜啼冤苦。當年趙括輕秦人，降卒秦坑化爲土。嗟哉趙亡秦亦亡，落日長城自今古。摩挲爾戈一問之，令人爲爾生愁思。何不以爾爲鍾鐻，何不以爾爲鼎彝？吁嗟戈乎徒爾悲，爾今還當太平世。人間銷兵鑄農器，願壽吾皇千萬年，終古不用戈與鋋。當時諸名家賦此題者，俱作七言長歌，惟作者得頌揚本朝之體。

張昱

昱，字光弼，廬陵人，遷杭。元末，行樞密院判官。明祖召至，深見温接。憫其老，曰：『可閑矣！』放歸。光弼嘗於酒間爲瞿宗吉誦《歌風臺詩》云：『世間快意寧有此，亭長歸來作天子。』以界尺擊案，淵淵作金石聲。詩劇可傳，惜中間雜失韻語，因割愛刪去。

白翎雀歌

烏桓城下白翎雀，雄鳴雌隨求飲啄。有時决起天上飛，告訴生來毛羽弱。西河伶人火倪赤，能以絲聲代禽臆。象牙指撥十三絃，宛轉繁音哀且急。女真處子舞進觴，團衫鞶帶分兩傍。玉纖羅袖柘枝體，要與雀聲相頡頏。朝彈暮彈白翎雀，貴人聽之以爲樂。變化春光指顧間，萬蕊千花動弦索。只今蕭條河水邊，宫庭毀盡沙依然。傷哉不聞白翎雀，但見落日生寒烟。

感事

雨過湖樓作晚寒，此心時暫酒邊寬。杞人惟恐青天墜，精衛難期碧海乾。鴻雁信從天上過，山河影在月中看。洛陽橋上聞鵑處，誰識當時獨倚闌。

如此江山清集，同王仲玉、陸進之、吕世臣作

如此江山，亭名。清集，猶云雅集。

吴越江山會此亭，暮春風景晝冥冥。長空孤鳥望中没，落日數峰烟外青。不用登臨生感慨，且憑談笑慰飄零。古今何限英雄恨，付與江湖醉客聽。悲壯蒼凉，不勝舉目山河之異。新亭雪涕，前後同情。

宋　訥

訥，字仲敏，滑縣人。元季，官鹽山知縣。明初，徵爲國子助教。官至文淵閣大學士，遷祭酒，卒於官。

壬子秋過故宫

離宫别館樹森森，秋色荒寒上苑深。北塞君臣方駐足，中華將帥已離心。興隆笙名，元世祖所製。有管鸞笙歇，劈正斧名，以玉爲之，自殷時流傳至元代者。朝會時，一人執之，立於陛下，取正人不正之意。無官玉斧沉。落日凴高望燕薊，黄金臺上棘如林。

萬國朝宗拜紫宸，於今誰望屬車塵。名聞少室徵奇士，驛斷高麗進美人。朝會寶燈沉轉漏，授時玉歷罷班春。街頭野服儒冠老，曾是花塼視草臣。

萬年海岳作金湯，一望淒然恨自長。禾黍秋風周洛邑，山河殘照漢咸陽。上林春去宫花落，金水霜來御柳黄。虎衛龍墀人不見，戎兵騎馬出蕭牆。

清寧宫殿閉殘花，塵世回頭换物華。寶鼎百年歸漢室，錦帆終古似隋家。後宫鸞鏡投江渚，北狩龍旗没塞沙。想見扶蘇城上月，照人清淚落悲笳。

張以寧

以寧，字志道，古田人。元末，官翰林學士承旨。明初，例徙南京，召爲侍讀學士，使安南，道卒。

峨眉亭

碧酒雙玉瓶，獨酌峨眉亭。不見李太白，惟見三山青。秋色淮上來，蒼然滿雲汀。安得十五弦，彈與蛟龍聽。『秋色淮上來』二十字，何減太白。

送重峰阮子敬南還

君家重峰下，我家大溪頭。君家門前水，我家門前流。我行久別家，思憶故鄉水。况乃故鄉人，相見六千里。十年在揚州，五年在京城。不見故鄉人，見君難爲情。見君情尚爾，別君奈何許。送君遽不堪，憶君良獨苦。君歸過江上，爲問水中魚。別時魚尾赤，別後今何如。情致纏綿，神似《飲馬長城窟》詩。

送同年江學庭弟學文歸建昌

白髮江夫子，青雲信獨稀。故人長北望，令弟又南歸。庭樹烏先喜，江帆雁共飛。東湖春柳色，到日上君衣。

過辛稼軒神道

長嘯秋雲白石陰，太行天黨氣蕭森。英雄已盡中原淚，臣主元無北伐心。歲晚陰符仙蠹化，夜寒雄劍老龍吟。青山萬折東流去，春暮鵑啼宰樹林。

嚴陵釣臺

故人已乘赤龍去，君獨羊裘釣月明。魯國高名懸宇宙，漢家小吏待公卿。天回御榻星辰動，人去空臺山水清。我欲長竿數千尺，坐來東海看潮生。明人詠嚴陵者以此章爲最。如『羞見先生面，黄昏過釣臺』『不有雲臺諸將力，釣臺亦在戰爭中』，皆風雅之魔道也。方正學古體一章，議論極正，但語近於腐，且廢郭后事，在徵嚴光以後，於事不合，故舍旃。

有感

馬首桓州又懿州，朔風秋冷黑貂裘。可憐吹得頭如雪，更上安南萬里舟。

魏觀

觀，字杞山，蒲圻人。洪武初就徵，歷仕至國子祭酒。兩知蘇州府事，改修府治，爲指揮某告訐，尋受御史張度所劾，坐法死。

都昌懷舊隱

江霧仍爲雨，山化故作容。秋風餘鼠雀，寒水落魚龍。慷慨心雖壯，羈棲力已慵。白雲蒓浦上，悵望最高峰。

詹同

同，字同文，婺源人。元末爲郴州路學正，遇亂，家黄州，仕陳友諒，爲翰林學士承旨。歸附後，授國子博士。累官吏部尚書，改翰林學士承旨。卒，謚文憲。

出獵圖

朔風凛凛吹龍沙，年年馬上長爲家。陰山大漠百草死，獵遍青海瀕天涯。旌旗裂盡霜華濕，萬騎貔貅似雲集。蒼鷹欻起若飛電，四尺神獒作人立。什圍五攻兵法存，發蹤指示知何人。豈無詭遇獲禽者，誰能爲爾梟鸞分。直將勇氣飽所欲，寢虎之皮食虎肉。生擒山下九青兕，射殺巖前雙白鹿。日暮歸來雪洗箭，血灑腥風滿河曲。穹廬散野如繁星，凉月蕭蕭照平陸。酪漿跪進瑪瑙盤，黄面奚奴眼睛緑。明朝滿馬馱斕斑，蕃王喜生紅玉顔。焉知祝網三驅意，但醉氍毹紫塞間。君不見，暴殄天物焚咸邱，畫師之筆學《春秋》。還君此圖三太息，使我忽憶比蒲蒐。

高啓

啓，字季迪，長洲人。洪武初，召修《元史》，授翰林院國史編修，擢户部侍郎。放還，爲魏觀作《上梁文》，連坐死。

侍郎詩，上自漢魏盛唐，下至宋元諸家，靡不出入其間，一時推大作手。特才調有餘，蹊徑未化，故一變元風，未能直追大雅。集中所存，皆最上者。

塞下曲

日落五原塞，蕭條亭堠空。漢家討狂虜，籍役滿山東。去年出飛狐，今年出雲中。得地不足耕，殺人以爲功。登高望衰草，感歎意何窮。爲千古開邊者垂戒。

悲歌

征塗嶮巇，人乏馬飢。富老不如貧少，美游不如惡歸。浮雲隨風，零落四野。仰天悲歌，泣數行下。

顧榮廟

晋侍中顧彦先，有墓并祠，在長洲之東，久而廢爲淫祀，縣令周君復之，爲賦是詩。

軍司吴國秀，神機夙超朗。弱冠游洛師，已蒙南金賞。崎嶇諸王幕，沉湎務遵養。中罹廣陵艱，計服匪誠枉。風雲一揮扇，義旅臻同響。事成恥言勳，飄然理歸鞅。晋社始東遷，群賢悉收獎。道謁真感會，矯翼丹霄上。德聞一代稱，跡泯千齡往。時屯乏良佐，英謨益堪想。墳祠託荒郊，蕭條並榛莽。蕘童侵雨隧，淫巫闖塵幌。大夫過停轅，式瞻爲含愴。衣冠復故貌，筵几陳新享。寡劣忝鄉人，因歌表遐仰。李舒章云：『似謝康樂。』

支遁庵

閑登待月嶺，遠叩棲雲關。石室閉千載，高僧猶未還。殘燈黄葉下，古座青苔間。不見跏趺影，鶴鳴空此山。

憶昨行寄吴中故人

憶昨結交游俠客，意氣相傾無促戚。十年離亂如不知，日費黄金出遊劇。狐裘蒙茸欺北風，歸來笑學曹景宗，生擊黄獐飲其血。臯橋泰娘雙翠蛾，唤來尊前爲我歌。白日欲没奈愁何，迴潭水緑春始波。此中夜遊樂更多。月出東山白雲裏，照見船中笛聲起。鷩鷗飛過片片輕，有似梅花落江水。夫差城南天下稀，狂遊累日忘却歸。座中争起勸我酒，但道飲此毋相違。自從飄零各江海，故舊如今幾人在。荒烟落日野鳥啼，寂寞青山顔亦改。須知少年樂事偏，當飲豈得言無錢。我今齒髮雖未老，豪健已覺難如前。去日已去不可止，來日方來猶可喜。古來達士有名言，只説人生行樂耳。

結處頗近率易，故陳卧子選節去後六句。然終似神氣未舒，故仍從原本。

霹靂應手鳴雕弓。桓王地下衰草白，彷彿地是遼城東。馬行雪中四蹄熱，流影欲追飛隼滅。

明皇秉燭夜遊圖

花蕚樓頭日初墮，紫衣催上宫門鎖。大家今夕宴西園，高爇銀盤百枝火。海棠欲睡不得成，紅妝照見殊分明，滿庭紫焰作春霧，不知有月空中行。新譜《霓裳》試初按，内使頻呼燒燭換。知更宫女報銅籤，歌舞休催夜方半。共言醉飲終此宵，明日且免群臣朝。只愁風露漸欲冷，妃子衣薄愁成嬌。琵琶羯鼓相追逐，白日君心歡不足。此時何暇化光明，去照逃亡小家屋。姑蘇臺上長夜歌，江都宫裏飛螢多。一般行樂未知極，烽火忽至將如何。可憐蜀道歸來客，南内凄凉頭盡白。孤燈不照返魂人，梧桐夜雨秋蕭瑟。『光明燭』二語活用聶夷中《田家詩》意，與題中『秉燭』相應，巧而不纖。

贈金華隱者

我聞名山洞府三十六，一一靈蹤紀真籙。金華秀出向東南，遠勝陽明與句曲。樓臺縹緲開烟霞，天帝賜與神仙家。靈源有路不可入，但見幾片流出雲中花。子房之師赤松子，三千年前亦居此。飛行恍惚誰解尋，漫説至今猶不死。松花酒熟何處遊，瑶草自緑春巖幽。群羊卧地散如石，老鹿耕田馴似牛。聞有隱君子，乃是學仙者。自從入山中，不曾到山下。世人莫知其姓名，以山呼之不敢輕。樵夫忽見苦未識，只疑便是黄初平。嗟我何爲在塵網，遠望高峰若天壤。茯苓夜煮儻許餐，鐵杖來敲石門響。『松花』『瑶草』一聯，太白佳境。

聽教坊舊妓郭芳卿弟子陳氏歌時至正己亥歲作。

文皇元文宗在御昇平日，上苑宸遊駕頻出。仗中樂部五千人，能唱新聲誰第一。燕國佳人號順時郭芳卿字，姿容歌舞總能奇。中官奉旨時宣喚，立馬門前催畫眉。建章宮裏長生殿，芍藥初開勑張宴。龍笙罷奏鳳絃停，共聽嬌喉似鶯囀。遏雲妙響發朱唇，不數開元許永新。繡陛花驚飄艷雪，文梁風動委芳塵。翰林才子山東李泂，每進新詞蒙上喜。當筵按罷謝天恩，捧賜纏頭蜀都綺。晚出銀臺酒未消，侯家主第强相邀。寶釵珠袖尊前賞，占斷春風夜復朝。回頭樂事浮雲改，瘞玉埋香今幾載。世間遺譜竟誰傳，弟子猶憐一人在。曾記《霓裳》學得成，朝元閣裏藝初呈。九天聲落千人聽，丹鳳樓前月正明。狹斜貴客叢車馬，不信芳名在師下。風塵一旦禁城荒，誰是花前聽歌者。從此飄零出教坊，遠辭京國客殊方。閉門春盡無人問，縞袂青裙不理妝。相逢爲把雙蛾蹙，《水調》《凉州》歌續續。江南年少未曾聞，元是當時供奉曲。朝使今年海上歸，繁華休説亂來非。梨園散盡宮槐落，天子愁多内宴稀。始知歡樂生憂患，韓休老去無人諫。傷心不見昔人歌，汾水秋風有飛雁。此日西園把一卮，感時懷舊盡成悲。含情欲爲秋娘賦，愧我才非杜牧之。與少陵《觀公孫大娘弟子舞劒器歌》同一用意。蓋惓惓故國之思，意不在教坊弟子也，而詩格則在元和長慶之間。

登金陵雨花臺望大江

大江來從萬山中，山勢盡與江流東。鍾山如龍獨西上，欲破巨浪乘長風。江山相雄不相讓，形勝争誇天下壯。秦皇空此瘞黄金，佳氣葱葱至今王。我懷鬱塞何由開，酒酣走上城南臺。坐覺蒼茫萬古意，遠自荒烟落日之中來。石頭城下濤聲怒，武騎千群誰敢渡。黄旗入洛竟何祥，鐵鎖横江未爲固。前三國，後六朝，草生宫闕何蕭蕭。英雄來時務割據，幾度戰血流寒潮。我今幸逢聖人起南國，禍亂初平事休息。從今四海永爲家，不用長江限南北。

張中丞廟

延秋門上烏啼霜，羯兒曉登天子牀。江頭老臣淚暗滴，萬乘西去關山長。公卿相率作降虜，草間拜泣如群羊。當時不識顔平原，豈復知有張睢陽。孤城落日百戰後，瘦馬食尾人裹瘡。男兒竟爲忠義死，碧血滿地嗟誰藏。賀蘭不斬上方劍，英雄有恨何時忘。千年海上見祠廟，古苔叢木秋風荒。摩挲畫壁塵網裏，勇氣曄曄虬髯張。巫歌《大招》客酹酒，忠魂或能來故鄉。

唐昭宗賜錢武肅王鐵券歌

妖兒初下含元殿，天子仍居少陽院。諸藩從此擁連城，朝貢皆停事攻戰。岐王一去梁王來，長安宫闕生蒿萊。天目山前異人出，金戈雙舉風烟開。羅平惡鳥啼初起，犀弩三千射潮水。歸來父老拜旌旗，釃酒搥牛宴鄉里。擊裘駿馬驕春風，錦袍玉帶真英雄。詔書特賜誓終始，黄金鏤字旌殊功。虎符龍節彤弓矢，後嗣猶令赦三死。盡言恩寵冠當時，天府丹書未逾此。摩挲舊物四百年，古色滿面凝蒼烟。天祐宰相署名在，尋文再讀心茫然。古來保族須忠節，受此幾人還覆滅。王家勳業至今傳，不在區區一方鐵。人生富貴知幾時，泰山作礪徒相期。行人曾過表忠觀，風雨斷蘚蘊殘碑。

送謝恭

凉風起江海，萬樹盡秋聲。摇落豈堪别，躊躇空復情。帆過京口渡，砧響石頭城。爲客歸宜早，高堂白髮生。

與劉將軍杜文學晚登西城

木落悲南國，城高見北辰。飄零猶有客，經濟豈無人。鳥過風生翼，龍歸雨在鱗。相期俱努力，天地正烽塵。悲壯。

晚次西陵館

匹馬倦嘶風，蕭蕭逐轉蓬。地經兵亂後，歲盡客愁中。晚渡迴潮急，寒山舊驛空。可憐今夜月，相照宿江東。

送沈左司從汪參政分省陝西汪由御史中丞出

重臣分陝去臺端，賓從威儀盡漢官。四塞河山歸版籍，百年父老見衣冠。函關月落聽雞度，華岳雲開立馬看。知爾西行定回首，如今江左是長安。音節、氣味、格律、詞華，無不入妙，《青邱集》中爲金和玉節。

送葉判官赴高唐時使安南還

銅柱崖前使節過，貢隨歸騎入京多。一官暫遣陪成瑨，片語曾煩下趙佗。曉拜賜衣辭絳闕，秋催征棹渡黄河。政餘好賦登臨詠，聞説州人最善歌。南陽太守成瑨任功曹岑晊，時謡曰：『南陽太守岑公孝，弘農成瑨但坐嘯。』三語切判官，四語切使安南還也。如此運古，乃見典切。一結切高唐。

送李使君鎮海昌州有雙廟。

海風千里捲雙旌，按轡初聞屬部清。人雜島夷争午市，潮隨山雨入秋城。鳴狐不近睢陽廟，突騎猶屯廣利營。肯掃帳中容我醉，夜深燃燭卧談兵。

清明呈館中諸公

新烟著柳禁垣斜，杏酪分香俗共誇。白下有山皆繞郭，清明無客不思家。卞侯墓上迷芳草，盧女門前映落花。喜得故人同待詔，擬沽春酒醉京華。

弔岳王墓

大樹無枝向北風，十年遺恨泣英雄。班師詔已來三殿，射虜書猶説兩宫。每憶上方誰請劍，空嗟高廟自藏弓。棲霞嶺上今回首，不見諸陵白露中。《鳳洲作》英氣勃發，讀此和平温厚之篇，又爽然失矣。

通體責備高宗，居然史筆。

諸本作『千年遺恨』，應以『十年』爲典。

凉州曲

關外垂楊早换秋，行人落日旆悠悠。隴山高處愁西望，只有黄河入漢流。高渾。

秋柳

欲挽長條已不堪，都門無復舊毿毿。此時愁殺桓司馬，暮雨秋風滿漢南。

楊基

基，字孟載，其先蜀人，居於吴。用薦入官，仕至山西按察使。被讒奪職，供役，卒於工所。孟載《春草詩》云：『六朝舊恨斜陽裏，南浦新愁細雨中。』誠爲佳句，然大概近纖。他如『春風顛似唐張旭，天氣和如魯展禽』『白鷺下田千點雪，黄鶯上樹一枝花』，殊乖大雅矣。集中收七言律二章，風格頗上。

感懷

韝鷹斂六翮，棲息如鶡鶬。秋風颯然至，聳目思凌霄。英雄在承平，白首爲漁樵。匪無搏擊能，不與狐兔遭。長星亘東南，壯士拭寶刀。落落丈夫志，悠悠兒女曹。

鄧禹南陽來，仗策歸光武。孔明卧隆中，不即事先主。英雄各有見，何必問出處。孫曹與更始，未可同日語。向非昭烈賢，三顧猶未許。君子當識時，守身如處女。

聞鄰船吹笛

江空月寒露華白，何人船頭夜吹笛。參差楚調轉吴音，定是江南遠行客。江南萬里不歸家，笛裏分明説鬢華。已分折殘堤上柳，莫教吹落隴頭花。

登岳陽樓望君山

洞庭無烟晚風定，春水平鋪如練浄。君山一點望中青，湘女梳頭對明鏡，鏡裏芙蓉夜不收，水光山色雨悠悠。直教流下春江去，消得巴陵萬古愁。

長江萬里圖

我家岷山更西住，正見岷山發源處。三巴春霽雪初消，百折千回向東去。江水東流萬里長，人今漂泊尚他鄉。烟波草色時牽恨，風雨猿聲欲斷腸。七言短古，原本李頎、常建諸公。

岳陽樓

春色醉巴陵，闌干落洞庭。水吞三楚白，山接九疑青。空闊魚龍氣，嬋娟帝子靈。何人夜吹笛，風急雨冥冥。應推五言射雕手，起結尤入神境。

送魏萬之安西

梁苑微霜木葉紅，行人此日發關東。酒邊怨別看長劍，馬上驚心見斷蓬。雲散岳蓮開泰華，月寒郊樹隱新豐。窮秋亦有臨邊使，待爾題詩寄塞鴻。

感秋

嫋嫋西風吹逝波，冥冥灝氣逼星河。宣王石鼓青苔澀，武帝金盤白露多。八陣雲開屯虎豹，大江潮落見黿鼉。沅湘一帶皆秋草，欲采芙蓉奈晚何。

明詩別裁集卷二

長洲 沈德潛確士
周 準欽萊 同輯

張　羽

羽，字來儀，潯陽人，因兵阻居吴興。明初徵起，擢太常司丞，兼翰林院，同掌文淵閣事。以事竄嶺外，未半道召還。知不免，投龍江死。

金川門

兩山夾滄江，拍浮若無根。利石倂劒戟，風濤相吐吞。維天設巨險，爲今國東門。試將一卒守，堅若萬馬屯。吾來犯清曉，天空霜露繁。列宿森在列，北斗峭可援。江光合海氣，溟涬神攸存。俯視不敢唾，中有蛟龍蟠。浮屠者誰子，高居淩風幡。下見渡口人，擾擾蠡螘喧。愧彼超世士，去去將何言。李辰山云：詩作於洪武甲寅，未三十載，而燕師從此入矣。讀之可勝浩歎！

秋日苕溪道中

深秋群物肅，灝氣明朝陽。方舟蕩清溪，良遊閱景光。疎林綴餘緑，菰蒲摇晚芳。鳴鴻去杳杳，遥嶺翳蒼蒼。閑行無物役，洄沿自徜徉。寂寞欣有得，留連豈爲荒。一理滄浪調，知音非所望。

清口

豁達兩河口，前與黄河通。高岸忽斗折，清淮匯其中。甘羅城在南，韓信城在東。一爲秦人英，一爲漢家雄。人生有不死，所貴在立功。方其未遇時，鹿鹿常人同。時命苟未會，丈夫有固窮。舍舟登高防，歲暮百草空。陂陀隴畝間，一二羸老翁。遺跡不可問，但見荒榛叢。行行重回首，目斷雙飛鴻。

贈僧還日本

杖錫總隨緣，鄉山在日邊。遍參東土法，頓悟上乘禪。呪水龍歸鉢，翻經浪避船。本來無去住，相別莫潸然。

題陶處士像

五兒長大翟卿賢，彭澤歸來只醉眠。籬下黄花門外柳，風光不似義熙前。

徐　賁

賁，字幼文，其先蜀人，徙居吴。洪武初，以薦授官。歷仕至河南布政使，尋下獄死。

過荷葉浦

粼粼水溶春，澹澹烟銷午。不見唱歌人，空來荷葉浦。無處寄相思，停舟采芳杜。

柳短短送陳舜道

柳短短，春江滿。蘭渚雪融香，東風釀春暖。山長水更遥，浩蕩木蘭橈。蘭橈向何處，送君南昌去，離愁落日烟中樹。

送曾伯滋赴西河將幕

上將初分閫，儒官解習兵。風旗春獵野，雪帳夜歸營。洮水從岷下，祈山入隴平。知公能載筆，草檄報邊聲。

林弼

弼，字元凱，龍谿人。仕元，爲漳州府知事。明初，與修禮樂書，除禮部主事，歷登州知府。

秦皇廟

蠶食雄風逐逝波，荒祠寂寂寄巖阿。三神山下仙舟遠，萬里城邊戰骨多。東魯尚存周禮樂，西秦空壯漢山河。早知二世無多祚，崖石書功不用磨。結意與李義山『地下若逢陳後主，豈宜重問後庭花』同是一種風刺。

王蒙

蒙，字叔明，吴興人。元末官理問，洪武初，爲泰安知州，坐胡黨獄死。

暮宿田家作

木落天正寒，山空日將暮。荒林倦鳥歸，亂水行人渡。窮年滞草莽，裋褐被霜露。晚宿依田家，主人情亦故。汲水泉滿澗，燒竹烟在户。鐘殘溪上村，月照階前樹。濁酒初潑醅，嘉蔬亦時具。且慰飢渴懷，况諳村野趣。老翁八十餘，有子没征戍。秔稻歲莫收，官司日加賦。我願息兵戈，海宇重農務。愧乏經濟才，徒然守章句。

張　簡

簡，字仲簡，吴人。初爲道士，元季兵亂，以母老歸養。洪武初，召修《元史》。饒介之分守吴中，自號『醉樵』，延諸文士作歌，仲簡詩擅場，居首坐，高季迪次之，楊孟載又次之。

醉樵歌

東吴市中逢醉樵，鐵冠欹側髪飄蕭。兩肩矻矻何所負，青松一枝懸酒瓢。自言華蓋峰頭住，足跡踏遍人間路。學劒學書總不成，惟有飲酒得真趣。管樂本是王霸才，松喬自有烟霞具。手持崐岡白玉斧，曾向月裏斫桂樹。月裏仙人不我嗔，特令下飲洞庭春。興來一吸海水盡，却把珊瑚樵作薪。醒時邂逅逢王質，石上看棋黄鵠立。斧柯爛盡不成仙，不如一醉三千日。於今老去名空在，處處題詩償酒債。淋漓醉墨落人間，夜夜風雷起光怪。

王　彝

彝，字常宗，嘉定人。以布衣召修《元史》。入翰林，後坐太守魏觀事，坐法死。

秋林高士圖

嵐峰半殘陽，彩翠明林杪。僧塢遠鐘微，歸人下山少。風杉落葉響，驚起棲烟鳥。攜手願言還，前村月初皎。

劉　炳

炳，字彦昺，以字行，鄱陽人。明初獻書，任中書典籤。

春夕直左掖懷周侍御

晚雨池上晴，逶迤澹將夕。金莖華月生，綺樹流雲濕。窻虚漏聲永，幔卷鑪烟襲。憶我同袍人，何繇共瑶席。楊廉夫云：仿韋。

寄許永明公冕昆季得夫先生

與君往歲從戎日，正值中原戰血腥。諸葛有心扶漢室，包胥無淚哭秦庭。九鰲夜從龍沙黑，八駿秋迷鳥道青。一别關河俱白首，斷腸烟樹滿長汀。

同周伯寧連榻劇談悲歌有感

醉來拔劒斫珊瑚，迴首侯門是畏途。夜半聞雞眠不著，草堂秋雨讀《陰符》。

郭翼

翼，字義仲，自號東郭生，崑山人，明初徵，授學官。

城南草堂與顧仲瑛夜話

花發草堂風雨春，青燈剪韭話情親。亂離隔世今何夕，生死論交竟幾人。城郭是非華表鶴，蓬萊清淺海中塵。三千賓客馮驩在，莫怪悲歌撫劍頻。

袁凱

凱，字景文，華亭人。洪武中徵拜御史，以病免歸。李獻吉謂海叟師法子美，何仲默謂歌行得杜之體。鄙意傷於平直，未極變化。若七言斷句，在李庶子、劉賓客間，青邱、孟載俱未及也。

楊白花

楊白花，飛入深宮裏。宛轉房櫳間，誰能復禁爾。胡爲高飛渡江水，江水在天涯，楊花去不歸。安得楊花作楊樹，種向深宫飛不去。

客中除夕

今夕爲何夕，他鄉説故鄉。看人兒女大，爲客歲年長。戎馬無休歇，關山正渺茫。一杯柏葉酒，未敵淚千行。

京師得家書

江水三千里，家書十五行。行行無别語，只道早還鄉。天籟。

客中夜坐

落葉蕭蕭江水長，故園歸路更茫茫。一聲新雁三更雨，何處行人不斷腸。

淮東逢張十二信

少年追逐共西東，吴邁文章馬亮弓。一自干戈零落後，白頭淮海獨相逢。不減『白首何戡』之作。

揚州逢李十二衍

與子相逢俱少年，東吴城郭酒如川。如今白髮知多少，風雨揚州共被眠。

題李陵泣別圖

上林木落雁南飛，萬里蕭條使節歸。猶有交情兩行淚，西風吹上漢臣衣。王元美云：『頗見風雅。』詞婉意嚴，李陵之罪自見。『漢臣』二字，春秋之筆。

淮西夜坐

蕭蕭風雨滿關河，酒盡西樓聽雁過。莫怪行人頭盡白，異鄉秋色不勝多。吴明卿云：『悲惋欲涕。』

周致堯

致堯，字焕文，崇德人，平江書院山長。

西津夜泊

孤帆夜落石橋西，橋外青山入會稽。卧聽海潮吹地轉，起看江月向人低。一春衰謝憐皮骨，萬國艱虞厭鼓鼙。何處商船歌《水調》，令人歸思益凄迷。

劉　崧

崧，字子高，泰和人，明初以人材舉，歷仕至國子司業。子高詩辭采鮮媚，骨格未高，應是學温飛卿一派。

姑蘇曲

姑蘇城頭烏夜啼，姑蘇臺上風凄凄。芙蓉露冷秋香死，美人夜泣雙蛾低。銅龍咽寒更漏促，手撥繁絃轉紅玉。鴛鴦飛去屧廊空，猶唱吴宫舊時曲。

題余仲揚畫山水圖爲余自安賦

金華山人余仲揚，筆墨蕭疎開老蒼。昨看新圖湖上宅，烟霧白日生高堂。層峰上蟠石嶠嶠，絶島下瞰江茫茫。長松並立各千丈，間以灌木相低昂。松下上人坐碧草，秋影忽落衣巾凉。囊琴未發絃未奏，已覺流水聲洋洋。赤城霞氣通雁蕩，巫峽雨色來瀟湘。誰能千里坐致此，欲往久歎河無梁。風塵漲天滿吴楚，六年悵望神慘傷。玄猿苦啼巖北樹，白雁不到江南鄉。赭山焚林絶人迹，如此山水非尋常。此圖本爲自安寫，亦感同姓悲殊方。幽軒素壁泉聲動，對此令我心爲狂。何由捫蘿逐麋鹿，振衣直上雲中岡。登臨一寫漂泊恨，長嘯清風生八荒。

玉華山

翠巘千峰合，丹崖一徑通。樓臺上雲氣，草木動天風。野曠行人外，江平落雁中。傷心俯城郭，烟雨正冥濛。

周　湞

湞，字伯寧，江寧人。明初任饒州長史，歷仕至刑部尚書。

舟中望九華山

貞履無素期，勞生意恒窘。誰云戒戎路，曾是返初隱。水宿淹長晷，山行阻修畛。縹緲對雄標，巑岏發奇藴。巖回氣如熉，峰去勢猶引。刻削冠青蓮，雕鏤矗丹筍。嵁霞上斑剥，石乳下崘磵。山鬼從文貍，淵靈閟玄蜃。睠言志藜藿，未遂采芝菌。即事情已悲，懷賢迹俱泯。潛吴愧梅福，夫汶羞閔損。人德險未夷，天道明可準。臯蘭豈徒歇，巖桂芳未隕。歲暮山中人，寤歌候歸軫。善學謝公，『巖回』十字尤佳。

王　旬

字子宣，里居未詳。

宫詞

南風吹斷采菱歌，夜雨新添太液波。水殿雲房三十六，不知何處月明多。高廷禮云：『婉麗似王龍標。』

周立

立，字公禮，長州〔一〕人。

行經華陰

西游莫歎勞行役，風物繁華記往年。十里關河臨渭水，萬家烟樹入秦川。露盤臺迴金爲掌，華嶽峰高石作蓮。聞道盛時多宴樂，更傳車馬幸温泉。

〔一〕長州，應爲『長洲』。

林鴻

鴻，字子羽，福清人。明初以薦授將樂訓導，後拜禮部員外郎。閩中詩派以子羽爲首，宗法唐人，繩趨尺步，衆論以『唐臨晋帖』少之，然終是正派。

感秋

撫劍中夜起，氣候何凄清。天高白露下，北斗當前楹。嗷嗷雙飛鴻，隨陽亦宵征。微禽爾何知，寒暑嬰其情。始知玩物化，中復念吾生。三十志有立，一經尚無成。緬懷古哲人，信與大運并。道在無終始，時來暫衰榮。感歎不能寐，延首東方明。

飲酒

儒生好奇古，出口談唐虞。倘生羲皇前，所談竟何如。古人既已死，古道存遺書。一語不能踐，萬卷徒空虚。我願但飲酒，不復知其餘。君看醉鄉人，乃在天地初。

金雞巖僧室

遠公青蓮宇，百尺構雲闕。一徑入松蘿，山泉濯苔髮。石房彈玉琴，清響在林樾。夜來滄海寒，夢遶波上月。微吟《白雲篇》，高興了未輟。無能悟聲聞，安得離言説。『夜來滄海寒』十字，得常建神理。

無諸釣龍臺懷古

無諸昔建國，赤土疏王封。築臺青冥上，垂釣滄江龍。乘龍去不返，千載如飛蓬。只今荒臺上，寂歷多遺蹤。我有太古懷，來吟江上峰。天青海氣滅，地古寒烟濃。潭水緑萬丈，秋岑碧千重。登臨未能已，落日催霜鐘。

同鄭二宣江上泛舟

載酒入江色，酒多江復長。酣來散予纓，濯向春流香。東壁過踈雨，西崦殘夕陽。猿禽相叫嘯，靈木共清蒼。夕景更汎覽，客程殊未央。魚風葦上起，蚌月波中光。嘗以事泮涣，永期名跡忘。乘槎予豈必，聊復詠《滄浪》。

巫峽啼猿歌送邱少府歸四明

巫山巫峽連三巴，猿啼三聲客思家。停舟聽之聲未了，却過青枝猶裊裊。野人乍來錦官城，清秋滿峽啼猿聲。黄牛灘上怨楓落，白帝祠前哀月明。商聲清冽羽聲亂，倏忽東崖復西澗。久客聞之淚欲乾，壯夫聽此魂亦斷。故人歸卧越山雲，憶得啼猿歌送君。扁舟獨宿剡溪夜，叫月三聲誰共聞。

出塞曲

十五薊門行，能探黠虜情。潛兵秋度磧，牧馬夜歸營。苦霧沈旗影，飛霜濕鼓聲。昨來承密詔，東築受降城。

送高郎中使北

漢使臨邊日，天驕已請和。看花辭紫陌，犯雪渡交河。水草留行帳，雲沙想玉珂。從來清漠北，婁敬策居多。風刺得唐人體。

寄逸人高漫士

獨倚城南百尺闌，粤鄉秋思浩漫漫。平臺樹色催殘照，近郭砧聲報早寒。雲物正當摇落後，關河終念别離難。龍門别墅今宵月，誰與相同把酒看。

貝　瓊

瓊，字廷琚，崇德人。洪武初徵修《元史》，除國子助教。

穆陵行

至元中，西僧楊璉真伽，利宋諸陵寶玉，因倡妖言惑主，盡發攢宫之在會稽者，斷理宗頂骨爲飲器。璉敗，歸内府，九十年矣。洪武二年正月，詔宣國公求之，得於僧汝訥所。乃命葬金陵聚寶山，石以表之。予感而賦詩。

六陵草没迷東西，冬青花落陵上泥。黑龍斷首作飲器，風雨空山魂夜啼。當時直恐金棺腐，鑿石通泉下深錮。一聲白雁度江來，寶氣竟逐妖僧去。金屋猶思宫女侍，玉衣無復祠官護。可憐持比月氏王，寧飼烏鳶及狐兔。真人欻見起江東，鐵馬九月踰崆峒。百年枯骨却南返，雨花臺下開幽宫。流螢夜飛石虎殿，江頭白塔今可見。人間萬事安可知，杜宇聲中淚如霰。『白雁』，字音似『伯顔』，見當時童謡。

經故内

山中玉殿盡蒼苔，天子蒙塵豈復回。地脉不從滄海斷，潮聲猶上浙東來。百年禁樹知誰惜，三月宫花尚自開。此日登臨解題賦，白頭庾信不勝哀。

送楊九思赴廣西都尉經歷

卭筰康居路盡通，西南開鎮兩江雄。漢家大將推楊僕，蠻府參軍見郝隆。象跡滿山雲氣白，雞聲千户日車紅。明珠薏苡無人辨，行李歸來莫厭窮。即『此鄉多寶玉，慎勿厭清貧』，工於脱化。

送王克讓員外赴陝西

貂裘萬里獨衝寒，舊是含香漢署官。白雪作花人面落，青山如鳳馬頭看。關中相國資王猛，海内蒼生望謝安。應念東南有遺佚，采芝深谷尚盤桓。

殳山隱居夏日

病客從教嬾出村，兩山一月雨昏昏。野花作雪都辭樹，溪水如雲欲到門。無復元戎喧鼓吹，試從田父牧雞豚。來青處士時相過，猶是平原舊子孫。

凌雲翰

雲翰，字彦翀，錢塘人。洪武初以薦授四川成都教授。

關山雪霽圖

前峰後峰雪模糊，東村西村春有無。快雪時晴入佳想，況復見此關山圖。關山迢遞相聯屬，玉潔珠光眩人目。扶桑飛上金畢逋，暗水流澌度空谷。野橋行過路三叉，青旗插檐沽酒家。驅驢倦客得少憩，悵望遠道還咨嗟。詩翁好事常起早，天寒秪恐梅花老。柴門時有故人來，階下白雲須用掃。此圖一日落塵寰，筆法依稀荆與關。人生遠遊固云樂，何似在家長看山。我本識字耕夫耳，占祥便作豐年喜。田園歸隱會有時，麥飯飽餐茅屋底。

邱　民

民，字克莊，揚州人。洪武初爲松江學官，仕至禮部侍郎。

送友人至杭

又隨南雁度錢塘，不道他鄉是故鄉。江水秋風蓴菜美，山中春雨石田荒。杜陵老去寧忘蜀，江總歸來不是梁。欲采芙蓉贈君去，錦衣零落倍凄凉。

練　高

高，字伯上，新淦人。洪武中知起居注，以直言忤旨，外謫廣德州同知。

送趙將軍

崆峒一劍倚秋陰，誰識將軍百戰心。老去功名餘白髮，閑來歌舞散黄金。呼鷹大澤風竿勁，射虎南山雪羽深。敲缺唾壺銀燭短，時人不解《隴頭吟》。

管　訥

訥，字時敏，華亭人。洪武中徵拜楚府紀善，陞左長史。

和陸伴讀闓過梅根

江行愜素懷，遐覽匪遊冶。開篷望九華，隱隱白雲下。素波明遠川，青天入平野。烟樹淡欲無，風泉斷還瀉。因知渼陂舟，差勝習池馬。斯遊樂未央，我輩胡爲者。

張　宣

宣，字藻仲，江陰人。洪武初召修《元史》，擢翰林編修，既而謫濠，道卒。

感鄰婦

日月光八表，焉能照覆盆。可憐東家婦，哀聲時一吞。將軍豈不仁，養士亦有恩。失計緣數奇，車徒散雲屯。寧知邊頭骨，盡是忠義魂。妾今止一身，又無子與孫。婦人不下堂，寧上他人門。死者已如此，何以慰生存。貞節語，好在斬絶，與『波瀾誓不起，妾心井中水』一例。

魯　淵

淵，字道原，淳安人，元進士，明初徵修禮樂書，授江西按察司僉事，以病辭。

重九

白雁南飛天欲霜，蕭蕭風雨又重陽。已知建德非吾土，還憶并州是故鄉。蓬鬢轉添今日白，菊花猶似去年黄。登高莫上龍山路，極目中原草木荒。

李延興

延興，字繼本，東安人。元進士，洪武初屬典邑校。

丙申歲詠懷

白首殊方客，奔馳戎馬間。時危憂母老，歲晚寄書還。凍雪連荒野，寒雲出亂山。蒼茫西日外，痛哭倚柴關。

辛苦憐吾弟，荒山久避兵。素書連月斷，白髮滿頭生。雪翳窻燈影，風沉戍鼓聲。寸心憂百結，寂寞度殘更。

妻子何時見，凄涼病轉侵。虚傳千里信，已負百年心。茅屋飛霜滿，空階落葉深。白頭吟正苦，回首淚霑襟。得杜詩氣體，但渾厚沉鬱處未到。

讀賈誼王粲傳

白髮悲王粲，青春羨賈生。萬言辭慷慨，一賦氣峥嶸。弔屈心猶壯，依劉恨未平。懷賢坐長夜，耿耿若爲情。

孫　蕡

蕡，字仲衍，南海人。洪武中授蘇州府經歷，坐黨禍死。

送翰林典籍張敏行之官西上

燉煌城下沙如雪，燉煌城頭無六月。關西勁卒築防秋，捷書夜半飛龍樓。九重下詔徵貔虎，推轂上將開都府。黄旗卷日大軍行，旄頭化石夜有聲。燉煌迢迢五千里，十月即渡黄河水。上將翩翩才且雄，平戎不數貳師功。叱咤猶在輪臺北，匹馬已入渠黎國。左較〔一〕偏裨晚射鵰，倚鞍醉索單于朝。西山黑風吹墮瓦，霜角吹秋塞垣下。太平今見遠宣威，君往從戎幾日歸。幕下文儒能耀武，詞林從此有光輝。善學嘉州。

次歸州

歸州城門半天裏，白雲晚向城下起。市廛架屋依巖巒，婦女提罌汲江水。巴山雪消江水長，城中夜聞灘瀨響。客船樹杪鉤石稜，漁父雲端曬罾網。家家蕪田山下犁，倒枯大樹燒作泥。居人養犬獲山鹿，稺子縛柴圈野雞。楚王臺高對赤甲，四時猛氣長颯颯。柁工鳴板避漩渦，櫓聲搖上黃牛峽。

下瞿塘

我從前月來西州，錦官城下十日留。回船正值重九節，巫山巫峽風颼颼。人言灩澦大於馬，

〔一〕左較，《西庵集》作『左校』。

瞿塘此時不可下。公家王事有程期，敢憚微軀作人鮓。人鮓甕頭翻白波，怒流觸石爲漩渦。長年敲板助船客，破浪一擲如飛梭。灘聲櫓聲歷亂聒，緊摇手滑櫓易脱。沿洄劃轉如旋風，半側船頭水花没。船頭半没船尾高，水花作雨飛髩毛。争牽百丈上崖谷，兩旁捷走如猿猱。停船把酒酹蒼昊，因笑吾生真草草。吟詩未解追謫仙，萬里經行蜀中道。巴東東下想安流，便指歸州向峽州。船到岳陽應漸穩，洞庭霜降水如油。

湖州樂

湖州溪水穿城郭，傍水人家起樓閣。春風垂柳緑軒窻，細雨飛花濕簾幕。四月五月南風來，當門處處芰荷開。吴姬畫舫小於斛，蕩槳出城沿月回。菰蒲浪深迷白紵，有時隔花聞笑語。鯉魚風起燕飛斜，菱歌聲入鴛鴦渚。

黄　哲

哲，字庸之，番禺人。明初用薦拜翰林待制，出授東平府通判，坐法死。

過梁昭明太子墓

帝子降南浦，飄颻蒼桂陰。神飇迴震闕，玄跡閟坤岑。鳳陵輝璞藴，龍沼媚珠沉。文藻絢華黻，芳芬揚素襟。遺編軼正雅，曠代殊徽音。玉馬風雲變，金鳧歲月深。霜蘭秋被坂，烟蘿夕翳林。采蘋思永薦，捐玦遂幽尋。靈脩忽爾逝，歲晏勞予心。遼東鶴馭遠，緱嶺鸞笙吟。眇眇因懷昔，營營徒慨今。瑶華竟衰歇，惆悵雍門琴。過昭明墓詩，應作《選》體。

秋夜雜興呈凃典籤穎

璿杓運西宇，華月麗中楹。坐知流序易，遥夜秋風生。銀漢呈霄景，金堂含夕清。柔條棲湛露，嘉蕙茁幽莖。撫跡遂成感，如何君遠征。相思雲陽浦，岧嶤限玉京。寸心渺何極，摇蕩如懸旌。

沈夢麟

夢麟，字元昭，歸安人。元末爲武康尹。入明，以賢良徵，起校文閩浙者三，同考會試者再。

和邵山人

亂後還家如旅泊，愁中貰酒喜人過。每吟栗里停雲句，不作南山種豆歌。故宅東風歸燕静，孤村夜雨落花多。白頭却憶觀光日，曾賦神明與駊娑。晚唐風韻。

滕　毅

毅，字仲弘，鎮江人。以儒士徵，授起居注，擢吏部尚書，出參政江西。

感事

虎戰龍争二十秋，江波日夜自東流。道旁無語王孫泣，天際含顰帝子愁。苜蓿風烟空壁壘，蒹葭霜露滿汀洲。多情惟有西山月，永夜依依照白頭。故國之思，如聞黍離麥秀，比宋文恪《過故宫作》風神較勝。

藍　仁

仁，字静之，崇安人。明初内附，例徙臨濠，尋放還。

暮歸山中

暮歸山已昏，濯足月在澗。衡門棲鵲定，暗樹流螢亂。妻孥候我至，明燈共蔬飯。佇立松桂凉，疎星隔河漢。

宿橋山田家懷蔣先生

蒼峰落日微，白鶴秋風遠。客路入疎鐘，田家背山坂。孤烟桑柘寒，歸鳥茅茨晚。欲覓紫芝翁，山深白雲滿。

西山暮歸

涼葉墜微風，秋山正蕭爽。天寒獨鳥歸，日夕百蟲響。偶從桂樹招，遂有桃源想。石磴闃無人，山猿自來往。

藍　智

智，字明之，崇安人。明初應薦，授廣西按察僉事。

雨中同孟原僉憲登嘉魚亭

高閣流鶯外，荒城駐馬前。江寒三月雨，春老百蠻天。折柳悲橫笛，飛花落釣船。乾坤總羈旅，把酒意茫然。

過雲洞嶺

路出千林迴，山連五嶺遥。石崖懸度棧，野樹卧通橋。澗飲猶防蠱，畬耕盡屬猺。夕陽驅瘦馬，髩影漫蕭蕭。

甘　瑾

瑾，字彦初，臨川人。明初嚴州府同知。

何梅閣山居

迹不到城市，逢人無厚顔。一瓢風外樹，雙屐雨中山。流水春喧碓，歸雲暮掩關。無心經世務，爲益髩毛斑。

寄馬彥會

百戰狐城血未乾，故人書札報平安。秋風代馬思燕草，夜月湘歌怨澧蘭。萬里江湖仍旅食，百年天地自儒冠。山陰更有誅茅地，仗劍休辭行路難。

王　偁

偁，字孟揚，閩中人。洪武庚午舉人，永樂初薦授國史院檢討，參英國公張輔軍事。後坐解縉黨，下獄死。

宿巴陵聞笛

玉笛淩秋韻遠汀，空江皓月思冥冥。怪來楊柳移關塞，可是梅花落洞庭。半夜旅魂隨調切，誰家少婦倚樓聽。曉來更覓龍吟處，一點君山水面青。

浦源

源，字長源，無錫人。洪武中，晋王府引禮舍人。舍人名句如「細雨疎燈聞落葉，斷雲高樹見明河」「衣上暮寒吴苑雨，馬頭秋色晋陵山」「雨中黄葉孤村路，湖上青山遠寺鐘」「杏花寒食春江店，榕葉熏風瘴海船」，均是詩中有畫。

送人之荆門

長江風颺布帆輕，西入荆門感客情。三國已亡遺舊壘，幾家猶在住荒城。雲邊路繞巴山色，樹裏河流漢水聲。此去郢中應有賦，千秋白雪待君賡。

吴文泰

文泰，字文度，吴縣人。洪武中涿州同知。

送人之巴蜀

烟波迢遞古荆州，君去應爲萬里遊。倚櫂遥看湘浦月，聽猿初泊渚宫秋。雲開巫峽千峰出，路轉巴江一字流。若見東風楊柳色，便乘春水泛歸舟。中叠用四地名，亦是一病，然唐人每有之。

烏斯道

斯道，字繼善，慈谿人。明初以薦起，知石龍縣。

澤畔

上征天無風，遠游橐無金。種蘭蘭不芳，行吟向江潯。漁父曠達者，庶幾知我心。鶴鳴子不和，徒然有哀音。踟躕當奈何，湘水清且深。陳卧子云：古拙。

許繼

繼，字士修，寧海人。洪武中台州訓導。

夜坐

雨歇宵影澄，天清月華素。空山秋欲來，涼意先在户。蕭蕭林樾風，泫泫幽篁露。草蟲亦何知，含凄感遲暮。深思無與言，美人隔雲路。『空山』十字，前人寫秋俱未到此。

胡奎

奎，字虚白，海寧人。寧府教授。

秋夕

月出萬井秋，商聲在高樹。風條絡緯鳴，露葉流螢度。天河一杯水，流向西南去。坐念素心人，佳期渺何處。

夢遊廬山

我有紫霞想，夢遊匡廬峰。仙人凌絶頂，手弄金芙蓉。芙蓉亭亭九天上，叠嶂崩騰涌波浪。五色雲中白鹿鳴，三更海底金雞唱。懸崖瀑布從天來，疋練倒界青天開。高人自是陸修静，邀我石磴行莓苔。九江秀色可攬結，欲跨長鯨捉明月。望斷蓬萊青鳥書，琪花落盡無人折。飛身上挹香爐烟，坐卧九疊屏風前。翻然拜手招五老，一笑彷彿三千年。松風泠泠吹夢覺，鶴背高寒露華落。早知此境隔塵凡，只合栖神向邱壑。何人寫此江上山，雲山與我心俱閑。明當會碾飈輪去，長謝時人竟不還。

顧文昱

文昱，字光遠，嘉定人。明初官吴王副相。

白雁

萬里西風吹羽儀，獨傳霜翰向南飛。蘆花映月迷清影，江水含秋點素輝。錦瑟夜調冰作柱，玉關晨度雪霑衣。天涯兄弟離群久，皓首江湖猶未歸。

風格高於海叟《白燕詩》，一結尤見作手。王安中《詠白雁》『夜月蘆花看不定，夕陽楓葉見初飛』，極不即不離之妙，惜通體不稱。

明詩别裁集卷三

長洲 沈德潛碻士
周 準欽萊 同輯

高 棅

棅，字彦恢，長樂人。永樂初，以布衣召入翰林，爲待詔，陞典籍，卒。

林尚默云：『詩始漢魏，至唐極盛，宋失之理趣，元滯於學識而不由悟以入。自襄城楊士弘始編《唐音》，然知者尚鮮。先生選《唐詩品彙》，議者服其精博。』典籍詩以五言古爲勝，俞汝成盛推歌行，非篤論也。至擬唐諸作，初無君形者存。

九月八日郭南山亭宴集分得下字

海國霜氣凉，秋聲落遥野。乾坤肅以清，收納屬多暇。出郭尋幽期，同人命軒駕。載酒入翠微，憑高憩層榭。蒼山横黄雲，大江天同瀉。飛雨霞際晴，夕陽雁邊下。江山滿陳迹，今古成代謝。高興殊未平，臨風獨悲吒。『飛雨』十字爲晚景入畫。

賦得羅浮霜月懷二逸人

海國梅始白，飛霜動鳴鐘。寒空一片月，挂在羅浮峰。夜色不映水，清光與之同。百里皆瑶華，千林閟幽風。蕭條叢際葉，嘹唳雲邊鴻。遠客起遥念，滄波思千重。夢迴明鏡没，寂歷聞幽蛩。

水竹居

清溪入雲木，隱處林塘深。微月到流水，泠泠竹間琴。虚聲起遥聽，天影澂遠心。余亦鸞鶴侣，將期此投簪。

題臺江別意餞顧存信歸番禺

置酒臺江上，悵然傷解攜。番禺天萬里，矯首南雲低。停舟對君日將暮，目送南雲指歸路。

鄉夢多隨蜃母樓，家林近入扶桑樹。滄浪浩蕩杳難期，此別重逢又幾時。東去臺江應到海，唯因流水寄相思。

王　恭

恭，字安中，閩縣人。永樂初以儒士薦，起授翰林典籍，尋投牒歸。

聞笛歌送人之塞上

橫笛對離亭，扁舟越江口。月下何人最斷腸，天涯怨別驚楊柳。此夜愁心獨對君，明朝悵別又離群。單于城上吹羌管，知爾相思不忍聞。

春雁

春風一夜到衡陽，楚水燕山萬里長。莫怪春來便歸去，江南雖好是他鄉。

卞　同

同，字孟符，吴人。

倪雲林畫

雲開見山高，木落知風勁。亭下不逢人，斜陽澹秋影。

鄭　真

真，字千之，鄞縣人。洪武壬子鄉試第一，官廣信教授。

寄烏繼善先生

紅心驛外望家山，颯颯西風雨鬢斑。繫雁書成霜滿地，飯牛歌罷月臨關。誤傳海外蘇公死，終許羌村杜老還。客舍不知身健否，何時訪我白雲間。

鄭　濶　濶，字仲養，浦江人。

海棠仕女圖

東風蕩漾百花潭，翠袖迎風酒半酣。好鳥隔窗催曉色，美人殘夢到江南。

練子寧　子寧，字名安，新淦人。洪武乙丑榜眼，累官工部侍郎，建文時遷御史大夫。靖難兵入，不屈，死。

二月望日與饒隱君遊玉筍山

我懷謝康樂，獨往遊名山。身同雪舟繫，心與浮雲閑。清風澹蕩灑六合，令我興在雲松間。

玉山高與南斗齊，雲錦照耀廬山低。三十六峰淩虹霓，飛湍噴雪臨迴溪，長松挂月青猿啼。上有梅仙採藥之幽栖，下有蕭雲讀書之故基。洞天石扇杳莫測，瑶草謾長三春荑。我欲因之覽八荒，手拂青蘿眠石牀。回飈吹散碧天霧，清冥倒瀉澄湖光。作爲玉山謡，寄之雙峰客。興來攜妓秋復春，笑殺東山謝安石。

方孝孺

孝孺，字希直，臨海人。建文中文學博士，靖難兵至，令草詔，不屈，族誅。

閑居感懷

我非今世人，空懷今世憂。所憂諒無他，慨想禹九州。商君以爲秦，周公以爲周。哀哉萬年後，誰爲斯民謀。

鳳隨天風下，暮息梧桐枝。群鴟得腐鼠，笑汝長苦飢。舉頭望八荒，默與千秋期。一飽亮易得，所存終不移。

池魚不知海，越鳥不知燕。蚯蚓霸一穴，神龍行九天。小大萬相殊，豈惟物性然。君子勿歎息，彼誠可哀憐。

上巳約友登南樓

生意忽滿眼，不知春淺深。良朋曠嘉會，濁酒難孤斟。迢迢城上樓，高朗宜遠臨。曷不一舉趾，縱望淵與岑。逍遥群動表，舒豁萬古心。古人已寂寞，繼者應在今。藴真有至樂，外慕非所欽。願言領衆妙，無爲鬱沖襟。

懿文皇太子挽詞

盛德聞中夏，黎民望彼蒼。少留臨宇宙，未必愧成康。宗社千年恨，山陵後世光。神遊思下土，經國意難忘。

程本立

本立，字原道，崇德人。洪武中，以明經薦。建文初，徵入翰林，陞僉都御史。靖難兵至，自經於應天府學。

題李典儀雲東卷

母老今猶健，兒行久不歸。一官淹白首，萬里夢斑衣。越郡東溟闊，秦關西日微。只將雙淚眼，日日看雲飛。

晚至安寧

連然驛路馬曾諳，落日行人思不堪。地極九州銅柱北，山蟠六詔鐵橋南。湯池水底皆陰火，鹽井烟中半夕嵐。迴首蓬萊天萬里，忍教塵鬢白毿毿。

袁敬所

敬所，不知其名。靖難後流寓常山之松嶺。酒酣，書《五柳圖詩》，擲筆悲吟，繼以濺淚。有江右布商見之，曰：『此吾鄉某編修，何爲在此？』敬所趨掩其口，不顧而去。

題淵明五柳圖

藜杖芒鞵白布裘，山中甲子自春秋。呼兒點檢門前柳，莫遣飛花過石頭。

趙　玨

玨，字雲翰，祥符人。洪武丁卯舉人，授兵部主事，後歷官禮、兵、刑三部尚書。

成南書事

三年爲客寄龍沙，望斷南天不見家。惟有受降城上月，照人清淚落胡笳。陳卧子云：『有嘉州之風。』略同宋文恪句法。

解縉

縉，字大紳，吉水人。洪武戊辰進士，永樂中官翰林學士，出爲廣西參政，改交阯。入奏事，會太宗北征，見東宮，辭去。爲高煦所譖，徵下獄死。永樂以還，尚臺閣體，諸大老倡之，衆人靡然和之，相習成風，而真詩漸亡矣。故解大紳以下，李賓之以前，所收獨略。

送劉繡衣按交阯

虬髯白皙繡衣郎，驄馬南巡古越裳。城郭新開秦郡縣，山河原是漢金湯。天連銅柱蠻烟黑，地接珠崖海氣黄。莫説炎荒冰雪少，須令六月見飛霜。

楊士奇

士奇，名寓，以字行，泰和人。建文時以辟召入翰林。永樂初改編修，入直文淵閣，累官少師，贈太師，謚文貞。

漢江夜泛

泛舟入玄夜，奄忽越江干。員景頹西林，列宿燦以繁。凝霜飛水裔，回飇蕩微瀾。孤鴻從北來，哀鳴出雲間。時遷物屢變，游子殊未還。短褐不掩脛，歲暮多苦寒。悠悠念行邁，慊慊懷所懽。豈不固時命，苦辛誠獨難。感彼式微詩，喟然興長歎。

同蔡尚遠、尤文度、朱仲禮、楊仲舉、蔡用嚴遊東山

步出城東門，逍遥望雲巘。累月懷佳遊，兹晨遂登踐。梵宇繞層阿，飛樓凌絶峴。方塘涵湛碧，喬林茂敷衍。繁翳幽莫通，丰茸紛不剪。攀磴窮高躋，緣徑屢回轉。是時微雨收，輕霞澹舒卷。睇遥素横川，俯夷緑盈畎。陟降體自便，顧睇心已緬。况接曠士言，復偕釋子辯。析空理弗

昧，違喧抱逾展。何因此閑棲，永令浮慮遣。肧胎晋宋，端厚不佻。

谷　宏

宏，福州人。洪武中官中書舍人。

行經華陰

崔嵬太華出雲中，積翠遥連渭水東。秋色萬家連遠塞，暮烟一帶遶離宫。秦關日落行人少，漢時天陰古殿空。寂寞武皇巡幸處，祠郊木葉起秋風。宋轅文云：『調既不卑，景色亦合。』

趙　文

文，字宗文，長洲人。永樂中，以薦舉官鄱陽知縣。

過金山寺

水天樓閣影重重，化國何年此寄蹤。淮海西來三百里，大江中湧一孤峰。濤聲夜恐巢枝鳥，雲氣朝隨出洞龍。幾欲登臨帆去疾，蒼茫遥聽隔烟鐘。

趙友同

友同，字彦如，金華人，徙長洲。官太醫院御醫。

宋徽宗畫半開梅

上皇朝罷酒初酣，寫出梅花蕊半含。惆悵汴宫春去後，一枝流落到江南。

曾棨

棨，字子啓，永豐人。永樂甲申賜進士第一，歷官詹事府少詹事，贈禮部侍郎，謚襄敏。

子啓五言，如『斷雲京口樹，殘月廣陵鐘』，有中唐風致。

車駕渡江

朱旗畫戟擁晴沙，錦纜牙檣向水涯。佳氣迴浮江北樹，日光初照海東霞。雲中鸞鳳扶丹轂，水底魚龍識翠華。不用臨流羨天塹，只今四海盡爲家。

送陳郎中重使西域

雕輪歷碌擁鳴騶，幾欲停鞭記舊游。赤嶺晚雲連雪積，黄河春水帶冰流。旌麾每過羅諸部，金帛頻頒拜衆酋。却笑虎頭班定遠，身親百戰覓封侯。

維揚懷古

廣陵城裏昔繁華，煬帝行宫接紫霞。玉樹歌殘猶有曲，錦帆歸去已無家。樓臺處處迷芳草，風雨年年怨落花。最是多情汴堤柳，春來依舊帶栖鴉。

李昌祺

名禎，以字行，盧陵人。永樂甲申進士，官至廣西布政使。

過吴門

七澤三江通甫里，楊柳芙蓉照湖水。閶門過去是盤門，半掩珠簾畫樓裏。蘼蕪生遍鴛鴦沙，東風落盡棠梨花。館娃香徑走麋鹿，清夜鬼燈明絳紗。三高祠下東流續，真孃墓上風吹竹。西施去後屧廊傾，歲歲春深燒痕緑。

送周秀才遊長沙

迢遞長沙道，逍遥歲宴遊。亂山黄葉寺，孤棹白蘋洲。夕鳥銜船過，寒波背郭流。毋論卑濕地，賈傅昔淹留。

尹鳳岐

鳳岐，字邦祥，吉水人。永樂丙戌進士，官翰林侍講。

送兄廣東參政應奎

价人藩閫寄旬宣，五嶺南行遠著鞭。曉日紅亭留别酒，秋風黄葉下瀧船。青連橄欖千家雨，黄觸桄榔萬井烟。珍重平生清節在，不妨引滿酌貪泉。

金誠

誠，字成之，番禺人。永樂戊戌進士，官刑部主事。

江行

江水悠悠江路長，孤鴻啼月有微霜。十年踪跡渾無定，莫更逢人問故鄉。

黄閏

閏，字期餘，信豐人。永樂戊戌進士。

擬唐人長安春望

南山晴望鬱嵯峨，上苑春游玉輦過。天抱帝城雙闕迴，日臨仙仗五雲多。鶯聲盡入新豐樹，柳色遥分太液波。漢主離宫三十六，樓臺處處起笙歌。

沈　貞

貞，字元吉，長興人。卜居横玉山下。

樂神曲七首有序

樂神曲者，擬楚辭《九歌》而作也。吴人尚鬼，祀必以巫覡迎送。舞歌登獻，其辭褻嫚。禳災徼福，不知其分。滋黷甚矣，故爲此辭，以明鬼神之理，禱祀之意，祛其荒淫之志焉。

保我之民兮邑此方，崇其墉兮浚其隍。民不驚兮志定，眷靈修兮作民命。隄楊兮結陰，青青兮蔽林。女牆堅兮有郛有郭，繞洄灣兮濠歸於壑。靈之來兮玄都，飂旂旌兮若荼。陳一豕兮兩羭，載斟之兮百壺，城兮隍兮吾永無虞。

右城隍

嗟靈伯兮御清泠，洗袢敲兮滌炎蒸。駘蕩兮春初，颮颸兮夏徂。飀飂下兮木葉枯，號空桑兮吹雪載塗。靈之來兮憑女巫，女巫兮屢舞。箬簫兮伐鼓，靈醉飽兮無怒，蕭蕭來兮颯颯去。

右風伯

佩芳蘭兮擥芬椒，潔新服兮綴珠玿。駕靈螭兮翔重霄，要靈輅兮下迢迢。我禾兮成役，我田兮龜坼。烈日兮驕陽，利行水兮熱湯。靈之來兮天外，下土乾兮霑一溉。維靈布澤兮惠我無私，嗟我民兮其敢繹思。靈皇皇兮萃只，舞僛僛兮醉只，福穰穰兮歲復歲只。

右雨師

月維仲兮日維剛，肅齋宮兮神所藏。靈輝輝兮垂佩，儼飛馭兮高蓋。降靈雨兮來斯，左有翁兮右有妃。悵嘉期兮難又，羌永歎兮陳辭。靈修修兮不語，逝翩翩兮歸去。

右社公

波震蕩兮具區，既底定兮奠神之居。芙蓉蓋兮蔆車，導翠黿兮文魚。神之來兮孰俱，後子皮兮前靈胥。與神遊兮湖之滸，衝風息兮極浦。有倡兮妙舞，有冽兮清酤。神保聿歸兮或返而顧，灌我田兮受神之祜。

右太湖神

雄何爲兮厲於鄉，祀有時兮享有嘗。赭白馬兮青蓋，明而没兮晦而在。屏方相兮去儺，神巫進兮舞且歌。雄欣欣兮遠逝，不水旱兮不疵厲，樂吾民兮世世。

右鄉厲

兩旗兮分張，舞輕風兮悠揚。神之司兮我疆，原田每每兮立我青秧，不稂不莠兮無虸無蚄。時雨兮時暘，俾百穀兮登場。維神兮降康，報之兮肴蒸腯羊。七章未能獨造，然終是雅音。

右青苗神

薛　瑄

瑄，字德温，河津人。永樂辛丑進士，歷官禮部左侍郎，兼文淵閣大學士。謚文清，從祀孔廟。

梅花落

檐外雙梅樹，庭前昨夜風。不知何處笛，并起一聲中。

于　謙

謙，字廷益，錢塘人。永樂辛丑進士，官至大理寺少卿。景陵即位，拜兵部尚書，加少保。英宗復辟，棄市。成化中，贈太傅，謚肅愍，後改忠肅。

暑月將自太行巡汴

三晋衝寒到，中州冒暑回。山川原不改，節候自相催。緑樹連天暗，丹葵向日開。太行雲縹緲，搔首意徘徊。

上太行

西風落日草斑斑，雲薄秋容鳥獨還。兩鬢霜華千里客，馬蹄又上太行山。

劉球

球，字求樂，更字廷振，安福人。永樂辛丑進士，官翰林侍講。以忤王振，矯旨下獄，死。景泰初，贈翰林學士，謚忠愍。

山居

水抱孤村遠，山通一徑斜。不知深樹裏，還住幾人家。

施　敬

敬，字孟莊，錢唐人，謫居滇。

巴陽夜泊

獨棹三巴夜，秋高片月孤。灘聲將客夢，萬里下東吴。

南行途中寄錢唐親友

萬里移家入瘴烟，故鄉音耗若爲傳。衡陽自古無來雁，况去衡陽又八千。

黄　裴

裴，字仲裴，文江人。

客夜

西風蕭蕭木葉稀，秋深作客何時歸。城頭月出照擊柝，江上露白催擣衣。雁鴻附書遠莫致，烏鵲遶樹還驚飛。三更不眠欲起舞，躍馬臥龍誰是非。

劉　績

績，字孟熙，山陰人。隱居不仕，人稱西江先生。

題西陵送别圖送姚進士

悠悠復悠悠，風吹江上舟。今朝天色好，送客西陵頭。西陵在何許，羃䍦春郊樹。搔首望行人，迢迢上京路。京路一千程，官梅照眼明。春風濃似酒，難浣別離情。別離餘幾日，佇得君消息。折取杏園花，慰我長相憶。相憶夢相仍，高樓只自登。春潮知我意，日夜向西陵。

早春寄白虛室

帝城佳氣接烟霞，草色芊芊紫陌斜。殘雪未消雙鳳闕，春風先入五侯家。歌鐘暗度新豐樹，游騎晴驕上苑花。獨有子雲才思逸，應傳麗句滿京華。

征夫詞

征夫語征婦，死生不可知。欲慰泉下魂，但視褓中兒。

征婦詞

征婦語征夫，有身當殉國。君爲塞下土，妾作山頭石。

錢　曄

曄，字允輝，常熟人。浙江都司經歷。

過江

江渚風高酒乍醒，川途渺渺正揚舲。浪花作雨汀烟濕，沙鳥迎人水氣腥。三國舊愁春草碧，六朝遺恨晚山青。不須倚棹吹長笛，恐有蛟龍欲出聽。

贈周岐鳳

李賓之云：『江陰周岐鳳，坐事亡命。扁舟夜泊，曄投以詩。岐鳳得之，大慟。江南人至今傳之。』

琴劍飄零西復東，舊游清興幾時同。一身作客如張儉，四海何人是孔融。野寺鶯花春對酒，河橋風雨夜推篷。機心已共沙鷗静，惟有家山在夢中。

蕭　鎡

鎡，字孟勤，泰和人。宣德丁未進士，累官太子少師、户部尚書。

送李佑之赴陝西參議

十載含香侍上臺，旬宣分陝用奇才。黄河九曲天邊落，華岳三峰馬上來。長樂月明鐘響静，樊川春漲水波洄。當年召伯留遺澤，會看甘棠到處開。

王　清

清，字一寧，合肥人。世襲濟寧衛指揮，陞廣東都指揮，死寇難。

塞上感懷

西風關外雪初晴，懷古思鄉百感生。玉帳枕戈人萬里，鐵衣傳箭夜三更。夢回絶域烏桓地，戰罷空山敕勒營。烽火微茫天去遠，月中鴻雁送秋聲。

郭登

登，字元登，武定侯諸孫。景泰初，官都督僉事，守大同，以功封定襄伯。英廟復辟，謫戍甘肅。成化初復爵，贈侯，謚忠武。定襄《山王》《楸樹》《詠梟》諸篇，盛推衆口。然才力恣肆，或非正聲，兹擇其尤雅者。

題蔣廷暉小景

我家南山下，柴門別經久。不知今春來，新添幾株柳。清江閑釣竹，鷗鷺還來否。對此忽相思，長歌獨搔首。

送岳季方還京

登高樓，望明月，明月秋來幾圓缺。多情只照綺羅筵，莫照天涯遠行客。天涯行客離鄉久，見月思鄉搔白首。年年長自送行人，折盡邊城路傍柳。東望秦川一雁飛，可憐同住不同歸。身留塞北空彈鋏，夢繞江南未拂衣。君歸復喜登臺閣，風裁稜稜尚如昨。但令四海歌昇平，我在甘州貧亦樂。甘州城西黑水流，甘州城北黄雲愁。玉關人老貂裘敝，苦憶平生馬少游。《皇明詩選》裁末四語，作斷句，《明詩綜》因之。然通體纏綿有情，不迂不促，故仍用原本。

甘州即事

黑河如帶向西東，河上邊城自漢開。山近四時常見雪，地寒終歲不聞雷。牦牛互市番氓出，宛馬臨關漢使回。東望玉京將萬里，雲霄何處是蓬萊。

保定途中偶成

白璧何從摘舊瑕，纔開羅網向天涯。寒窻兒女燈前淚，客路風霜夢裏家。豈有酖人羊叔子，可憐憂國賈長沙。獨醒空和騷人詠，滿耳斜陽噪晚鴉。

張　和

和，字節之，崑山人。正統己未進士，官至浙江提學副使。

與朱千户夜話

客裏相逢感慨深，劒歌時復動悲吟。清尊坐對三更月，紫塞遥馳萬里心。瀚海地荒龍馭遠，交河風急雁書沉。微生愧乏安邊策，北望長天淚滿襟。

陳憲章

憲章，字公甫，新會人。正統丁卯舉人，用薦授翰林檢討。謚文恭，從祀孔廟。

冬夜

長夜氣已凄，木棉被重裘。端坐思古人，寒燈耿悠悠。是時病已間，背汗仍未收。學業坐妨奪，田蕪廢耡耰。高堂有老親，遍身無完綢。丈夫庇四海，而以俯仰憂。口腹非所營，菽水吾當求。明旦理黄犢，進我南岡舟。

范　澄

澄，字國清，寶應人。景泰庚午舉人。

送别

酒盡津鼓喧，風生浦帆亂。山迴不見君，夕陽在沙岸。

沈　愚

愚，字通理，崑山人。

陳宫懷古

景陽宫井積浮埃，三閣遺基半緑苔。惆悵後庭花落盡，黑頭江令獨歸來。

陸德蘊 德蘊，字潤玉，華亭人。

重過沙河道中

白鶴沙頭水自波，扁舟曾載夕陽過。東風一路蘼蕪緑，添得春愁别後多。

陳　寬 寬，字孟賢，吴人。檢討繼之子。

題燕穆之楚江秋曉圖

五更人語覺潮生，估客帆檣候曉行。樹色未分雲夢澤，雞聲已動漢陽城。天空畫角吹霜盡，月落銀河入斗横。欲問楚南千古事，至今江水爲誰清。

王　越

越，字世昌，濬縣人。景泰辛未進士，天順中官右副都御史，巡撫大同，進兵部尚書。論出塞功，封威寧伯，尋加少保，贈太傅，謚襄敏。

威寧詩性情流露，不須雕飾，如『髮爲胡笳吹作雪，心因烽火煉成丹』，極悲歌感慨之致，然云雅音則未也。至劉原博云『孤臣自恨無容地，逆虜猶存不共天』，但取其忠義可矣。

與李布政彦碩、馮僉憲景陽對飲

相逢無奈還傷別，尊酒休辭飲幾巡。自笑年來常送客，不知身是未歸人。馬嘶落日青山暮，雁度西風白草新。離恨十分留一半，三分黃葉二分塵。裁上半首爲絶句更佳。

蘇　平

平，字秉衡，海寧人。舉賢良方正，不就。秉衡《詠繡鞵》詩「南陌踏青春有跡，西廂立月夜無聲」，時以此得名，然此種有累詩品不小。

湘南懷古

江山摇落獨登臨，草色湖南入望深。萬古空留湘女恨，九歌誰識屈原心。霜清楚畹蘭香歇，雲暗巴陵雁影沉。正是客懷消不得，竹枝聲裏斷猿吟。

王　佐

佐，字廷用。天順己卯舉人，福州衛籍，官訓導。

宫怨

芙蓉帳冷减容光，愁倚熏籠嬾著牀。寒氣逼人眠不得，鐘聲催月下斜廊。似少言外意，而寫情逼真，《列朝詩選》采《夢蕉詩話》謂宫女媚蘭仙子詩，恐近於傅會也。詩見《王廷用集》中。

秦　夔

夔，字廷韶，無錫人。天順庚辰進士，歷官江西右布政。

同金廣信宗器遊番湖

番湖水落秋容冷，碧色澄鮮三萬頃。樓船嗷嘈何處來，十幅蒲帆弄秋影。霜晴九月葭葦枯，芙蓉著花秋滿湖。吴興已遠郭熙老，誰爲寫此秋江圖。汀州遠近迷雲樹，東去滄波急如注。康山一髮天際橫，傳是先皇洗兵處。當年血戰湖水黄，日月照耀旌旗光。鼎湖龍去不復返，只有雁鶩飛茫茫。天開大澤雄今古，氣撼東吴及南楚。巴陵洞庭何處邊，目斷潯陽送樓櫓。北風獵獵握雙旌，此行奇絶如登瀛。風波平地不須起，向來魂夢今猶驚。浩歌篷底還搔首，却憶同行信州守。萍水飄零盡白頭，相逢且醉餘干酒。

李東陽

東陽，字賓之，茶陵人。天順甲申進士，歷官少師，兼吏部尚書，贈太師，謚文正。永樂以後詩，茶陵起而振之，如老鶴一鳴，喧啾俱廢。後李、何繼起，廓而大之，駸駸乎稱一代之盛矣。王元美謂『長沙之於何、李，猶陳涉之啓漢高』，此習氣未除，不免抑揚太過，宜招後人之掊擊也。

夜過邵伯湖

蒼蒼霧連空，冉冉月墮水。飄飖雙髩風，恍惚無定止。輕帆不用楫，驚浪長在耳。江湖日浩蕩，行役方未已。羈棲正愁絶，况乃中夜起。

風雨歎

壬辰七月壬子日，大風東來吹海溢。峥嶸巨浪高比山，水底長鯨作人立。愁雲壓地濕不翻，六合慘淡迷乾坤。陰陽九道錯黑白，烏兔不敢東西奔。里人倉皇神屢變，三十年前未曾見。東村西舍喧呼遍，牒書走報州與縣。山厖谷洶豺虎嗥，萬木盡拔乘波濤。州沈島没無所逃，頃刻性命輕鴻毛。我方停舟在江皐，披衣踞牀夜復晝。忽掩青袍涕霑袖，舉頭觀天恐天漏。此時憂國况思家，不覺紅顔坐凋瘦。潼關以西兵氣多，蘆笳吹塵塵滿河，安得一洗空干戈。不然獨破杜陵屋，猶能不廢嘯與歌。世間萬事不得意，天寒歲暮空蹉跎，嗚呼奈爾蒼生何。

夜過仲家淺閘

日維乙未月丙戌，青天無雲月東出。舟人喧厖夜濤發，翻沙轉石紛出没。是時水淺舟在地，牐門崔嵬晝方閉。牐官醉睡夫走藏，倉卒招呼百無計。民船棄死争赴牐，楫倒檣傕動交碎。舟人號咷乞性命，十里呼聲震天地。我時兀坐驚舂撞，攬衣而起心徬徨。同行無人僕隸散，獨與船底相低昂。攀崖陟磴不得上，咫尺如在天一方。流行坎止信有數，向來蔑視淮與江。霜風欺人衣袂薄，呼童酌酒累數觴。燈殘酒醒牐亦過，北斗墮地天茫茫。

靈壽杖歌

吾聞武當之山四萬二千丈，半在雲根半天上。不知三十六宫何處稱絶奇，産出靈株非一狀。

蛟螭盤拏露頭角，熊經樹顛虎山脚。根蟠節錯相糾纏，含風飽雪經炎寒。九年洪水之水浸不殺，十日之日暴烈何時乾。梯懸磴接跬步不可上，誰採青壁紅琅玕。見之羡者不容口，錫以嘉名曰靈壽。爪之不入行有聲，金可同堅石同久。吾家此物舊所有，神與相扶鬼爲守。自從病足跛曳不得前，已覺山林落吾手。一病經旬不出門，手中此杖嗟猶存。下牀欹足立不定，此時託子以爲命。不顧四體無微疴，但願謝病歸山阿。左扶右策夾以二童子，下可涉園徑，上可凌陂陀。願栽萬本截萬杖，窮崖陰谷生森羅。靈兮壽兮此物倘可致，直遺四海赤子頭俱皤。從横跌宕，能盤硬語。牧齋詆斥空同，緣其常用杜句法也。而茶陵此詩亦極規撫少陵，牧齋偏盛推之。渠胸中豈有真是非存耶？

題畫鷹送羅緝熙

大鷹猙獰爪抉石，側目空巖睨秋碧。小鷹倔首俯且窺，威而不揚豈其雌。雌雄起伏各異態，意氣相看出塵壒。獨立羞將衆羽群，高飛怕有浮雲礙。山寒木落天始風，日色慘澹川原空。人間狐兔自有地，慎勿反擊傷鵷鴻。畫圖彷彿是誰作，宛似懸韝臂間落。高堂匹練陰風生，萬里炎荒盡幽朔。我生奇氣空崚峋，揮毫對此不無神。送渠羽翼朝天去，亦是雲霄得意人。

立春日車駕詣南郊

暖香和露繞蓬萊，彩仗迎春曉殿開。北斗舊杓依歲轉，南郊佳氣隔城來。雲行複道龍隨輦，霧散仙壇日滿臺。不似漢家還五時，甘泉誰羨校書才。

南囿秋風

別院臨城輦路開，大風昨夜起宫槐。秋隨萬馬嘶空至，曉送千旓拂地來。落雁遠驚雲外浦，飛鷹欲下水邊臺。宸遊睿藻年年事，况有長楊侍從才。

與顧天錫夜話，時天錫謫永州府同知

路轉三湘去更深，潞河西岸溯東潯。潛鱗自足波濤地，別馬長懷秣飼心。湘女廟前山似黛，柳公亭下石如林。徵科亦是公家事，民力天南恐未禁。

與趙夢麟諸人遊甘露寺

磵篠巖杉處處通，野寒吹雨墮空濛。垂藤路繞千年石，老鶴巢傾半夜風。淮浦樹來江口斷，金陵潮落海門空。關書未報三邊捷，萬里中原一望中。

九日渡江

秋風江口聽鳴榔，遠客歸心正渺茫。萬古乾坤此江水，百年風日幾重陽。烟中樹色浮瓜步，城上山形繞建康。直過真州更東下，夜深燈火宿維揚。

遊岳麓寺

危峰高瞰楚江干，路在羊腸第幾盤。萬樹松杉雙徑合，四山風雨一僧寒。平沙淺草連天遠，落日孤城隔水看。蘇北湘南俱入眼，鷓鴣聲裏獨憑欄。

明詩別裁集卷四

長洲 沈德潛確士
周 準欽萊 同輯

莊 㫤

㫤，字孔暘，江浦人。成化丙戌進士，官翰林授檢討。以諫謫官，後遷南京吏部郎中，天啓初追謚文節。

端午食賜粽有感

蓬萊宫中懸艾虎，舟滿龍池競簫鼓。千官曉綴紫宸班，拜向彤墀賀重午。大官角黍菰蒲香，綵繩萬縷雲霞光。天恩敕賜下丹陛，瓊筵侑以黄金觴。東南米價高如玉，江淮餓莩千家哭。官河戍卒十萬艘，總向天厨輓飛粟。君門大嚼心豈安，誰能持此回彫殘。小臣自愧悠悠者，無術救時真素餐。杜老心事，理學人何必專作頭巾語。

憶舍弟

天邊聞一雁，杳杳向南徂。今夜西風冷，他鄉小弟孤。五人千里去，九月一書無。欲寄千行淚，憑誰達客途。一氣揮灑，絶去對偶之迹。

戴　縉

縉，南海人。成化丙戌進士，累官工部尚書。

楚江旅懷

薄暮過瀟湘，秋空楚水長。黄蘆千里月，紅葉萬山霜。客夢懸雙闕，鄉心逐五羊。羈情誰與晤，勞者若爲傷。

周　瑛

瑛，字梁石，莆田人。成化己丑進士，官至四川右布政。

履霜操

父兮兒憎，母兮兒怒。跼天蹐地，憯不知其故。父在高堂，兒在郊圻。晨興履霜，踵血淋漓。荷衣不暖，椁食不飽。不即捐溝壑，念我父母。父本兒愛，母本兒憐。一朝放逐，實兒之愆。維鳥有觳，維蟲有羸。父兮母兮，其或歸我。昌黎作過於怨矣，此方是怨而不怒，與昌黎《拘幽操》，一忠一孝，並有千古。

吴　寬

寬，字原博，長洲人。成化壬辰賜進士第一，授翰林修撰，累官禮部尚書，贈太子太保，謚文定。

賦黄樓送李貞伯

維河有源星宿同，導河積石思神功。濁流汗漫失故道，積石却與澶淵通。平郊脱轡萬馬逸，一夜徑度徐州洪。徐州太守蘇長公，夜呼卒伍登城墉。一身未足捍大患，豈無木栅兼竹籠。戲馬臺傍二十里，築堤横亘長如虹。高城不浸三版耳，挽回魚鱉仍耆童。防河録成天有工，黄樓高起城之東。五行有土可制水，底用四壁塗青紅。太守登樓賓客從，舉杯酹水臨長風。河伯俯首受約束，不敢更與城争雄。水流滔滔向東去，紆徐演漾殊從容。負薪投璧竟何用，漢家浪築宣房宫。自公去後五百載，水流無盡恩無窮。我生慕公公不逢，安得置我兹樓中。潁濱淮海獨何幸，留得兩賦摩蒼穹。鳳池舍人今李邕，南行别我何悤悤。此邦萬靈日凋瘁，賴爾繼續前賢踪。暇日登高倘能賦，封題須附冥飛鴻。

楊一清

一清，字應寧，雲南安寧州人。成化壬辰進士，歷官户部尚書，進少師，贈太保，謚文襄。

甘凉道中書事感懷

弧矢威天下，雷霆震域中。大兵方出塞，小醜自相攻。繼絶君王義，宣威將帥功。從今宵旰慮，不復在西戎。『不復在西戎』，言所憂者正多也。大臣心事，昭然如揭。

山丹題壁

關山偪仄人踪少，風雨蒼茫野色昏。萬里一身難獨任，百年多事共誰論。東風四月初生草，落日孤城早閉門。記取漢兵追寇地，沙場猶有未招魂。

將至寧夏

奉詔西征駐節時，元戎奏凱已先期。苗民自逆三旬命，玁狁何勞六月師。燈火家家開夜户，弓刀處處卷風旗。益兵加賦休重論，財賦於今兩不支。

文　林

林，字宗儒，長洲人。成化壬辰進士，官至温州知府。

舟中有懷林待用

渺渺長波映遠空，依依新柳颺春風。相思人在青山外，盡日舟行細雨中。汲黯身爲漢廷重，杜陵詩到錦城工。天王明聖江湖遠，贏得馳驅兩鬢蓬。

王　鏊

鏊，字濟之，吴縣人。成化乙未賜進士第三，累官吏部侍郎，進少傅，贈太傅，謚文恪。

贈梁都憲巡撫四川

赤甲白鹽雄作鎮，鐵冠繡斧凛先聲。雪山已爲來時重，黑水應聞去後清。殿上位虚中執法，邊頭人散小團營。憑誰説與蘇明允，畫像無煩記姓名。『人散小團營』，謂亂萌不作，猶張方平之鎮蜀也。

馬中錫

中錫，字天禄，故城人。成化乙未進士，官至左都御史。

晚渡咸陽

野色蒼茫接渭川，白鷗飛盡水連天。僧歸紅葉林間寺，人唤斜陽渡口船。表裏山河猶往日，變遷朝市已多年。漁翁看破興亡事，獨坐秋風釣石邊。

元世祖廟

世祖祠堂帶夕曛，碧苔年久暗碑文。蘇門此日瞻遺像，起輦何人識故墳。棹楔半存蒙古字，陰廊尚繪伯顔軍。可憐老樹無花發，白晝鴟鳴到夜分。起輦，谷名，元諸陵在焉。曹潔躬云：「用事典實，鑄詞悽惋，可稱絶唱。」

邵　寶

寶，字國賢，無錫人。成化甲辰進士，歷官至南京禮部尚書，謚文莊。

孫翊妻

夫死矣，妾何敢生。夫讐爲重身爲輕。賊尚生，妾何敢死。軍中幸有報恩子，號召如風赴如水。斷賊頭，祭夫墓。白日下高天，何處黄泉路。

乞終養未許

乞歸未許奈親何，帝里風光夢裏過。三月春寒青草短，五湖天遠白雲多。客囊衣在縫猶密，驛騎書來字欲磨。聖主恩深臣分淺，百年心事兩蹉跎。

喬　宇

宇，字希大，山西樂平人。成化甲辰進士，累官吏部尚書，加少保，謚莊簡。

秋風亭下泛舟

荒亭寥落野烟空，漢武雄才想象中。簫鼓應聲開畫鷁，帆檣飛影動晴虹。山分秦晋群峰斷，水入河汾兩派通。少壯幾時還老大，不須迴首歎秋風。

王雲鳳

雲鳳，字應韶，遼州和順人。成化甲辰進士，官至右僉都御史。

送客

雲氣溟濛雨欲絲，飄飄遊子别離時。愁看陌上青青草，送盡行人總不知。

文森

森，字宗嚴，長洲人。成化丁未進士，歷官右僉都御史，江西巡撫。

九日

三載重陽菊，開時不在家。何期今日酒，忽對故園花。野曠雲連樹，天寒雁聚沙。登臨無限意，何處望京華。沈子山云：『語不必深，自然藴藉。』此詩亦見《何大復集》。

沈周

周，字啓南，長洲人。景泰中郡守，以賢良應詔，辭不赴。句如『山雨乍來茆溜瀉，溪雲欲墮竹梢低』，倘遇郭熙，應采入林泉高致中，以當畫本。

從軍行

馬上黄沙拂面行，漢家何日不勞兵。匈奴久自忘甥舅，僕射今誰托父兄。雲暗旌旗婆勒渡，月明刁斗受降城。左賢早待長繩縛，莫遣論功白髮生。忘世人有此悲壯之作，諸選本往往遺之。

寫懷寄僧

虛壁疎燈一穗紅，閑階隨處亂鳴蟲。明河有影微雲外，清露無聲萬木中。澤國蒼茫秋水滿，居民流落野烟空。不知誰解抛憂患，獨對青山憶贊公。

史鑑

鑑，字明古，吴江布衣。

子昂蘭

國香零落佩纕空，芳草青青合故宫。誰道有人和淚寫，託根無地怨東風。

戴冠

冠，字章甫，長洲人。以貢授紹興府訓導。後又有兩戴冠，一字仲鶡，信陽人；一字南枝，山陰人。

題姚少師畫竹

北地風高卷塞雲，驚沙吹起雁成群。客邊偶寫龍孫譜，忘却江南有此君。王湛求云：『風人善謔之遺。』

莫止

止，字如山，無錫人。句如『天闊一聲何處雁，江平千里獨歸舟』，風致翛然自遠。

昭君曲

但使邊城静，蛾眉敢愛身。千年青冢在，猶是漢宫春。

李夢陽

夢陽，字天賜，更字獻吉，慶陽人，徙扶溝。弘治癸丑進士，官户部員外。彈壽寧侯。繫獄，旋釋之，進郎中，代尚書韓文草奏劾劉瑾，坐奸黨致仕。起江西提學副使。寧庶人既誅，獄詞連及，尚書林俊力持之，得免。卒後，弟子私謚文毅，天啓中追謚景文。

空同五言古宗法陳思、康樂，然過於雕刻，未極自然。七言古雄渾悲壯，縱横變化。七言近體開合動盪，不拘故方。準之杜陵，幾於具體，故當雄視一代，邈焉寡儔。而錢受之詆其模擬剽賊，等於嬰兒之學語。至謂讀書種子從此斷絶，吾不知其爲何心也。追逐少陵，實有面目太肖處。集中掃而空之，不欲使掊擊前賢者得以藉口。

内教場歌

内教場者，李子紀時事而作也，帝自將練兵於内庭。

雕弓豹鞬騎白馬，大明門前馬不下。徑入内伐鼓，大同耶，宣府耶，將軍者許耶。一解

武臣不習威，奈彼四夷。西内樹旗，皇介夜馳。鳴砲烈火，嗟嗟辛苦。二解

湘妃怨

采蘭湘北沚，搴木澧南潯。淥水含瑶彩，微風托玉音。雲起蒼梧夕，日落洞庭陰。不知篁竹苦，惟見淚斑深。

雜詩

棿榱蝕以傾，梁棟誠獨難。流言播四國，周公有疑患。凉飈激頹景，奄忽不可攀。衆羽日繽紛，朱鳥戢其翰。殺身苟無益，去去從所安。傷哉式微詩，千載起予歎。

茅以韌爲席，栢以勁爲薪。君子憂治世，愚者幸不辰。張罝以待兔，雉也罹其身。物理雖云殊，罹脱各有因。浮沙卷奔藿，朔吹揚驚塵。日暮臨大道，悵望曷能陳。

登山望四海，日夕忽至沉。俯身眺城郭，痗然沾我襟。交路夾芳蘭，逝駟何騤騤。朱樹藹閑樹，奇巧媚荒淫。北里進異舞，高堂呈妙音。纖羅振芬芳，朝雲遞嘉吟。不見秋日草，零落愁春心。

衛上別王子

晨風應候至，雞鳴各嚴車。我今游宋中，子當旋舊閭。僕夫理前綏，轅馬悲鳴趨。一別阻秦周，相望萬里餘。首春霜露重，厚汝征衣襦。昔爲同袍士，今在天一隅。故者日以遠，疇能察區區。

土兵行

贛州賊作亂，都御史陳金奏調廣西狼兵征之，《土兵行》所由作也。

豫章城樓饑啄烏，黄狐跳踉追赤狐。北風北來江怒湧，土兵攫人人叫呼。城外之人徙城内，塵埃不見章江塗。花裙蠻奴逐婦女，白奪釵釧换酒沽。父老向前語蠻奴，慎勿横行王法誅。華林桃源諸賊徒，金帛子女山不如。汝能破之惟汝欲，犒賞有酒牛羊豬，大者陞官佩綬趨。蠻奴怒言萬里入爾都，爾生我生屠我屠。勁弓毒矢莫敢何，意氣似欲無彭湖。彭湖翩翩飄白旗，輕舸蔽水陸走車。黄雲卷地春草死，烈火誰分瓦與珠。寒崖日月豈盡照，大邦魑魅難久居。天下有道四夷守，此輩可使亦可虞。何况土官妻妾俱，美酒大肉吹笙竽。楊用修云：『只以謡諺近語入詩，史而古，不可及。』歸結正論，少陵亦云『此輩少爲貴也』。

豆莝行

昨當大風吹雪過，湖船無數冰打破。冰驤嵓嵃山嶽立，行人駭觀淚交墮。景泰年間一丈雪，父老見之無此禍。鄱陽十日路斷截，廬山百姓啼寒餓。旌竿凍折鼙鼓啞，浙軍楚軍袖手坐。將軍部兵蔽江下，飛報沿江催豆莝。邑官號呼手足皴，馬騾雞犬遺眠卧。前時邊達三千軍，五箇病熱死兩箇。彎弓值凍不敢發，昔何猛毅今何懦。李郭鄰城圍不下，裴度淮西手可唾。從來强弱不限域，任人豈論小與大。當衢寡婦攜兒哭，秋禾枯槁春難播。縱健徵科何自出，大兒牽纏陸挽馱。似古謡諺，俚質生硬處正不易到。

明星篇

明星出地一丈高，天門沉沉魚鑰動。沙隄露下玉珂寒，直廬雞唱金蓮重。千門萬户曉鐘發，明星漸高河漸没。燦爛疑侵翔鳳樓，依稀故抱飛龍闕。鳳樓龍闕帶層城，翠輦朱衣夜夜行。黄昏競奏催花宴，天明猶聽打毬聲。蘭烟桂火煇如日，明星迢迢照不入。百子池頭青草生，長信宫中紫苔集。草色苔香秋復春，此日乘槎若問津。明星曉落宵還見，白髮黄金愁殺人。

漢京篇

漢京臨帝極，複道衆星羅。烟花開甸服，錦繡列山河。山河自古稱佳麗，城中半是王侯第。峻閣重樓夾道懸，雲房霧殿森虧蔽。牧豚賣珠登要津，樊侯亦是鼓刀人。時來叱咤生風雨，奄見吹噓走鬼神。平津結兄蓋侯弟，杯酒相看何意氣。執鞭盡是虎賁郎，守門不數長安尉。長安烽火入邊城，挺劍辭君萬里行。去日千官遮馬餞，歸來天子降階迎。朱弓尚抱流沙月，寶鋏常飛瀚海星。不分燕然先勒石，直教麟閣後標名。豈知盛滿多仇忌，可惜繁華如夢寐。地宅田園奪與人，丹書鐵券成何事。霍氏門前狐夜號，魏其池館長蓬蒿。三千食客今誰在，十二珠樓空復高。後車不戒前車覆，又破黄金買金谷。洛陽亭榭與山齊，北邙車馬如雲逐。陰郭豪華真可憐，雲臺將相珥貂連。當時却怪桐江叟，猶著羊裘伴帝眠。功高自滿，千古同病，漢博陸侯其炯戒也。末以不受爵禄者點破昏庸，與李頎『漢朝功臣楊德祖』篇歸到魯連蹈海，同一作法。

去婦詞

正德元年，户部尚書韓文暨内閣師保等，咸相繼去位，李子作此詞也。

孔雀南飛雁北翔，含顰攬涕下君堂。繡幙空留並菡萏，羅袪尚帶雙鴛鴦。菡萏鴛鴦誰不羨，人生一别何由見。只解黄金頃刻成，那知碧海須臾變。賤妾甘爲覆地水，郎君忍作離弦箭。憶昔嫁來花滿天，賤妾郎君俱少年。瑶臺築就猶嫌惡，金屋裝成不論錢。重樓複道天中起，結綺臨春照春水。宛轉流蘇夜月前，萋迷寶瑟烟花裏。夜月烟花不相待，安得朱顔常不改。若使相逢無别離，肯放馳波到東海。薄命難教娣姒知，衰年恨少姑嫜在。長安大道接燕川，鄰里攜壺舊路邊。妾悲妾怨憑誰省，君舞君歌空自憐。郎君豈是會稽守，賤妾寧同會稽婦。郎乎幸愛千金軀，但願新人故不如。深婉，可以怨矣。

朝飲馬送陳子出塞

朝飲馬，夕飲馬。水鹹草枯馬不食，行人痛哭長城下。城中白骨借問誰，云是今年築城者。但道辭家别六親，寧知九死無還身。不惜身爲城下土，所恨功成賞别人。去年賊掠開城縣，黑山血迸單于箭。萬里黄塵哭震天，城門晝閉無人戰。今年下令修築邊，丁夫半死長城前。城南城北秋草白，愁雲日暮鳴胡鞭。

胡馬來再贈陳子

冬十二月胡馬來，白草颯颯黄雲開。沿邊十城九城閉，賀蘭之山安在哉。傳聞清水不復守，遊兵早扼黄河口。即看烽火入甘泉，已詔將軍屯細柳。去年穿塹長城裏，萬人齊出千人死。陸海無毛殺氣蒸，五月零冰凍河水。當時掘此云備胡，胡人履之猶坦途。聞道南侵更西下，韋州固原今有無。從來貴德不貴險，英雄豈可輕爲謨。尚書號令速雷電，抱玉誰敢前號呼。遂令宵旰議西討，兹咎只合歸吾徒。我師如貔將如虎，九重按劍赫斯怒。惜哉尚書謝歸早，不覩將軍報平虜。軒然而來，神勇無敵。

贈何舍人齎詔南紀諸鎮

先皇乘龍去不返，悲風慘澹吹宸極。四海哭若喪慈母，百官狂走天爲黑。憶昨臨危坐御牀，手挈神器歸今皇。密語丁寧肺腑裂，三老親聞眼流血。金縢立剖石室秘，此事難從外人説。吾君謙讓不可得，割哀踐阼弘祖烈。日月重懸萬國朝，雷雨赦過群方悦。越南海北霹靂動，蠻夷盡奉王正月。此時九道使臣出，舍人亦輟螭頭筆。白馬朝騰薊北雲，錦帆暮閃江沱日。江沱秋交多烈風，洞庭雲夢俱眼空。巴陵縣令舍人兄，接詔會弟西樓中。童年題詩在高壁，六載不到紗爲籠。南嶽以南惟峻山，苦蒸毒霧何盤盤。天王新令雷電掣，妖蛇不敢啼林端。五溪官長喘喙拜，黔州父老垂淚看。却瞻蒼梧雲氣黑，斑竹臨江怨幽色。翠華縹緲空冥間，此時此恨誰知得。君不見馬援柱，孔明碑，剥落黄蒿裏，千年莓苔待君洗。萬里之行自此始，歸來何以獻天子。

奉送大司馬劉公歸東山草堂歌

東山有草堂，縹緲雲嶠孤。前對祝融峰，下瞰巴陵湖。明公昔時此堂居，麋鹿熊豕當窻趨。洞庭日落風浪湧，倒影射堂堂欲動。慘淡誰聞《紫芝曲》，獨善不救蒼生哭。先帝親裁五色詔，老臣曾受三朝禄。此時邊徼多戰聲，曳履謁帝登承明。謝安笑却淮淝敵，魏相坐測單于兵。九重移榻數召見，夾城日高未下殿。英謀密語人不知，左右微聞至尊羨。自從龍去不可攀，公亦卧病思東山。湘娥含笑倚竹立，山鬼窈窕堂之側。上書苦死只欲歸，聖旨優容意悽惻。内府盤螭縷金織，賜出傾朝皆動色。白金之鋌紅票記，寶鈔生硬鴉翎黑。崇文城門水雲白，是日觀者塗路塞。城中冠蓋盡相送，塵埃遮斷長安陌。人生富貴豈有極，男兒要在能死國，不爾抽身早亦得。君不見漢二疏，千載想慕傳畫圖。即如草堂何處無，禄食覥竊胡爲乎。乃知我公真丈夫，嗚呼，乃知我公真丈夫！從横排宕，不求合法，自然中節。子由所云『千金戰馬，注坡驀澗，如履平地』

者也。『英謀密語』十四字，是孝宗寔錢。

送李帥之雲中

黃風北來雲氣惡，雲洲健兒夜吹角。將軍按劒坐待曙，紇干山搖月半落。槽頭馬鳴士飯飽，昔無完衣今繡襖。沙場緩轡行射鵰，秋草滿地單于逃。

送李中丞赴鎮

黃雲横天海氣惡，前飛鶖鶬後叫鶴。陰風夜撼醫巫閭，曉來雪片如手落。中丞按轡東視師，躬歷險隘揮熊羆。已嚴號令偃鼓角，更掃日月開旌旗。椎牛李牧將士躍，射虎李廣匈奴知。屯田金城古不謬，賣劒渤海今其時。塞門蕭蕭風馬鳴，長城雪殘春草生。低飛鴻雁胡沙静，遠遁鯨鯢瀚海清。不觀小范擒戎日，誰信胸中十萬兵。北地最工起手，蒼凉沉鬱，神乎老杜。

上元訪杜錬師

宣王昔時乘八風，御龍游戲行烟空。馬前兩兩侍玉女，別館多在蓬萊宮。朝天宮中舊時殿，樓臺晝鎖無人見。琉璃井塌青苔滿，松柏森森月如練。嗚呼往事難具陳，燈火如山又一春。北斗壇西訪隱淪，我師黄衫白氎巾。坐我更致西樓賓，玉杯瀲灧赤瑪瑙，織罽四角銀麒麟。酒肉山堆滿堂醉，仙厨往往來八珍。孝宗之朝五真人，師也磊落當其倫。自言召見親賜食，曾把丹書獻紫宸。如今寂寞看春色，銀魚玉帶無消息。豈惟魚帶無消息，欲語吞聲淚沾臆。勸師對此莫酸辛，世間萬事如轉輪。且將芝草供生計，聊與烟霞作主人。月偏彩雲當牖生，旋呼兩童吹玉笙。聞師妙得逡巡術，百壺倒盡還須傾。古來仙子向誰在，飲者翻垂千載名。名垂千載亦區區，酒闌燈昏夜復徂。不見泰陵草已宿，春生樹啼雙老烏。此時亦應群帝趨，金燈翠旗光有無。故君之思，寫得神靈恍惚。

石將軍戰場歌

清風店南逢父老，告我己巳年間事。店北猶存古戰場，遺鏃尚帶勤王字。憶昔蒙塵實慘怛，反覆勢如風雨至。紫荊關頭晝吹角，殺氣軍聲滿幽朔。胡兒飲馬彰義門，烽火夜照燕山雲。内有于尚書，外有石將軍。石家官軍若雷電，天清野曠來酣戰。朝廷既失紫荊關，吾民豈保清風店。牽爺負子無處逃，哭聲震天風怒號。兒女牀頭伏鼓角，野人屋上看旌旄。將軍此時挺戈出，殺敵不異草與蒿。追北歸來血洗刀，白日不動蒼天高。萬里烟塵一劍掃，父子英雄古來少。單于痛哭倒馬關，羯奴半死飛狐道。處處懽聲噪鼓旗，家家牛酒犒王師。應追漢室嫖姚將，還憶唐家郭子儀。沉吟此事六十春，此地經過淚滿巾。黃雲落日古骨白，砂礫慘澹愁行人。行人來折戰場柳，下馬坐望居庸口。却憶千官迎駕初，千乘萬騎下皇都。乾坤得見中興主，殺伐重開載造圖。姓名應勒雲臺上，如此戰功天下無。嗚呼戰功今已無，安得再生此輩西備胡。『追北歸來』二語，捫之，字字俱起窪稜。石亭跋扈伏法，臣節有虧，要之，戰功不可埋没，此持表其戰功也。上皇返國，寔由尚書之守，將軍之戰，作者特爲表出。中云『還憶唐家郭子儀』，以不失臣節愧之也。此作者微意。

玄明宮行

今冬有人自京至，向我道説玄明宮。土木侈麗誰辦此，乃令遺臭京城東。割奪面勢創巀嶪，出入日月開蝌蠓。矯托敢與天子競，立觀忍將雙闕同。前砬石柱雙蟠龍，飛梁逶迤三彩虹。寶構合沓殿其後，儼如山嶽翔天中。金銀爲堂玉布地，千門萬户森相通。光景閃爍倏忽異，雲烟鬼怪芃沓濛。以東金榜祠更侈，樹之松檟雙梧桐。溟池島嶼鰋鯉躍，孔雀翡翠兼羆熊。那知勢極有消歇，前日虎豹今沙蟲。窗扉自開衛不守，人來遊玩摇玲瓏。陛隅龍獸折其角，近有盜换香鑪銅。青苔生泥猊面鎖，野鴿哺子雕花櫳。憶昔此閹握乾柄，帝推赤心閹罔忠。威刑霹靂縉紳毒，自尊奴僕侯與公。變更累朝意叵測，掊克四海真困窮。長安奪地塞巷陌，心復艷此閹何蒙。搆結擬絶天下巧，搜剔遂盡輸倕工。神廠擇木内苑竭，官阬選石西山空。夷墳伐屋白日黑，揮汗如雨斤成風。轉身唾罵閹得知，退朝督勞何匆匆。人心嗟怨入骨髓，鬼也孰敢安高崇。峨碑照耀頌何事，或有送男充道童。聞言愴惻黯無答，私痛聖祖開疆功。渠干威福開者誰，法典雖嚴奈怙終。錦衣玉食已叨竊，琳宫寶宇將安雄。何宫無碑鐫護勑，來者但看玄明宫。此爲宦官劉瑾作也。鋪陳盛衰，皆託他人之言。『聞言愴惻』以下，方入自己議論。痛惜祖訓，垂戒後人，是大章法、大文字。明祖於宫門豎鐵牌，使宦官不許干政。後成祖以建文内豎，輸君臣密謀，心甚德之，遂漸予事權。『渠干威福開者誰』，蓋指此也。

林良畫兩角鷹歌

百餘年來畫禽鳥，後有吕紀前邊昭。二子工似不工意，吮筆决眥分毫毛。林良寫鳥秪用墨，開縑半掃風雲黑。水禽陸禽各臻妙，挂出滿堂皆動色。空山古林江怒濤，兩鷹突出霜崖高。整骨刷羽意勢動，四壁六月生秋飀。一鷹下視睛不轉，已知兩眼無秋毫。一鷹掉頭復欲下，漸覺振翮風蕭蕭。匹綃雖慘淡，殺氣不可滅。戴角森森爪拳鐵，迴如愁胡眥欲裂。朔風吹沙秋草黃，安得臂爾騎駟驖。草間妖鳥盡擊死，萬里晴空灑毛血。我聞宋徽宗，亦善貌此鷹。後來失天子，餓死五國城。乃知圖畫小人藝，工意工似皆虛名。校獵馳騁亦末事，外作禽荒古有經。今王恭默罷游宴，講經日御文華殿。南海西湖馳道荒，獵師虞長皆貧賤。吕紀白首金爐邊，日暮還家無酒錢。從來上智不貴物，淫巧豈敢陳王前。良乎良乎，寧使爾畫不直錢，無令後世好畫兼好畋。從畫說到獵，從獵開出議論。後畫獵雙收，何等章法！筆力亦如神龍蜿蜒，捕捉不住。

鄭生至自泰山

昨汝登東岳，何峰是絶峰。有無丈人石，幾許大夫松。海日低波鳥，巖雷起窟龍。誰言天下小，化外亦王封。陳語須此翻用法。

泰山

俯首無齊魯，東瞻海似杯。斗然一峰上，不信萬山開。日抱扶桑躍，天横碣石來。君看秦始後，仍有漢皇臺。

四十字有包絡乾坤之槩，可以作泰山詩矣。

浮江

浮江晴放舸，挂席曉須風。日倒明波底，天平落鏡中。開窻問赤壁，捩柁失吴宫。萬古滔滔意，潯陽更向東。

明遠樓春望

貢院初開閣，春陰獨倚欄。柳邊千艦聚，花裏萬家殘。風雨江聲壯，兵戈地色寒。斷腸沙雁北，群起向長安。

蔣仲舒云：「含愁無限。」

朱仙鎮廟

宋墓莽岑寂，岳宮今在兹。風霜留檜柏，陰雨見旌旗。百戰回戈地，中原左袵時。土人嚴伏臘，偏護向南枝。

得何子過湖南消息

及遇荆門信，洞庭秋已凄。湘江饒苦竹，幾聽鷓鴣啼。馬援留銅柱，王褒祀碧雞。湖南衝瘴癘，藥物去曾攜。

讀直道陳公祚遺事

上主能容直，當言敢顧身。累朝傳諫疏，萬死作歸人。古廟穠花晚，孤墳勁草春。從來淹没士，特筆在詞臣。

野風

山鳴野風至，漢水亦蕭蕭。月淈魚龍醒，雲蒸豺虎驕。有家驚節物，不寐想前朝。萬古英雄跡，江城夜寂寥。

出塞

黄沙白草莽蕭蕭，青海銀州殺氣遥。關塞豈無秦日月，將軍獨數漢嫖姚。往來飲馬時尋窟，弓箭行人各在腰。晨發靈州更西望，賀蘭千嶂果雲霄。

秋望

黄河水遶漢邊牆，河上秋風雁幾行。客子過壕追野馬，將軍弢箭射天狼。黄塵古渡迷飛輓，白月横空冷戰場。聞道朔方多勇略，只今誰是郭汾陽。王元美云：『雄渾流麗。』

潼關

咸東天險設重關，閃日旌旗虎豹閑。隘地黄河吞渭水，炎天白雪壓秦山。舊京想像千官入，餘恨逡巡六國還。滿眼非無棄繻者，寄言軍吏莫嗔顔。

靈武臺

環縣城邊靈武臺，肅宗曾此辟蒿萊。二儀高下皇輿建，三極西南玉璽來。衣白山人經國計，朔方孤將出群才。可憐一代風雲際，不勸君王駕鶴迴。咎肅宗之闕於子職也，語微而顯。

艮嶽篇

宋家行殿此山頭，千載來人水一邱。到眼黄蒿元玉砌，傷心錦纜有漁舟。金繒社稷和戎日，花石君臣棄國秋。漫倚南雲望南土，古今龍戰是中州。人知南渡之庸懦，而不知覆亡之禍，原於徽宗君臣之宴樂也。五六語藏得議論。

臺寺夏日

古臺高並鬱岧嶤，斷塔稜層鎖寂寥。積雪洞門常慘慘，炎天松柏轉蕭蕭。雲雷畫壁丹青壯，神鬼虛堂世代遥。惆悵宋宫偏泯滅，二靈哀怨不堪招。

楚望望襄中形勢

楚望峰頭望楚雲，遥憐紫蓋紫陽君。廬荒不斷盤龍氣，碑滅猶存墮淚文。地轉江淮浮遠戍，水通巴峽塹雄軍。里名冠蓋非吾事，願訪鹿門麋鹿群。

送毛監察還朝，是時皇帝狩於楊河

楚生臨水送將歸，黎子當筵賦式微。天下汝爲真御史，百年吾是舊漁磯。沙寒白日蓬科轉，風起黄河木葉稀。此去有書應力上，太平天子本垂衣。

别徐子禎卿得江字

我愛南州徐孺子，明瑶美璧世無雙。新從北極看南極，便自吴江下楚江。日落鷓鴣啼廟口，水清斑竹映船窻。禰衡王粲俱黄土，千載何人復此邦。

限韻贈黄子

禁垣春日紫烟重，子昔爲雲我作龍。有酒每邀東省月，退朝曾對掖門松。十年放逐同梁苑，中夜悲歌泣孝宗。老體幸强黄犢健，柳吟花醉莫辭從。

秋懷

慶陽亦是先王地，城對東山不窟墳。白豹寨頭惟皎月，野狐川北盡黄雲。天清障塞收禾黍，日落谿山散馬群。回首可憐鼙鼓急，幾時重起郭將軍。

苑西遼后洗妝樓，檻外芳湖静不流。亂世君臣那在眼，異時松柏自深愁。雕闌玉柱留天女，錦石秋花隱御舟。萬古中華還此地，我皇親爲掃神州。

鄱陽湖十六韻

太祖平陳日，樓船下此湖。波濤留壯色，天地見雄圖。水上開黄屋，雲中下赤烏。士猶詢後載，戈已倒前徒。力屈鯨鯢僕，聲回雁鶩呼。横江收玉筍，跨海定金符。文軌遥通楚，梯航訖至吴。虎賁雖莫敵，龍戰豈全辜。血染猶丹草，骨沉空白蕪。汀州夜寂寂，霜月鬼嗚嗚。殺氣黿鼉徙，腥風島嶼孤。罾人拾古鏃，艇客慨秋菰。偉彼高光烈，還將蕭鄧須。英謀協睿算，勇奮想長驅。劒瘞神仍王，舟焚勢與徂。康山巍廟在，忠武激頑夫。

曉鶯

睍睆夢中迷，流鶯碧樹西。起來紅日照，已度别枝啼。

塞上

天設居庸百二關，祁連更隔萬重山。不知誰放呼延入，昨夜楊河大戰還。

夏口夜泊别友人

黄鶴樓前日欲低，漢陽城樹亂烏啼。孤舟夜泊東游客，恨殺長江不向西。

汴京元夕

中山孺子倚新妝，鄭女燕姬獨擅場。齊唱憲王春樂府，金梁橋外月如霜。

聖節聞駕出塞

千官北首望龍旂，萬國車書集鳳闈。八駿穆王秋色遠，幾時親擁白狼歸。

明詩别裁集卷五

長洲 沈德潛確士
周 準欽萊 同輯

邊 貢

貢，字廷實，歷城人。弘治丙辰進士，歷官至南京户部尚書。《華泉》邊幅較狹，而風人遺韻，故自不乏。李、何、邊、徐並名，有以也。

再送王文熙

夜久河漢横，春堂别燈黯。風凄烏初動，露重花猶斂。明發不在兹，重關爲誰掩。

贈尚子

意氣憑陵一當百，關西儒生五陵客。少年學書復學劍，老大蹉跎雙鬢白。門下諸生半賜麻，閨中小婦猶炊麥。布衣東來謁天子，春日醉卧長安陌。陌頭花絮夕紛紛，瓊閣如天隔紫雲。浩歌翩然却歸去，眼底誰是平原君。

送馬歆湖赴河南提學

征馬帶落日，出門君已遥。層城不隔夢，夜夜蘆溝橋。蘆溝橋邊車簇簇，故人都在城南宿。誰令相見轉多情，翻恨遲行不如速。江漢風烟遲早春，關山雨雪暗邊塵。臨岐莫動殊方感，余亦東西南北人。

運夫謡送方文玉督運

運船户，來何暮。江上旱風多，春濤不可渡。裏河有閘外有灘，斷篙折纜腰環環。夜防鼠，日防漏，糧册分明算升斗。官家但恨倉廪貧，不知淮南人食人。官家但知征戍苦，力盡誰憐運船户。爾勿哀，司農使者天邊來。

出郭將訪希準郡伯，薄暮而返，却寄

駕言江口出，却至水西還。遠道空回首，重門欲上關。斷雲低白雁，斜日近青山。欲採瑶華贈，仙舟不可攀。

留别張西盤大參

滿酌豈辭醉，未行先憶君。山城稀見菊，關樹不開雲。地入河源渺，天連塞日曛。那看北來雁，偏向别時聞。『關樹不開雲』更勝『楚雲高不落』句。

送都玄敬

驅馬别君處，秋陰當暮生。林柯無静葉，江雁有歸聲。緑水閶門道，青山建業城。未能同理楫，延佇獨含情。

幽寂

幽寂耽蓬户，凄凉懷舊吟。鶯啼非故國，草色亂春心。落日黄雲暮，陰風碧海深。嗷嗷北來雁，一二月有歸音。

人日有懷喬白巖侍郎

去年人日題詩處，鄭氏茅堂春可憐。出谷早鶯啼恰恰，映風寒竹倚娟娟。隨鑾並入青雲上，解珮同歸素雪前。此日寂寥驚旅食，坐看庭月憮流年。以去年領起，以此日作收，章法本唐人韋端己《憶昔》詩。

謁文山祠

丞相英靈迥未消，絳帷燈火颯寒飈。黄冠日月胡雲斷，碧血山河龍馭遥。花外子規燕市月，水邊精衛浙江潮。祠堂亦有西湖樹，不遣南枝向北朝。後半神到，弔信國詩，此爲第一。起句及三四，卧子改本。

重贈吴國賓

漢江明月照歸人，萬里秋風一葉身。休把客衣輕浣濯，此中猶有帝京塵。婉而摯，視『素衣化爲緇』，用意各别。

嫦娥

自註：時外舅胡觀察謝政家居，寄此通慰。

月宫秋冷桂團團，歲歲花開只自攀。共在人間説天上，不知天上憶人間。

迎鑾曲

弓如滿月向江開，箭插寒潮卷浪回。水上黿鼉莫深避，吾皇元爲射蛟來。

顧　璘

璘，字華玉，先世吴縣人，徙南京。弘治丙辰進士，歷官至南京刑部尚書。

度楓木嶺

初指山拂天，飛鳥不可度。艱苦躡危磴，即是我行路。百折頻攀援，十步九回顧。岐嶒忽在下，衣襟帶雲霧。倒景猶照人，平地黯將暮。東北望故鄉，江流莽傾注。長風萬里來，獨立難久竚。

庚辰元日

諸侯玉帛會長安，天子南巡歷壯觀。共想正元趨紫殿，翻勞邊將從金鞍。滄江飲馬波先静，黄竹回鑾雪未乾。北極巍巍天咫尺，五雲長護鳳樓寒。應是寧庶人已擒，而武宗猶巡遊不返，故有此作。

歸自灌陽望湘山口號

十日别湘山，見如故人面。何況石頭城，是儂舊鄉縣。

王守仁

守仁，字伯安，餘姚人。弘治己未進士，授兵部主事。忤劉瑾，廷杖，謫貴州龍場驛丞。旋復官，歷仕至左僉都御史，巡撫南贛。平宸濠，擢南京兵部尚書，封新建伯。贈侯，謚文成，從祀孔廟。

登泰山

曉登泰山道，行行入烟霏。陽光散巖壑，秋容淡相輝。長風吹海色，飄颻送天衣。峰頂動笙樂，青童兩相依。振衣將往從，凌雲忽高飛。揮手若相待，悵望未能歸。太白。

登閱江樓

絶頂樓荒舊有名，高皇曾此駐龍旌。險存道德虛天塹，守在蠻夷豈石城。山色古今餘王氣，江流天地變秋聲。登臨授簡誰能賦，千古新亭一愴情。

龍潭夜坐

何處花香入夜清，石林茅屋隔溪聲。幽人月出每孤往，棲鳥山空時一鳴。草露不辭芒屨濕，松風偏與葛衣輕。臨流欲寫猗蘭意，江北江南無限情。

何景明

景明，字仲默，信陽人。弘治壬戌進士，官至陝西提學副使。

北地詩以雄渾勝，信陽詩以秀朗勝，同是憲章少陵，而所造各異。薛君采云：『俊逸終憐何大復，麤豪不解李空同。』任意抑揚，詎爲定論。洪宣以後，詩教日衰。雖李西涯起而振之，終未能力挽流俗。向微李、何二家，蛙聲紫色，竊據壇坫，流極何所底耶！凡信口掎摭者，其論吾不敢取。

塘上行

蒲生寒塘流，日與浮萍儔。風波摇其根，飄轉似客遊。客遊在萬里，日夕望故州。鶗鴂鳴歲暮，蟪蛄知凜秋。暑退厭絺綌，寒至思重裘。佳人不與處，圓魄忽已周。房櫳淒鳴玉，紈素誰爲收。白雲如車蓋，冉冉東北浮。安得雲中雁，尺帛寄離愁。

種麻篇

種麻冀滿邱，種葵冀滿園。孤生易憔悴，獨立多憂患。當行思故旅，當食思故歡。先機失所豫，臨事徒嗟歎。升蕭艾乃至，鉏桂致傷蘭。物理有相附，疇能識其端。斷金俟同志，抱玉難自宣。交結良匪易，君當圖未然。陳卧子云：『陳思君子之遺。』

擣衣

涼飈吹閨闥，夕露淒錦衾。言念無衣客，歲暮方寒侵。皓腕約長袖，雅步飾鳴金。寒機裂霜素，繁杵叩清碪。哀音緣雲發，斷響隨風沉。顧影惜流月，仰盼愁横參。路長魂屢徂，夜久力不任。君子萬里身，賤妾萬里心。燈前揮妙匹，運思一何深。裁以金剪刀，縫以素絲鍼。願爲合歡帶，得傍君衣襟。陳卧子云：『蕙心蘭質，綺羅如在，元美所謂「却扇一顧」時也。』

詠懷

寂寂沅湘流，長江上有楓。青蕙緣廣隰，緑蘅被洲中。揚舲泝烟沚，遥瞻二妃宫。二妃何婉孌，搴馨振微風。解珮遺下女，將以明我衷。光彩不易合，精誠渺難通。浮雲蔽江皐，白日忽已晚。還顧蒼梧原，何時翠華返。

立春日作

藹藹春候至，天氣和且清。端居撫流化，允愜静者情。浮陽起叢壑，流烟散孤城。岸條發潛穎，園卉含初榮。寫襟曠明霽，覽物紆游行。目悦雙飛雉，耳感孤鳴鷖。形運自相代，神理誰爲名。往規與時逝，來慮隨年并。心存漢陰灌，躬學南陽耕。疏還念知止，莊論持達生。自非秉昭曠，能不嬰世營。

送崔氏

飄飄山上葛，纍纍田中瓠。苟非同根蒂，纏綿安得固。人情易反復，結交有新故。嗟哉夙昔好，乖棄在中路。明珠倘無因，按劍不我顧。深言匪由衷，白首爲所誤。亮君勗恒德，永副平生慕。

泊雲陽江頭玩月

扁舟泊沙岸，皓月出翠嶺。開窻鑑清輝，照我孤燭冷。高林散疎光，遠渚接餘景。從横銀漢迴，三五玉繩耿。弦望幾更易，客行尚殊境。佳期邈山岳，端坐令人省。

姜子嶺至三坌

出嶺上雲霓，入谿下烟嵐。高高不可極，杳杳詎能探。朱崖秀夏木，石壁映寒潭。千林覽蔥倩，百丈窺澄涵。崩奔谷響赴，隱曜川光含。登陟力不辭，險阻情已諳。潛淵羨垂綸，越巘思停驂。振策岷峨西，揚帆江漢南。臨深匪忘懼，履坦但懷慚。

青石崖棧

側行青石棧，誰能久延佇。斷板連曳雲，噴泉灑飛雨。迅流西回激，峻坂東折屢。隤岸互傾欹，危梁梟撑拄。飲猿駭游鱗，立馬接翔羽。慎爾千金軀，永念垂堂語。信陽五言古有三謝體，有少陵體。此連上章，乃少陵體也。

俠客行

朝入主人門，暮入主人門，思殺主讐謝主恩。主人張鐙夜開宴，千金爲壽百金餞。秋堂露下月出高，起視廄中有駿馬，匣中有寶刀。拔刀躍馬門前路，投主黄金去不顧。生氣垒湧，音節亦健勁。

秋江詞

烟渺渺，碧波遠。白露晞，翠莎晚。泛緑漪，蒹葭淺，浦風吹帽寒髮短。美人立，江中流，暮雨帆檣江上舟，夕陽簾櫳江上樓。舟中采蓮紅藕香，樓前踏翠芳草愁。芳草愁，西風起，芙蓉花，落秋水。江白如練，月如洗，醉下烟波千萬里。美人娟娟隔秋水，風度似之，温飛卿樂府過於旖旎，詩格轉不逮也。一本節去末二語，更有餘韻。

明月篇

僕始讀杜子七言詩，愛其陳事切實，布詞沈著，鄙心竊效之，以爲長篇聖於子美矣。既而讀漢魏以來歌詩，及唐初四子者之所爲，而反覆之，則知漢魏固承《三百篇》之後，流風猶可徵焉。而四子者，雖工富麗，去古遠甚。至其音節，往往可歌。乃知子美詞固沉著，而調失流轉。雖成一家語，實則歌詩之變體也。夫詩本性情而發者也，其切而易見者，莫如夫婦之間。是以《三百篇》首乎《關雎》，六義始乎風。而漢魏作者，義關君臣朋友，辭必托諸夫婦。以宣鬱而遠情焉，其旨遠矣。由是言之，子美之詩，博涉世故，而出於夫婦者常少。致兼雅頌，而風人之義或缺，此其調或反在四子下與。暇日爲此篇，意調若髣髴四子，而才質偎〔一〕弱，思致庸陋，故摛詞蕪紊，無復統飭，姑録之，以俟審音者裁割焉。不可不知此論。

〔一〕偎，刊刻之誤，應爲『猥』。

新城王阮亭論詩云：『接迹風人《明月篇》，何郎妙悟本從天。王楊盧駱當時體，莫逐刀圭誤後賢』，真不被前人瞞過。

長安月，離離出海嶠。遥見層城隱半輪，漸看阿閣銜初照。瀲灧黄金波，團欒白玉盤。青天流影披紅蕊，白露含輝汎紫蘭。紫蘭紅蕊西風起，九衢夾道秋如水。錦幌高褰香霧濃，瑣闈斜映輕霞舉。霧沉霞落天宇開，萬户千門月明裏。月明皎皎陌東西，柏寢岧嶤望不迷。侯家臺榭光先滿，戚里笙歌影乍低。濯濯芙蓉生玉沼，娟娟楊柳覆金隄。鳳凰樓上吹簫女，蟋蟀堂前織錦妻。別有深宫閉深院，年年歲歲愁相見。金屋螢流長信階，綺櫳燕入昭陽殿。趙女通宵侍御牀，班姬此夕悲團扇。秋來明月照金微，榆黄沙白路逶迤。征夫塞上行憐影，少婦窗前想畫眉。上林鴻雁書中恨，北地關山笛裏悲。書中笛裏空相憶，幾見盈虧淚沾臆。紅閨貌減落春華，玉門腸斷逢秋色。春華秋色遞如流，東家怨女上妝樓。流蘇帳卷初安鏡，翡翠簾開自上鈎。河邊織女期七夕，天上嫦娥奈九秋。七夕風濤還可渡，九秋霜露迴生愁。九秋七夕須臾易，盛年一去真堪惜。可憐揚彩入羅幃，可憐流素凝瑶席。未作當壚賣酒人，難邀入座援琴客。客心對此歎蹉跎，烏鵲南飛可奈何。江頭商婦移船待，湖上佳人挾瑟歌。此時憑闌垂玉箸，此時滅燭斂青蛾。玉箸青蛾苦緘怨，緘怨含情不能吐。麗色春妍桃李蹊，遲輝晚媚菖蒲浦。與君相思在二八，與君相期在三五。空持夜被貼鴛鴦，空持暖玉擎鸚鵡。青衫泣掩琵琶絃，銀屏忍對箜篌語。箜篌再彈月已微，穿廊入闥靄斜暉。歸心日遠大刀折，極目天涯破鏡飛。

易水行

寒風夕吹易水波，漸離擊筑荆卿歌。白衣灑淚當祖路，日落登車去不顧。秦王殿上開地圖，舞陽色沮那敢呼。手持匕首摘銅柱，事已不成空駡倨。吁嗟乎，燕丹寡謀當滅身，田光自刎何足云，惜哉枉殺樊將軍。三語千古斷案。

大梁行

朝登古城口，夕藉古城草。日落獨見長河流，塵起遥觀大梁道。大梁自古號名區，富貴繁華代不殊。高樓歌舞三千户，夾道烟花十二衢。合沓輪騶交紫陌，鳴鐘暮入王侯宅。紅妝不讓掌中人，珠履皆爲門下客。片言立賜萬黄金，一笑還酬雙白璧。帶甲連營殺氣寒，君王推轂將登壇。彎弓自信成功易，拔劍那知報怨難。已見分符連楚越，更聞飛檄救邯鄲。一朝運去同衰賤，意氣雄豪似驚電。楊花飛入侯嬴館，草色凄迷魏王殿。萬騎千乘空雲屯，綺構朱甍不復存。夜雨人歸朱亥里，秋風客散信陵門。川原百代重回首，宋寢隋宫亦何有。遊鹿時銜内苑花，行人尚折繁臺柳。繁臺下接古城西，春深桃李自成蹊。朝來忽見東風起，薄暮飛花滿故隄。

歲晏行

舊歲已晏新歲逼，山城雪飛北風烈。徭夫河邊行且哭，沙寒水冰凍傷骨。長官叫號吏馳突，府帖連催築河卒。一年徵求不少蠲，貧家賣男富賣田。白金縱有非地産，一兩已值千銅錢。往時人家有儲粟，今歲人家飯不足。飢鶴翻飛不畏人，老鴉鳴噪日近屋。生男長成聚比鄰，生女落地思嫁人。官家私家各有務，百歲豈止療一身。近聞狐兔亦徵及，列網持矰徧山域。野人知田不知獵，蓬矢桑弓射不得。嗟吁今昔豈異情，昔時新年歌滿城。明朝亦是新年到，北舍東鄰聞哭聲。

隴右行送徐少參

隴右地，長安西行一千里。秦日長城號塞垣，漢時故郡稱天水。聖朝掃盪無烽烟，射獵之地爲桑田。熟羌賣馬嘗入塞，將軍遊騎不出邊。知君風采古遺愛，揚策傳符度關内。父老三秦望節來，犬戎諸夷遮馬拜。開藩分道鎮邊塵，居守巡行歷幾春。熊軾朱幡今岳伯，豸冠白筆舊臺臣。瓦亭之西半山谷，土室陰陰連板屋。落月孤城清渭源，寒雲古磧黄河曲。十年此地曾遊歌，別來風物今如何。竹花秋臨鳥鼠穴，楊葉夕渡魚龍波。回看萬里風雲色，少小趨庭淚沾臆。相送悲吟不盡情，關山隴坂高無極。

津市打魚歌

大船峨峨繫江岸，鮎魴鱍鱍收百萬。小船取速不取多，往來拋網如擲梭。野人無船住水滸，織竹爲梁數如罟。夜來水長没沙背，津市家家有魚賣。江邊酒樓燕估客，割鬐斫鱠不論百。楚姬玉手揮霜刀，雪花錯落金盤高。鄰家思婦清晨起，買得蘭江一雙鯉。簁簁紅尾三尺長，操刀具案不忍傷。呼童放鯉瀲波去，寄我素書向郎處。

吴偉飛泉畫圖歌

長安獨過田子舍，留我一玩飛泉畫。絶壁如聞風雨來，晴天安得蛟龍掛。吴生跌宕得畫理，潦草落筆皆可喜。飛泉却出杳嶂間，山即真山水真水。客堂六月生晝寒，耳中髣髴高江灘。源潭窈窕不可測，波浪洶湧多奇觀。泉邊二老顔色異，偶坐似是莊與惠。萬里誰論到海心，百年詎識臨淵意。偉哉田子今儒宗，文標南指匡廬峰。不須對此更惆悵，會觀瀑布青天上。杉風松日隔縹緲，雲瀧雪瀨何雄壯。我常夢往神空向，豈無吴生好手筆，爲我寫寄廬山障。

胡人獵圖歌

邊沙蕭蕭天北風，高林晝屯鞍馬雄。胡人裝束身手健，真與此圖形貌同。冬寒獵傍長城窟，城下平原日將没。呼鷹放犬無不爲，數騎彎弓競馳突。月高琵琶海西城，拂廬雪乾氍毹輕。金鍾虜酒亦易醉，玉踠胡騮驕不行。白髮老胡黄戰裙，抽箭仰視天山雲。衆中若認射鵰手，漢家誰是李將軍。

皇陵

陵闕皇靈閟，山河王氣遥。萬年龍虎抱，每夜鬼神朝。玉盌留天地，金燈照寂寥。如看翠華度，縹緲在青霄。足繼《行次昭陵》之作。

武關

北轉趨劉塡，西盤出武關。微茫一線路，迴合萬重山。天地幾龍戰，風雲惟鳥還。關門鎖溪水，日夜送潺湲。

峽中

自昔偏安地，於今息戰侵。江穿巫峽隘，山鑿鬼門深。濁浪魚龍黑，寒天日月陰。夜猿啼不盡，凄斷故鄉心。

昭烈廟

漂泊依劉計，間關入蜀身。中原無社稷，亂世有君臣。峽路元通楚，岷江不向秦。空山一祠宇，寂寞翠華春。黄清甫云：『匪直儞詞，亦存名教。』

登樓鳳縣作

近訊中原使，兼登萬里樓。朝廷仍北極，行在且南州。峽斷風雲隔，江通日月流。如聞乘八駿，早晚向崑邱。此爲武宗南幸而作。

懷沈子

沈生南國去，別我獨悽然。落月清江樹，歸人何處船。十年安陸舍，數口太湖田。想到鄉園日，生涯亦可憐。

答望之

念汝書難達，登樓望欲迷。天寒一雁至，日暮萬行啼。饑饉饒群盜，徵求及寡妻。江湖更搖落，何處可安棲。

送賈郡博之階州

十載一儒官，西行路復難。羌夷應俎豆，邊徼有衣冠。隴坂盤雲上，秦城向斗看。好音懷萬里，早晚報長安。

得王子衡贛榆書

萬里一書劄，逾年傳帝都。竄身天地遠，垂淚海雲孤。柳送燕臺駿，花留漢殿凫。赤霄終道路，白髮且江湖。

雨夜

院静聞疎雨，林高納遠風。秋聲連蟋蟀，寒色上梧桐。短榻孤燈裏，清笳萬井中。天涯未歸客，此夜憶江東。

送曹端卿謫尋甸

逐客滇南郡，雲天此路長。高秋行萬里，落日淚千行。作賦投湘水，題書寄夜郎。殊方氣候異，去矣慎風霜。

關門

虎衛關門迥，龍沙塞曲深。風雲時有氣，日月晝常陰。中使西來訊，千官北望心。天寒漢宮闕，翠蓋憶春臨。

送彭總制之西川

蜀道青天上，岷山赤日西。九重連授鉞，萬里動征鼙。開府松杉静，懸軍玉壘低。知公安蜀計，諸葛大名齊。楊用修云：『森嚴莊重。』

安莊道中

處處人家空薜蘿，幾年凋弊擾干戈。山過白水峰巒峻，路入盤江瘴癘多。嶺徼土風連百粤，郊原人語雜諸羅。側身西望看銅柱，此地曾經馬伏波。

岳陽

楚水滇池經萬里，使車重喜過巴邱。千家樹色浮山郭，七月濤聲入郡樓。寺裏亭臺多舊主，域中冠蓋半同遊。明朝又下章華路，江月湖烟綰别愁。

送雷長史

彤管先朝隨帝子，白頭今日奉王孫。漢庭亦羨相如美，楚客重看賈傅尊。花下圖書開玉殿，日高琴瑟在朱門。十年亭閣淮西宴，腸斷梁王雪夜樽。可匹空同中夜悲歌之詠。

送衛進士推武昌

少年佐郡楚城居，十郡風流盡不如。此去且隨彭蠡雁，何須不食武昌魚。仙人樓閣春雲裏，估客帆檣晚照餘。大别山前漢江水，畫簾終日對清虚。明秀。

送陸舍人使吴下

柳拂清江畫鷁飛，節旄更喜便南歸。迴風樹裏吹官騎，返照河邊上客衣。北固樓臺秋寺徧，長洲花草故宫非。登臨莫怪多詞賦，吴下才人是陸機。

武昌聞邊報

傳聞獷騎近長安，北伐朝廷已命官。路遶居庸烽火暗，城高山海戍樓寒。一時邊將當關少，六月王師出塞難。先帝恩深能養士，請纓誰爲繫樓蘭。

懷寄邊子

汝從元歲侍君王，誰念先朝老奉常。一出雲霄空悵望，十年岐路各蒼茫。春天縹緲金莖露，晝日氤氲紫殿香。獨有揚雄尚陪從，白頭抽筆賦長楊。

得獻吉江西書

近得潯陽江上書，遥思李白更愁予。天邊魑魅窺人過，日暮黿鼉傍客居。鼓柁襄江應未得，買田陽羨定何如。他年淮水能相訪，桐柏山中共結廬。神來之作，不以工拙論。所謂章法之妙，不見句法者。信陽謂不讀唐以後詩，然『買田陽羨』自屬唐以後事，可知只是議論之高。

劉德徵上陵還有贈

仙郎昨日五陵歸，駿馬朝回獨掩扉。已向西山瞻帝寢，更從北極眺王畿。霜鐘澗壑流清漢，玉殿松杉眇翠微。先帝侍臣零落盡，泰園宮草日霏霏。

登樓觀閣，時王令明叔邀張用昭、段德光、王敬夫、康德涵四子同遊

峻閣含風落照孤，憑高千里視平蕪。鳳笙錦曲春縹緲，瑶草金光晝有無。采藥幾時尋碧海，種桃無復問玄都。五陵冠劍豪遊地，猶是長安舊酒徒。

秋興

漢水東馳入楚來，長沙秋望洞庭開。江清樓閣中流見，日落帆檣萬里回。去國尚思王粲賦，逢時空惜賈生才。湘南兩度曾遊地，惆悵烟花暮轉哀。前歲今皇新御極，鳳銜恩詔出明廷。孤槎奉使日南國，萬里題詩天畔亭。地入金沙江浩浩，風連銅柱海冥冥。昆明亦在滇城裏，池上虚疑織女星。

鰣魚

五月鰣魚已至燕，荔枝盧橘未能先。賜鮮徧及中璫第，薦熟應開寢廟筵。白日風塵馳驛騎，炎天冰雪護江船。銀鱗細骨堪憐汝，玉筯金盤敢望傳。賜及中璫，而寢廟未薦，則波及臣家益無望矣。中含諷諭，不同尋常賦物。少陵『西蜀櫻桃』一種作法。

長安

白雲望不盡，高樓空倚闌。中宵鴻雁過，來處是長安。忠愛。

竹枝詞

十二峰頭秋草荒，冷烟寒月過瞿塘。青楓江上孤舟客，不聽猿聲亦斷腸。

送韓汝慶還關中

華岳雲臺萬里情，高秋落日眺秦城。黄河一線通滄海，身在仙人掌上行。

别相餞諸友

雙井山邊送客時，滿林風雪倍相思。西行萬里遥回首，太華終南落日遲。只寫景而離情自見，得唐賢三昧矣。

王廷相

廷相，字子衡，浚川人。弘治壬戌進士，歷官至兵部尚書，加太子太保。謚肅敏。

赭袍將軍謡

萬壽山前擂大鼓，赭袍將軍號威武，三邊健兒猛如虎。左提戈，右張弩，外廷言之赭袍怒。

牙旂閃閃軍門開，紫茸罩甲如雲排。大同來，宣府來。即空同《内教場歌》意。

秋日巴中旅行

巴東秋氣早，行客已悽悽。江險深三峽，雲寒暗五溪。中原無雁至，異國足猿啼。况近烏蠻塞，連年尚鼓鼙。

登臺

古人不可見，還上古時臺。九月悲風發，三江候雁來。浮雲通百粤，寒日隱蓬萊。逐客音書斷，憑高首重回。

初見白髮

日日風塵色，勞勞簿領身。不知清鏡裏，已作二毛人。

宫怨

夜輦昭陽月，春筵上苑花。不成供奉日，枉自學琵琶。

古陵

古陵在蒿下，啼烏在蒿上。陵中人不聞，行客自惆悵。可當《蒿里曲》，故作曠達語，倍悽惋。

明詩别裁集卷六

長洲 沈德潛確士
周　準欽萊 同輯

徐禎卿

禎卿，字昌穀，吴縣人。弘治乙丑進士，官國子博士。迪功詩大不及李，高不及何，而豐骨超然，故應鼎足。朱錫鬯云：『人所應有盡有，人所應無盡無，大復是也。人所應有盡有，人所所應無不盡無，空同是也。人所應有不盡有，人所應無盡無，迪功是也。』三人分量自見。錢牧齋左袒吴下而排斥北地，王阮亭以『文章江左，烟月揚州』二語爲吴體之卑卑者，彼此皆屬偏見。北地自有異人，吴體非必卑卑也。

雜謡

夫爲虜，妻爲囚。少婦出門走，道逢爺娘不敢收。東市街，西市街，黄符下，使者來。狗觫䍊，雞鳴飛上屋，風吹門前草肅肅。陳卧子云：『此紀正德五年八月之變。』

留别邊子

我車駕言邁，將子城之隅。豈無他人親，姥嫝心自知。握手一爲歎，忽忽從此辭。驅車何迢迢，迢迢復遲遲。匪我車輪遲，行子有所思。登高望河水，河水何瀰瀰。褰裳欲涉之，俛首以踟躕。孤楊生河干，嫋嫋何參差。民生失儔匹，惻爾令心悲。『褰裳欲涉』下忽著比體，此古人章法。

寄華玉

去歲君爲蘇門客，燕山雪暗秦雲白。馬上相逢脱紫貂，朝回沽酒城南陌。燕山此日雪紛紛，秖見秦雲不見君。胡天白雁南飛盡，千里相思那得聞。

送士選侍御

壯士樂長征，門前邊馬鳴。春風三月柳，吹暗大同城。蘆溝橋下東流水，故人一尊情未已。

胡天飛盡隴頭雲，惟見居庸暮山紫。羡君鞍馬速流星，予亦孤帆下洞庭。塞北荆南心萬里，佩刀長揖向都亭。

青門歌送吴郎

吴郎醉嗜長安酒，落魄自言爲客久。走馬頻看上苑花，回鞭幾折青門柳。青門曈曈魚鑰開，乳燕遊絲相逐來。柳下雕鞍留别袂，花間酒盞覆蒼苔。浮雲去去辭城闕，芳草連天那可歇。野店春風聽早鶯，關河曉樹懸新月。千里淮流雙畫橈，廣陵驛前逢暮潮。落日帆歸楊子渡，青山家對伯通橋。吾家流水元非隔，宛轉胥臺通巷陌。草長難尋仲蔚居，林深不辨陶潛宅。清溪屋下可垂綸，復有蓴羹足獻親。君歸倘食冰絲鱠，爲念羈棲塞北人。

從吴學士姪奎觀模米襄陽山水圖并學士題識

昔上黄鶴樓，西望襄陽隄。襄陽草樹淡於染，清猿落日令人迷。歸來復見襄陽畫，銀海珠源恍餘派。楚山沉沉烟霧高，淋漓七澤翻波濤。漁舟賈舶入點綴，竹林楓樹懸江皋。白雲縹緲蒼梧遥，旖如湘君垂素旄。我欲乘雲向空舉，拄杖呼雲雲不起。山中薜蘿不可親，悵望伊人隔秋水。延陵學士襄陽儔，對此踟躕搔白頭。碧山心期竟已矣，回首歲月成荒邱。猶有篇章未磨滅，教人空憶舊風流。

古意

空爲郢中客，不見郢中吟。美人高堂上，自奏山水音。帝子葬何處，瀟湘雲正深。寂寥誰共賞，江上獨傷心。

彭蠡

茫茫彭蠡口，隱隱鄱陽岑。地湧三辰動，江連九派深。揚舲武昌客，興發豫章吟。不見垂綸叟，烟波空我心。

在武昌作

洞庭葉未下，瀟湘秋欲生。高齋今夜雨，獨卧武昌城。重以桑梓念，凄其江漢情。不知天外雁，何事樂長征。李舒章云：『八句竟不可斷。』五言律皆孟襄陽遺法，純以氣格勝人。

長陵西望泰陵

昔送宫車出，長悲西雍門。今來寒食節，獨望霸陵園。杳杳仙城閉，萋萋封樹繁。當時侍從客，慟哭幾人存。隔句對，泯然無痕，忠愛之意溢於言表。

送范静之遷威州

吾憐范巨卿，悃愊不邀名。作吏竹林下，清風訟獄平。與君同得罪，獨竄夜郎城。萬里巴江水，相思猿狖鳴。

酬邊太常於燕山見憶之作

故人惠思我，百里寄瑶音。獨在山中宿，松齋清道心。霜鐘流夜壑，曲澗入幽琴。寂寞悲千古，橋陵梓橡深。

送友人還吴

陽月隨陽鳥，遥從塞上來。北人江北望，不見隴頭梅。坐下楊朱淚，吟爲莊舄哀。聊傳數行札，千里送君回。

月

故園今夜月，迢遞向人明。只自懸清漢，那知隔鳳城。氣兼風露發，光逼曙烏驚。何事江山外，能催白髮生。

送盛斯徵赴長沙

昔愁越雋千峰仄，轉入巴渝萬里賒。豈料聖恩憐賈誼，猶煩佐郡出長沙。蠻中瘴遠三湘水，江畔春逢十月花。遥聽岳陽樓上笛，可能迴首憶京華。迷人每以忠愛勉之，此立言之體。

送耿晦之守湖州

遠下吴江向霅川，高秋風物倍澄鮮。鵁鶄菰葉翠相亂，錦石遊鱗清可憐。郵渚頻撾津吏鼓，漁歌唱近使君船。吴興峴山足勝事，漢水襄陽空昔賢。不點湖州故實，而山水清遠，宛然在目。高季迪『疎柳一旗江上酒，亂山孤棹道中詩』自是佳句，然不必定是湖州詩也。

贈别獻吉

爾放金雞别帝鄉，何如李白在潯陽。日暮經過燕趙客，解裘同醉酒壚旁。徘徊桂樹涼飈發，仰視明河秋夜長。此去梁園逢雨雪，知予遥度赤城梁。

古宫詞

興慶池頭漏未闌，梨園子弟曲將殘。花前更奏凉州伎，無那西宫月色寒。

春思

渺渺春江空落暉，行人相顧欲霑衣。楚王宫外千條柳，不遣飛花送客歸。

濟上作

兩年爲客逢秋節，千里孤舟濟水旁。忽見黄花倍惆悵，故園明日又重陽。語不必深而情深，唐人身分如此。

安南歌送沈使君

借問炎交路若何，片帆南指廣州過。知君怕見桄榔樹，近嶺猿聲日漸多。

烏蠻灘上烟水聲，伏波廟前秋月明。夜半津人挽舟上，夷歌偏動望鄉情。

送蕭若愚

送君南下巴渝深，予亦迢迢湘水心。前路不知何地別，千山萬壑暮猿吟。與何大復《太華終南》之篇可云雙美。

殷雲霄

雲霄，字近夫，壽張人。弘治乙丑進士，官南工科給事中。

春望

二月澄江春水深，北孤山頭雲陰陰。北孤山頭雲作雨，我欲渡江愁我心。

孟　洋

洋，字望之，信陽人。弘治乙丑進士，官至南京大理寺卿。

烟

湘流落日外，沙迴暮生烟。杳杳千峰失，霏霏萬壑連。鵲翻知浦樹，人語辨江船。暗裏猿聲起，愁深夜不眠。

王　韋

韋，字欽佩，上元人。弘治乙丑進士，官至太僕少卿。

閣試春陰詩

皇都三月春正深，東風釀暖淑氣侵。曙光溟濛露華滿，輕雲閣日天沉沉。野色垂垂十餘里，草緑柔茵低迤邐。半空落絮濕未揚，百丈游絲寒不起。鵓鳩枝上相踏鳴，若與此景偏多情。空庭簾捲晝亦暝，隔牆惟見桃花明。小院門閑鶯自語，畫棟泥香燕初乳。苔花蒼潤上簾櫳，濛濛經雨還未雨。含情佇立憑闌干，遠峰漠漠登樓看。碧窗窈窕銀屏冷，金帳促回翠袖單。簷影頻移暝雲動，曲枕悠然醒午夢。起來小立傍閑堦，花霧襲衣寒氣重。末二語，李西涯批其卷云『如有神助』。

柳枝詞

渭水西來萬里遥，行人歸去水迢迢。垂楊不繫離情住，只送飛花過渭橋。

鄭善夫

善夫，字繼之，閩縣人。弘治乙丑進士，除禮部主事。以諫南巡杖闕下，尋乞歸。用薦起南京刑部郎中，改吏部。少谷以杜爲師，然過於質直，去風雅或遠。

初離京邑留别諸同志

驅車遵城闉，振策率廣路。仰盼孤雲征，俯見波流泝。感念平生歡，豈以杯酒故。群居不自察，相失增怨慕。川河引舟楫，陵陸曠烟霧。重覯難可尋，努力敷襟素。

送蘇侍御從仁使蜀

驄馬今何去，玄冥歲已殘。風雲行劍閣，鉦鼓動松潘。事在西戎部，功虧舊將壇。懷柔亦邊略，要識聖恩寬。

秋夜

七月欲盡天氣清，殘月未上江猶明。流螢渡水不一點，玄蟬咽秋無數聲。獨客尚未送貧賤，四方況是多甲兵。立罷西風夜無寐，吴歈嫋嫋感人情。頹唐似杜。

櫂歌

青螺江頭遊子吟，黄金臺上秋雲深。風塵一别一萬里，美人駕車傷我心。

孫一元

一元，字太初，不知何許人，或曰安化王孫也，自號太白山人。嘗西入華、南入衡、東登岱，又南入吴，終於吴興。

訪樵者

遠尋山中樵，不識山中路。隔林伐木聲，遥憶林深處。不晤竟空歸，日墮西陵樹。

晚霽

晚來雨初霽，烟火隔林微。一徑牛羊入，孤村桑柘稀。長天下遠水，積霧帶巖扉。月黑聞人語，溪南種樹歸。

韓邦靖

邦靖，字汝慶，朝邑人。正德戊辰進士，除工部員外。以直言繫錦衣獄，奪官後，起山西左參政。

關中

不得秦中信，今傳關内兵。饑荒失撫御，盜賊遂縱横。渭北何由定，商南豈可行。不知今日將，誰是漢長城。

張含

含，字愈光，永昌人。正德丁卯中雲南鄉試。

己亥秋月寄楊升庵

金馬秋風十載餘，芙蓉深巷閉門居。登樓莫作依劉賦，奉使曾傳諭蜀書。卧病可憐天一柱，獨醒無奈楚三閭。比來消息風塵斷，白首滄江學釣魚。

胡纘宗

纘宗，字孝思，鞏昌人。正德戊辰進士，歷官至右副都御史。乘輿幸楚，纘宗作詩紀事，爲人告訐，下獄，尋放歸。

登天柱閣

與客上江樓，橫江山欲浮。雲當天柱出，月傍小孤流。帆外收吴楚，尊前落斗牛。瀰漫忽千里，倚檻思悠悠。

戴冠

冠，字仲鶡，信陽人。正德戊辰進士，授户部主事。以建言貶廣東烏石驛丞，起官，終山東提學副使。

立春日舟中題

作客尚無地，他鄉空復春。舟中兒女大，天末歲時新。樂事喧殊俗，羈愁滯遠人。椒盤懷故里，腸斷白頭親。

駱用卿

用卿，字原忠，餘姚人。正德戊辰進士，官兵部員外郎。

題韓信廟

逐鹿中原漢力微，登壇頻蹙楚軍威。足當躡後猶分土，心已猜時尚解衣。畢竟封侯符蒯徹，幾曾握手到陳豨。英魂漫灑荒山淚，秋草長陵久落暉。李獻吉云：『此題淮陰廟絶唱也。』三、四極寫漢高詭詐，而淮陰之冤自在言下遇之。

楊 慎

慎，字用修，新都人。正德辛未賜進士第一，授翰林修撰。以議大禮泣諫，杖謫永昌，天啓初，追謚文獻。

升庵以高明伉爽之才，宏博絶麗之學，隨題賦形，一空依傍，於李、何諸子外拔戟自成一隊。五言非其所長，以過於穠麗，失穆如清風之旨也。

宿金沙江

往年曾向嘉陵宿，驛樓東畔闌干曲。江聲徹夜攪離愁，月色中天照幽獨。豈意飄零瘴海頭，嘉陵回首轉悠悠。江聲月色那堪説，腸斷金沙萬里樓。

三岔驛

三岔驛，十字路，北去南來幾朝暮。朝見揚揚擁蓋來，暮看寂寂迴車去。今古銷沉名利中，短亭流水長亭樹。

錦津舟中對酒別劉善充

錦江烟水星橋渡，惜別愁攀江上樹。青青楊柳故鄉遥，渺渺征人大荒去。蘇武匈奴十九年，誰傳書札上林邊。北風胡馬南枝鳥，腸斷當筵蜀國絃。五言近體有『江花與江草，異國看春生』句，同一悽惋。

賦得千山紅樹圖送楊茂之

蕭郎雅工金碧畫，愛畫碧雞與金馬。畫作千山紅樹圖，行色秋光兩瀟灑。摇落深知宋玉悲，登山臨水送將歸。丹林初曉清霜重，紫谷斜陽赤燒微。故人辭我故鄉去，滇樹遥遥接巴樹。桑落他山共醉時，楓香客路消魂處。白首遐荒老未還，流波落木慘離顔。錦城紅樹那能見，千里隨君夢裏攀。才人遠竄，千古恨事，讀數詩，令人百端交集。

垂楊篇

靈和殿前艷陽時，忘憂館裏光風吹。千門萬户旌旗色，九陌三條雨露滋。蒼凉苑日籠燕甸，縹緲宫雲覆京縣。芳樹重重歸院迷，飄花點點臨池見。臨池歸院總仙曹，應制分題競彩毫。詔乘西第將軍馬，詩奪東方學士袍。金明緑暗留烟霧，舊燕新鶯换朝暮。只知眉黛爲君顰，肯信腰肢有人妬。從此沉淪萬里身，可憐憔悴幾經春。支離散木甘時棄，攀折荒亭委路塵。揺落秋空上林遠，婆娑生意年華晚。腸斷關山明月樓，一聲横笛清霜坂。

送余學官歸羅江

豆子山，打瓦鼓。陽坪關，撒白雨。白雨下，娶龍女。織得絹，二丈五。一半屬羅江，一半屬玄武。我誦綿州歌，思鄉心獨苦。送君歸，羅江浦。全用綿州歌，後只綴四語送行，另是一格。

塞垣鷓鴣詞

秦時明月玉弓懸，漢塞黄河錦帶連。都護羽書飛瀚海，單于獵火照甘泉。鶯閨燕閣年三五，馬邑龍堆路十千。誰起東山安石卧，爲君談笑靖烽烟。

送彭幸庵尚書致仕

憶昔西征歌采薇，雪山萬里駐驂騑。總戎全蜀風雲陣，紀績成周日月旂。諸葛蔓菁遺壁壘，陶潛松菊舊柴扉。前賢出處真相似，雅志如公兩不違。

春興

最高樓上俯晴川，萬里登臨絶塞邊。碣石東浮三絳色，秀峰西合點蒼烟。天涯遊子懸雙淚，海畔孤臣謫九年。虚擬短衣隨李廣，漢家無事勒燕然。義勇之氣至欲託之從軍，讀者可以悲其志矣。

天上風雲此際多，山中日月竟如何。争傳鳴鳳巢阿閣，又見飛鴻出罻羅。宣室鬼神思賈誼，中原將帥用廉頗。難教遲暮從招隱，擬把生涯學醉歌。

柳

垂楊垂柳管芳年，飛絮飛花媚遠天。金距鬬雞寒食後，玉蛾翻雪暖風前。别離江上還河上，抛擲橋邊與路邊。遊子魂銷青塞月，美人腸斷翠樓烟。帶六朝格，八句皆對，又體中之變者。杜老『風急天高』一章，其開先也。

懷歸

星橋南望沉犀渚，雪嶺西連抱珥河。關塞渺茫魂夢隔，山川迢遞别離多。汀洲春雨搴芳杜，茅屋秋風帶女蘿。心事未從詹尹卜，生涯聊聽僰童歌。

武侯廟

劒江春水緑沄沄，五丈原頭日又曛。舊業未能歸後主，大星先已落前軍。南陽祠宇空秋草，西蜀關山隔暮雲。正統不慙傳萬古，莫將成敗論三分。古來武侯廟詩以此章爲最，情韻、聲律無一不合也。或云此升庵録元人作。

涪江泛舟

明月沉清露，秋風起白雲。蘭橈乘溜急，木葉下江聞。爽籟金懸奏，遥峰翠積氛。碧潭留雁影，錦汭散虹文。旅望隨天豁，幽阿與歲分。登臨知自好，寂寞共誰云。

江陵舟中贈田李二子

落月寒沙夜未分，玉簫金管醉中聞。明朝回首沉江路，愁聽清猿和白雲。

常倫

倫，字明卿，沁水人。正德辛未進士，除大理評事。

望山有懷故人

羈步局重城，流觀狹四野。高高見西山，鄉愁冀傾寫。天際望不極，延佇一瀟灑。落葉歸故根，山雲滿楸櫝。無情尚有適，何以慰離者。

過韓信嶺

漢代推靈武，將軍第一人。禍奇緣躡足，功大不容身。帶礪山河在，丹青祠廟新。長陵一抔土，寂寞亦三秦。

周　在

在，字善卿，太倉州人。正德甲戌進士，官至浙江右參政。

閨怨

江南二月試羅衣，春盡燕山雪尚飛。應是子規啼不到，故鄉雖好不思歸。不咎征人不返，而歸怨於子規，寄情一何微婉！

薛　蕙

蕙，字君采，亳州人。正德甲戌進士，官吏部員外郎。以議大禮下獄，尋復職，未幾罷歸。西原詩力追雅音，故不落凡近語，覽者勿以才情求之。

效阮公詠懷

飄風振玄幕，若木零朱華。六龍匿西山，濛汜揚頹波。翩翩市中子，於心太回衰。不見顛頳色，但聞慷慨歌。卑辱誠未遠，禍亂豈在多。人人各懷私，安能顧其他。已矣勿重陳，嗟予可奈何。守身慎微，語可作箴銘。

生才良不幸，處世誠獨難。揚蛾興妬階，懷璧賈罪端。靈均既見放，韓非亦自殘。奉身失所從，慷慨使我歎。

雜詩

富貴使心惑，嗜欲致行妨。宴安損性靈，美疢生膏肓。吾觀古來士，高躅互相望。首路或暫同，中道何蒼黃。班生嗣前烈，馬融遁遠方。藉梁奄爲累，附竇終自戕。通人識尚爾，咄咄可悲傷。文人末路，汙行戕生，皆富貴之念中之也。班固、馬融朗然前鑒，猶有借學術以附權門者。

贈孟望之

踟蹰郊野外，白日匿西山。行人去有期，安得久周旋。請爲遊子吟，與子結纏綿。憂來動人心，惻愴不能言。言念平生友，意氣非徒然。行役不足辭，貧賤非所憐。君其篤明信，慰我心悁悁。

月夜坐憶

明月三五時，流光千里外。虛館風泠泠，寒墀霜靄靄。不見南樓客，徒憶西園蓋。歡酒無盈觴，憂襟有餘帶。沉吟靜夜思，緬邈佳人會。

答王允升省中對雨見憶之作

康樂愁霖唱，平原苦雨詩。故人歌此曲，贈我慰相思。薜荔垂青閣，芙蓉泛緑池。今朝一尊酒，最恨不同持。

昭王臺

燕昭無故國，薊野有空臺。寂寞黄金氣，凄凉滄海隈。儒生終報主，亂世始憐才。回首征塗上，年年此地來。『亂世始憐才』，是今急而求子注脚。

草堂

蕭蕭寒雨對高秋，寂寂空牀擁敝裘。歸去釣天頻有夢，挽回滄海獨無謀。平生頗詫任公子，末路方思馬少游。珍重故人招隱意，草堂南郭可淹留。

孫氏沱西別業

巴陵西來沱水深，水邊樓閣長陰陰。黿鼉夜出洞庭岸，虎豹晝啼雲夢林。鼓枻乍逢漁父笑，搴舟時聽越人吟。卜居何日從公去，擬向桃花處處尋。

送楊石齋

社稷功成後，山林避寵年。遭逢誰可竝，出處獨超然。反側當前日，經綸邁昔賢。殷憂興聖主，至治格皇天。凶豎同摧朽，蒼生盡解懸。廟謨隨指顧，臣節見周旋。智勇千夫敵，勳勞百辟先。賞仍虛裂土，名已重凌烟。握璽慚周勃，揮金緬魯連。急流嫌盛滿，介石慕貞堅。許國心恒切，還鄉興偶牽。留侯初相漢，樂毅免辭燕。異渥絲綸數，高風進退全。草停黃閣詔，花簇錦江船。水檻星橋側，茅堂雪嶺邊。雲霞深緑野，卉木富平泉。事業存鐘鼎，儀型照簡編。累朝瞻翊戴，四海憶陶甄。白首歸休記，青春送別筵。衣冠望行色，端不異登仙。

送周子賢按貴州

萬里牂牁路，炎州百粤南。懸梯穿鳥道，流沫下龍潭。赤坂黿鼉出，玄崖日月含。虹霓蒸海氣，烟霧灑春嵐。飛猵緣篁竹，垂猿墮石楠。橘花香細細，藤刺緑毵毵。嶺外青驄馭，臺中白筆簪。秦冠高鐵柱，漢節照金函。行邁應多暇，登臨素所耽。江山吟謝客，物色助清談。送遠多無緒，憂時且不堪。安危廷諍地，遲子促朝參。

許宗魯

宗魯，字伯誠，咸寧人。正德丁丑進士，官至副都御史，巡撫遼東。

東岳

秩祀嚴東土，明禋冠五宗。金函神鬼籙，玉簡帝王封。海湧中宵日，巖留上古松。何當凌巘嵲，飛舉跨蒼龍。

遼左雪中登樓

歲杪崇朝雪，天涯絶塞城。凍雲連海色，枯木助風聲。懷土情無已，登樓賦未成。梅花南國思，笛裏暮愁生。

登齊山樓

近郭危樓俯碧湍，倦遊孤客倚朱闌。淮淝山色尊前出，吴楚江流畫裏看。旅思逢秋增短鬢，鄉心隨雁過長安。黄花白酒登高日，玉笛金笳起暮寒。對結體每防收束不住，此故別於中間對偶。

班婕妤

妾命由來薄，君恩豈異同。自憐團扇冷，不敢怨秋風。

王廷陳

廷陳，字稚欽，黄岡人。正德丁丑進士，授吏科給事中。諫南巡，謫裕州知州，尋下獄，免歸。

矯志篇

蛟龍雖困，不資凡魚。鸑鷟雖孤，不匹鶩雛。雖有香草，當户必除。雖有仁人，在敵必誅。狐白雖美，炎暑必置。舟車之用，易地則棄。蘭蕙不采，無異蓬蒿。干將不試，世比鉛刀。以驥捕鼠，曾不如貍。餓夫獲璧，不如得糜。郭生純臣，魯連高士。彼乃登臺，此乃蹈海。寧直見伐，無爲曲全。寧渴而死，不飲盜泉。

詠懷

民食美芻豢，鴟鳶甘臭陳。西子豈不都，魚鳥不見親。萬類殊所嗜，物豈慕非倫。箕畢各有好，况此世上群。情欲孰爲正，參差何可均。黜智任自然，悠悠葆天真。

聞箏

花月可憐春，房櫳映玉人。思繁纖指亂，愁劇翠蛾顰。授色歌頻變，留賓態轉新。曲終仍自敘，家世本西秦。彷彿『十五嫁王昌』之作。

敖　英

英，字子發，清江人。正德辛巳進士，官至河南右布政使。

塞上曲

無定河邊水，寒聲走白沙。受降城上月，暮色隱悲笳。玉帳旄頭落，金微雁陣斜。幾時征戰息，壯士盡還家。

輞川謁王右丞祠

蜀棧青騾不可攀，孤臣無計出秦關。華清風雨蕭蕭夜，愁絶江南庾子山。爲右丞辨冤，語極含蕴。

蔡　羽

羽，字九逵，吴縣人。國子生，授南翰林院孔目。

思田園

南方樹藝早，嘉蔬當及時。王官鑿冰罷，忽起田園思。東郊織臺笠，西郭編茅茨。田家不辛苦，衣食更待誰。曳裾京華塵，徒自瘝四支。三江緑烟起，何時佇杖藜。

曉起

竹色衣全緑，林光露未晞。隴猿催夢曉，寒月墮烟微。别恨琴中語，流年暗裏歸。悠悠花上蝶，故故作雙飛。

文徵明

徵明，初名壁，以字行，更字徵仲，長洲人。以歲貢入京，用薦授翰林院待詔。卒，私謚貞憲。

待詔嘗有句云『湖上修眉遠山色，風前薄面小桃花』，亦廣平之賦梅花也。

新秋

江城秋色浄堪憐，翠柳鳴蜩鎖斷烟。南國新凉歌白苧，西湖夜雨落紅蓮。美人寂寞空愁暮，華髪凋零不待年。莫去倚闌添悵望，夕陽多在小樓前。

滄浪池上

楊柳陰陰十畝塘，昔人曾此詠滄浪。春風依舊吹芳杜，陳迹無多半夕陽。積雨經時荒渚斷，跳魚一聚晚風凉。渺然詩思江湖近，更欲相攜上野航。

王　寵

寵，字履吉，吴縣人。貢入太學。

圭臬顔、謝，痕跡未融。然爾時吴中詩格以貢士爲最，七言律亦頗沉鬱。或者必以摹古短之，何也？

旦發胥口經湖中瞻眺

瀛壖委菹藪，地嶮隘山川。渾沌自太古，漭泱開吴天。仰飲延池津，俯灌東南偏。龍宫嵑瑰麗，鮫室閟幽玄。孕化晨陽吐，涵虚宵象懸。洪流既瀾沛，列嶂亦迴延。靈標海上闕，石秀鏡中蓮。開冬眷肅氣，落木浩無邊。黄鵠展奇翼，八表恣周旋。倘遇浮邱公，欻造蓬萊巔。夙有邱壑尚，緬懷鸞鶴蹤。揚帆忽夭矯，赤水驂虬龍。五湖寫杯掌，三州盪雲胸。金屏匝地軸，玉鏡開天容。丹邱駐日月，瑶草連春冬。絳氣恣縈薄，青霞何複重。仙人蜕化處，千載空芙蓉。靈境指顧間，行當往追從。極意造句，擬之鏤金錯采。

入消夏灣

千山瓶迴轉，雙闕開嶙峋。圍作玉鏡潭，流水桃花春。雞犬自甲子，衣冠乃秦民。表裏重湖阻，丹青四望勻。孤峰表日觀，群嶂摩天垠。波光別駘宕，霞采相鮮新。疑觴王母池，誤攀織女津。海鷗戲蘭薄，游鯈瑩心神。牙檣悲昔幸，玉輦罷今巡。榮華無常境，山水有天真。塵纓聊以濯，慚爾櫂歌人。

送錢太常元抑祠祭顯陵

江漢朝百靈，絳節集鄢郢。興園奠其陽，虹蜺熠光景。象設開天庭，環衛森五嶺。齋房產金芝，玉醴出金井。神遊駕虚無，劍舄存遺影。灑掃祠官虔，匕鬯皇情耿。太常典秩宗，精白一心秉。龍顔授玉册，殿上親祇領。玄端佩銜牙，陟降瑶壇静。風清靈旗翻，天赤御氣冏。山河扶棟梁，虎旅肅藩屏。還軺告成命，弭節指俄頃。備聞古夔龍，密勿金華省。彷彿弘治風，廷論多骨鯁。我輩飽藜藿，散髮從箕潁。肅肅穆穆，得《漢郊祠歌》一體。

南都

錦纜牙檣萬里遊，天吴海若翼王舟。襄城七聖空迷轍，弱水三山未穩流。邊塞風雲連朔漠，重臣節鉞自公侯。兩京角立分形勢，居重還須控九州。羽檄時聞，江彬輩節鉞自擅。而帝遊幸無度，失居重馭輕之勢。草莽臣惄然憂之，此詩史也。

秋懷

鳳管龍簫清且悲，南徐北固自逶迤。海門直指聯三象，日馭巡行逼九疑。入計衣冠輕璽綬，防秋兵馬偃旌旗。長卿諫獵無消息，悵望江湖有所思。亦武宗幸京口時作。

金　鑾

鑾，字在衡，隴西人，寓居金陵。

泊淮上

愁輕遊冶興，老重別離情。野戍寒更盡，河橋春水生。斷雲疎雁影，殘月亂雞聲。明發應千里，蕭蕭過楚城。

除夕

還憶去年辭白下，却憐今夕在黄州。空江積雪添雙鬢，細雨疎燈共一樓。世難久搃魚雁絶，家貧常爲稻粱謀。歸來故舊多凋喪，愁對東風感舊遊。

明詩別裁集卷七

長洲　沈德潛確士
　　　周　準欽萊　同輯

高叔嗣

叔嗣，字子業，祥符人。嘉靖癸未進士，官至湖廣按察使。

蘇門五言沖淡，得韋蘇州體。王元美評云：『如高山鼓琴，沉思忽往；木葉盡脱，石氣自青。』良然。王敬美云：『徐昌穀、高子業二君，詩有不同，而皆巧於用短。徐以高韻勝，高以深情勝。更千百年，李、何有時廢興，二君必無絶響。』

再調考功作

引疾三上書，微願不克諧。徙官復在兹，心迹一何乖。軒裳日待旦，閶闔凌雲排。入屬金馬籍，出與群龍偕。積賤詎有基，履榮誠無階。但惜平生節，逾久浸沉埋。既妨來者途，誰明去矣懷。鳥迷思故林，水落存舊涯。惟當尋素業，歸卧守荆柴。謹微葆真，不躁進，不妨賢，卓然想其風槩。入理不腐，善學大謝。

古歌

荆和當路泣，良璞爲誰明。茫然大楚國，白日失兼城。燕石十襲重，魚目一笑輕。古來多感歎，今予益吞聲。

敘懷

伊昔迨弱冠，奮足參賢豪。衣褐出下國，脱輓造中朝。聖期開九五，河清在一朝。升龍假玄淵，鳴鳳託芳條。五從宰府辟，連荷公叔招。名過有瑕纇，道在無矜驕。猶全不肖軀，解冕未逍遥。

答谷司僕見問

幸自返中園，非關逃微禄。方因疾病餘，黽勉供樵牧。春至東郭田，夏來北林木。時從遠原上，日縱平郊目。野老逢與言，道書問能讀。何能共世人，無事相追逐。勞君問出處，日暮掩茅屋。

簡袁永之獄中

本同江海人，俱爲軒冕誤。子抱無妄憂，余有多言懼。昔來始青陽，今此已白露。豈乏速進階，苟得非予慕。罪至欲何言，直以愚慵故。衆女競中閨，獨退反成怒。追誦古時人，蒙冤誰能訴。皇心肯照微，與子齊歸路。

病起偶題

空齋晨起坐，懽遊罷不適。微雨東方來，陰靄倏終夕。久卧不知春，茫然怨行役。故園芳草色，惆悵今如積。

送别德兆武選放歸

燕郊秋已甚，木葉亂紛紛。失路還爲客，他鄉獨送君。罷歸時共惜，棄置古常聞。莫作空山卧，令人望白雲。

分水嶺晚行

客興日無奈，兵荒歲屢加。少年曾許國，多難更移家。遠水通春騎，孤城起暮笳。憑高一回首，何處是京華。

寒食定興道中

二月鶯花少，千家雨雪霏。可憐值寒食，猶未换征衣。積水生空霧，高城背落暉。忍看楊柳色，從此去王畿。

徐　階

階，字子升，華亭人。嘉靖癸未賜進士第三，累官少師、吏部尚書，贈太師，謚文貞。

送司封仲芳楊子赴留都

哲人重道義，朝貴不足縻。丈夫志四方，遠適非所悲。如何與子别，悵悵不忍辭。古道日淪替，群諛紛追隨。子獨諒迂僻，經訓相劘規。去住忽以異，麗澤安所資。頽波無停流，靈耀亦西馳。感此重念子，何以慰爾知。至理不外得，吾心實吾師。願言勵操存，千里同襟期。

横溪爲彭允禎賦

横溪東去水迢迢，虚閣重簷共寂寥。山外夕陽低度鳥，雨餘春渚暗通潮。寒空落葉書聲静，秋草孤帆客夢遥。欲徙石湖湖上石，爲君乘月更吹簫。

鄭　旦

旦，字希周，歙縣人。嘉靖癸未進士，官至浙江右布政使。

曉發洱海夕次濱川

天高野曠瘴烟收，風急霜繁落木秋。箐道千盤臨戍堡，山城百雉入邊州。諸蕃樂歲休戎馬，孤館頻年望斗牛。夜半角聲吹激烈，紛紛凉月照人愁。

張時徹

時徹，字唯静，鄞縣人。嘉靖癸未進士，官至南京兵部尚書。

采葛篇

種葛南山下，春風吹葛長。二月吹葛緑，八月吹葛黄。腰鐮逝采掇，織作君衣裳。經以長相憶，緯以思不忘。出入君筴笥，長得近輝光。層冰布河水，中野皓凝霜。吴羅五文采，蜀錦雙鴛鴦。君恩當斷絶，歎息摧中腸。中腸日以摧，葛葉日以衰。願留枯根株，化作萱草枝。古樂府語意。

初秋

一聲漁唱海天秋，素練初飛白鷺洲。亦有芙蓉自開落，何人解識漢宫愁。

蘇祐

祐，字允吉，濮州人。嘉靖丙戌進士，官至兵部左侍郎，宣大總督。

九日

落木驚風候，淹留感歲華。陰雲連紫塞，清淚對黄花。八駿周京馬，孤蓬漢使槎。高臺予懶上，不爲苦思家。

予告歸入倒馬關作

南風吹雨傍關來，關上千峰畫角哀。老去尚憐金甲在，生還重見玉門開。鶗絃謾引思歸調，虎節空慙上將才。聖主恩深何以報，車前部曲重徘徊。

塞下曲

將軍營外月輪高，獵獵西風吹戰袍。觱篥無聲河漢轉，露華霜氣滿弓刀。

華　察

察，字子潛，無錫人。嘉靖丙戌進士，官至侍讀學士，掌南院。

學士五言沖淡，有陶、韋風。然垢氛已離，未穿溟涬。

秋日觀稼樓曉望

日出天氣清，山中悵幽獨。登高一眺望，風物凄以肅。流水映郊扉，炊烟散林屋。秋原一何曠，薄陰翳荒竹。時聞鳥雀喧，因念禾黍熟。悠悠沮溺心，千載猶在目。王摩詰云『雀喧禾黍熟』，此衍作十字，便不及古人。

宿玉陽山房

返照明溪梁，深松晦夕景。巖卧符夙期，雲陰石牀冷。因投物外心，遂入清虚境。天寒木葉疎，月照山房静。然燈獨不寐，秋宵一何永。明發從此辭，白雲鎖蒼嶺。

游善卷碧仙巖

落日下空門，齋鐘出林莽。偶兹叩精廬，再宿翠微上。舊游不知處，但見松杉長。巖虚露氣清，坐覺心魂爽。月白山窻高，夜静風泉響。遂令寤寐中，超然脱塵網。雲壑永棲遲，願言税歸鞅。

五月望夜與諸君山中再酌

仲夏苦晝永，薰風起將夕。圓景海上來，照此山中客。坐令微暑消，兼使衆累釋。興至時命觴，露下復移席。因虩水竹居，遂同魚鳥跡。盤遊豈忘返，翫物聊自適。臺空人影疎，夜静潭氣白。參差樹杪峰，歷歷辨咫尺。超然悟真境，萬物一虚寂。

山臺曉望懷王僅初不至

初日照臺上，興來成獨遊。天高宿霧盡，木落空山秋。曉色侵殘髩，新寒上故裘。吴門隔烟水，悵望空悠悠。

惠山寺與施子羽話别

看山不覺暝，月出禪林幽。夜静見空色，身閑忘去留。疎鐘隔雲度，殘葉映泉流。此地欲爲别，諸天生暮愁。『夜静見空色』，五字入微，然鍾、譚專取此種，便與詩道日遠。

陸粲

粲，字子餘，長洲人。嘉靖丙戌進士，官工科給事中。坐劾張桂，謫都勻驛丞，遷知永新縣。

贈別王直夫

威鳳天際翔，潛虬澤中蟠。嚴子時閉肆，貢公乃彈冠。顯晦豈必同，各以性所安。子行樹遠績，奮身青雲端。鄙人棲蓬藋，蹇拙聊自完。丈夫志千載，飛沉何足歎。相期保貞素，歲晚同金蘭。

袁　袠

袠，字永之，吴縣人。嘉靖丙戌進士，官刑部主事。謫戍湖州後，用薦起官，至廣西提學僉事。

送陳德夫使魯

帝口封同姓，皇華遣使臣。河山藏漢誓，寶玉展周親。殿説靈光古，經傳孔壁新。余生好文獻，一爲訪先民。

自柳至平樂道中書事

遠觸蒼梧瘴，初乘灕水槎。蚺蛇晴掛樹，射蜮晝含沙。屋覆湘君竹，山開蜀帝花。夷堅收未盡，博物待張華。

大駕視牲南郊

大路調仙馭，朱旗列禁城。帝牛三月繫，田燭九衢明。日並龍旒出，山將彩仗迎。横汾卑漢詠，禋祀達皇情。

秋興

仙仗行宫舊内居，花間往往駐鸞輿。徒聞漢帝横汾曲，不見長卿諫獵書。天子射蛟開水殿，奚官牧馬遍郊墟。蒹葭苜蓿秋無限，悵望烟雲萬里餘。

王慎中

慎中，字道思，晋江人。嘉靖丙戌進士，官至河南參政。

遵巖以古文傳，然五言古亦窺顔、謝堂廡，無一淺語、滑語。

登金山口絶頂

地紀控西界，靈山亘北甸。足弱步屢憩，崖峭石猶踐。枝樛迺能援，葛脆不可挽。當其意象開，豈復慮高蹇。瞻峰皆崱嵲，陟澗數迴緬。稍覺天地寬，即看雲烟變。石竇芝自榮，林罅雪尚泫。興闊無近尋，登高有遠見。周圻矗五雲，易水通一線。微茫燕趙區，歷歷皆可辨。長嘯發靈籟，倦坐席苔蘚。氛垢苟不嬰，沉慮斯可遣。

遊白鹿洞

素嬰邱壑情，况秉英賢想。寤寐懸宿心，遊盤得兹賞。重陰始晦蒙，杲杲旋開朗。攬勝據巉巖，探奇歷榛莽。境閑百慮空，意愜二儀廣。野色浮巾衣，秋容成物象。菊含露下英，泉作山中響。柔葉稍朝零，剛條非夏長。景物易流徙，今古同俯仰。躊躕悵回軫，何時還獨往。

遊麻姑山

雲出本無心，擇棲多奇巘。繄予慕真勝，涉趣不知遠。初緣碧澗行，幾傍丹崖轉。林追去虎蹤，蹬躡飛猿踐。泉流遞淺深，巖谷變陰顯。歕瀑遇留憩，石牀時仰偃。桂芳洞裏秋，霞映山中晚。探異尋前期，入幽忘後反。神遊力不悁，理愜情俱遣。天路如可梯，欲以微官免。

皇甫沖

沖，字子浚，長洲人。嘉靖戊子舉人，與弟涍、汸、濂，稱四皇甫。吴中詩品自高季迪、徐昌穀後，應推皇甫兄弟，以造詣古澹，無一點穠織之習。時『二黄』、『三張』空存名目耳。

維摩寺雨坐

回嶺無仄徑，陟岡有夷壤。展睞入空濛，游心益昭朗。長風吹輕衣，飄摇翠微上。古寺迷夕烟，明燈淡綃幌。冥雨從東來，驚雷自西往。林巒忽不見，但聞山磵響。景寂非避喧，心瑩乃成賞。爲禮沉痾蹤，因之知幻象。

於巖石上眺東西兩湖

旭踐山中蹊，午憩巖上石。雲移石欲墮，兩霽蹊猶濕。倚策眺兩湖，波光涣相襲。東若既紆青，西蘅亦凝碧。芙蓉落雙鏡，天影浮重壁。檣烏有離聲，磯鷗無並翼。會兹物化情，感彼高深跡。從適得所遣，何爲苦拘迫。

皇甫汸

汸，字子循，長洲人。嘉靖己丑進士，官至雲南按察僉事。

子循古體出入二謝，五言律亦在錢、劉之間，與兄子安可云敵手。

秋夜把酒對月

宋玉陳九辯，陸機歌百年。悵兹清秋日，聊使幽懷宣。矯矯歸雲雁，嘒嘒含風蟬。摧芳委朝露，俄景流夕川。鱗運有代謝，蕣華無長妍。始知行樂貴，何用居情牽。長夜思秉燭，新月正當筵。金尊泛緑醑，寶瑟緪朱絃。商歌當棗下，楚舞出花前。餘名焉足藉，達生乃爲賢。

過武城言子祠作

遡風枉輕橈，戴星理扁櫂。超忽之武城，有蕩瞻魯道。古邑一何卑，令猷久彌劭。絃歌謝清響，精華契深造。曰余厠文儒，耽寂違時好。剖符辭帝京，腰章宰名趙。諒乏操刀資，懼貽製錦誚。經過緬遐矚，神對宣幽抱。言采江上蘋，薦此廟中貌。誰謂千載殊，可以同高調。

奉答子安兄

江郭改故陰，家園藹新霽。柔條始發林，芳草漸紆砌。潘居信爲閑，楊亭况重閉。曰余忝明時，與子承嘉惠。分省各有僁，佐郡慙所莅。暫就北山招，轉愜東田税。情忘桃李言，跡豈匏瓜繫。感遇興長謡，來章緬幽契。

從軍行寄贈楊用修

思文際聖君，稽古萃群辟。子雲侍承明，胡爲去荒域。被命事犀渠，差勝下蠶室。憤志酬八書，榮名重三策。丁年子卿嗟，皓首仲昇泣。看鳶窮瘴烟，放鷄定何日。業既違操觚，動還期裹革。五月行渡瀘，千里望巴國。瀘水向東流，巴雲忽西匿。相思持寸心，願附雙飛翼。用修之才而謫戍邊徼，有情所共悲也。擬之馬遷、子卿、仲昇、伏波，幾於歌以當哭。

舟中對月書情

不識別家久，但看明月暉。關山一以鑒，驛路遠相違。影落吴雲盡，凉生楚樹微。天邊有烏鵲，思與共南飛。

九日寄子約

漫有登高興，兼當望遠何。對花驚白髮，見雁憶黄河。亂後書來少，霜前木落多。不堪羈宦日，同是阻干戈。

元夕熊子叔抑過集時謫遠州

國論何年定，鄉心此夕摇。雁飛天畔驛，龍隱日南橋。謫宦恩非薄，之夷路詎遥。誰憐梁傅淚，曾灑漢文朝。

寄劉諫議畿

欲將尺素遠相貽，疎懶無如與性宜。北虜塵飛榆塞日，西京灰滿柏梁時。中朝望屬陽司諫，左掖吟憐杜拾遺。定有封章回聖主，莫須焚草避人知。

廣寒宮登眺

寶閣淩霄建，珠窻映日開。月臨疑桂宇，露灑即銅臺。山悉圖峬入，池猶象漢迴。倚妝花屢發，窺舞鳥能來。傾國元因色，勞民豈但財。地隨胡運改，棟與美人摧。殷監良非遠，秦宮亦可哀。聖朝留故蹟，皇覽日休哉。以前朝爲荒宴之戒，得杜老《詠九成宮》意。

對月答子浚兄見懷諸弟之作

南北何如漢二京，迢迢吴越兩鄉情。謝家樓上清秋月，分作關山幾處明。

唐順之

順之，字應德，武進人。嘉靖己丑進士，官至僉都御史，天啓中追謚襄文。

登喜峰古城

時三衛貢馬，散牧關外。

絶頂孤峰見廢關，短衣落月試躋攀。三秋豹旅方乘障，萬里龍媒正滿山。候雁似隨鄉思去，寒花將送使臣還。籌邊迂薄真無補，空望伊吾抵掌間。

復官後報京師友人

姓名不復挂朝參，魚鳥由來性所耽。篋裏符經都已廢，山中藥草漸能諳。疎狂自分三宜黜，嬾病其如七不堪。深謝故人推轂意，莫將陽羡比終南。

冬至南郊

明王敦大報，泰畤禮神君。位以南離正，宵從甲子分。月臨太乙館，星動羽林軍。除道疑登岱，鳴簫異度汾。聲容六變合，海岳百靈紛。封檢徵題字，屏帷悉畫雲。神光人共見，天語帝親聞。盛蹟誰能賦，多慙扈從群。

陳　束

束，字約之，鄞縣人。嘉靖己丑進士，官至河南提學副使。

咸寧山中雪霽晚行

雪霽乍見山，殘陽稍辭嶺。暝色起烟氛，寒光散墟井。田空獵火還，林凍棲烏警。遥聞野寺鐘，初月生俄頃。

都下秋雨夜飲王子長宅

闊别時何屢，蹉跎鬢已侵。還朝明主賜，卜夜故人心。凉雨杯初覆，空堂漏欲沉。安知非夢寐，相對帝城陰。

黄省曾

省曾，字勉之，吴縣人。嘉靖辛卯舉人。

江南曲

旖旎緑楊樓，儂傍秦淮住。朝朝見潮生，暮暮見潮去。有情而必盡言，此詩味所以薄也。只此説住，見言外有無限情事。

錢業

業，字君望，南通州人。嘉靖壬辰進士，歷官参議。

憫黎詠

嘉靖戊申，崖吏失御，重以積蠹之餘，群黎遂叛。攻掠城邑，遠近繹騷。撫者無策，漫以牛酒從事。越歲不戢，當路請命征討。予分典戎事，深悼誅夷之慘。用廣咨諏，卒藉天威。誅獲渠首，殲蕩醜類，總五千餘級，諸村悔過，悉歸順焉。庚戌夏四月三日，凱奏底定，追惟致寇有因，覆車當戒，感時述事，潸然有懷。

在昔邃古初，鴻濛闢天地。絶谷嶂南海，深箐鬱蒼翠。中有黎母居，伊人尚蒙昧。鑿井以飲渴，農田亦時藝。荒路曖匪通，幽扃或交市。雖爾隔華界，猶紀王正歲。生黎若草木，榮隕隨和厲。熟黎若鳥獸，獷俟無智慮。所以古先聖，馭之以不治。

粤南本炎嶠，矧此瓊崖東。玄冬日且和，幽郊鮮陰風。花柳蔭廣隰，苗黍青芃芃。皇仁漸南極，草木均化工。豈獨兹黎人，物與非吾同。軍行值人日，感歎心沖沖。

朝發城東門，夕駐藤江壘。殺氣干層雲，狼師渡藤水。雞犬皆震驚，人民盡奔徙。海避愁蛟蛇，山匿畏虎兕。蛇虎猶可虞，狼毒不可邇。軍令甚分明，顛仆何由弭。伶俜泣路衢，迸淚不能已。嗟哉一將功，豈獨萬國毁。

海南無猛虎，而有麏與麇。玄崖産珍木，種種稱絶奇。斯物出異域，頗爲中國推。以兹重徵索，奔頓令人疲。窮年務采獵，爲官共饋儀。苦云近歲盡，無以充攜持。直欲訴真宰，鏟此蘇民脂。物理有固然，忉怛令人思。

葉落當歸根，雲沉久必起。黎人多良田，征斂苦倍蓰。誅求盡餘粒，尚豢犢與豕。昨當租吏來，宰割充盤幾。吏怒反索金，黎民那有此。泣向邏者借，刻箭以爲誓。貸一每輸百，朘削痛入髓。生當剥肌肉，死則長已矣。薄訴吏轉嗔，鎖縛不復視。黎兒憤勇決，挺身負戈矢。鎗急千人奔，犯順非得已。赫赫皇章存，今人棄如紙。

朔風戒良節，赫赫張皇師。軍門號令嚴，震肅將天威。壯士快鞍馬，鋒鏃如星飛。一舉破賊壘，刀斧紛紜揮。剖尸越邱阜，踏血腥川坻。白日暗西嶺，瘴氣昏餘暉。翅鼠墮我前，飢烏逐人歸。征夫懷慘憂，涕泗霑我衣。黎人本同性，云何發禍機。神武貴勿殺，不在斬獲爲。息火當息薪，弭兵當弭飢。誰生此厲階，哲士知其非。治之以不治，馭遠人之道也。徵求貢物，賦斂無藝，兵戎於是興矣。『誰生厲階』，至今爲梗。末以弭飢爲救亂之本，是真能弭亂者。老成遠慮，可垂炯戒。後之柄國者，尚其敬而聽之！

尹耕

耕，字子莘，蔚州人。嘉靖壬辰進士，官至河南按察僉事，坐劾戍遼左。子莘七言律本李空同派，有秋笳曉角之聲。

秋興

蘇門千里接雲中，燧火清宵警報同。合陣幾窺青海月，鳴鞭争下黑山風。冬殘戰士衣仍薄，歲歉孤城廩欲空。南國十年輸輓盡，防秋諸將漫論功。

十萬鳴弦報吉囊，野心狼子是花當。連姻故自輕中國，分道頻看入漢疆。推轂丈人空肉食，操戈遺孽尚蕭牆。不應干羽修文日，歲歲三關有戰場。

威名萬里馬將軍，白首丹心天下聞。遼水旌旗餘殺氣，泰山松柏已高墳。條侯自靖中州變，竇憲曾銘塞外勳。獨倚凌烟思將略，暮天征雁下寒雲。

萬山環合蔚州城，紫塞連雲朔氣清。禾黍歲時供上谷，烽烟日夜接神京。九宫迤邐通軍壁，高壘崔巍列虜營。稍喜摧鋒章節帥，能將俘獲謝蒼生。

上谷歌

大寧無路援開平，極目孤懸獨石城。遥憶先皇親躍馬，長驅絶塞苦提兵。寒流汩汩交樵徑，野戍荒荒列漢旌。千載土人談往事，伯顔山下有英聲。

飛狐倒馬紫荆連，此去朝廷路一千。向日北門嚴鎖鑰，於今南牧盛風烟。時名受脤當關將，歲德臨分破陣年。願假精兵渡遼水，莫令疲病久戈鋋。

紫荆關

漢家鎖鑰惟玄塞，隘地旌旗見紫荆。斥堠直通沙磧外，戍樓高並朔雲平。峰巒百轉真無路，草木千盤盡作兵。誰識廟堂柔遠意，戟門烟雨試春耕。

上谷歌上楚中丞

戍樓霜重角聲殘，策馬朝登十八盤。紫氣正當天北極，彩雲時見漢長安。誓將鎖鑰標銅柱，應有麒麟畫鐵冠。况是六龍巡幸地，至今谿谷尚鳴鑾。

春懷

春深關塞尚屯兵，萬里防胡拱漢京。不爲翠華臨遠道，豈應金甲廢深耕。轉輸坐見司徒急，經略親看相國行。莫訝至尊忘北顧，顯陵遷附聖人情。

往歲關山亦喪師，猶能不失漢旌旗。可憐虎帳分符日，偏是沙場棄甲時。白草自長驃騎壘，黄雲空壓李陵碑。書生無計當戎右，一劍真思報主知。諸詠得少陵《諸將》遺意，但少開闔變化，所以不逮古人。

皇甫涍

涍，字子安，長洲人。嘉靖壬辰進士，官至浙江按察僉事。子安枕籍選體，故五言自高。然得風格而遺精理，未云詣極也。

送周氏

清晨餞我友，駕言遠徂征。前瞻齊魯墟，千里浮雲興。親交豈不昵，懷役不遑寧。曠野多悲風，揚塵翳邊庭。中衢雪霰集，邊馬寒無聲。蹊谷少行跡，側足横層冰。回首望京闕，能不惻中情。子其祇自愛，順時保榮名。

秋日雜詩

廓處乏歡悰，出門眺長衢。悲風吹落日，四顧無行車。蹉跎失盛年，感歎獨嗟吁。况我在樊籠，六翮不得舒。撫劒思西邁，安得守故廬。淮陰困閭里，馬生戀邊隅。桑梓豈我志，蓬藋非我虞。行行舍此去，去去浮雲俱。

將命巡軺徙倚署閣

彌辰倦紛犢，徂春悵無樂。庶以散予襟，獨此稽山閣。霞蔚見層巒，花深隱群壑。本自滄海人，悔吝滋縻爵。旋里東江軺，徘徊眷林薄。俄頃惻幽衷，遇物悲離索。且憑浮雲征，聊希至人託。

發郡城之天臺道中述所經覽寄友

夕夢層城阿，曉行滄波上。縈溪復含流，連岑時隱嶂。風湍信千轉，雲峰非一狀。錦繢紛迎翫，氤氳忽彌望。蘭泉芬可掬，苔壁險難傍。思偕同懷子，攜手追禽尚。

雜興

鶩節流炎紀，馳暉届清商。游魚湊重淵，蟋蟀鳴空堂。白露滋前除，陰風來北房。我心亦何思，所思天一方。離居宛如昨，再覿鴻雁翔。含情撫遥夜，申旦獨徬徨。哀彼采葛詩，零淚沾衣裳。

雪山歌奉寄彭太保

雪山嵯峨控西極，寒井陰光混開闢。千秋鳥道無陽春，北風慘淡吹峨岷。羽書宵過褒斜道，火入靈關徹昏曉。愁雲百里填城河，帳中銀燭然盤陀。將軍狐裘細馬馱，彈箏伐鼓金叵羅。指麾羽扇白玉珂，背河一戰收蓬婆。銘功刻石報天子，麒麟閣上事已多。憶昔中原全盛日，八方無虞醴泉出。龍舉空悲劍舄藏，海南漠北俱蕭瑟。君王垂衣念西土，錢塘老子不足數。彭公大梁佇獻捷，已見彤弓出天府。持節心知主恩重，入關更識王臣苦。文武吉甫非公誰，臨洮健兒勇如虎。驥子朝披玉壘雲，魚文夜濕金隄雨。閬中一月見節制，烹羊宰牛酌清酤。狼籍衣冠頌破竹，馬前父老稱安堵。園陵佳氣春氤氳，錦官城中日鼓舞。當時匹馬更朝天，又逐輕車過酒泉。勳名豈數七十戰，至今邊卒高枕眠。歸來謁帝承明殿，世事那知一朝變。功成下吏古所悲，浮雲蔽日今曾見。天下驚聞柏臺火，匣内空留上方劍。壯士長歌《梁父吟》，孤臣獨泣瑶池宴。蓮峰落月照黄河，榆谷飛塵暗蘭縣。武穆祠西秀水流，一望江山淚如霰。功成下吏，今古同悲。改絃變調，如宫聲之换羽也。

西湖歌寄方思道

西湖窈窕三十里，柳絲含烟拂湖水。青山蕩漾春風來，蘇公隄邊花正開。玉缸春酒映江碧，幾醉江邊柳花白。城頭日出照高樓，銀箏翠管喧行舟。吴姝如花捲綃幕，山水倒入金屏流。朝來復脱千金駿，還有牀頭紫綺裘。人生行樂莫顧惜，落日松風吹古邱。我憶京華舊遊地，漁浦東看動愁思。醉裏空歌鏡湖月，夢中尚識孤山寺。信安使君還舊溪，應對花卮惜解攜。白沙翠竹無人問，湖上孤吟聞馬嘶。

再别兄弟作

可歎江潭客，重爲魏闕游。河梁一悵望，芳草劇含愁。隴樹三年淚，邊雲萬里秋。無由慰棲泊，羈影任悠悠。

蔡楠

楠，字子木，德清人。嘉靖壬辰進士，官至南京兵部侍郎。

晚晴

山晴欲暮天，山色轉蒼然。泉落雲中碓，溪迴樹杪船。斜明沙際日，遠遍緑蕪烟。還見鳧鷗伴，閑飛秋水前。

黎民表

民表，字維敬，從化人。嘉靖甲午舉人，官至布政司參議。

紫荆關

徑轉蛇盤險，雲連鳥去長。山桃微著紫，沙柳不成黄。重鎮臨天府，神功剗大荒。金城誰獻議，老作尚書郎。

横翠樓

高樓當絶塞，春望轉氤氲。百戰全燕地，千重大漠雲。控弦無掠騎，飲羽憶將軍。老去親戎馬，悲笳向夕聞。

同鄺别駕蔡山人登九成臺

芙蓉秀色半陰晴，影入空江百丈深。紫閣倒垂星宿象，碧天吹落鳳鸞音。烽塵正屬談兵日，雲路誰爲出世心。風景故園猶想象，丹梯吾肯倦登臨。

沈　鍊

鍊，字純甫，會稽人。嘉靖戊戌進士，除清豐知縣，入爲錦衣衛經歷。坐劾嚴嵩，廷杖，謫田保安州。尋爲奸黨所陷，戮於邊。隆慶初贈光禄寺少卿，謚忠愍。

寄馮敬叔

同作他鄉客，嗟予更滯留。關山明月夜，邊塞白雲秋。漢闕孤臣夢，胡笳萬里愁。桑乾河水近，知是憶并州。

得應職方書詩以答之

郎署飛符日，題書問謫居。自因鄉使到，翻覺舊交疎。塞月塵沙裏，邊風鼓角餘。誰知遷客夢，夜夜繞鑾輿。應是謫戍後作。

送朱子南還

十年辛苦在京華，夢裏何時不見家。一照若耶溪畔月，始知楊柳隔天涯。

翁大立

大立，字儒參，餘姚人。嘉靖戊戌進士，官至南京兵部尚書。

吴謳

舊徵未云已，府帖重徵新。昨朝銀花布，今日金花銀。侵晨趨城府，薄暮徧鄉鄰。一身應重役，奔走無定晨。父母生我時，胡不百我身。殘軀被箠楚，苦切難具陳。寧爲乞市兒，莫作當官人。銀花布、金花銀，當日徵税名目，唯吴地行之。

王　問

問，字子裕，無錫人。嘉靖戊戌進士，官至廣東按察僉事。及卒，門人私謚文靖。

自山中泛湖歸

登踐窮幽深，下山日已晚。餘照留青蘋，歸雲度蒼巘。對此生遠心，返棹意自緩。川塗風浪平，沿流弄清淺。

贈吴之山

城柝聲聲夜未央，江雲初散水風凉。看君已作無家客，猶是逢人説故鄉。其聲凄以哀。

徐文通

文通，字汝思，永康人。嘉靖甲辰進士，歷官山東按察副使。

岱宗

岱頂淩霄十八盤，中原蕭瑟思漫漫。振衣日觀三秋曙，倚劒天門六月寒。風雨黄河通瀚海，星辰紫極近長安。小臣願獻蓬萊頌，閶闔高懸謁帝難。

陳臯謨

臯謨，字思贊，江陰人。嘉靖甲辰進士，歷官南京工部郎中。

環縣城遠眺

靈武孤城霽色開，感時還上最高臺。山樓風急熊旗動，關塞天連鳥道回。經略久寒西夏膽，安危深仗北門才。殊方獨抱懷鄉思，日暮愁聞畫角哀。

張居正

居正，字叔大，江陵人。嘉靖丁未進士，以庶吉士歷官禮部尚書。入閣，官至太師，謚文忠。

舟泊漢江望黄鶴樓

楓林霜葉净江烟，錦石游魚清可憐。賈客帆檣雲裏見，仙人樓閣鏡中懸。九秋查影横清漢，一笛梅花落遠天。無限滄洲漁父意，夜深高詠獨鳴舷。

楊繼盛

繼盛，字仲芳，容城人。嘉靖丁未進士，官兵部員外郎。坐論馬市，貶狄道典史。事白，入爲户部員外，調兵部。疏劾嚴嵩，論死。贈太常少卿，謚忠愍。

送徐子與讞獄江南

寥落白雲司半虚，看君此去更何如。西曹月滿幽人榻，南國星隨使者車。塞雁不堪行斷候，秋風況是葉飛初。秣陵故舊如相問，爲道疎狂病未除。婉而多風。

楊　巍

巍，字伯謙，海豐人。嘉靖丁未進士，知武進縣，入爲兵科給事中，累官吏部尚書，進少保太保。

早秋登龍門城樓

指點雲州地，真爲漢北門。八城臨大漠，一路向中原。晴日山川映，秋田禾黍繁。文莊經略處，父老至今言。

蕭關北作

塞路山難斷，胡天雲不開。遥驚戍火起，數見羽書來。周室朔方郡，唐家靈武臺。客心正多感，羌笛暮堪哀。

姚汝循

汝循，字叔卿，上元人。嘉靖丙辰進士，官至大名知府。

郡齋詠懷

巴江清且駛，日有東歸舟。凛凛歲復暮，而我何淹留。才不瘳民瘼，位固忝邦侯。負擔過所任，跼蹐增煩憂。南山有薄田，猶堪具膳羞。棄捐久不理，稂莠將盈疇。至道貴兼濟，豈固爲身謀。十羊方九牧，雅志悵悠悠。安能逐時態，坐取素餐尤。

章崐岡别駕邀登城南樓

樓前新漲迴浮天，把酒登樓思渺然。白鳥於人如有識，青山何處不堪憐。孤舟漁火炊寒渚，蕭寺昏鐘起暮烟。簿領稀疎逢勝景，誰能獨醒向尊前。

魏時亮

時亮，字敬吾，南昌人。嘉靖己未進士，官至南京刑部尚書。

平壤拜箕子墓并訪井田遺跡

禹範留西土，孤臣獨向東。道無浮海歎，義與采薇同。舊井存殷畫，遺黎尚古風。荒邱平壤外，麥秀想遺宫。柳州碑文盡四十字内安放妥帖，神完氣足。

申時行

時行，字汝默，吴縣人。嘉靖壬戌賜進士第一，累官少師，兼吏部尚書，贈太師，謚文定。

題清秋出塞圖

生不識醫無閭，夢不到狼居胥。瞥然示我出塞圖，令我目眩心神徂。憶昔籌邊贊廟謨，桓桓司馬傑丈夫。帝授節鉞臨玄菟，高憑熊軾佩虎符。榆關九月沙草枯，霜鷹下擊秋原蕪。烟荒雲慘天模糊，惟兹遼左僻海隅。頻年侵擾無寧都，射雕躍馬彎强弧，司馬申令陳師徒。指揮鐵如意，玩弄金僕姑。揚旌督戰親援枹，萬卒超距争先驅。奔狼突豕皆就俘，凱歌入奏天顔愉。司馬讓功歉若無，但云將士多勤劬。何以勞行役，請蠲幕府租。何以恤飢疲，請發司農儲。人人挾纊齊歡呼。自從司馬歸江湖，遼人茹苦若堇荼。荷戈不解甲，挽粟仍飛芻。羽檄徵材官，絡繹在道塗。震鄰之恐非剥膚，騷動根本何爲乎。安得再起司馬登戎樞，坐紆長策銷隱虞，國威震疊邊人蘇。安邊之策，全在得人與轉輸。二者失而邊事壞矣。篇内具有識力。

大閱詩應制

廟略收群策，宸遊簡六師。代當全盛日，春是大蒐時。雲捧蒼龍駕，風迴翠鳳旗。轅門開複道，帳殿繞行麾。細柳前軍駐，長楊後騎隨。虬鬚天策將，猿臂羽林兒。拂劒星文動，彎弓月影披。連營分雁翼，布陣合魚麗。禮示三驅正，鋒藏九變奇。張侯仍是豹，賈勇盡如羆。引滿雙鵰落，騰空萬馬馳。元戎歸節制，法從肅威儀。詎數誇胡獵，還欣奏凱期。大風歌漢士，吉日誦周詩。我祖犁庭烈，先皇保泰規。永言思繼述，持以贊雍熙。歸本於文皇之犁庭、孝宗之保泰，寓規於頌，大臣進言之體。

唐　鉞

鉞，字君錫，蘭溪人。嘉靖癸卯舉人，官任楚府長史。

江行

客計方歸越，征橈更背吴。風螢臨水亂，江月向人孤。洲已過迷子，山猶及望夫。可憐清夜色，强半在長途。

許邦才 邦才，字殿卿，歷下人。嘉靖癸卯舉鄉試第一，官德府長史。

汴河守凍

客館寒燈淚滿襟，間關萬里欲歸心。眼前一水冰霜苦，又説三江瘴癘深。

皇甫濂 濂，字子約，長洲人。嘉靖甲辰進士，官興化同知。

悼子乘

溟溟雨露集，熙熙歲始更。靈蠢各有化，人理獨無生。念我泉下子，一絶如朝榮。生男以待終，胡爲遘夭煢。清塵布虚室，寒晦凝軒屏。宿草旅庭薦，哀鳥爲悲鳴。悵怳鯉趨日，禮訓猶用情。流目無存影，涕淚交霑纓。恫憂何能已，歎息每遺聲。堂闈曠綦迹，詩書空復盈。奚但腸九迴，心膂成頹崩。愧乏延陵達，無乃傷吾明。

不赴郡檄答子循兄

矯翮思霄翥，游鱗托淵沉。物類各有適，殊塗難並尋。豈伊世網慮，擾擾誰爲心。振衣還東山，寢迹棲舊林。江海多風濤，舟楫弭川陰。無令衝波激，但恐歲序侵。願言謝西府，谷口有徽音。

明詩别裁集卷八

長洲 沈德潛確士
周　準欽萊 同輯

李攀龍

攀龍，字于鱗，歷城人。嘉靖甲辰進士，官至河南按察使。

歷下詩，元美諸家推獎過盛，而受之掊擊，譴呼叫呶，幾至身無完膚，皆黨同伐私之見也。分而觀之，古樂府及五言古體，臨摹太過，痕跡宛然。七言律及七言絶句，高華矜貴，脱棄凡庸。去短取長，不存意見，歷下之真面目出矣。七言律，已臻高格，未極變態。七言絶句，有神無迹，語近情深，故應跨越餘子。

録别

顏色無常好，春華一以零。悲風蔽地來，四顧何冥冥。寤言懷往路，攬衣從此興。寒氣拳毛髮，涕泗斷爲冰。仰視河漢星，離如水中萍。景光不戀人，遊子豈遑寧。夜依牛羊宿，日驅駑馬行。努力及明時，安能愛其情。

又録别

秋風西北來，蕭蕭動百草。蕩子無家室，悠悠在長道。紅顔能幾時，棄捐一何早。對客發素書，零涕復盈抱。上言故鄉好，下言故人老。淺淺語道得情出。

古意

秋風西北起，吹我遊子裳。浮雲從何來，安知非故鄉。蕭蕭胡馬鳴，翩翩下枯桑。暮色入中原，飛蓬轉戰場。往路不可懷，行役自悲傷。『浮雲』十字，殊近古人。

和許殿卿春日梁園即事

梁園高會花開起，直至落花猶未已，春花著酒酒自美。丈夫但飲醉即休，纔到花前無白頭，紅顔相勸若爲留。春風何處不花開，何處花開不看來，看花何處好空回。三句一韻，末三句纏聯而下，格調甚新。

歲杪放歌

終年著書一字無，中歲學道仍狂夫。勸君高枕且自愛，勸君濁醪且自酤。何人不説宦遊樂，如君棄官復不惡。何處不説有炎凉，如君杜門復不妨。縱然疎拙非時調，便是悠悠亦所長。

黄河

復就三秦役，還爲四牡歌。北風揚片席，大雪渡黄河。才豈諸郎少，名非一郡多。儒官明主意，吾道好蹉跎。

廣陽山道中

出峽還何地，松杉鬱不開。雷聲千嶂落，雨色萬峰來。地勝紆王事，年饑損吏才。難將憂國意，涕泣向蒿萊。

崔駙馬山池燕集得無字

主家池館帝城隅，上客相如漢大夫。十里芙蓉迎劍舄，一樽風雨對江湖。橋邊取石鯨飛動，臺上吹簫鳳有無。向夕不堪車馬散，朱門空鎖月明孤。玩末句，應主亡之後。

初春元美席上贈謝茂秦得關字

鳳城楊柳又堪攀，謝朓西園未擬還。客久高吟生白髮，春來歸夢滿青山。明時抱病風塵下，短褐論交天地間。聞道鹿門妻子在，祇今詞賦且燕關。誦五六語，如見茂秦意氣之高，應求之廣。

同元美子相公實分賦懷泰山得鐘字

域内名山首岱宗，側身東望一相從。河流曉挂天門樹，海色秋高日觀峰。金篋何人探漢策，白雲千載護秦封。向來信宿藤蘿外，杖底西風萬壑鐘。第二語弱。附記：趙鶴登岱句云『山壓星辰從下看，海浮天地自東迴』，胸中不知吞幾雲夢也，惜通篇不稱。

送皇甫别駕往開州

銜杯昨日夏雲過，愁向燕山送玉珂。吴下詩名諸弟少，天涯宦迹左遷多。人家夜雨黎陽樹，客渡秋風瓠子河。自有吕虔刀可贈，開州别駕豈蹉跎。濟南論七律，云『王維、李頎，頗臻其妙』，讀此數篇，知得力有由。

送趙户部出守淮陽

仙郎起草漢明光，幾載軍儲事朔方。五馬新爲淮海郡，三臺舊署度支章。行車麥秀隨春雨，卧閣花深對夕陽。時憶上林詞賦客，鴻書遥下楚雲長。

送惲員外按察郢中

醉擁驪駒不可留，送君花發鳳凰樓。青春開府西陵色，到日登臺北雁愁。寒雨遠分荆楚望，白雲無盡漢江流。共知人世悲難合，倘得隋珠莫暗投。

送陸從事赴遼陽

御苑東風吹客過，共看芳草有離珂。西山晴雪鴻邊盡，北海春雲馬上多。地險時窺玄菟郡，天驕夜遁白狼河。知君幕下參高畫，諸將何時議止戈。

上朱大司空

河隄使者大司空，兼領中丞節制同。轉餉十年軍國壯，朝宗萬里帝圖雄。春流無恙桃花水，秋色依然瓠子宫。太史但裁溝洫志，丈人何減漢臣風。

懷子相

蘇門秋杪送仙槎，此日開尊感歲華。卧病山中生桂樹，懷人江上落梅花。春來鴻雁書千里，夜色樓臺雪萬家。南粤東吴還獨往，應憐薄宦滯天涯。

趙州道中憶殿卿

憶爾襜帷出牧年，風塵誰識使君賢。政成神雀猶堪下，興盡冥鴻遂杳然。樹色遠浮疎雨外，人家忽斷夕陽前。重來此地逢寒食，何處看春不可憐。

平凉

春色蕭條白日斜，平凉西北見天涯。惟餘青草王孫路，不屬朱門帝子家。宛馬如雲開漢苑，秦兵二月走胡沙。欲投萬里封侯筆，愧我談經鬢有華。

杪秋登太華山絶頂

縹緲真探白帝宫，三峰此日爲誰雄。蒼龍半挂秦川雨，石馬長嘶漢苑風。地敞中原秋色盡，天開萬里夕陽空。平生突兀看人意，容爾深知造化功。滄溟詩有虚响、有沉著，此沉著一路。

郡城送友人

西來山色滿城頭，東望漳河入檻流。傲吏歲時頻卧閣，故人風雨一登樓。亂離王粲逢多病，著作虞卿老更愁。君到長安相問訊，誰憐五月有披裘。

張駕部宅梅花

仙郎雪後建章迴，清夜西堂擁上才。笛裏春愁燕塞滿，梁間月色漢宫來。即看芳樹催顔鬢，莫厭寒花對酒杯。共憶故人江北望，因君賦罷倚徘徊。

送楊給事河南召募

醜虜休南牧，朝廷議北征。幄中新授律，天下大徵兵。使者持符出，君推抗疏名。黄金秋突兀，白羽日縱横。嶽雪三花秀，河冰萬馬行。將軍邀劇孟，公子得侯嬴。屠販多豪傑，風塵鬱戰争。有呼皆左袒，無役不先鳴。寧久燕山戍，終期瀚海清。過梁投賦筆，更爲請長纓。

七夕集元美宅送茂秦

祖席陳瓜果，征衣理薜蘿。雲邊看露掌，花裏出星河。仙吏揮金椀，佳人罷錦梭。新知天上少，秀句鄴中多。疎拙時名忌，雄豪虜障過。秋風吹髩髮，落日渡滹沱。匕首荆卿贈，刀頭桂客歌。明年見牛女，能不憶羊何。

塞上曲送元美

白羽如霜出塞寒，胡烽不斷接長安。城頭一片西山月，多少征人馬上看。《送元美》《寄元美》諸詩，可使樂人歌之。

送子相歸廣陵

廣陵秋色雨中開，繫馬青楓江上臺。落日千帆低不度，驚濤一片雪山來。

寄元美

蘇門城上月婆娑，玉笛誰爲出塞歌。君自客中聽不得，秋風吹落小黄河。
漁陽烽火暗西山，一片征鴻海上還。多少胡笳吹不轉，秋風先入薊門關。

於郡城送明卿之江西

青楓颯颯雨凄凄，秋色遥看入楚迷。誰向孤舟憐逐客，白雲相送大江西。

懷明卿

豫章西望彩雲間，九派長江九疊山。高卧不須窺石鏡，秋風憔悴侍臣顔。

贈梁伯龍

太華峰頭玉女壇，别時明月滿長安。不知秋色今多少，君到仙人掌上看。

春日聞明卿之京却寄

十載浮雲傍逐臣，歸來不改漢宮春。摩挲金馬宮門外，誰識當時諫獵人。

輓王中丞

中丞，名忬，元美父也，爲分宜嚴氏所害。

司馬臺前列柏高，風雲猶自夾旌旄。屬鏤不是君王意，莫作胥江萬里濤。爲中丞吐氣，而忠厚之意宛然。

幕府高臨碣石開，薊門丹旐重徘徊。沙場入夜多風雨，人見親提鐵騎來。

和聶儀部明妃曲

天山雪後北風寒，抱得琵琶馬上彈。曲罷不知青海月，徘徊猶作漢宮看。不著議論，而一切著議論者皆在其下，此詩品也。

觀獵

胡鷹掣鏇北風迴，草盡平原使馬開。臂上角弓如却月，當場意氣射生來。

章美中

美中，字道華，吴縣人。嘉靖丁未進士，官至憲副。

暮相思

征帆日已遠，回波不相待。瞑色孤峰來，故鄉何處在。日淡墟裏烟，雲盡天邊海。如何暮相思，坐令髩容改。

仲春虎邱

孤閣生殘照，平臺下夕陰。疎鐘不知處，人影在花林。古刹雲光杳，空山劒氣深。依依池上月，猶復照登臨。

初秋感懷

秋風吹海水，夜色一何長。思婦樓頭月，征人馬上霜。亭皐雲稍白，隴坂葉初黄。物候堪銷落，應憐杜若芳。

送人

送子薜蘿别，悠悠鸞鶴群。亂山秋雨歇，孤驛暮濤分。去國見飛鳥，思家生白雲。闔閭城上月，清影爲留君。

秋思

涼風起燕趙，萬里浮雲陰。思婦驚秋葉，寒蛩啼暮林。霜催銀箭色，雁度玉關心。蕭瑟江潭客，芙蓉孤渚深。

王世貞

世貞，字元美，太倉州人。嘉靖丁未進士，官山東副使。以父難解官，後補大名兵備，歷仕至刑部尚書。

弇州天分既高，學殖亦富，自珊瑚木難，以及牛溲馬勃，無所不有。樂府古體，高出歷下，何啻數倍。七言近體，亦規大家。而鍛練未純，故華贍之餘，時露淺率。選中嚴加汰存，不使胡元瑞諸人得藉口也。

天門開

天門旭，呀然豁。竅混沌，金精發。焱若電，燭潢漢。十二樓，㲹魚貫。琉璃蹙階，火齊鎏圯。光液四射，不可仰視。屏翳走，礿約馳。霓晻靄，若摇支。朱明曜以東起，纖阿迫以西垂。白榆歷歷河之湄，天漿瀠洄示昭儀。天門開，朝紫宫，中有使者冠芙蓉。朱衣璧簡縹緗青，類有疑無觸若冥，將上帝命况群生。顓精稽懇臚所希，惠我來思庇蒸黎，皡皡帝功斂希夷。光采灼爍，不必盡規漢樂。

戰城南

戰城南，城南壁，黑雲壓我城北。伏兵搗我東，遊騎抄我西，使我不得休息。黄塵合匝，日爲青，天糢糊。鉦鼓發，亂讙呼。胡騎斂，飈迅驅。樹若薺，草爲枯。啼者何，父收子，妻問夫。戈甲委積，血淹頭顱。家家招魂入，隊隊自哀謼。告主將，主將若不知。生爲邊陲士，野葬復何悲。釜中食，午未炊，惜其倉皇遂長訣，焉得一飽爲。野風騷屑魂依之。曷不覩，主將高牙大纛坐城中，生當封徹侯，死當廟食無窮。『黄塵合匝』三語，寫出古戰場。末即『死是征人死，功是將軍功』意，特變化無迹。

欽䲹行

《山海經·欽䲹圖贊》：『欽䲹及鼓，是殺祖江，帝乃戮之於崑崙之東。』

飛來五色鳥，自名爲鳳凰。千秋不一見，見者國祚昌。饗以鐘鼓坐明堂，明堂饒梧竹，三日不鳴意何長。晨不見鳳凰，鳳凰乃在東門之陰啄腐鼠，啾啾唧唧不得哺。夕不見鳳凰，鳳凰乃在西門之陰媚蒼鷹，願爾肉攫分遺腥。梧桐長苦寒，竹實長苦饑。衆鳥驚相顧，不知鳳凰是欽䳄。

應指分宜言。鈐山讀書時，天下以姚、宋目之，故有『千秋不一見，見者國祚昌』之語。

將軍行

婁豬化爲龍，頭角故不分。貪狼長百獸，那不食其群。有何短老公，自稱大將軍。從兵三十萬，華蓋若飄雲。尺一丹稜篋，細刺蛟螭文。一署臣某字，直入銅龍門。忽開青天笑，雷公不得聞。碧眼雙胡兒，慣騎大宛駒。與公同卧起，辮髮貂襜褕。朝令謁天子，暮令拜單于。單于開篋看，中有尺一書。織成紫氍毹，恰恰覆穹廬。犀毗黄金造，密嵌珊瑚珠。團龍五色帛，百匹爲一角。單于大歡喜，親爲割肉炙。小婦彈琵琶，大婦奉羊酪。手取一束箭，墨文何錯落。爲語而將軍，物微意不溥。箭鋒但相近，各各相引却。歸還告將軍，將軍大歡喜。今年胡却去，好復開茅土。幕府上功溥，兩胡對金紫。鬼伯何催促，將軍向蒿里。嚴霜一夜零，華堂遍荆杞。翩翩執金吾，緹騎類貔虎。急爲發其私，丞相下御史。支磔將軍骸，分梟十二邊。車裂兩胡兒，剗肉施烏鳶。紅顔夫人婦，懸首映旌旃。白面羽林郎，含咽向重泉。小女配人奴，歌舞侯家筵。田園億千疆，各自稱新阡。生爲衆人恨，死爲衆鬼憐。寄語二心臣，貽臭空萬年。此詩爲仇鸞作。鋪敘豐腴，中帶古勁，最近漢人。又有《袁江流》一章，紀嚴氏父子事，倣《焦仲卿妻》詩，緣摹倣有痕，故不録。

遥望北邙山

遥望北邙山，塚墓鬱相樛。石獸蹲草間，妖狐誤來求。斧斤焉施伐，原窅各趨疇。積泯漸成無，焉能覩其由。生時藉世贏，跡往神不留。豈若蓬蒿士，一語爲千秋。

過維揚有懷子相

淮南萬木落，蒹葭鴻雁秋。迴瞻大江水，極眺黄河流。念此區中士，天翰阻同游。巖巖麗神京，英俊滿賓疇。豈乏攜手好，抗志乃綢繆。浮沉衆自覩，安測衷所由。奈何各分離，徽音邈以脩。子如宵行燭，分輝均道周。予如汀際鴛，哀鳴望其儔。

過長平作長平行

世間怪事那有此，四十萬人同日死。白骨高於太行雪，血飛迸作汾流紫。鋭頭豎子何足云，汝曹自死平原君。烏鴟飽宿鬼車哭，至今此地多愁雲。耕農往往誇遺跡，戰鏃千年土花碧。即令方朔澆豈散，總有巫咸招不得。君不見，新安一夜秦人愁，二十萬鬼聲啾啾。郭開賣趙趙高出，秦璽忽送東諸侯。說出天道好還，使窮兵黷武者知戒。

贈梁公實謝病歸

汝謀結室羅浮頂，下飲仙人葛洪井。桂樹宛宛山日深，松花濛濛白雲冷。我亦欲買蜻蜓舟，歸與少年爲薄遊。《采蓮》一曲杳然去，得醉即卧清溪頭。

送盧生還吴

盧生善詩逸者流，百結鸕鷀安足愁。輾然一笑别我去，春花落盡胡姬樓。欲留不能意彌惻，衆中誰憐好顏色。短裘倘過邯鄲道，青草已没平原宅。吴趨小娃迎問郎，北遊滿地塵茫茫。采菱深處唱一曲，豈若蘆笳能斷腸。

酹孫太初墓

死不必孫與子，生不必父與祖。突作憑陵千古人，依然寂寞一抔土。道場山陰五十秋，那能華表鶴來遊。君看太華蓮花掌，應有笙歌在上頭。離奇突兀，弔太白山人自應爾爾。

陵祀

松楸何不極，複道見行宮。劒珮千官月，橋陵萬馬風。地迴山盡拱，雲合樹俱雄。白首先朝事，傷心涕淚中。

自夾山趣顏神感古

千秋此夾谷，駐馬意徘徊。蒼嶺争何向，青天線劃開。人疑懸索度，水憶建瓴來。回首兵車地，虛生命世才。

陪段侍御登靈巖絶頂

徑折全疑盡，峰迴陡自開。蒼然萬山色，忽擁岱宗來。碧澗傳僧梵，青天落酒杯。雄風别有賦，不羨楚蘭臺。『蒼然』二語可匹空同泰山詩。

登太白樓

昔聞李供奉，長嘯獨登樓。此地一垂顧，高名百代留。白雲海色曙，明月天門秋。欲覓重來者，潺湲濟水流。天空海闊，有此眼界、筆力，纔許作《登太白樓》詩。

送顧舍人使金陵還松〔一〕

汝豈因鱸膾，吾曾識鳳毛。青雲歸暫得，白雪和誰高。海色鍾山雨，秋聲笠澤濤。南征有諸

〔一〕『松』下脱一『江』字。

將，爲語聖躬勞。

送張虞部伯啓左遷常州别駕

把袂翻輕别，沾膺自感時。主恩遷地近，吾道小臣宜。月迴延陵劒，潮平太伯祠。古人崇退讓，今子莫凄其。忠厚。

亂後初入吴舍弟小酌

與爾同兹難，重逢恐未真。一身初屬我，萬事欲輸人。天意寧群盜，時艱更老親。不堪追往昔，醉語亦傷神。『一身初屬我』與『書到汝爲人』，各極沉痛。五、六正是追往昔也。氣雄味厚，不愧杜陵。

庚戌秋有約吴峻伯不就，賦此

漢樹淹胡月，天都拂塞塵。九關虚虎豹，層閣望麒麟。社稷群公手，兵戈一介身。請纓還請劍，慷慨涕沾巾。

義士李國卿歸骨長山，哭以送之

生死銜恩在，間關病骨遥。刀頭空自卜，匕首爲誰驕。風色田横館，寒雲豫讓橋。豈無心一寸，魂斷竟難招。

書庚戌秋事

傳聞胡馬塞回中，候火甘泉極望同。風雨雕戈秋入塞，雲霄玉几晝還宫。書生自抱終軍憤，國士誰譏魏絳功。北望蒼然天一色，漢家高碣倚寒空。三句言宣大兵入援，四句言上自西苑還大内也。

登岱

尚憶秦松帝蹕留，至今風雨未全收。天門倒瀉銀河水，日觀翻懸碧海流。欲轉千盤迷積氣，誰從九點辨齊州。人間處處襄城轍，矯首蒼茫迴自愁。

壁立芙蓉萬古看，削成松檜隱高盤。中峰翠壓徂徠色，絶頂青收碣石寒。《梁甫吟》成還自和，《茂陵》書就欲誰干。依微白馬吴閶在，欲向秋風問羽翰。

軒轅皇帝有高臺，鞭石千秋輦道開。匹練天縈吴觀出，金泥日射漢封回。西盤瓠子河如帶，東挂扶桑海一杯。誰爲登壇論王氣，祇應塵世有仙才。

盤山

千盤歷盡更茫然，回首中原暝色邊。峽轉琳宫藏漢月，峰排紫劒插胡天。雲根檜坼龍鱗起，磴道泉歸玉乳懸。深夜不須驚鼓吹，看予箕坐嘯風前。

行部高陽遇河決不浸三板

投馬虚疑楗石成，射蛟或恐海神驚。陸沉玄圃千峰細，天倒黄河萬堞平。漸老中原魚沸鬱，欲歸南極虎縱横。濁醪誰是高陽侣，遥夜窮愁白髮生。

同省中諸君過徐丈

詞客真同河朔遊，主人偏解孟公留。高城過雨凉生席，殘夜花明月滿樓。紫玉行杯彈出塞，紅牙催拍按梁州。更憐少日閶門侶，菱葉芙蓉湖上舟。

立春前一日過尹汝漁副使飲

東走齊河冰雪開，鬱葱佳氣近樓臺。相逢臘向尊中盡，敢道春從使者來。落日千門飛雁去，黄雲一騎按雕迴。知君且住袁絲里，陸博酣歌未易才。

寄家弟振美

江頭風色峭帆新，江雁銜蘆來往頻。握手已非生别地，題詩還是暫時人。天横北海書難信，日落吳門練未真。俗敝汝曹無可却，時違豺虎即須親。應是家難後詩。

寄耿中丞子承

黄龍東去海雲低，玄菟城頭烏夜啼。帳下青羌新屬國，軍中白馬舊安西。牙旗月擁諸陵出，甲帳天迴萬堞齊。最是駝酥争捧處，不妨飛捷醉中題。

送徐子與祀康陵

佳城葱鬱鎖楸梧，武帝神游定有無。金榜星辰千嶺逼，翠旗風雨萬靈趨。俱傳駿足留瑶海，亦有龍髯墮鼎湖。此日詞臣空灑淚，獻陵春望已糢糊。題『祀康陵』，結到望獻陵，見遺澤在人，不忍忘也。

戚大將軍入帥禁旅，枉駕草堂，賦此贈别

初聞小隊駐吴江，忽漫花溪隱畫艭。細柳尚虚金鎖甲，前茅時緩碧油幢。南中舊部思馳義，塞上新城喜受降。倘寫雲臺須第一，如論國士總無雙。

憶昔

憶昔南巡漢武皇，樓船車馬日相望。輕裘鄠杜張公子，挾瑟邯鄲呂氏倡。秋盡旌旗營細柳，夜深烽火獵長楊。孤臣亦有遺弓淚，不見當時折檻郎。張公子，指錢寧一流。呂氏倡，謂劉孃。

故關

四塞河山險，中通一線行。雄關蔽全趙，疊嶂拱神京。尺地分寒暑，中天各晦明。秋英開繡壁，夕照吐金城。屋似浮空置，田疑傍漢耕。雲根穿作竇，石髓借爲粳。樹雜旌旂擁，峰陪劍戟迎。符從襄子計，陣擬率然名。廣武堪稱客，成安未曉兵。古來興廢事，大半誤儒生。

送妻弟魏生還里

阿姊扶牀泣，諸甥繞膝啼。平安只兩字，莫惜過江題。

從軍行

蹋臂歸來六博場，城中白羽募征羌。相逢試解吴鈎看，已是金河萬里霜。

西宫怨

點點蓮花漏未央，乍寒如水浸羅裳。誰憐金井梧桐露，一夜鴛鴦瓦上霜。

飲歐陽鎮朔即事有贈

旌旗春偃白龍堆，教客休停鸚鵡杯。歌舞未殘飛騎出，月中生縛左賢來。

廣陵訪周公瑕不遇

豪華自古讓維揚，一水横江即異鄉。二十四橋歌吹遍，不知何處覓周郎。

戚將軍贈寶劒歌

毋嫌身價抵千金，一寸純鈎一寸心。欲識命輕恩重處，灞陵風雨夜來深。

曾向滄流剸怒鯨，酒闌分手贈書生。芙蓉澀盡魚鱗老，總爲人間事漸平。

謝　榛

榛，字茂秦，臨清人，自稱四溟山人。

四溟五言近體，句烹字鍊，氣逸調高，七子中故推獨步。古體局守規格，有宗法而無生氣，弗取也。

榆河曉發

朝暉開衆山，遥見居庸關。雲出三邊外，風生萬馬間。征塵何日静，古戍幾人閑。忽憶棄繻者，穷塹旅鬢斑。

讀『風生萬馬間』，紙上有聲。若衍成二語，氣味便薄。

大梁冬夜

坐嘯南樓夜，孤燈客思長。人吹五更笛，月照萬家霜。歸計身多病，生涯鬢易蒼。征鴻向何許，春意遍湖湘。

居庸關

控海幽燕地，彎弓豪俠兒。秋山牧馬處，朔塞用兵時。嶺斷雲飛迥，關長鳥度遲。當朝有魏尚，復此駐旌旗。

送謝給事封蜀

使星巴蜀外，漢節夜郎西。樹斷分金馬，江清見石犀。王孫重茅土，天子錫桐圭。異世懷張載，應留劍閣題。

渡黄河

路出大梁城，關河開曉晴。日翻龍窟動，風掃雁沙平。倚劍嗟身事，張帆快旅情。茫茫不知處，空外櫂歌聲。『翻』字、『掃』字，得少陵詩眼法。

初冬夜同李伯承過碧雲寺

並馬尋名寺，登高藉短節。飛泉鳴古澗，落月在寒松。石路經千轉，雲巖復幾重。人間多夢寐，誰聽上方鐘。

李行人元樹宅同謝張二内翰話洞庭湖

南望岳陽郡，蒼茫吴楚分。帆迴孤島樹，樓出九江雲。落日波中没，秋風天外聞。何時采蘋藻，湖上弔湘君。

暮秋簡徐別駕載卿

南征秋轉劇，不寐夜漫漫。白髮艱虞出，滄洲去住難。旌旗連野暗，兵甲照江寒。選將須臾事，誰能議築壇。

元夕道院同公實、子與、于鱗、元美、子相五君得家字

長空月正滿，遊騎隘京華。夜火分千樹，春星落萬家。乘閑來紫府，垂老問丹砂。笙鶴歸何處，依稀見彩霞。『春星』五字亦警亦秀，自能高壓滿坐。

七夕敬二君餞別得秋字

北斗挂城頭，明河迴不流。人間清露夜，天上白榆秋。聚散多岐路，悲歡自女牛。誰知老來拙，回首故鄉樓。與『朝暉開衆山』一種起手。

送樊侍御文敘之金陵

地入維揚路，天分牛斗墟。秋帆二水外，春草六朝餘。冰雪生官舍，風塵走諫書。從來經國者，寧不念樵漁。

送欽水部子辰之沛中

清標憐水部，南去意何窮。樹色分淮甸，河流見禹功。亂帆春草外，古堞暮雲中。感慨登臺處，蕭蕭起大風。

有感

薄伐元中策，論兵自古難。漢唐頻拓地，將帥幾登壇。絶漠兼天盡，交河蕩日寒。不知大宛馬，曾復到長安。

野興

白白霜凝地，飛飛雁渡河。孤峰依漢迴，老樹得秋多。月曉山精伏，時清野父歌。短笻隨我意，一徑入烟蘿。

秋日懷弟

生涯憐汝自樵蘇，時序驚心尚道途。别後幾年兒女大，望中千里弟兄孤。秋天落木愁多少，夜雨殘燈夢有無。遥想故園揮涕淚，况聞寒雁下江湖。

夜話李孺長書屋因懷其尊君左納言

忘年爾我重交情，論事相同見老成。月到廣除寒有色，鴉歸疎柳夜無聲。三農最苦江南税，百戰方休海上兵。歲暮銀臺應感歎，幾人封事爲蒼生。時江南增税，海寇方息，山人感事及之，非泛作憂時語。

中秋宴集

滿空華月好登樓，坐倚高寒攬翠裘。江漢光翻千里雪，桂花香動萬山秋。黄龍塞上征夫淚，丹鳳城中少婦愁。詞客共躭今夜酒，漫彈瑶瑟唱伊州。

送謝武選少安犒師固原因還蜀會兄葬

大書早下促星軺，二月關河凍欲銷。白首應憐班定遠，黄金先賜霍嫖姚。秦雲曉渡三川水，蜀道春通萬里橋。一對郫筒腸欲斷，鶺鴒原上草蕭蕭。將題意逐層安放，一氣轉摺，有神無迹，與高青邱《送沈左司》詩，三百年中不易多見者也。

送王侍御按河南

塞上初歸復此行，燕南極目送飛旌。天連嵩嶽寒雲盡，馬渡黄河春草生。簪筆常思未央殿，封章時發大梁城。知君最愛應劉賦，更向西園一寄聲。

七夕留别汪伯陽、李于鱗、王元美得知字

久客言歸意，留連幾故知。鵲橋星度夜，燕館月沉時。天上纔歡合，人間轉别離。晴分絳河影，秋動白榆枝。桂醑還成醉，萍蹤不可期。年年湖海上，今夕定相思。

行路難

荀卿將入楚，范叔未歸秦。花鳥非鄉國，悠悠行路人。平淡語，而行路之難自見。

秋閨曲

目極江天遠，秋霜下白蘋。可憐南去雁，不爲倚樓人。

塞下曲

旌旗蕩野塞雲開，金皷連天朔雁回。落日半山追黠虜，彎弓直過李陵臺。

漢北詞

石頭敲火炙黄羊，胡女低歌勸酪漿。醉殺群胡不知夜，鷂兒嶺下月如霜。

擣衣曲

秦關昨夜一書歸，百戰猶隨劉武威。見説平安收涕淚，梧桐樹下擣寒衣。『可憐無定河邊骨，猶是春閨夢裏人』幾於哀感頑艷矣，此詩可以嗣音。

遠别曲

郎君幾載客三秦，好憶儂家漢水濱。門外兩株烏桕樹，叮嚀説向寄書人。寫情極真，方之『茨姑葉爛』一篇，可云新聲古意。

明詩別裁集卷九

長洲　沈德潛確士
　　　周　準欽萊　同輯

張佳胤

佳胤，字肖甫，銅梁人。嘉靖庚戌進士，官至兵部尚書，加太子太保，贈少保，謚襄敏。

少保詩時露警拔，陳卧子重其莊雅，稱爲李、王後勁。

烏蠻灘

烏蠻灘前石齒齒，盤渦轉地驚濤起。險絶空傳灩澦堆，估客帆檣愁欲死。萬里江源異域來，右出夜郎左交趾。青天赤日毒霧合，跕跕飛鳶墮深水。我本西梁道上人，瘴鄉奔逐胡爲爾。停舟一奠伏波祠，丹荔黄蕉前致詞。英雄心事無今古，神物風雲各有時。銅柱功名倘難就，澤車欸段任吾之。

宿黄牛峽

春到黄牛峽，江辭白帝城。楚雲高不落，巴水去無聲。絶塞書難得，孤舟月更明。櫂歌聽自短，幾處夜猿鳴。

赴雁門，聞虜退去，呈楊中丞

驅車九月度飛狐，萬里霜凄塞草枯。白馬偶來逢使者，黄沙何處走單于。胡雲夜動雙龍匣，漢日秋懸八陣圖。一自雁門留李牧，邊關烽火至今無。

登函關城樓

樓上春雲雉堞齊，秦川芳草自萋萋。黄看雨後河流急，青入窗中華岳低。客久獨憑三尺劍，時清何用一丸泥。登高遠眺鄉心起，關樹重遮萬嶺西。

梁有譽

有譽，字公實，順德人。嘉靖庚戌進士，官刑吏主事。

姑蘇懷古

看山幾日到吳中，遊客登臨感慨同。金虎跡荒靈氣滅，水犀軍散霸圖空。春歸茂苑烏啼月，花落橫塘蝶怨風。誰識倦游心獨苦，扁舟長憶五湖東。

燕京感懷

塵塞戈鋋血未乾，龍庭烽火報長安。擬擒頡利先開幕，欲拜嫖姚更築壇。青海月明胡馬動，黃榆風急皂鵰寒。材官羽騎多如雨，夜夜旄頭倚劍看。

吴國倫

國倫，字明卿，興國州人。嘉靖庚戌進士，官至河南參政。

送徐行父少參赴關内

咸陽天下險，洛邑天下中，潼關睥睨周西東。君自三川歷三輔，分陝經營王命同。登車忼慨千人雄，矯若八翼凌蒼穹。左馮翊，右扶風，漢關秦畿指顧通。爲將匣裏雙龍劍，擲作天邊二華峰。

得元乘書

已道還江縣，猶然滯海門。别來新鬼哭，書至故人存。萬死懸兵力，孤忠藉主恩。豈無排難意，畏路不堪論。善論杜意。

高州雜詠

粵南天欲盡，風氣迴難持。一日更裘葛，三家雜漢夷。鬼符書辟瘴，蠻鼓奏登陴。遥夜西歸夢，惟應海月知。風土詩須此奇警之筆，方寫得生動。

鄱陽湖

欲向匡廬卧白雲，宫亭水色晝氤氲。千山日射魚龍窟，萬里霜寒雁鶩群。浪擁帆檣天際下，星蟠吴楚鏡中分。東南歲暮仍鼙鼓，莫遣孤舟逐客聞。

送姜太史節之使楚王

天子分桐葉，詞臣下柏梁。共憐星是使，况乃玉爲堂。江漢環宗國，風雲護帝鄉。居人思過沛，太史復浮湘。地險東南勝，藩盟帶礪長。晴山開絳節，高浪出牙檣。楊柳停旌艷，椒蘭設醴芳。樓臺招鶴馭，環珮憶鵷行。六博中原路，雙鋒北斗傍。緘書如有意，歸雁自衡陽。

寄遠曲

章臺楊柳緑如雲，憶折南枝早贈君。一夜東風人萬里，可憐飛絮已紛紛。

徐中行

中行，字子與，長興人。嘉靖庚戌進士，官至江西左布政使。

暮發滁陽

荒城一騎出，落日萬峰西。澗水流人影，松陰散馬蹄。懸崖青欲滴，芳草緑堪迷。洵美非吾土，翻然憶故溪。

盤江驛阻雨，寄門人汪維

天連益部長多雨，路出盤江況毒淫。春早蟄龍蒸赤水，夜深山鬼嘯青林。已憐道遠妻孥累，更恐年衰瘴癘侵。吹笛袁生應好在，懷予堪和武溪吟。結用爰寄生事，恰與門人關合。

宗　臣

臣，字子相，興化人。嘉靖癸丑進士，官至福建提學副使。

登雲門諸山

山頭月白雲英英，千峰倒插千江明。手把芙蓉步石壁，蒼翠亂射猿鳥驚。誰其雲外吹紫笙，欲來不來空復情。天風吹我佩蕭颯，恍疑身在崑崙行。

雨夜沈二丈至

榻有何人下，君能此夜過。寒蟬吴客賦，衰鳳楚人歌。雨氣千江入，秋聲萬木多。明朝寒浦望，摇落有漁蓑。

長庚、純一、舜隆既別，憶之

一別不自意，茫然空復愁。孤舟仍盜賊，多病已春秋。明月半江水，故人何處樓。風塵雙淚眼，爲找寄滄洲。

張九一

九一，字助甫，新蔡人。嘉靖癸丑進士，授黄梅知縣，歷官右僉都御史，撫寧夏。

寄見甫弟

歷盡巴山白髮新，西風何處不傷神。馬曹蹭蹬官難達，鳥道崎嶇老更貧。九派長江春後雁，一年芳草夢中人。相思況是無消息，徙倚天涯涕淚頻。

王世懋

世懋，字敬美，太倉州人，元美弟。嘉靖己未進士，官至太常寺少卿。

送李太史元甫册封蜀藩

玉檢金泥出大庭，雙旌萬里去冥冥。漢宫朝浥仙人露，益部宵占使者星。巫峽雲中流濯錦，峨眉天半落空青。先驅恥作臨邛客，橐筆重題劒閣銘。

横塘春泛

吴姬小館碧紗窗，十里飛花點玉缸。蠟屐去尋芳草路，青絲留醉木蘭艭。山連暮靄迷前浦，雲擁春流入遠江。棹裏長干聽一曲，烟波起處白鷗雙。

潘　緯

緯，字仲文，歙縣人。

送友人北遊

樽酒慰行軒，交深敢贈言。經過鄭莊驛，好問孟嘗門。一諾休輕許，千金未是恩。年來長送客，此意不曾論。

張邦伊

邦伊，字孺覺，鄞縣人。以父廕仕至陝西苑馬寺少卿。

沈嘉則有三楚之遊，席上得分字

春城斗酒惜離群，把袂高歌到夕曛。地入衡陽三楚盡，天迴襄漢九江分。停舟夜聽湘靈瑟，倚閣高搴鄂渚雲。知爾尚平家累淺，逢人勝事好相聞。

戚繼光

繼光，字元敬，登州人。世襲衛千户，以參將備倭浙東，破倭於台州、平海衛等處。寇平，以都督同知召理戎政，出爲薊鎮總兵，進左都督，加少保。

盤山絶頂

霜角一聲草木哀，雲頭對起石門開。朔風虜酒不成醉，落葉歸鴉無數來。但使玄戈銷殺氣，未妨白髮老邊才。勒名峰上吾誰與，故李將軍舞劒臺。無意爲詩，自足生趣。若郭定襄直於詩壇中位置之。

歐大任

大任，字楨伯，順德人。以歲貢選江都訓導，入爲國子博士，終南京户部郎中。

泊樅陽眺覽，遂憶漢武之游

行役届皖城，放舟下樅陽。原隰鬱膴膴，江波浩湯湯。憶在元封中，君王狩朱方。大江深且廣，及兹一葦航。彎弧射蛟臺，皇武何可當。宸游事既往，六合無回光。不見樓船還，空餘蕙蘭芳。追昔有虞氏，恭己垂衣裳。聖人重無爲，君子貴豫防。覽古動悽惻，延佇增徬徨。

除夕九江官舍

餞歲潯陽館，羈懷强笑歡。燭銷深夜酒，菜簇異鄉盤。淚每思親墮，書頻寄弟看。家人計程遠，應已夢長安。一結憶及家人，又於家人意中念己之夢長安，曲折往復，善學少陵。

九月十五夜月

瑶草三秋色，金風一夕寒。書緣多難絶，月在異鄉看。凄斷驚霜角，遲迴望露盤。刀頭今未定，誰最憶長安。

登宣武門樓

百二山河控上游，鬱葱佳氣滿皇州。風驅大漠浮雲出，天轉滹沱落日流。雙闕金莖連北極，萬家紅樹動高秋。茱萸黄菊俱堪佩，獨上城南百尺樓。

張元凱 元凱，字左虞，吴縣人。蘇州衛指揮。

楓橋與送者别

楓橋秋水緑無涯，楓葉滿樹紅於花。萬里之行纔十里，闔閭城頭尚堪指。遊子尊前淚濕衣，離心已逐片帆飛。酒酣忘却身爲客，意欲元同送者歸。英雄兒女一齊下淚。

陳鶴 鶴，字鳴野，山陰人。世襲百户。五言如『近海潮通郡，連山瘴入樓』『孤月常隨棹，寒潮自到門』，頗近自然。

夜坐寄朱仲開、張甌江

坐久北風起，江聲帶遠沙。客愁初到鬢，鄉夢不離家。林静無殘葉，燈寒有落花。懷君滯羈旅，雲海各天涯。

卧病雙溪山館見月寄張有功

溪邊桑柘映雙流，病裏蕭條賦《四愁》。坐雨幾宵方見月，别君一日已成秋。山深倦鵲猶依樹，風定飛螢自上樓。託跡文園須共遣，莫因鄉國歎羈留。

徐　渭

渭，字文長，山陰人。

懷陳將軍同甫

飛將遠從戎，翩翩氣自雄。椎牛千嶂外，騎象百蠻中。銅柱華封盡，昆池漢鑿空。雁飛真不到，何處寄秋風。

沈明臣

明臣，字嘉則，鄞縣人。

顧晋卿席上聞其弟益鄉憲副南越之捷

廿年豺虎劇縱横，百粤遥傳一日平。再覩樓船横海出，更標銅柱伏波名。天青馬嶂春銷甲，雨過龍川夜洗兵。誰道虎頭非將種，請纓從古是書生。

凱歌

銜枚夜度五千兵，密領軍符號令明。狹巷短兵相接處，殺人如草不聞聲。嘉則與徐文長同在胡少保宗憲幕。少保嘗讌將士於爛柯山，酒酣樂作，嘉則於席上賦《凱歌》十章，吟至『狹巷短兵』二語，少保起，將其鬚曰：『何物沈郎，雄快乃爾！』命工刻石置山上。

唐　詩

詩，字子言，無錫人。

横江曲

家住横江口，年年傷暮春。落花隨水去，不爲待歸人。

黄姬水

姬水，字淳父，長洲縣學生。

與友人共飲

青郊歇馬拂吴鈎，萍聚天涯共白頭。久客新豐惟命酒，長謡故國一登樓。林殘半壑飛寒雨，潮落空江急暮流。世路風烟悲去住，莫辭此日醉箜篌。

袁景休

景休，字孟逸，吳縣人，隱於卜。

送沈嘉則遊中原兼訪戚將軍

中原此去欲如何，把酒聞君忼慨歌。道上霜寒逢白雁，馬前木落見黄河。五陵烟雨秋難盡，三輔風雲氣尚多。記得少年曾學劍，壯心猶自憶廉頗。

嵇元夫

元夫，字長卿，歸安人。

刈稻夜歸

西莊刈稻夜半歸，明月皎皎當柴扉。櫓聲隔岸人語近，斗柄插江霜氣微。木葉蕭蕭覆林屋，蘆花茫茫藏釣磯。兒童村南酒家去，野夫獨立風吹衣。

立秋日盧溝送新鄭少師相公

單車去國路悠悠，緑樹鳴蟬又早秋。燕市傷心供帳薄，鳳城回首暮雲浮。徒聞後騎宣乘傳，不見群公疏請留。三載布衣門下客，送君垂淚過盧溝。此江陵與司禮璫馮保逐新鄭相公事也。無位之士爲之垂淚，足徵公論在人。

居　節

節，字士貞，吴縣人。

晚坐

鴉背夕陽盡，柴門暮色初。山寒漸風露，人語半樵漁。落葉聞砧急，蘆花映月踈。年年楚江上，不見雁將書。

孫良器

良器，字貢甫，休寧人。

過姑蘇有感

東吳城外盡烽烟，百姓流移半在船。爲問秋風舊來雁，稻粱今有幾家田。此詩應是倭寇之後，經過所作，比『江燕初歸不見人』，其聲又蕭颯矣。

王叔承

叔承，字承父，吴江人。

風雨泛太湖，宿松陵長橋漫興

群飛鷗鷺去不極，予亦揚帆赴杳冥。灑髩湖風寒氣白，打船春雨浪花青。水邊萬樹來江縣，雲裏雙峰出洞庭。七十二橋燈火亂，野烟沽酒宿漁汀。

王穉登

穉登，字百穀，長洲人。國子監生。

塘栖道中

水闊雨冥冥，帆飛去不停。人聲雨涯斷，魚市一江腥。雲已辭吳白，山初到越青。侯芭數行淚，千里弔《玄經》。

聞警

交河十月水潺潺，虜騎秋高過黑山。六郡平時元近塞，一夫誰箇可當關。雲中太守須重起，日逐賢王未肯還。空抱平胡三三策，書生無計謁龍顔。

袁相國故居訪李孝甫太僕

魚文匕首不離身，馬踏長安市裏塵。重過楊家舊亭子，深悲侯氏老門人。朱欄易主花無色，青眼逢君酒可親。同是中郎琴畔客，一般憔悴各沾巾。

汪時元

時元，字惟一，休寧人。

九日舟中

秋風葉正飛，江上逢重九。人世幾登高，寂寞黄花酒。只此已足。

蔡文範

文範，字伯華，新昌人。隆慶戊辰進士，歷官廣東布政司參議。

隆慶以後，詩教漸衰，故所收從略。

自瀛德至東昌道中雜詩

聞道張秋決，先朝慮獨深。名山標戊巳，奉使失辛壬。地控支祈鎖，天寒象罔沉。誰知神禹蹟，疏鑿本無心。

遊南岳

縹緲仙臺紫氣浮，烟籠玉座儼垂旒。地包荆楚標南紀，江合沅湘向北流。牲帛千秋周祀典，衣冠五月舜諸侯。塵緣未斷慚仙骨，金簡雲書何處求。

黄洪憲

洪憲，字懋忠，嘉興人。隆慶辛未進士，改庶吉士，官至少詹事，掌翰林院事。

山海關

長城古堞俯滄瀛，百二河山擁上京。銀海仙槎來漢使，玉關秋草戍秦兵。星臨尾部雙龍合，月照平沙萬馬明。聞道遼陽飛羽急，書生急欲請長纓。

李三才

三才，字道夫，臨潼人。萬曆甲戌進士，宫〔一〕至户部尚書。

送許郎中轉餉薊密諸鎮

重鎮經行遠，清秋離别難。和戎兼漢策，轉餉命秦官。朔雁驚風下，邊雲入夜寒。都亭尊酒

〔一〕『宫』，刻寫之誤，應爲『官』。

罷，落葉滿征鞍。

朱期至

期至，字子得，蘄水人。萬曆甲戌進士，官懷慶知府。

送蔣太守之瓊州

五羊南去客心孤，銅柱遥分使者符。爲語越裳諸屬國，清時不用貢珊瑚。從張謂《戲杜侍御送貢物》詩翻出，能尊國體。

馮　琦

琦，字用韞，臨朐人。萬曆丁丑進士，官至吏部侍郎，贈禮部尚書，謚文敏。

題三娘子畫象

紅妝一隊陰山下，亂點酡酥醉朔野。塞外争傳娘子軍，邊頭不牧烏孫馬。此爲忠順夫人作。

朱國祚

國祚，字兆隆，秀水人。萬曆癸未賜進士第一，官至南京禮部尚書。入東閣後，加少傅，贈太傅，謚文敏。

經寧庶人廢苑

吴濞何知反，劉安但自尊。魚鹽時不利，雞犬爾焉存。俘已儒臣獲，軍猶鎮國屯。白頭遺老在，尚説獻王孫。

西山謁景皇帝陵

戾園悽斷白楊風，黄瓦今看天壽同。北狩專馳通問使，南還偏賞奪門功。若教守土盟城下，安得蒙塵返域中。多少諫臣司耳目，昌言翻賴校官忠。追復景皇帝謚號，由荊門州訓導高瑶上疏言之。

恭謁慶陵作

講幄頻趨鶴籞深，重來就日慘棠陰。十年始受東朝册，一月真傾下土心。視榷盡收中使節，披沙罷採丱人金。最愁日曆書難既，龍去烏號涕不禁。

徐學聚

學聚，字敬輿，蘭谿人。萬曆癸未進士，官至右僉都御史，巡撫福建。

夜宿日觀峰禪房

岱宗面面削芙蓉，時有卿雲出漢封。杖屨中天干象緯，風烟下界起蛟龍。河流舊繞滄溟遠，練影斜懸紫翠重。夜半石牀天籟發，夢中錯認景陽鐘。

湯顯祖

顯祖，字義仍，臨川人。萬曆癸未進士，官南京禮部主事，謫典史，量移知遂昌縣。

送別劉大甫

欲別悲歌雞又鳴，白頭無計與書生。恩讐未盡心難死，獨向田横島上行。

徐熥

熥，字惟和，閩縣人。萬曆戊子舉人。惟和近體，宗法唐人。在詩道冗雜時遇之，如沙礫中得簡珠也。七言絶尤能作情至語，在李庶子、鄭都官之間。

銅雀妓

銅臺遺令在，玉座主恩非。舊曲流哀管，餘香散舞衣。繐帷空寂寞，羅綺失光輝。日日西陵望，君王歸不歸。

陳价夫婦自崖州談粵中山水，因懷舊遊

朱崖彈鋏動經年，醉向黎姬酒肆眠。笑語自存豪士氣，衣裳猶帶島夷烟。波羅老去甘如蜜，蔞葉開時小似錢。十載遊蹤俱是夢，不堪重聽舊山川。

送人遊吴楚

津亭烟柳緑垂絲，萬里關山匹馬遲。去國正當秋盡後，登樓多在日斜時。楚江草長悲鸎鵡，吴苑花深走鹿麋。話别何須共惆悵，秋風摇落是歸期。

旅次石頭岸

石頭城下水微茫，回首鄉關驛路長。瓜步烟波連斷靄，秦淮雲樹隔斜陽。秋高落木見村舍，夜静寒潮到女牆。客裏愁心已如此，一聞南雁更凄凉。

金陵故宫

先朝遺殿閉塵埃，零落空勞過客哀。五夜銅壺乾罷滴，六宫金鎖澀難開。翠華逝後全無跡，羅綺焚餘自有灰。弓劒盡埋烟雨冷，椒房一半上莓苔。閲五六，知當時初無遜國之事，蓋帝與后同在灰燼中也。史氏《致身録》之誣神廟，時人俱能言之，得錢牧齋諸人之辨益明。

送李太守擢憲滇南

昆明池水静無波，擁傳新從僰道過。開府定能寬漢法，采詩自可入蠻歌。趁墟滇客龍名市，納欵蠻王象渡河。他日勒功留片碣，點蒼如黛石嵯峨。

訪梅禹金秦淮客舍

舟過長干問客星，風流不用歎飄零。一秋桃葉居淮水，時同小姬。十月梅花夢敬亭。遊遍南朝故宫地，翻殘西竺《净名經》。贈君欲折藏鴉柳，滿目長堤何處青。

武夷溪口送惟起弟

青山遊侣散紛紛，况復臨岐遠送君。兩地雁鴻難顧影，一時鸞鶴總離群。人從杜若洲邊去，路在桃花洞口分。明發登高各惆悵，鵝溪斜日幔亭雲。

丹陽遇陳十八

丹陽渡口遇同鄉，欲語怱怱怨夕陽。君返江南我江北，雲山千疊斷人腸。

長門怨

芳草何時輦路通，長門花鳥自春風。衹緣薄命難承寵，豈是相如賦未工。

郵亭殘花

征途微雨動春寒，片片飛花馬上殘。試問亭前來往客，幾人花在故園看。絶句七章，詞不必麗，意不必深，而婉轉關生，覺一種至情餘於意言之外。

酒店逢李大

偶向新豐市裏過，故人尊酒共悲歌。十年別淚知多少，不道相逢淚更多。

芋江驛樓送張四之白下

春風吹柳萬條斜，極目金陵隔暮霞。不必相思當後夜，片帆開處即天涯。

禦兒舟中別朗公

月下談深睡已遲，滿身凉露夜何其。雞聲未斷鐘聲起，又是江頭欲別時。

寄弟

春風送客翻愁客，客路逢春不當春。寄語鶯聲休便老，天涯猶有未歸人。

陶望齡

望齡，字周望，會稽人。萬曆己丑賜進士第三，官至國子祭酒，卒謚文簡。

沛縣過高帝廟

路經舊沛山川古，龍起中原戰鬭多。一代雄圖開赤帝，千秋遺廟傍黄河。雲歸尚識真人氣，風起猶傳猛士歌。魂魄來遊長此地，漢宫秋色近如何。

高攀龍

攀龍，字雲從，無錫人。萬曆己丑進士，歷官至左都御史。坐忤逆閹削籍。被逮，赴水死。贈太子少保、兵部尚書，謚忠憲。

忠憲詩無心學陶，天趣自會。羽翼名教，人不以『擊壤』一派爲高。益信定山、甘泉，非風雅之宗也。

水居

薄暮登樓，四望遠疇。時雨既降，農人乍休。乳燕來止，鯈魚出游。萬族有樂，吾心何憂。

中有元化，偶然得之。

夏日閑居

長夏此静坐，終日無一言。問君何所爲，無事心自閑。細雨漁舟歸，兒童喧樹間。北風忽南來，落日在遠山。顧此有好懷，酌酒遂陶然。池中鷗飛去，兩兩復來還。

湖上閑居季思子往適至

正爾山水間，念我烟霞友。春風吹微波，日暮倚楊柳。我友惠然至，童僕喜奔走。相别歎幾時，相逢慮非久。所歡得晤言，欲言仍無有。默默各自怡，一室閑相偶。夜深不能寐，明月在東牖。

夜步

幽人夜未眠，月出每孤往。繁林亂螢照，村屋人語響。宿鳥時一鳴，草徑露微上。欣然意有會，誰與共心賞。

弢光静坐

偶來山中坐，兀兀浹旬餘。淡然心無事，宛若生民初。流泉當几席，衆山立庭除。高樹依巖秀，修篁夾路踈。所至得心賞，終日忻忻如。流光易蹉跎，此日良不虚。寄言繕性者，速駕深山居。

傅新德

新德，字元明，定襄人。萬曆己丑進士，官至國子祭酒，贈禮部右侍郎，謚文恪。

送郭青字參藩巴蜀

殊方幾載歎離群，忽漫相逢又送君。萬里江湖龍劍合，一尊風雨薊門分。峨岷迴出天連雪，棧閣平臨馬度雲。蜀相威名應不負，他時消息好相聞。

區大相

大相，字用孺，廣南高明人。萬曆己丑進士，官翰林檢討，歷贊善中允。

家人初至京，置酒亭中，對雪作

庭霰今朝集，家筵此日開。不知燕地雪，猶訝故園梅。玉袖承花出，珠簾卷絮迴。瑤華雖可贈，留賞上春來。

中允，海南人。海南無雪，故頷聯特妙。頸聯亦秀艷，『香霧雲鬟』同一筆墨。

送何儀部稚孝謫桂林

長沙非不遠，南去更蕭森。謫宦楚山盡，獨行湘水深。鄉書同雁少，官舍共猿吟。今夕懷人夢，隨君到桂林。

南行感懷

聞道貂璫輩，由來爲掃除。先朝煩鎮守，重任典方輿。貢采山川竭，徵輸井邑虚。明明皇祖訓，宫府意何如。時礦税之使，紛紜四出。至寺人職掃除者，列坐督撫之上。小民窮瘁，幾於賦《苕華》、歌《萇楚》矣。詩中念祖訓，正以慨時事之非也。

入羅滂水

井邑新安集，閭閻雜漢猺。火耕春伐木，山獵夜歸樵。潮響蠻溪合，林光瘴峒消。直須勤撫字，勿使困征傜。

鄭明選

明選，字子升，侯官人。萬曆己丑進士，官南京刑科給事中。

感懷

黄虞世已遠，大道漸陵遲。十室八九空，奸邪乃猖披。法令日以繁，盜賊日以滋。宣尼相魯國，道路不拾遺。君子正其本，禮義將自治。莫以鞭與轡，能使疲馬馳。莫以刑與戮，能使風俗移。長吏苟有闕，三尺將安施。

恭聞册立皇太子，喜而賦詩

少海初流潤，前星已麗空。九重原獨斷，四皓本無功。鶴馭丹霄上，龍樓紫禁東。君王有金鑑，早晚賜春宮。神廟爲鄭妃故，屢欲建立福王，迫於公議而止。作者歸本『九重獨斷』，立言之體，故應温厚也。

十五夜寫懷

明月孤懸夜，空齋獨坐人。地平連海岳，天闊散星辰。禄米悲親没，柴門憶弟貧。吾生無限事，況感百年身。

歸子慕

子慕，字季思，崑山人。萬曆辛卯舉人，崇禎時追贈翰林待詔。待詔詩雅淡清真，簞瓢童冠，無非樂趣。生平與高忠憲公敦道義交，詩品亦略相似，所云『同心之言』也。

對客

默然對客坐，竟坐無一語。亦欲通殷勤，尋思了無取。好言不關情，諒非君所與。坦懷兩相忘，何害我與汝。

城北初夏

三見草木榮，栖栖猶未旋。偶與城市遠，因耽此地偏。獨館背清池，一無俗事牽。晨興課書罷，日午蛙聲喧。出門見新秧，微緑映遠田。久晴初得雨，稚子亦欣然。田父説歲占，今兹定有年。物情既如此，予樂復何言。淡然無意，太羹元酒之遺。

雜詩

日出群動作，智計千萬端。用此徒爲勞，不用殊未安。所繇在有身，坐令思慮殫。所以古賢達，與物同一觀。俯仰放懷抱，宇宙何其寬。

館城北

妻孥昔居城，我淹江上廬。妻孥來江上，我去城北居。城北何所事，一生喜從余。既愛童子真，且得人事疎。長夏北窗竹，風吹几案書。坐看牆外帆，樹中去徐徐。中情苟無繫，觸物皆有餘。今兹對佳節，正值秋風初。香稻感我情，歸食空江魚。小女解思父，一見當何如。

壬寅正月西村築室成

經始逼歲除，春肇室云考。結構稱心爲，彌拙亦彌好。村樹既羅列，溪流亦縈抱。北牖移修篁，南圃藝藥草。室中圖與書，閑暇可探討。農人理耰鋤，念此歲供早。顧我長負疴，不耕慚亦飽。

移居

冉冉歲云暮，寒風動林於。言辭東村宅，去適西村廬。豈無舊巢戀，歡與吾仲俱。西村況不遠，相去一里餘。回瞻竹樹間，炊烟出前厨。吾病四十衰，厭厭日不如。憂患易反本，戚戚念友于。安得我叔氏，亦復來此居。遥望城中山，引領空嗟吁。

丙寅六月過吴子往荻秋庵

蕭瑟湖上廬，六月如清秋。凉雨過柴門，緑楊風飀飀。水濱一稺子，洋洋何所求。終日無一魚，持竿釣不休。問之向我笑，使我心忘憂。諸詠有物我同得之趣，覺月到天心、風來水面，終是有心作理語。

歸江上

去年冬盡歸，室家尚完好。兒女曝檐隈，牆頭日杲杲。今年冬盡歸，離憂不可道。中饋閴無人，虛堂塵不掃。一兒依外家，兩女傍兄嫂。奚獨天運乖，謀生亦草草。人世骨肉緣，尚爾不可保。而況一切營，何足攖懷抱。久矣吾行迷，回車苦不早。

歲暮別諸生

惻惻不可道，臨岐但依依。常恐語言多，貌勝中情微。感兹寒色厲，北風吹爾衣。歲暮家室情，各各念爾歸。群居雖云樂，人情諒難違。所患不同心，不患相見稀。尼父重久要，如醴久已非。勗哉儀先民，雅道庶可幾。人人胸臆中語，便是至情。視華子潛詩，只學得陶公形象，所謂『得其皮骨』者也。

明詩別裁集卷十

長洲 沈德潛確士
周 準欽萊 同輯

謝肇淛

肇淛，字在杭，長樂人。萬曆壬辰進士，官至廣西左布政使。

秋日邀龍君御同鍾伯敬、林茂之賦詩，君御時將赴湟中

營道植高操，大音謝俗機。誰云京洛塵，而能緇素衣。前蹤既云邈，後會安可希。斗酒自斟酌，蟹螯秋正肥。南陸有殘暑，西山無留暉。不知松際月，已挂花間扉。雜坐忘罄折，緒談聞芬菲。君今赴河湟，戎馬生郊畿。白面誰見賞，青雲願多違。舊歡意未浹，新離淚仍揮。余亦倦遊者，因之歌式微。

送徐興公還家

楓落空江生凍烟，西風羸馬不勝鞭。冰消浙水知家近，春到閩山在客先。斜日雁邊看故國，孤帆雪裏過殘年。憐予久負寒鷗約，魂夢從君碧海天。

春怨

長信多春草，愁中次第生。君王行不到，漸與玉階平。

秋怨

明月憐團扇，西風怯綺羅。低垂雲母帳，不忍見銀河。

袁宏道

宏道，字無學，公安人。萬曆壬辰進士，官吏部郎中。公安兄弟意矯王、李之弊，而入於俳諧。又一變而之竟陵，詩道遂不復振。人但知竟陵之衰，而不知公安一派先之也。

感事

湘山晴色遠微微，盡日江邊取醉歸。不見兩關傳露布，尚聞三殿未垂衣。邊防自古無中下，朝論於今有是非。日暮平沙秋草亂，一雙白鳥避人飛。

曹學佺

學佺，字能始，侯官人。萬曆乙未進士，歷官參議廣西。天啓中，以閹禍除名爲民。崇禎初，起復廣西，疏辭不赴，家居二十餘年，殉節死。

夜泊彭山江口

錦城平日暖，旅泊始知寒。犍蜀中分地，岷峨相向看。岡連三女冢，水疾二郎灘。蘆葦風吹急，蕭蕭漢將壇。岑彭遇害，此地有彭亡之稱。

泰昌皇帝輓歌

龍馭升遐日，封章滿御牀。施行猶令旨，德意自先皇。沛若江湖決，俄然石火光。更聞哀詔到，能不淚沾裳。『龍馭升遐』謂神宗，『更聞哀詔』謂光宗。

勸進箋三上，騰歡遍九垓。逐臣皆召用，中使盡收回。貨賤昭先儉，心勞集相才。大工須計日，久矣柏梁災。

罷税不停徵，邊庭歲用增。金錢溢輸輓，士馬飽飛騰。北闕聞天語，東隅望日升。那堪遽辭世，倉卒治山陵。

九轉神丹祕，三旬帝業終。《春秋》書法謹，中外揣摩窮。雨泣將填巷，攀髯或墮弓。由來戮方士，豈但爲無功。

過木瀆

指點十三橋，迎船半柳條。夕陽潮正滿，春草岸俱遥。琢研開山市，爲園灌藥苗。賣餳時節近，處處有吹簫。琢研種花，風土自昔，寫來光景如畫。

送陳民部出守思州

言辭粉署重淒淒，道路時聞征馬嘶。日照夢懸鄉樹外，夜郎吟向郡樓西。竹雞群裏登峨嶺，銅鼓聲中出朗溪。我欲白門攀柳送，相思此夜有烏啼。

八月朔日，王元直招集南樓，送陳汝翔之東粤、王玉生之清漳、沈從先還姑蘇、徐興公之建溪、陳維尋之聊城、蔣之才之廣陵，予返白下

西風蕭瑟動離顔，一樹衰楊不剩攀。秋老幾人猶白社，月明無主自青山。征途南北高樓外，客淚縱横杯酒間。此别紛紛難聚首，天涯那許夢魂閑。

蔡毅中

毅中，字弘甫，光山人。萬曆辛丑進士，官至禮部右侍郎。

秋興

木落江空天氣清，西風蕭颯雁南征。浮雲暗逐年華變，岐路虚憐短髩生。千里關河懸客夢，萬家砧杵動秋聲。崇蘭芳芷依然在，何處江潭弔屈平。

公鼐

鼐，字孝與，蒙陰人。萬曆辛丑進士，官至禮部右侍郎，謚文介。

詠古

古人獲我心，善達窮通理。安危慮所居，屈伸貴自己。已貴可復賤，中立常不倚。衰至易生驕，臘毒恒在美。薛公僅遺榮，疏傅庶知止。寥廓晞冥鴻，矰繳安可擬。

穆陵關

昔日齊侯履，南疆盡此封。諸山沂作鎮，五岳岱爲宗。霸國猶餘業，重關識舊蹤。故園相去近，回首海雲重。

諸將

上谷漁陽拱帝京，相連河外受降城。一從塞馬來南牧，遂使王師罷北征。絶徼尚傳青海箭，中原新動緑林兵。主憂正值宵衣日，誰向天山答太平。

李流芳

流芳，字長蘅，嘉定人。萬曆丙午舉人。

嘉定四君中以檀園爲上，雖漸染習氣，而風骨自高，不能掩其真性靈也。

過皋亭龍居灣，宿永慶禪院，同一濂、澄心、恒可諸上人步月

歸裝出西湖，間道向黄鶴。屢愆桐塢期，偶遂龍居諾。輕舟凌晨風，遥山滿晴郭。丹林尚可數，寒條紛無託。披松指微徑，聽水捫暗壑。新構争遠勢，平臺攬摇落。霜餘山容淺，天清海氣薄。暫歇塵勞心，始知寂滅樂。

每多方外遊，見僧即如故。燈明一龕下，夜長愜深晤。不知山月上，千林已流素。出門尋舊溪，愛踏松影路。氣和空宇澄，寒魄如春露。幽泉洗我心，微鐘杳然度。讀第二章，如見東坡承天寺夜遊光景。

白門七夕 時將入燕。

舊口維舟處，懸情獨柳條。秋風又京國，客思正江潮。長路有時到，歡期難再邀。徘徊望牛女，愁絶向中宵。

黄河夜泊

明月黄河夜，寒沙似戰場。奔流聒地響，平野到天荒。吴會書難達，燕臺路正長。男兒久爲客，不辨是他鄉。

唐時升 時升，字叔達，嘉定人。

南翔里有八老人，爲社長者年九十四，少者年八十一，居止不一二里。耄耋相望，杯酒談笑，日相娱樂。誠太平盛事，詩以紀之。

白鶴村頭春日曉，香霧濛濛百花好。蒼顏素髮八老人，花前置酒相傾倒。笑説鄰翁學語時，追談邑子知名早。不知主客更勸酬，争引曾玄互提抱。今年孟春甲子晴，占云麻麥俱豐成。坐中祭酒九十四，敬酹社公旨且清。其間迭起拜更祝，但願脚健雙眸明。桂林從事八十一，只聞喚弟無呼兄。南村翳翳桑榆日，出共持杯歸散帙。但課兒孫種黍苗，何知方士餐芝术。香山居士有遺篇，九十不衰真地仙。公等康健逢聖世，能無日暮歌皇天。願炊香飯秫釀酒，日奉杖履長周旋。武皇遺事多訛謬，欲問鑾輿南幸年。

薛侍御出按貴州，便道歸雲南省覲

繡衣持節出長安，南入牂牁路萬盤。重箐濕雲常欲雨，點蒼晴雪不知寒。登車自掃豺狼跡，問寢應彈獬豸冠。遥憶樹頭新酒熟，雲南人釀酒於樹。刺桐花下正承歡。

程嘉燧

嘉燧，字孟陽，歙縣人，寓居嘉定。

孟陽詩亦娟秀少塵，自錢牧齋訾謷李、何、王、李諸人，推孟陽爲一代宗主，云幾與高季迪、李賓之前後相埒矣。而陽羨邵子湘有心矯枉，摘其累句，云『争倚畫橈衝妓席，獨横朱袖占歌筵』『亦知終去婚和嫁，且戀閑來弟勸兄』『近逐歌喉須闖席，閑開笑靨待歌船』『閑偎串迹圓留面，戲劇鬏痕曲印肩』『年去貧來不自由，暗傷顔面向交遊』等句，謂其穢褻俚俗，幾於身無完膚矣。予録其氣清格整、去風雅未遠者四章，見孟陽自有真詩，勿因牧齋之過許而毛舉其疵，以掩之也。

值唐叔達同錢將軍北上言别

方舟然燭夜相過，道上匆匆奈别何。我已三年懷錦里，君偏五月渡黄河。南遊誰共烟花早，北上兼聞金鼓多。此别各懷無限意，莫將春淚點江波。

送李中翰還朝

漢家宫闕枕燕關，使者乘槎八月還。吴地潦平猶似海，廣陵濤壯正如山。同舟夜醉神仙侣，染翰春隨供奉班。聞道滄溟今未息，幾回溝壑動愁顔。

閶門訪舊作

悵望吴閶百里餘，故園兄弟日應疎。多年華髩絲相似，三月春愁水不如。歌扇舊分桃葉渡，釣船還傍藕花居。掃眉才子何由見，一訊橋邊女校書。

登樓

少小聽歌怕唱愁，一聲楚尾與吴頭。如今身在傷心地，但見春光莫上樓。

楊　漣

漣，字文孺，應山人。萬曆丁未進士，熹宗朝官至副都御史，劾魏閹二十四大罪，被逮，死鎮撫司獄。贈太子少保、左都御史，謚忠烈。

題柏子園青芸閣

宵閣凌空汶水深，金飈初動客登臨。浮雲易改三山色，落葉先驚萬里心。江上美人遺雜佩，城南少婦拭清砧。繁臺兔苑今禾黍，日暮憑欄思不禁。

王象春

象春，字季木，濟南新城人。萬曆庚戌進士，官至吏部郎中。

書項王廟壁

三章既沛秦川雨，入關又縱阿房炬。漢王真龍項王虎，玉玦三提王不語。鼎上杯羹棄翁姥，項王真龍漢王鼠。垓下美人泣楚歌，定陶美人泣楚舞。真龍亦鼠虎亦鼠。奇闢可儷謝皋羽篇。

賀萬祚

萬祚，字孝延，嘉興人。萬曆庚戌進士，官至江西右布政使。

周侍御行部

蘭臺使者舊知名，攬轡從容江海情。抗疏共看任伯雨，行軍還擬趙營平。五花驄馬巡周道，三輔黄圖歷漢京。不獨艱危憂水旱，前籌更欲請長纓。

高道素

道素，字玄期，嘉興人。萬曆己未進士，官工部郎中，以督造桂府殿傾論死。

秋日寄沈無回

涼風起庭際，簾幙迴秋陰。一葉空階落，孤燈獨坐深。芙蓉思遠道，蟋蟀動愁吟。誰念閑居客，能傷遲暮心。

陳鳴鶴

鳴鶴，字汝翔，閩人。諸生。

伍相祠

黃池宴罷羽書催，骨葬鴟夷櫝可材。西子已辭吴苑去，東門忍見越兵來。春風故國蘼蕪長，範日荒祠杜宇哀。千載忠魂何處問，滿城兒女弄潮回。

周永年

永年，字安期，吴江縣學生。

弔淮陰侯

一市人皆笑，三軍衆盡驚。始知真國士，元不論群情。楚漢關輕重，英雄出戰争。何能避菹醢，垂釣足平生。

王人鑑

人鑑，字德操，吴縣人。

冬夜閑居

忽忽寒光早，閑居水上村。病疎當世事，貧負故人恩。黄葉深樵徑，荒烟淡蓽門。憑誰論出處，短褐信乾坤。

吴稼澄

稼澄，字翁晋，孝豐人。以例除南光禄典簿。

金陵酒肆贈茅平仲

暮年看爾壯心孤，落落酣歌擊唾壺。但數一錢憐姹女，纔誇千騎笑羅敷。梨花雨濕紅襟燕，楊柳春藏白項烏。欲向盧家借雙槳，莫愁不是舊時湖。

宋登春

登春，字應元，新河人。

秋日野望

聽鳥中林性，看雲故國心。地卑湘漢闊，天遠洞庭深。老馬空知道，窮猿豈擇林。十年書劍客，寂寞到如今。

孫友篪

友篪，字伯諧，歙縣人。

過古墓

野水空山拜墓堂，松風濕翠灑衣裳。行人欲問前朝事，翁仲無言對夕陽。

俞安期

安期，字羡長，吴江人。

憶家

故國千山外，經秋遠別離。浮生能幾日，爲客此多時。衰眼高堂淚，寒砧少婦悲。天涯念游子，風雨共凄其。

望海

紛紛靈異變昏朝，陰火隨波遠自飄。龍藏函經連水府，蜃樓開市借雲霄。星臨東極無分野，山入南荒有沃焦。日日潮來長應候，似應西答百川朝。

登祝融峰

中天積氣入清涼，雲霧翻看地混茫。雨挾蒼龍奔下嶺，星懸朱鳥定南方。何年石匱藏金簡，自古山祇禮赤璋。壇上長流青玉乳，神池高捧帝臺漿。

何白

白，字無咎，永嘉人。

淮上歸興

淮泗秋風動地來，月明如水雁聲哀。南經伍員吹篪市，北眺曹公較弩臺。歸路漸香菰米飯，佳期已負菊花杯。愁聞烽火連東北，極目浮雲黯未開。

鄭　琰

琰，字翰卿，閩縣人。

翰卿工七言律，如『霜色欲將關樹折，河聲如帶戍樓奔』『磧上陰雲連塞黑，關中落日帶沙黄』『劒戟已消兵後火，髑髏猶泣戰時瘡』，皆忼慨有燕趙聲。

哭李大將軍

十萬旌旗染血丹，招魂夜夜哭桑乾。殘兵來拾中郎印，野鳥飛登大將壇。金獸鎖門嚴鼓角，石麟窺塚葬衣冠。至今俺答騎胡馬，猶是將軍舊戰鞍。

盛鳴世

鳴世，字太古，鳳陽人。國子監生。

題岳陽酒家壁

巴陵壓酒洞庭春，楚女當壚勸客頻。莫上高樓望湖水，烟波一月已愁人。

沈　木

木，字子喬。嘉興縣學生。

夜起

暑夜不成寐，起步中庭中。殘月忽墮水，明河猶在空。籬根滴清露，樹杪生微風。坐愛新凉好，先秋有候蟲。

『殘月忽墮水』二語是夜起，『雞聲茅店月』二語是曉行，各入神妙。

王　屋

屋，字孝峙，嘉善人。

子夜歌

千金買良玉，百金求良工。爲儂作雙環，相連無始終。
妾身妾自惜，君心君自知。莫將後日情，不如初見時。

吴夢暘

夢暘，字允兆，歸安人。

送胡孟弢邑博之沅江

攜手情無極，茫茫此別何。一官猶俎豆，滿地已干戈。畏路身難定，騷人怨自多。可堪寥落思，木葉洞庭波。

范　汭

汭，字東生，烏程人。

琴川夜泊懷孫齊之

野宿次鳧鷖，青青荻笋齊。潮痕隨月落，山勢壓城低。殘夢風前柝，歸心曙後雞。還知高隱處，只隔水東西。

春日訊吴允兆

遠樹微波黯不分，闔閭城畔寄孤雲。春來儘有還鄉夢，除却青山便是君。

吴　兆

兆，字非熊，休寧人。

同曹學佺過宿碧峰寺愚公房

入寺昏烟斂，雙橋竹澗通。僧歸殘磬裏，客夢亂山中。燈暗窻沾雨，枝喧鳥墮風。他鄉寥落夜，語笑喜能同。

戊子春，宿寒山空谷庵中，始知「客夢亂山中」句之妙。

徐　燉

燉，字興公，閩縣人。

送俞本之遊楚

寒皐木落水連天，雲際孤城望漢川。隔岸數聲湘女瑟，中流千里鄂君船。鷓鴣夜叫黄陵月，猿狖秋啼赤壁烟。挾得《離騷》經一卷，行吟長對楚江邊。

送康元龍之靈武

賀蘭山下戰塵收，君去征途正值秋。落日故關秦上郡，斷烟殘壘漢靈州。胡兒射獵經河北，壯士吹笳怨隴頭。城窟莫教頻飲馬，水聲嗚咽動鄉愁。黄河官路黑山程，羌笛横吹漢月明。漠北烽烟三里霧，隴西鼙鼓十年兵。燕鴻度塞寒無影，胡馬行沙暗有聲。後夜思君勞遠夢，朔風吹過白登城。

文震孟

震孟，字文起，長洲人。天啓壬戌賜進士第一，授翰林修撰。忤逆閹，鐫級歸。崇禎初，復原官，歷仕至禮部侍郎、東閣大學士，卒謚文肅。

擬古遠行

江之陽兮有嶼，江之陰兮有渚。朝而風兮夕而雨，望夫君兮渺何許。春波兮悠悠，日暮兮夷猶。擥青桂兮爲檝，搴木蘭兮爲舟。悁含思兮凝睇，乘清風兮遠遊。遠遊兮上下，載行兮載舍。遵中流兮待君，將寄心於遠者。

徐石麒

石麒，字寶摩，嘉興人。天啓壬戌進士，除工部主事。崇禎初起補南禮部，歷吏部尚書。乙酉城陷，自經可經堂。

望匡廬

突兀此何處，匡君廬亘天。黛浮五老壁，青入九江船。慧遠林中寺，康王谷口泉。苛生今已老，誰與賈山錢。

倪元璐

元璐，字玉汝，上虞人。天啓壬戌進士，改庶吉士。官至禮部尚書、翰林學士。京師陷，自縊。初謚文正，定謚文貞。

皇極門頒曆作

鳳闕開彤旭，猊爐散紫烟。六階齊度緯，七政轉璣璿。甲曆龍躔改，寅賓象魏懸。明時功在革，資始義承乾。黑帝威初試，青皇位早傳。周官新月令，甘氏舊星篇。人繼羲和後，書成蓂莢前。庚先三日戒，貞下一元旋。圖籙符垂赤，干支德應玄。興王惟有歲，太史又編年。賜出黃星曜，披看綠字鮮。因知天曆數，如日起虞淵。

蔣　燦

燦，字韜仲，長洲人。崇禎戊辰會魁，官至天津兵備副使。

題杜少陵像

誰貌杜陵老，憂懷筆底傳。凋殘悲瘦馬，慷慨拜啼鵑。作客依江閣，浮家寄楚船。高才同濩落，千古有青蓮。

大雅長往矣，遺容後代看。萬間思廣厦，一諫失微官。抗志《隆中對》，饑驅《蜀道難》。蕭騷兩鬢白，應爲憶長安。

徐　汧

汧，字九一，長洲人。崇禎戊辰進士，官至少詹事。家居，殉節死。

三月十九日

珍饌精鏐賜講筵，每逢令節主恩偏。十章書未陳金鑑，九逝魂猶戀細旃。社稷風雲誰奏曲，園林霜露已經年。龍髯回睇橋山遠，玉匣珠襦不忍傳。

萬壽祺

壽祺，字年少，徐州人。崇禎庚午舉人。

入沛宫

泗亭春盡樹婆娑，漢帝宸遊不再過。魂魄有時還至沛，樓臺落日半臨河。風吹大澤龍蛇近，天入平沙雁鶩多。我亦遠隨黄綺去，東山重唱《采芝歌》。

贈胡彦遠

河渚經營把釣綸，乾坤草莽一閑身。南陽高卧真名士，東漢餘生舊黨人。十載荃蘅同入夢，三冬冰雪獨傷神。荷鉏歸去田廬閉，莫向人間學問津。

馬世奇

世奇，字君常，無錫人。崇禎辛未進士，改庶吉士，官至翰林院侍講。京師陷，自縊。初謚文忠，定謚文肅。

贈曹元宰守漳州

靈槎秋泛海天凉，五夜心懸燕寢香。總爲至尊憂社稷，漢臣何必薄淮陽。温柔敦厚。

楊廷麟

廷麟，字伯祥，清江人。崇禎辛未進士，官終編修，死節贛州。

別葉侍御

渾水橋邊寺北田，行滕東去雨連緜。桑村古渡沙移路，茅屋人家鳥就烟。江左衣冠悲楚澤，淮西烽火接秦川。更聞群盜郊原遍，欲下潯陽萬里船。『茅屋』句，寫盡荒凉，不減『江燕初歸不見人』句。

張溥

溥，字天如，太倉州人。崇禎辛未進士，改庶吉士。

孟門行

雙絲繫玉環，宛轉生光澤。本以結同心，何知反棄擲。君家美酒琥珀光，紅顏少年空滿堂，酒酣意氣不可當。君家玉堂盛孟門，孟門深谷無朝昏。中有美人嘯且歌，仁義結客客自多，相與醉君金叵羅。黄雀銜環報舊主，畏君彈射遠飛去，夜深孤棲城北樹。『夜深孤棲』，餘情不盡，忠愛之心故應如是。

姜　埰

埰，字如農，萊陽人。崇禎辛未進士，官禮科給事中，以言事廷杖，削籍，戍宣城。

赴戍宣州衛

垂死承恩譴，天威咫尺間。荷戈荒徼去，收骨瘴江還。衮職猶思補，龍髯竟絶攀。橋陵千滴淚，獨在敬亭山。淚痕血點垂胸臆。『荒徼瘴江』，未合宣州。

顧咸正

咸正，字端木，崑山人。崇禎癸酉舉人，除延安推官，殉節死。

登華山

倚杖高臺萬里秋，山川元氣共沉浮。金神法象三千界，玉女明妝十二樓。井鉞參旗皆北拱，濁河清渭自東流。愁看殺氣關中滿，獨立南峰最上頭。

陳宗之

宗之，字玉立，長洲人。崇禎癸酉舉人。

漢道

漢道昔云季，四海沸群雄。賢士失綱維，奔竄投西東。管寧棲遼海，田疇隱無終。鄭玄與王粲，各自獲所從。如何盛明世，栖栖泥淖中。雨雪積荒塗，渚田路不通。寧無北門歎，要自秉固窮。疾耕寡樂郊，仕宦乏奇功。乾坤雖浩廣，何地置吾躬。愴惻衡門下，憂來溯悲風。

謝　遴

遴，字彙先，宜興人。崇禎癸酉舉人。

巴女詞

巴川積水極岷峨，巴女明妝豔綺羅。爲語秋江風浪急，斷腸休唱木蘭歌。

吴本泰

本泰，字美子，仁和人。崇禎甲戌進士，官南京禮部郎中。

帝京篇

崇禎元年作。

夢想黄金臺，來歌白石粲。明明聖人出，旭日天方旦。廣殿飭梓材，神霄聳輪奂。微垣妖彗消，芝蓋卿雲縵。三吴罷機杼，九廟秉珪瓚。下國頌時雍，至尊理宵旰。宵旰懷殷憂，籌邊寢弛玩。軍需飛檄催，水衡仰屋歎。大奸已距脱，群疑未冰泮。漸鴻雖可儀，羔羊不聞讚。名盛寔則衰，事倍功乃半。因之勒幾康，匪伊游泮涣。君既勤晝接，臣當思日贊。朝中去朋黨，政府參謀斷。網必挈其綱，繩先理其亂。求治毋太速，防微勿滋蔓。所期日用光，幽遐理必貫。思陵初政，寔有可觀。狐疑瑣屑，仍任奄人，而臣工泄泄，朋黨速結，此後日事也。詩中思患豫防，具有灼見。

萬　泰

泰，字履安，鄞縣人。崇禎丙子舉人。

留别董西來

客塗相見即相親，總是淒涼夢裏人。且喜何郎能似舅，不妨綺季未稱臣。睢陽城上三生淚，無定河邊後死身。惆悵天涯分手處，秋高一雁落江津。

閻爾梅

爾梅，字用卿，江南沛縣人，崇禎丙子舉人。詩有奇氣，每近粗豪，兹擇其尤雅者。

重過兗州

亭長臺西舊酒徒，疎狂名姓滿江湖。每從世外尋高蹈，不識人間有畏途。季札重來周樂散，奚斯一去魯宫蕪。高樓極目誰同醉，正月愁聽有蟪蛄。

劉永錫

永錫，字欽爾，魏縣人。崇禎丙子舉人，官長洲儒學教諭。革命後隱於陽城湖之濱，窮餓死。

行路難

雲漫漫兮白日寒，天荆地棘行路難。四字抵過千萬言。

陳子龍

子龍，字人中，更字卧子，青浦人。崇禎丁丑進士，官兵科給事中，殉節死。詩教之衰，至於鍾、譚，剥極將復之候也。黄門力闢榛蕪，上追先哲，厥功甚偉。而責備無已者，謂仍不離七子面目，將蜩螗齊鳴，不必有鈞韶之響耶。

曜靈

《曜靈》，天子遇旱而憂。省獄減刑，雨以時降，詩人美之也。

曜靈維陽，杲杲麗天。爰自東作，火見於昏。天之薦瘥，藴隆如焚。皇曰予冀方，邦畿所安。廢我來牟，兆民孔艱。一章

旱之始盛，維塵冥冥。旱既太甚，百卉昊零。豈降自天，胡德非馨。曾是有象恭，曾是有譏慝。曾是有詭隨，曾是有掊克。二章

爰命宗伯，大雩孔明。爰命徹侯，于郊于宗。以爾幣玉，及爾斯牲。方社既周，山川用享叶。振古䢦育，胡遘予不寧。三章

巍巍蓟邱，維君宅之。翼翼皇心，維天繹之。禮莫不展，來饗來格。膳宰既徹，鏞鼓既釋。

凡百君子，勗爾無斁。四章

皇曰司寇維刑，世重世輕。朕聖姦宄，或愆于平。悍陽驕驕，憂我黎氓。乃清岸獄，乃釋累囚。肆赦時夏，或歌且謳。倬彼燕山，出雲油油。終朝彌野，既舒既柔。既霑既優，田畯語語。樂哉士女，以育我稷黍。皇王布惠，天錫純嘏。

仲夏直左掖門送夏彝仲南歸

金塘迴素波，中有雙鴛鴦。托身在清禁，和鳴君子旁。顧此同林鳥，孤翼忽南翔。生平志忼慷，何事獨難忘。本爲四海人，豈得常相將。丈夫重知己，萬里同一鄉。黽勉效貞亮，德輝在巖廊。莫憂青蠅多，和璧貴善藏。執手不能語，悵矣結中腸。

雜詩

山椒微風發，薄暮遲佳人。頽陽淡林表，素月生河津。佇立懷往路，時宴多苦辛。君家青雲樓，瑶華艷當春。皋蘭亦有芳，欲寄良無因。歡愛豈足重，要使恩誼申。浮雲誠易阻，白璧終見珍。

至道無相非，末流乖心跡。高懷苟不亮，執誼日以積。賢隨貴同用，愚與賤交役。騰名自有階，投讒豈無隙。營營棘上蠅，可以攜金石。履純思寡尤，超方鮮奇策。毀譽苟未忘，顧影慙跼蹐。

墓門有惡木，鴟鴞巢其巔。同茲雨露潤，不與百卉妍。性質固自殊，大造安能遷。我行適見之，中心懷憂悁。利斧雖在手，斬伐無此權。去去保芳潔，願言藝蘅荃。手無斧柯，奈龜山何。

平陵東

炎精中燼妖彗紅，平陵松柏生秋風。四十萬人頌符命，巨君却在層城宮。東郡太守建旗鼓，排山動地連關輔。五威國將紛東馳，大誥金縢亦何補。污宮薦棘雖無成，天下始知稱漢兵。不逢時會豈失策，猶與宛洛開先聲。斗柄橫斜漸臺蹙，白水真人坐黃屋。逢萌東帛卓茂封，義公碧血無人哭。男兒何必上雲臺，千古徒悲兩黃鵠。義公之稱兵，更難於勝、廣之開漢祖，而光武之封不及，何也？不以成敗論人，具有卓識。

小車行

小車斑斑黃塵晚，夫爲推，婦爲挽。出門何所之？青青者榆療吾飢，願得樂土共哺糜。風吹黄蒿，望見牆宇，中有主人當飼汝。叩門無人室無釜，躑躅空巷淚如雨。寫流人情事，恐鄭監門亦不能繪。

寄獻石齋先生

烈風蕭條吹百羽，朱鳳葳蕤適南土。羅尉如雲不見天，秦人高歌楚人舞。出門不向妻子辭，八尺鋃鐺五色組。虎鬚較尉紅錦裘，峨舸大艑下江州。蛟龍觺觺黄沙卧，日月冥冥青楓秋。赭衣墨幘安魚服，予亦相逢淮水曲。京華時事不足論，慘淡相看日彌促。鎌刃誰留門外蘭，庖厨肯恕山中鹿？可憐舉世學浮沉，燭龍迴照杳難尋。蒼茫不解時人意，愛護還憑明主心。我有短札置懷袖，安能一矢千黄金？平生風義兼師友，陳蔡相從但鼓琴。此石齋被逮，黄門遇之淮南而作。

閶闔門開翡翠城，鳳凰十二相和鳴。碧血一灑玉階裂，驚雷急電何時平？門生往往自引匿，故吏不復相通名。賈彪奔走何側足，曹鸞上書翻桎梏。鈎黨幾入甘陵部，相將同入黄門獄。緋衣獄吏行生風，黄封小匣排當中。更番搒掠不知數，但稱汝罪如山崇。小臣萬死不足惜，聖德如天輝典册。帶血晨興寫《孝經》，裹瘡夜卧編《周易》。爰書一旦下高天，薄譴由來湘水邊。萬里聞聲頌明聖，漢廷有待賈生還。此述石齋自詔獄得戍酉陽而作。『帶血晨興寫《孝經》』二語，自是當時實事。

交河

烏啼征馬動，曙色散滹沱。海氣通三島，天風静九河。沙平邊草斷，日澹塞雲多。百里無烟火，空林杜自過。

廬居

行遯山河改，歸來松菊荒。尚餘三畝宅，無復萬家旁。祈死煩宗祝，偷生愧國殤。但依親隴在，含笑此高岡。

襄陽

江漢西陲重，荆襄南紀雄。諸侯悲峴首，耆舊失隆中。燧色通秦塞，妖星下楚宫。不知大隄女，何處舞春風。

雜感

大河南北望，萬里入春愁。車馬空官渡，風烟滿豫州。黄巾連户著，白骨少人收。自古中原地，應煩聖主憂。

兵戈傳劒外，消息每差池。已失夔門險，誰言蜀棧危。雪山寒鼓角，玉壘暗旌旗。天子頻西顧，元臣實總師。此楊嗣昌總師時也，夔門失而蜀不可守矣。喪師辱國，伊誰之咎哉？

送張玉笥中丞擢河道少司空隨召陛見

舊聞開府静牙璋，詔領河隄入未央。周室保釐分郟鄏，漢家底績念宣房。九天星宿開秦塞，萬里梯航走冀方。爲語至尊南顧日，不堪重問海陵倉。典切。

酬李司馬萍槎先生

久瞻樞府重明光，投我連城雲錦章。傷亂已聞劉太尉，賞音深愧蔡中郎。九龍移帳春無草，萬馬窺邊夜有霜。早晚滄江驚驛使，詔書先問右賢王。

錢唐東望有感

清溪東望大江迴，立馬層崖極望哀。曉日四明霞氣重，春潮三折浪雲開。禹陵風雨思王會，越國山川出霸才。依舊謝公攜屐處，紅泉碧樹待人來。

送吴巒穉司李桂林

翡翠巢邊匹馬過，千盤桂嶺鬱嵯峨。南浮灕水啼猿滿，北望君山落雁多。鑾府官閑能作賦，漢廷恩近憶鳴珂。愁心獨繫張平子，欲寄瑯玕奈遠何。

重遊弇園

放艇春寒島嶼深，弇山花木正蕭森。左徒舊宅猶蘭圃，中散荒園尚竹林。十二敦槃誰狎主，三千賓客半知音。風流摇落無人繼，獨立蒼茫異代心。今弇園一帶廢爲民居矣，讀此不勝時代之感。

明詩別裁集卷十一

長洲　沈德潛確士
周　準欽萊　同輯

梁朝鐘

朝鐘，字未央，順德人。崇禎己卯舉人，殉節死。

將出皖，留別楊六符、沈乃功、唐聖俞、徐譽星

船傍垂楊別緒生，烟含春樹雁歸聲。群公縞帶遺吴錦，幕府青絲唱渭城。幾樹烏啼趨夏口，何時馬首望西京。江南江北如相憶，千里高樓待月明。

方以智

以智，字密之，桐城人。崇禎庚辰進士，授翰林檢討。革命後爲僧，名弘智。

看月

一片鍾山月，那從嶺外看。昔嘗臨北闕，今獨照南冠。萬里天難問，三更影易寒。夢中兒女路，莫憶舊長安。

黄周星

周星，字九烟，上元人。崇禎庚辰進士，晚變名黄人，字略似，自沉於水。

秋日與杜子過高座寺登雨花臺

被髮何時下大荒，河山舉目共淒凉。客來古寺談秋雨，天爲幽人駐夕陽。去國屈原終婞直，無家李白只佯狂。百年多少憑高淚，每到西風灑幾行。

陳　瑚

瑚，字言夏，太倉州人。崇禎壬午舉人。

贈吴興公

我非陳孟公，君乃吴季子。千金重一諾，結交有終始。仗劍作遠遊，欲爲報讐死。惜哉時不遇，長歎歸故里。其事雖不成，其名滿人耳。

李映碧廷尉遺地圖

圖畫山川感慨多，邊陲風景近如何。入關無復蕭丞相，聚米空思馬伏波。雨戒一江横似線，九州五嶽小於螺。錯疑留守魂歸夜，風雨聲聲唤渡河。讀至末語，紙上有聲，恐流連光景者不能作，亦不解讀。

山中喜遇徐昭法共飲

一夜寒香萬樹開，相逢花下且銜杯。窮途兄弟難成醉，故國風烟易入哀。雪滿山中蘇武窖，雲横江上謝翺臺。寸心不盡斜陽晚，濕遍青衫首重回。

徐　枋

枋，字昭法，吴縣人。崇禎壬午舉人，考文靖公殉節後，隱於上沙。

別詩

上山采薇蕨，日暮不盈把。苦飢不足悲，將遺同心者。良友遠別離，踟蹰送於野。我有盈觴酒，黄流傾玉斝。申以遠遊曲，中懷期共寫。清商一何悲，四座和者寡。恐傷遊子心，攬涕不敢下。景光已西馳，日月不我假。

譚貞良

貞良，字元孩，嘉興人。崇禎癸未進士。

樓桑先主廟

系出中山近，名從小沛聞。卜鄰占李定，望氣得周群。象叶黄龍瑞，符仍赤帝文。全家頻脱險，一旅忽能軍。名士收諸葛，英雄獨使君。志寧摧百戰，力已限三分。淚盡髀生肉，魂歸棧入雲。枯桑遺廟折，野火斷碑焚。繫馬寒風急，題詩塞日曛。枌榆存舊社，絃管尚紛紛。

題河梁泣别圖

都尉臺前起朔風，節旄空盡路西東。不知别淚誰先落，同在河梁夕照中。

黄淳耀

淳耀，初名金耀，字蕴生，嘉定人。崇禎癸未進士。乙酉城破，自縊。

野人

野人歎息王師勞，秦賊楚賊如蝟毛。攻城掠野官吏死，大江以北民嗷嗷。昨聞死賊刦財賦，分與官軍作賄賂。亂斫民頭挂高樹，黎明視賊賊已去。時章疏皆稱賊爲死賊。

野人歎息年歲惡，池中掘井井底涸。飛蝗引子來蔽天，枉自傾家事田作。朝廷加派時時有，哭訴官司但摇手。歸逢吏胥狹路邊，軟裘快馬行索錢。

野人歎息朝無人，朝中朋黨如魚鱗。十官召對九官默，匍伏苟且容一身。廟堂何人理陰陽，頻年日食四海荒。吾欲上書問朝士，却恐人訶妄男子。朝野大勢如是，雖欲不亡，其可得乎？

吴　易

易，字日生，吴江人。崇禎癸未進士，殉節死。

威寧伯王襄敏公越

威寧熊羆姿，高視氣敵萬。脱略繩墨外，勇智走飛電。大廷吐奇言，排閶怒風旋。威聲動異域，瓌特震所見。目屬膺帝心，短袂故上殿。帝曰快御史，爲朕將而弁。所部皆鷹騰，公也身搏戰。擣虚握勝策，入穴虎乃困。一炬紅鹽池，冰天千帳爛。烽消玉關烟，雪卷陰山片。轅門正高會，琵琶奏哀艷。戰士挾秦姝，頓使死力賤。豁達籠豪英，出没神鬼眩。丈夫重勳名，志豈在鐵券。絶塞懸孤臣，中援何足玷。慘淡黄金印，零落白羽扇。風塵暗不開，北顧撫長劍。爲威寧一洗其辱。懷賢諸詠原本少陵《八哀》，而己之抱負自出，三章擇其尤有骨幹者。

定襄侯郭忠武公登

郭公武定孫，神駒渥洼好。十齡走健筆，欻吸振奇藻。洞徹《春秋》義，兵法腹笥了。安危異人出，所以奠皇造。英宗北狩初，決機一何早。黄塵擁翠蓋，痛憤居庸道。紫微爲盪摇，柱極西欲倒。我公奮孤櫂，乃心協少保。國也今有君，揮血視清昊。截業雲中城，虎豹鬱相抱。崩騰萬馬陣，擊衆每用少。猿臂捷有神，鐵甲盡穿縞。楊石雄軍聲，鎖鑰資電掃。撇烈天網翻，槎枒地龍繞。豈多三軍力，遂争造化巧。詩看横槊賦，檄倚馬上草。排宕非常姿，灝氣秋空皛。高詠戰場篇，寂寞風流紹。

少保戚公繼光

大將東南誰，戚公真鷹揚。雄情恣捭闔，秘策揮陰陽。夙奉鞶履訓，更見經術詳。結友傾賢豪，文采殊頡頏。曉達三門流，以律師所臧。龍鳥追武侯，衡軸通軒皇。變化開精心，什伍爲鴛鴦。少保所結陣名。島夷蹂南土，兵氣慘不張。閉營百日練，戰士虎力强。疾掃溟波平，受鉞總薊方。計伸犂庭威，十萬環偏廂。遠猷振華夏，定策爲周防。亭障雜星羅，旌旄蔽日光。呼韓遂稽首，郅支亦來王。欵關四十年，戎馬不敢颺。伐暴貴上兵，功豈必戰場。竟無通侯賞，坐使壯士傷。時平武略絀，世亂智勇長。問彼登壇者，曷以恢我疆。

黄翼聖

翼聖，字子羽，太倉州人。崇禎中辟召官安吉知州。

渝城度歲

風俗他鄉異，巫歌達四鄰。江明無月夜，猿喚不眠人。眷屬生兼死，年光臘帶春。客中艱一醉，辜負物華新。

周立勳

立勳，字勒卣，華亭縣學生。

詠懷

東登泰山巔，纍纍見城郭。秋風吹平原，牛羊下寒澤。吕尚本陰謀，漁釣竟所托。神明啓遠疆，後世資經略。遭逢良有時，志士固窮約。飄蓬西南征，浮雲散林薄。悲哉大國風，田横不可作。

傷春

平池曲巷古祠東，幾樹桃花落晚風。明日殷勤樽酒後，春光已過别離中。
白燕墳前載酒過，幾人同唱柳枝歌。莫愁一夜花如雪，摇落春心自此多。

夏完淳

完淳，字存古，華亭人。考功郎允彝之子，殉節死。

存古十五從軍，十七授命，生爲才人，死爲鬼雄，汪錡不足多也。詩格亦高古罕匹。

秋懷

涼風何瑟瑟，吹我遊子顔。歷歷江上林，流蟬鳴其間。浮雲西南征，一去何時還。駕舟凌洪波，杖策窮崇山。君子不遑息，小人豫以閑。感激在溝壑，敢念徒旅艱。中夜起百憂，勞人獨長歎。

秋色從西來，風物自凄緊。金飈辭炎暉，玉露戒商軫。鶗鴂薄暮鳴，幽蘭望秋隕。零落在一時，榮華若朝菌。高從巢父棲，下與壺公飲。静觀百歲間，無名以爲準。

精衛

北風蕩天地，有鳥鳴空林。志長羽翼短，銜石隨浮沉。崇山日以高，滄海日以深。媿非補天匹，延頸振哀音。辛苦徒自力，慷慨誰爲心。滔滔東逝波，勞勞成古今。此淵明詠荆軻作也。

秋夜感懷

登樓迷北望，沙草没寒汀。月涌長江白，雲連大海青。征鴻非故國，横笛起新亭。無限悲歌意，茫茫帝子靈。

鄺露

露，字湛若，南海縣學生。城陷，爲兵所害。

湛若詩原本楚騷，五言尤勝。

洞庭酒樓

落日洞庭霞，霞邊賣酒家。晚虹橋外市，秋水月中槎。江白魚吹浪，灘黃雁踏沙。相將楚漁父，招手入蘆花。

五言佳處，全在氣韻，不求工於語言對偶之間，得此意可與讀湛若詩。

洞庭

人歸洞庭水，心遠百蠻天。虹飲吳山雨，蟬嘶楚岫烟。挂帆明月樹，沽酒白雲船。來雁紛南向，衡陽何處邊。

西湖上春

行逢新歲月，驕馬踏城橋。旭日催蘅帶，春人艶柳條。香車流水擊，仙袂逐風飄。小鳳銜花去，空傷雲漢遥。

虞山謁舜祠

荒服垂衣日，三苗格命年。鳥耘千畝籍，龍御九疑烟。蒲阪征雲外，蒼梧落照邊。何人撫瑶瑟，離恨隔湘川。

采石

牛渚青天月，長縣供奉祠。如何今夕酒，不共昔人持。高詠誰能似，扁舟從所之。泝洄殊未已，言折楚江蘺。

浮湘禮三閭墓田尋賈生故宅

浮湘孤月下靈渠，牢落殘魂伴索居。庚子日斜聞野鳥，端陽沙淈見江魚。天高未敢重相問，年少何勞更上書。此去樊城望京國，定從王粲賦歸歟。

莫愁湖贈劉瞻甫

顑頷行吟落照時，莫愁湖上與君期。五噫一賦梅花國，三黜重逢柳士師。吴苑舊游淹越鳥，楚裳今雨裛江蘺。姑蘇烟月長相待，萎絶芙蓉白露滋。

劉　城

城，字伯宗，貴池人。

群盗

群盗尚如此，江城未可依。健兒身手劣，祈父爪牙非。鼫鼠能中飽，飛鴻恒苦飢。從來比管樂，詎肯泣牛衣。

沈壽民

壽民，字眉生，宣城縣學生。舉賢良方正，門人私謚貞文。

訪姜如農城北

石公嚴譴後，又見荷戈新。曠代留遺直，殘山待老臣。龍歸天上馭，環賜夢中身。生死昭亭畔，鄉園别自春。嘉靖中，石御史金以諫止醮詞，謫戍宣州。

邢　昉

昉，字孟貞，高淳縣學生。

九江城南樓晚眺

泱漭九江口，日入烟濤深。登樓俯危檻，近見廬山岑。昔人此讌賞，嘉月陶幽襟。長使千載下，緬想南樓心。孤城何蕭條，殺氣餘秋陰。交衢無人行，荒榛遂如林。撫事遽成往，含悽方在今。履運適如此，憂端苦沉沉。

溪行屢經與亡友胡印度別處

濺濺溪水側，是子門前路。涓流亂石間，褰裳乃可渡。憶昔造子廬，欵欵平生故。尊醪亦時有，日晏未遑去。相送屋東偏，幽林每徐步。欹岸注微波，殘陽在高樹。情因老易悲，欲別恒返顧。兹來溪草緑，偶到臨分處。予猶耿夙懽，子已長不寤。流泣但徘徊，空慚子桑扈。

故宫燕

君不見故宫燕，春雨秋風幾回换。宫中風雨長蓬蒿，飛入宫牆繞虚殿。穿簾度閣羽差池，盡日呢喃人未知。柳下乍銜千點絮，花間仍拂萬年枝。玉階寂寞罘罳冷，畫棟迴翔春燕影。歲歲營巢竟不成，春來秋去誰曾省。可憐此度秋風早，整頓毛衣猶自好。徘徊欲別未央宫，萬户千門忽如掃。鐘簴何年去洛陽，仙人辭漢淚成行。最苦西飛雙燕子，重來不見舊宫牆。

施　武

武，字魯孫，長洲人。

相見坡

上坡面在山，下坡山在面。相見令人愁，何如不相見。

烏鴉關

朝上烏鴉關，暮下烏鴉關。老烏啼啞啞，行人還未還。寫盡境地險惡。

葉　襄

襄，字聖野，長洲縣學生。

感舊

洛蜀紛争日，君王宵旰時。内朝私鬭急，河北捷書遲。近輔連群盗，臨郊誓六師。傷心殷浩輩，一蹶竟難支。思陵時朝局及天下大勢，已盡四十字中，如讀少陵《洛下天中》諸作。

喜康小范孝廉至，兼弔楊機部閣學

萬里清江浪拍天，故人消息動經年。重來麋鹿長洲苑，歸去荒蕪彭澤田。虎帳角殘辭部曲，龍沙旗折偃戈船。盧諶淪落劉琨死，回首章門一悃然。

陸　圻

圻，字麗京，錢塘貢生。

與歌者陳郎

落日横江老白蘋，同鄉停問一相親。未嫌李尉翻新曲，且喜何戡是舊人。玉管謾吹秋月白，紅牙曾對綺筵新。坐中恐有傷心客，莫按伊凉水調頻。

沈欽圻

欽圻，字得與，長洲縣學生，周準填諱。

先大父詩，中歲愛劉隨州，晚境愛陸放翁。五言如『山横去鳥外，人立晚霞邊』『學《易》應觀我，言《詩》或起予』，七言如『冷岸孤舟摇月白，荒村一犬吠燈紅』，皆陸太僕起頑所稱賞者。兹録感時傷事六章，異於流連光景之作，有關風教，不在語言之工也。孫男德潛敬識。

書事

天地兵戈滿，江湖逋竄頻。布衣難許國，淚眼不逢春。玉闕悲龍馭，雄關喪虎臣。唐家靈武業，望斷素衣人。此思陵殉社稷，後有望於南都擁立也。『江邊老人淚暗泣，眼昏不見風塵清』，憂時感事，古今一轍。

詠史

卧薪嘗膽日，縱飲擘牋時。但識憑江險，而忘厝火危。一堂争洛蜀，四鎮角熊羆。此日王夷甫，清言或未宜。

君臣魚水合，半壁且游嬉。樂奏李天下，歌傳郭順時。還須求故劒，慎勿剪連枝。野老瞻烏意，茫然空爾思。此留都事勢也，不止於『從臣皆半醉，天子自無愁』矣。『須求故劒』『勿剪連枝』，當時草野自存公論。

亂後哭友

故友如黄葉，傷心漸覺稀。途窮天地窄，世亂死生微。腹痛車頻過，琴亡人已非。嗟余稱後死，慟哭返荆扉。

哭劉剩庵先生 名永錫。

萬里離家客，孤身易簀時。變名唯恐識，後死尚嫌遲。麥飯鄰僧薦，蓬廬野父悲。招魂弟子事，愧乏楚人辭。

顧夢游

夢游，字與治，江寧學生。

訪鄒滿字溪上

言尋居士家，薄暮清溪道。荒原鳥獨飛，寒木雲相抱。入室聞疎鐘，開門見秋潦。落葉坐來多，清風時一掃。

同蔡大美、徐曰贊、沈治先秦淮夕泛

落日澹生烟，波明影碧天。人來花檻裏，酒出板橋邊。楊柳風千樹，笙歌月一船。十年重對此，回首各淒然。

社集天界循公房

來已半春徂，佳游欣有徒。鳥窺遲日下，花近午風蘇。世事到山盡，高言對佛無。杖錢曾不

繫，隨意乞香厨。

錢秉鐙

秉鐙，字幼光，桐城人。

幼光自抒情性，無意工詩。五言似陶公，亦在神理，不在字句。與高忠憲歸待詔，所謂同工異曲者也。

效淵明飲酒詩

寄生大塊中，何者爲我故。譬如逆旅物，暫有安足據。在世雖百年，畢竟舍之去。臨去豈不戀，戀亦不得住。所以達觀人，澹然隨所遇。委順生死間，不厭亦不慕。日飲一杯酒，可以全此趣。

田園雜詩

夙昔慕躬耕，所樂山澤居。憂患驅我遠，常恐此志虚。十載一言歸，舊宅已焚如。嗟我昆與弟，茅茨倚廢墟。徘徊靡所栖，還結田中廬。結廬雖不廣，牀席容有餘。牀上何所有，一二古人書。熒熒陂上麥，青青畦間蔬。日入開我卷，日出把我鉏。

仲春遘時雨，既雨旋亦晴。百草吐生意，衆鳥喧新聲。紛紛群動出，各各有其營。孰是形骸具，而懷安居情。老農憫我拙，解軛爲我耕。教以駕馭法，使我牛肯行。置酒謝老農，願言俟秋成。

一春勤稼穡，草木荒東園。今晨始芟刈，逝將除其根。良苗常恐短，惡草常恐繁。腰斧伐荆棘，用以衛籬藩。荆棘傷我手，淋漓手中痕。手傷不足道，籬弱何以存。家人挈酒至，滿斟在瓦盆。勸我飲一醉，頹然卧前軒。前軒無人來，春風開我門。

鷄鳴識夜旦，鳥鳴識天時。東臯人語語，我起毋乃遲。攬衣出門早，且復驅其兒。黄犢初教成，我鉏子則犁。犁鉏豈不苦，衣食道在兹。道旁一老父，顰蹙前致辭。言兒筋力薄，稼穡非所宜。詩書世所輕，猶是祖父遺。如何舍素業，自甘辛苦爲。多謝老父言，此意君未知。呼兒且飯牛，吾去燒東菑。若一說明，索然無味。

春天不久晴，衣垢及時澣。身上何所著，敝襦及骭短。家人念我寒，一杯爲斟滿。酒滿不可多，農事不可緩。奮身田野閑，襟帶忽以散。乃知四體勤，無衣亦自煖。君看狐貉温，轉使腰肢嬾。

人生會有盡，行止非自由。止亦不可趣，行亦不可留。如何柴桑叟，汲汲爲此憂。終年痛飲酒，冀以忘其愁。吾身聽物化，化及事則休。當其未化時，焉能棄所謀。有子亦須教，有田亦望收。天心與人事，何息不周流。我不離世間，而願與天游。焉能外親戚，視之同聚漚。乃知黄老書，不如孔與周。末章將倫常日用、存順没寧，和盤托出，可以想其品槩矣。

金陵即事

秋山無樹故崚嶒，幾度支笻未忍登。荒路行愁逢牧馬，舊交老漸變高僧。鐘樓自吼南朝寺，佛塔還然半夜燈。莫向雨花臺北望，寒雲黯淡是鍾陵。

顧　絳

絳，字寧人，後更名炎武，崑山人，終於山西。

寧人肆力於學，自天文地理、古今治亂之迹，以及金石銘碣、音韻字畫，無不窮極根柢，韻語其餘事也。然詞必己出，事必精當，風霜之氣、松柏之質，兩者兼有。就詩品論，亦不肯作第二流人。

述古

微言既以絶，一變爲縱横。下以游俠權，上以刑名衡。六國固蚩蚩，漢興亦攘攘。不有董夫子，大道何由明。孝武尊六經，其功冠百王。節義生人材，流風被東京。世儒昧治本，一槩而相量。於乎三代還，此人安可忘。

六經之所傳，訓詁爲之祖。仲尼貴多聞，漢人猶近古。禮器與聲容，習之疑可睹。大哉鄭康成，探賾靡不舉。六藝既該通，百家亦兼取。至今三禮存，其學非小補。後代尚清談，土苴斥鄒魯。哆口論性道，捫籥同矇瞽。清言何足論？宋人掃斥箋疏，亦偏見也。篇中議論，豈云小補？

五國並時亡，世道當一變。掃地而更新，三王功可見。以琴歌有虞，釣者知其善。區區山澤間，道足開南面。天步未回旋，九州待龍戰。空有濟世心，生不逢堯禪。何必會風雲，弟子皆英彥。俗吏不知人，寥落《儒林傳》。自註：《文中子》書五國並時而亡，蓋傷先王之道盡墜，故君子大其言，極其敗，於是乎掃地而求更新也。後賢以《隋史》無王通傳，疑爲烏有先生。果爾，古人之可疑者多矣，此詩可爲正論。

謁夷齊廟

言登孤竹山，愾焉思古聖。荒祠寄山椒，過者生恭敬。百里亦足君，未肯滑吾性。遜國全天倫，遠行辟虐政。甘餓首陽岑，不忍臣二姓。可爲百世師，風操一何勁。悲哉尼父窮，每歷邦君聘。楚狂歌鳳衰，荷蕢識擊磬。自非爲斯人，棲棲無乃佞。我亦客諸侯，猶須善辭命。終懷耿介心，不踐脂韋徑。庶幾保平生，可以垂神聽。唐人登首陽山，只淡淡寫景，此作者自抒懷抱，應以議論爲長。

過矩亭，拜李先生墓下

人生無賢愚，大節本所共。蹉跎一失身，豈不負絃誦。卓哉李先生，九流稱博綜。心鄙馬季長，不作西第頌。屏居向郊坰，食淡常屢空。清修比范丹，聰記如應奉。力學不求聞，終焉老家衖。同時程中丞，一疏亦驚衆。玉璽安足陳，亟進名臣用。自註：中丞名紹，德州左衛人。巡撫河南時，漳河旁得玉璽，上疏秦璽不足珍，國家以賢爲寶。薦黨籍諸臣十餘人，不納，遂謝病歸。黨論正紛挐，中朝並嚚訟。世推山東豪，三李尤放縱。祠庵與哭典，後先相伯仲。初踰士類閧，竟折邦家棟。悲哉五十年，風塵尚澒洞。我來拜遺阡，增此儒林重。雖無謦咳接，猶有風流送。自非隨武賢，九原誰與從。自註：《漢司隸校尉魯峻碑》：『休神家衖。』

龍門

旦地黄河出，開天此一門。千秋憑大禹，萬里下崑崙。入廟君蒿接，臨流想像存。無人書壁問，倚馬日將昏。

嵩山

位宅中央正，高疑上界鄰。石開曾出啓，嶽降再生申。老柏摇新翠，幽花茁晚春。豈知巢許窟，多有濟時人。

訓王處士九日見懷之作

是日驚秋老，相望各一涯。離懷銷濁酒，愁眼見黄花。天地存肝膽，江山閲鬢華。多蒙千里訊，逐客已無家。

與江南諸子別

絶塞飄零苦著書，朅來行李問何如。雲生岱北天多雨，水決淮壖地上魚。濁酒不忘千載上，荒雞猶唱二更餘。諸公莫效王尼歎，隨處容身足草廬。自註：《管輅別傳》：「雞一二更鳴者，爲有牛一頭，每行，輒使御之，暮則共宿車上。嘗歎曰：「滄海横流，處處不安」也。』

荒雞。』《晋書·王尼傳》：『尼早喪婦，有一子，無居宅，唯畜露車。

詶傅處士

清切頻吹越石笳，窮愁猶駕阮生車。時當漢臘遺臣祭，義激韓讐舊相家。陵闕生哀回夕照，河山垂淚發春花。相將便是天涯侶，不用虚乘犯斗槎。

劉諫議祠 蕡

皂囊青史漫傳名，白日黄泉氣未平。自古國亡緣宦者，可憐身没尚書生。荒阡草長妖狐出，舊驛風寒倦馬行。一自德陵升馭後，山河祠廟總淪傾。

贈郝將軍太極

滇人，天啓中守霑益，余於敘功疏識其姓名。今爲醫，客於吴之上津橋，言及舊事，感而有贈。

曾提一旅制黔中，水藺諸酋指顧空。入楚廉頗猶未老，過秦扁鵲更能工。風高劒氣蛉川外，水沸茶聲鶴澗東。橋畔相逢不相識，漫將方技試英雄。

賦得秋柳

昔日金枝間白花，只今揺落向天涯。條空不繫長征馬，葉少難藏覓宿鴉。垂老桓公重出塞，罷官陶令乍歸家。先皇玉座靈和殿，淚灑西風向日斜。小小題俱有關係，此杜陵詠物體。

華山

四序乘金氣，三峰壓大河。巨靈雄贔屭，白帝儼巍峨。地劣窺天井，雲深拜斗阿。夕嵐開翠巘，初月上青柯。欲摘星辰墮，還虞虎豹訶。正冠朝殿闥，持杖叱羲和。勢扼雙崤壯，功從駟伐多。木歸桃塞馬，終負魯陽戈。山鬼知秦帝，蠻王屬趙佗。出關收楚魏，浮水下江沱。老尚思三輔，愁仍續《九歌》。唯應王景略，歲晚一來過。

禹陵

大禹巡南守，相傳此地崩。禮同虞帝陟，神契鼎湖升。窆石形模古，墟宮世代仍。探奇疑是穴，考典或言陵。玉帛千年會，山河一氣憑。御香來敕使，主守付髡僧。樹暗巖雲積，苔深壑雨蒸。鵂鶹呼冢柏，蝙蝠下祠燈。餘烈猶於越，分封並杞鄫。國詒明德胙，人有霸圖稱。往者三光墜，江干一障乘。投戈降北固，授孑守西興。沖主常虛己，謀臣動自矜。普天皆爵禄，無地使賢能。合戰山回霧，窮追海踐冰。蠡城迷白草，鏡沼爛紅菱。樵採岡林徧，弓刀塢壁增。遺文留仆碣，仄徑長荒藤。望古頻搔首，嗟今更撫膺。會稽山色好，悽惻獨攀登。

高漸離擊筑

神州移水德，故鼎去山東。斷霓夫人劍，殘烟郭隗宮。身留烈士後，跡混市兒中。改服心猶苦，知音耳自通。沈淪餘技藝，忼慨本英雄。壯節悲遲暮，羈魂迫固窮。一吟遼海怨，再奏薊邱風。不復荆卿和，哀哉六國空。

韓　洽

洽，字君望，長洲人，隱居陽山。

題李龍眠諸夷職貢圖 元豐二年畫。

有唐貞觀萬國寧，殊方異域皆來庭。立本爲圖擬王會，詭形怪狀流丹青。龍眠居士生有宋，未必諸蕃真入貢。得毋舊本重臨摹，左食貫胸聊玩弄。元豐天子承平日，君臣競講强兵術。不知中國正凋殘，馳想海邦兼日出。貢獒西旅四夷賓，作訓猶煩保傅臣。爲問伯時圖作貢，何如鄭俠繪流民。如此立意，方異風雲月露，愚采明末諸賢詩，當《谷音》一集可也。

黄孝子端木萬里尋親

父子分殊域，趨庭道路難。一身衝虎豹，萬死涉風湍。乍識容顔是，翻悲涕淚乾。故園今共反，猶作夢中看。

雪下紅

籬落偏積素，愈知顏色丹。故非嘉卉列，聊作野花看。天道存微物，韶華惜歲闌。芳心良獨苦，誰謂不知寒。

鐵馬

急響中宵發，凌空鐵騎行。不知風信至，頓使旅魂驚。當世正多事，吾儕方苦兵。那堪檐宇下，又作戰場聲。下半忽然推開，感慨時事，詠物詩中別有天地。

關山月

嘵角數聲哀，邊風捲地來。十年征戍客，不上望鄉臺。翻進一層，倍覺沉痛。

聞雁

朔風吹雁渡江干，月白霜清響尚寒。孤客幾回愁裏聽，故鄉何處報平安。

朱鶴齡

鶴齡，字長孺，吴江縣學生。

感遇

薇蕨苟可采，何必在首陽。清流苟可泛，何必在滄浪。至人處委蛇，守己非一方。直木寧見伐，芳蘭寧遂傷。縱志游霄漢，俯仰隨翱翔。

陳忱

忱，字遐心，烏程人。

閲羅隱詩

餘杭山水役精魂，末世才人眼界昏。憔悴感恩依尚父，可憐尚父事朱温。非貶昭諫，借此發出正論也。武肅不討朱温，實爲當時恨事，知李亞子真英雄矣。

李沂

沂，字子化，興化縣學生。

贈魏叔子

魏生嶔嵚目如電，董子祠傍忽相見。豫章國士天下聞，生不逢時且貧賤。東西奔走非無故，側身海内求英彦。即今屠釣豈無人，常恐摧頽筋力變。握手數語露肺肝，别我西歸尋《考槃》。子之往兮各努力，歲暮雨雪江風寒。

挽從伯瞻鹿公

喪亂君臣在，偏安社稷蕪。封章懸日月，旅櫬歷江湖。報國餘孤劒，匡時屈壯圖。故園春樹緑，愁聽野禽呼。

王翃

翃，字介人，嘉興布衣。

介人七言，如『周道秋風行黍稷，漢宫春雨長蒲桃』『西蜀諭通司馬檄，中山謗滿樂羊書』『夜月旌旗五馬渡，秋風草木八公山』，極工鑄語，無竟陵氣習。

村居

獨樹寒烟外，孤村流水間。偶隨花草去，遠逐漁樵還。川暝罷垂釣，日斜長掩關。何年事高隱，歸卧鹿門山。

客中九日

細雨成陰近夕陽，湖邊飛閣照寒塘。黄花應笑關山客，每歲登高在異鄉。沈子山云：『不失唐音。』

沈自然

自然，字君服，吴江人。

江南樂

初景爛銀浦，溘溘浮灘瀨。儂情兩摇蕩，持比春江色。江深蓮子齊，水暖鴛鴦棲。不須更相問，家住横塘西。横塘連夾浦，曲曲明如許。誰打白蘋開，前溪夜來雨。雨霽上南樓，天高水影浮。出門郎不見，仍蕩采蓮舟。音節神似《西州曲》。

屠　爌

爌，字闇伯，嘉興縣學生。

贈别袁重其

高飛鴻雁滿關河，此日寒江起夕波。庾信哀時常作客，梁園去國獨行歌。霜凄茂苑清砧急，月照荒臺落葉多。爲問吴中舊知己，空山叢桂近如何。

明詩别裁集卷十二

長洲　沈德潛確士
　　　周　準欽萊　同輯

龔　賢

賢，字半千，上元人。

扁舟

扁舟當曉發，沙岸杳然空。人語蠻烟外，雞鳴海色中。短衣曾去國，白首尚飄蓬。不讀《荆軻傳》，羞爲一劍雄。

顧　苓

苓，字云美，吴縣人，吴江貢生。

石公山

茫茫三萬頃，日夜浴青葱。骨立風雲外，孤撑濤浪中。若令當路出，應作一關雄。朱勔真多事，荆榛滿故宫。

應歎賢者不用而小人誤國也。下半拓開，得唐人格律。

杜　濬

濬，字于皇，黄岡人。

茶村長篇，頗近頹唐，又《聞燈船鼓吹歌》，以此得名，其實頹唐之尤者也。

兹録其整頓有骨格者。

游夾山漾

出塢謝群賢，放舸理長嘯。烟岫映澄波，始知所歷妙。林壑羅秋姿，紫翠罥寒照。蘋汀欲爲雪，楓岸忽如燒。目逐絶境往，意愜佳處要。層峰何嬋娟，灣環亦窈窕。泛漾疑江湖，回帆復蘿蔦。面面見道場，一一起憑弔。尋幽不覺遲，歸晚顧而笑。石門免見訶，登樓感同調。

嵇康

嵇康人中龍，義不可當世。視彼盗國臣，伎倆如兒戲。吐辭薄湯武，千載有生氣。臨命索琴彈，聊示不屑意。

登金山塔

極目非無岸，滄波接大荒。人烟沙鳥白，春色嶺雲黄。出世登初地，思家傍戰場。咄哉天咫尺，消息轉茫茫。蒼蒼莽莽，自是大家舉止。

焦山

觸處迷人代，兹山尚姓焦。上頭仍棟宇，到眼忽雲霄。樹色南徐近，江聲北岸遥。衣冠留洞壑，不必訪松寮。

出郭來差遠，憑高望獨深。江分神禹跡，海見魯連心。密竹藏金像，回流灌石林。擬尋幽絶處，却誦《白頭吟》。

方文

字爾止，桐城人。

攝山絶頂

下方惟見石，不信有柴荆。仄徑盤空上，危峰到頂平。夕陽千嶺秀，春水一江明。愁絶浮雲外，蒼茫舊帝京。

岑　徵

徵，字金紀，南海人。

湘潭晚春寄耒陽胡使君

花落鵾啼日欲曛，白蘋洲畔悵離群。東風緑遍章臺柳，夜雨寒生夢澤雲。避地少陵猶寄食，依人王粲漫從軍。春深塞雁皆還北，書札何因報使君。

紀映鍾

映鍾，字伯紫，上元人。

學圃贈鄧生

我爲東湖樵，子學南山圃。相逢大道傍，雪涕問勞苦。我逢冬青樹，再拜不敢斧。子有東陵瓜，屢潰深秋雨。生事尚饑寒，吟詩坐蒿堵。

申涵光 涵光，字鳧盟，廣平人。

路氏妹江南使來

骨肉何由見，音書隔歲通。雨深楊子驛，霜白趙王宫。旅食憐空橐，鄉心逐斷篷。十年戀慈母，淚盡北來鴻。

懷太原傅青主

曾約溪村訪釣竿，數年設榻待君歡。亂離苦憶良朋少，衰病應愁遠道難。晋國山川容白髮，中原天地此黄冠。幸將卷帙傳高迹，日向晴窻展畫看。

蔣　易

易，字前民，江都人。

清涼山頂留別杜于皇

招提上夕陽，别酒置崇岡。秋老孤帆色，人輕百戰場。江雲平楚岸，風葉減吴霜。來日空回首，思君獨渺茫。

戴　冠

冠，字峨仲，更名易，字南枝，山陰人。

釣臺懷古

赤伏符興罷戰争，釣竿三尺足平生。遠攜仙女桐江隱，深悔羊裘大澤行。一夜星辰凌帝座，九重貴賤見交情。請看七里瀧中水，未到錢唐徹底清。南枝釣臺詩多至千餘章，皆潦倒淺率，此擇其尤雅者。首尾渾成，精神滿腹，可以傳世。

費　密

密，字此度，四川成都人。亂後流寓揚州。

朝天峽

一過朝天峽，巴山斷入秦。大江流漢水，孤艇接殘春。暮色愁過客，風光惑榜人。明年在何處，杯酒慰艱辛。三、四語十字成句，王新城尚書所謂『十字堪千古』也。

棧中

棧閣通秦道，青天不易行。盡過奇絶處，不負有平生。白馬巖中出，黄牛壁上耕。野花埋輦處，幸蜀只空名。

朱茂暉

茂暉，字子若，秀水人，祖蔭授中書舍人。

哭譚禮部元孩

去日乘桴易，歸愁度嶺艱。河山成死别，兒女望生還。劒氣沉三島，文星隕百蠻。旅魂招未得，何處望鄉關。

朱茂曙

茂曙，字子蘅，秀水縣學生。

秦淮河春游即事

橋下溪流燕尾分，灣頭新水慣湔裙。六朝芳草年年緑，雙調鳴箏户户聞。春雨杏花虞學士，酒旗山郭杜司勳。兒童也愛晴明好，紙剪風鳶各一群。

王光承 光承，字玠右，上海諸生。

送人之廣南

並馬銜盃日未曛，羊城山水正愁君。秋聲已入庭前樹，客路遥尋嶺外雲。溟海上連辰極動，星河南去越天分。年來莫問流人狀，知有清猿不可聞。

俞汝言 汝言，字石吉，秀水諸生。

進艇

晴川曲曲抱沙隄，岸柳依依遠近齊。山色欲開疎雨外，夕陽忽在亂峰西。舟前波浪伽流駛，望裏烟嵐魯樹低。作客乘春行處好，故鄉曾否息征鼙。

張綗孫

綗孫，字祖望，錢塘人。

古詩得杜一體，時武陵諸子以祖望爲最。

涿州城

曉霜不在地，微白生牛背。遥望涿鹿城，巖然沙磧内。控緤走其下，壁立皆土塊。此地古范陽，甲兵天下最。側耳聞啼飢，傷心自我輩。野狼遇人嘷，蒼鷹攫雉碎。生涯底如此，浩歎兹行邁。

白竹村

路盤白竹村，崎嶇探窮谷。居人八九家，林杪構破屋。下惟四柱立，亭亭不附木。仰視如鳥巢，夕瞑梯雲宿。已防虎豹害，復懼麋鹿觸。我行多彷徨，岐路不敢哭。日晚慎前行，何處堪投足。

晏城

小小古晏城，西對華不音花桴注。昔之晉郤克，逐馬匝此處。我行實已倦，解鞍歇薄暮。鴟梟嘯其群，老烏守枯樹。不見古人跡，斷碑委樵路。手摸苔蘚痕，字句讀未誤。平仲之采地，緬然起思慕。奈何千載後，蕪没如野戍。相望有遠山，恐是齊朝附。

苦旱行

田中無水騎馬過，苗葉半黄蟲齩破。五月不雨至六月，農夫仰天淚交墮。去年臘盡頻下雪，父老俱言水應大。如何三伏無片雲，米價騰貴人飢餓。大河之壖風揚沙，桔槔無用袖手坐。林木焦殺鳥開口，魴魚枯乾溝底卧。人人氣喘面皮黑，十箇熱病死九箇。安得昊天降靈雨，童兒歡笑父老賀。高田低田薄有收，比里稍可完國課。不然官吏猛如虎，終朝鞭扑疇能那。

吴　騏 騏，字日千，華亭布衣。

喜汪振生歸自雲南

萬里歸來日，蓬蒿滿蓽門。登堂一長慟，兄弟幾人存。豺虎關山險，烽烟日月昏。無窮故交意，相與盡清尊。

漢昭烈

名儒盧鄭久周旋，正值黄星受命年。龍種已移三統曆，蠶業還闢半隅天。金甌付託耕莘佐，玉几彌留《顧命篇》。一代英雄生死際，銅臺遺令最堪憐。足令老瞞愧死。

感時書事，寄計子山、陸孝曾

十月寒風急，浮雲暗大荒。客行愁道路，時事慮蕭牆。蘇北非吾土，秦中亦異鄉。空憂天欲墜，未見日重光。廟略慚靈武，軍聲謝朔方。元臣誇定策，列帥許勤王。好爵娱姻婭，官評視篚筐。簾編青鳥骨，玉斲辟邪香。冠蓋晨先集，笙歌夜未央。冰蠶裁寶帳，墮馬鬭新裝。營窟謀初遂，憑城氣轉揚。荆牛烹可待，國狗噬何狂。鐵券封蘇峻，丹書錫董昌。中朝容桀奡，群醜益鴟張。百里無烟火，千村絶稻粱。軍行咸擁婦，鬼哭暗聞殤。朽索飢難馭，開籠飽欲颺。先須憂輦轂，莫道劃沮漳。每作蛇蟲鬭，深虞鷸蚌亡。内睽戎伏莽，外侮剥侵牀。劇盜鋒初遠，函關勢尚强。霧迷黄帝陣，彗集紫微房。造次分旄節，安危作棟梁。諸公咸倚重，吾意獨徬徨。厚寵雖三錫，雄圖愧一匡。藩籬殊未固，肘腋况難防。邯敗惟降楚，温强且叛唐。養蛇將螫手，筦庫遂探囊。下土棲蓬室，無因叫帝閶。詩題蕉葉遍，風到葛衣凉。濁酒醨難醉，悲歌激不妨。私心圖國是，未敢告明堂。同社多英俊，居貧更慨慷。華陰終拂拭，霄漢自飛翔。壯志清河洛，交情重太行。風濤爲砥柱，冰雪見松篁。縱使三靈改，無移百鍊剛。累朝皆養士，努力念前皇。此亦留都實録也。闖主無愁，群姦障蔽，强藩跋扈，生民塗炭。作者痛哭言之，激於《板蕩》之章矣。

塞下曲

四牡騑騑出玉門，詔持繒帛賜烏孫。爲言侍子今無恙，初在京師讀《魯論》。

少年行

紅玉鞍驕碧玉驄，樂遊原上柳絲風。詔求季布今何處，只在三千奴僕中。

茂陵

茂陵枯柏自巑岏，露重珠襦馬上寒。獨與銅人相對哭，三更殘月下金盤。

書李舒章詩後

胡笳曲就聲多怨，破鏡詩成意自慚。庾信文章真健筆，可憐江北望江南。惜其清才，哀其遭遇，言下無限徘徊。

周　篔

篔，字青士，嘉興布衣，隱於市。

哭然公

然公釋門老，獨卧孤峰雲。古貌世莫見，高風予夙聞。松杉手自種，虎豹時爲群。歎息永徂謝，山堂空夕曛。

懷舊爲亡友王翃作

南浦驚心憶往年，送君獨上子猷船。烏衣舊巷看猶在，馬首長塗信可憐。烟樹瘴深過嶺日，寒潮風急渡江天。寧知陸賈遺歸橐，空爲王孫給墓田。

陳恭尹

恭尹，字元孝，廣州潤德人。

蜀中

子規啼罷客天涯，蜀道如天古所嗟。諸葛威靈存八陣，漢朝終始在三巴。通牛峽路連雲棧，如馬瞿唐走浪花。擬酹昔賢魚水地，海棠開遍野人家。高祖以蜀王，後主以蜀亡，明眼人可與論古。

鄴中

山河百戰鼎終分，歎息漳南日暮雲。亂世奸雄空復爾，一家辭賦最憐君。銅臺未散吹笙伎，石馬先傳出水文。七十二墳秋草遍，更無人表漢將軍。表揚才華，褫奪姦魄，最爲定論。

隋宫

穀洛通淮日夜流，渚荷宫樹不曾秋。十年士女河邊骨，一笑君王鏡裏頭。月下虹蜺生水殿，天中絲管在迷樓。繁華往事邗溝外，風起楊花無那愁。

發舟寄湛用喈、鍾裴仙、湛天石

扶胥古渡水凄凄，雨後移舟望轉迷。數口寄居秋草外，一身爲客楚雲西。家無兄弟依朋友，地夾河山畏鼓鼙。知己片言應不負，亂離兒女藉提攜。

虎邱題壁

虎跡蒼茫霸業沉，古時山色尚陰陰。半樓月影千家笛，萬里天涯一夜砧。南國干戈征士淚，西風刀剪美人心。市中亦有吹篪客，乞食吴門秋又深。

秋日西郊讌集 時屈子歸自塞上。

黍苗無際雁高飛，對酒心知此日稀。珠海寺邊遊子合，玉門關外故人歸。半生歲月看流水，百戰山河見落暉。欲灑新亭數行淚，南朝風景已全非。

明妃怨

生死歸殊俗，君王命妾來。莫令青塚草，生近李陵臺。韻語中明是非、定賞罰，居然史筆。

徐　夜 夜，字東痴，山東新城人。

九日得顧寧人書

故國千年恨，他鄉九日心。山陵餘涕淚，風雨罷登臨。異縣傳書遠，經時怨別深。陶潛籬下意，誰復續高吟。

余　懷

懷，字澹心，福建莆田人。

金陵雜感

六朝佳麗晚烟浮，擘阮彈箏上酒樓。小扇畫鸞乘霧去，輕帆帶雨入江流。山中夢冷依弘景，湖畔歌殘倚莫愁。吴殿金釵梁院鼓，楊花燕子共悠悠。

由畫溪經三箬入合溪

畫舫隨風入畫溪，秋高天闊五峰低。緑蘿僧院孤烟外，紅樹人家小閣西。箬水長清魚可數，篁山將盡鳥空啼。桃源彷彿無尋處，楓葉紛紛路欲迷。晚唐風格。

潘問奇 問奇，字雪帆，錢塘人。

自磁州趨邯鄲，途中即事

中宵聞觱發，日出走黃沙。風力能飛石，河冰不陷車。郊寒騰俊鶻，樹老立飢鴉。旁午停征轡，炊烟得幾家。比『山虚風落石』尤險，每下一字，俱有鋒稜。

金棺峽

濤聲何所似，石罅走雷霆。地拔雙崖起，天餘一綫青。真形猱玃古，毒霧蝮蛇腥。我欲窮深險，誰能覓五丁。

肅寧 縣有故瑺，魏忠賢地宅。

肅寧池館舊連阡，過客追思鹿馬年。齊國竪刁呼尚父，漢朝名士拜中涓。北司計就書難上，元祐碑成事可憐。獨喜左楊崇廟食，春來一曲奏《神絃》。

周同谷

同谷，字鶴臞，崑山人。

流螢詞

偶因微雨點蒼苔，還被輕風扇復開。應爲前身是芳草，多情頻上院牆來。

梵　琦

梵琦，字楚石，象山人，居海鹽天寧寺。明初，徵至京，建法會，賜座第一。

以下僧詩。

曉過西湖

船上見月如可呼，愛之且復留斯須。青山倒影水連郭，白藕作花香滿湖。仙林寺遠鐘已動，靈隱塔高燈欲無。西風吹人不得寐，坐聽魚蟹翻菰蒲。釋子詩取無蔬筍氣者，寥寥數餘章，已盡其槩。

漠北懷古

曠野多遺骨，前朝數用兵。烽連都護府，柵遶可敦城。象膽隨時轉，駝蹄入夜明。却因班定遠，牽動故鄉情。

北入窮荒野，人如曠古時。天山新有唱，耶律晚能詩。共説羊堪種，誰知繭作絲。漫漫風雪裏，南望是京師。

居庸關

天畔浮雲雲表峰，北遊奇險見居庸。力排劍戟三千士，門掩山河百二重。渠答自今收戰馬，兜鈴無復置邊烽。上都避暑頻來往，飛鳥猶能識衮龍。

宗　泐

宗泐，字季潭，臨海人。洪武初，舉高行，沙門居首，遣往西域，求遺經，授左善世。

夏夜與錢子貞集西齋賦詩敘別

明月不可招，流光入堂中。白雲不可約，挂我屋上松。兹會固難得，後會寧易逢。明朝在東郭，隔水但聞鐘。

聽泉軒爲藏無盡作

若人有耳惟聽泉，泉聲入耳長涓涓。穿林出澗度天樂，終古不斷冰絲絃。此聲不來耳不往，中自寂然遺外響。青燈照壁夜沉沉，獨倚軒窻月東上。

守　仁

守仁，字一初，富陽人，住持靈隱，洪武中，徵授右善世。

弘上人所蓄《秋山圖》

萬峰霜晴翠如洗，峰底行雲度流水。西北高樓爽氣邊，江南落木秋聲裏。蒹葭潮長魚在梁，白鷗飛盡天茫茫。松根丈人讀書處，時有踈鐘來上方。仙槎影没銀漢遠，木末芙蓉爲誰剪。何處凉風送客船，歸來似是東曹掾。東曹頗笑未識機，挂帆直待鱸魚肥。山川揺落已如此，未信草露霑人衣。

道　衍

道衍，字斯道，長洲人。洪武中，徵入侍燕府，後以靖難功特授少師。

京口覽古

譙擄年來戰血乾，烟花猶自半凋殘。五州山近朝雲亂，萬歲樓空夜月寒。江水無潮通鐵甕，野田有路到金壇。蕭梁事業今何在，北固青青客倦看。

大　同

大同，字妙止，會稽人。延慶寺僧，修《永樂大典》。

讀謝翱傳

南奔北走家何在，七里灘前許劍來。厓海夜寒惟月上，冬青樹老又花開。側身天地聊晞髮，悵望江山獨把杯。一掬當年知己淚，秋風灑盡下西臺。

明秀

明秀，字雪江，海鹽人。祝髮天寧寺。

時有《雪江僧送王伯安謫龍場驛丞》，有「蠻烟瘦馬經荒驛，瘴雨寒雞夢早朝」句，上句寫投荒景象，下則忠愛之心亦俱傳出矣。是爲風雅正聲。

送陳墨山還吴淞兼柬胡秋田

五茸城外月，不見十年餘。顧我曾遊地，因君得寄書。津亭然夜火，江市賣鱸魚。若見秋田父，還勞問起居。

宗　倫

宗倫，字性彝，芝溪人。

旅懷

東吴隔千里，歸計尚茫然。忽見梅花發，他鄉又一年。

通　潤

通潤，字一雨，吴僧。

種松老人

飯後罷鋤春，寒山信短筇。偶隨孤犢去，適與老人逢。見面不知姓，自言能種松。横岡千萬樹，大半已成龍。格高，本之唐人《訪陸鴻漸不遇》詩。

道　源

道源，字石林，太倉人，居吴北禪寺。

早梅

萬樹寒無色，南枝獨有花。香聞流水處，影落野人家。

讀　徹

讀徹，字蒼雪，溪南人，住吴中中峰。

别吴中諸子

相晤了無意，臨岐還黯然。回看吴苑樹，獨上秣稜船。春老還山路，江昏欲雨天。白鷗略似我，聚散緑波前。

送朗癯入匡山

偶向匡廬去，安禪第幾重。九江黄葉寺，五老白雲峰。落日眠蒼兕，飛泉下玉龍。到時應爲我，致意虎谿松。蒼雪五言有『風吹殘雪樹，人語夕陽山』句，七言有『十日花開湖上路，半春家在雪中山』句，王阮亭尚書賞之，采入《詩話》中。

今　種

今種，字一靈，番禺人。

魯連臺

一笑無秦帝，飄然向海東。誰能排大難，不屑計奇功。古戍三秋雁，高臺萬木風。從來天下士，只在布衣中。骨力排奡，神完氣足。起語超，落語勁，中間十字成句，放開眼界，一覽衆山小矣。

晋太尉劉琨墓

《扶風》歌未罷，國勢日倉皇。辛苦盧從事，相依在晋陽。風吹沙磧草，月滿塞樓霜。遺墓東安縣，蕭蕭徧白楊。

攝山秋夕

秋林無静樹，葉落鳥頻驚。一夜疑風雨，不知山月生。松門開積翠，潭水入空明。漸覺天雞曉，披衣念遠征。

自白下至檇李與諸子約遊山陰

最恨秦淮柳，長條復短條。秋風吹落葉，一夜別南朝。范蠡河邊客，相將蕩畫橈。言尋大禹穴，直渡浙江潮。一氣赴題，有神無跡，在唐人中亦不多見。

粤江秋夜

明月生珠澥，蒼茫萬里愁。笙歌喧極浦，風露滿孤舟。落雁栖難定，寒潮静不流。年來秋望苦，不上五層樓。

繇雲母峰上大小石樓

獨上朱明頂，高尋仙子蹤。玉樓夾日月，秋瀑飛芙蓉。白髪幾時變，青鸞安可從。何人吹鐵笛，忽過麻姑峰。

郭貞順

貞順，潮陽周伯玉妻。明初，師下嶺南，指揮俞良輔征諸塞之未服者，貞順從伯玉居溪頭塞，作詩上之。良輔覽詩大喜，一塞得全。以下名婉詩。

上俞將軍

將軍開國之武臣，早附鳳翼攀龍鱗。烟雲慘淡遍九野，半夜捧出扶桑輪。前年引兵下南粵，眼底羣雄盡流血。馬蹄帶得淮河冰，灑向江南作晴雪。潮陽僻在南海濱，十載不斷干戈塵。仁風溥被萬里外，天子亦念遐方民。將軍高名邁千古，五千健兒猛如虎。輕裘緩轡踏地來，不減襄陽晋羊祜。此時特奉明主恩，金印斗大龜龍紋。大開藩衛制方面，期以忠義酬明君。宣威布德民大悦，把菜一笠誰敢奪。黄犢春耕萬隴雲，尨龍夜卧千江月。去歲壺陽戍守時，下車愛民如愛兒。壺山蒼蒼壺水碧，父老至今歌詠之。欲爲將軍紀勳績，天家自有如椽筆。但囑壺民歌太平，磨厓勒盡韓山石。

陸　娟

娟，陸德蘊女，馬龍妻。

代父送人之新安

津亭楊柳碧毿毿，人立東風酒半酣。萬點落花舟一葉，載將春色過江南。

沈瓊蓮

瓊蓮，字瑩中，烏程人。弘治初，選入掖庭，官女學士。

送弟溥試春官

少小離家侍禁闈，人間天上兩依稀。朝迎鳳輦趨青瑣，夕捧鸞書入紫微。銀燭燒殘空有夢，玉釵敲斷未成歸。年年望汝登金籍，同補山龍上衮衣。

屈安人

安人，華陰人，副都御史直之女，參議韓邦靖妻。

送夫入覲

君往燕山去，棄妾雒水傍。雒水向東流，妾魂隨飛揚。丈夫輕離別，所志在四方。努力事明主，肯爲兒女傷。君有雙老親，垂白坐高堂。晨昏妾定省，喜懼君自量。珍重復珍重，丁寧須記將。既爲遠別去，飲余手中觴。莫辭手中觴，爲君整行裝。陽關歌欲斷，柳條絲更長。閨閣詩盡洗金粉，獨標高格。既取風雅，亦用垂教，别於時俗金粉之習。

黄安人

安人，遂寧人，黄簡肅珂之女，修撰楊慎繼室。

寄外

雁飛曾不度衡陽，錦字何由寄永昌。三春花柳妾薄命，六詔風烟君斷腸。曰歸曰歸愁歲暮，其雨其雨怨朝陽。相聞空有刀鐶約，何日金雞下夜郎。重『陽』韻，首句或改『衡湘』。

方維儀

維儀，桐城人，大理卿大鎮之女，適姚孫棨。夫夭，請大歸守志。

死别離

昔聞生别離，不言死别離。無論生與死，我獨身當之。北風吹枯桑，日夜爲我悲。上視滄浪天，下無黄口兒。人生不如死，父母泣相持。黄鳥各東西，秋草亦參差。予生何所爲，死亦何所辭！白日有如此，我心徒自知。

出塞

辭家萬里戍，關路隔風烟。賦重無餘餉，邊荒不種田。小兵知有死，貪吏尚求錢。倚賴君王福，何時唱凱還。

旅秋聞寇

蟋蟀吟秋户，凉風起暮山。衰年逢世亂，故國幾時還。盜賊侵南甸，軍書下北關。生民塗炭盡，積血染刀鐶。如讀杜老傷時之作，閨閣中乃有此人！

黄幼藻

幼藻，字漢薦，莆田人，蘇州府通判議之女。

題《明妃出塞圖》

天外邊風撲面沙，舉頭何處是中華。早知身被丹青誤，但嫁巫山百姓家。亦作黄潛仲昭詩。

商景蘭

景蘭，會稽人，吏部尚書周祚女，祁公彪佳配。

悼亡

公自垂千古，吾猶戀一生。君臣原大節，兒女亦人情。折檻生前事，遺碑死後名。存亡雖異路，貞白本相成。

曹壽奴

壽奴，小字山姑，崇禎間吴興女子。

夫君北行，以菩提數珠留贈

百八菩提子，紅絲貫小纓。無眠後夜月，留記遠鐘聲。關合無迹。

偰　遜 朝鮮。

遜，回鶻人，世居偰輦河，因以爲氏，官端本堂正字。以下外國詩。

山雨

一夜山中雨，林端風怒號。不知溪水長，秪覺釣船高。純乎天籟。

申從濩 官成均直講。

傷春

茶甌飲罷睡初輕，隔屋聞吹紫玉笙。燕子不來春又去，滿庭紅雨落無聲。

崔　溵

溵，字彦沉，海州人，進士。

春日

楊柳依依江水生，杏花如雪落無聲。青霞卷盡畫樓出，中有玉人吹玉笙。

成　侃

爵里未詳。

成侃至鄭之升，見《朝鮮采風録》，官爵、世次俱闕。

囉嗊曲

爲報郎君道，今年歸未遲。江頭春草緑，是妾斷腸時。

林　悌

閨怨

十五越溪女，含羞語不發。歸來掩重門，泣向梨花月。如讀崔國輔小詩。

姜克誠

湖堂早起

江月曉欲沉，宿雲寒未去。但聞柔櫓聲，不見舟行處。唐無名氏有『烟昏不見人，隱隱數聲櫓』句，傳寫曉景，俱非畫筆能到。

李仁老

題《杏花鸜鴿圖》

欲雨未雨春陰垂，杏花一枝復兩枝。問誰領得春消息，惟有鸜之與鴿之。

鄭之升

留別

悵望溪亭夕照明，緑楊如畫罨春城。無人爲唱《陽關曲》，惟有青山送我行。情致纏綿，比唐人作更翻得别。

許景樊

景樊，字蘭雪。七歲作《廣寒宫上梁文》，長適進士金成立。成立殉國難，許以節見。

塞上

侵雲石磴馬蹄穿，陟盡重岡若上天。秋晚魚龍眠巨壑，雨晴虹蜺落飛泉。將軍鼓角行邊急，公主琵琶説怨偏。日暮爲君歌《出塞》，劍花騰躍匣中蓮。

望高臺

層臺一柱壓嵯峨，西北浮雲接塞多。鐵峽霸圖龍已去，穆陵秋色雁初過。山迴大陸吞三郡，水割平原納九河。萬里登臨日將暮，醉憑青嶂獨悲歌。風格、意度俱好。錢牧齋因其近七子體，故亦貶之。